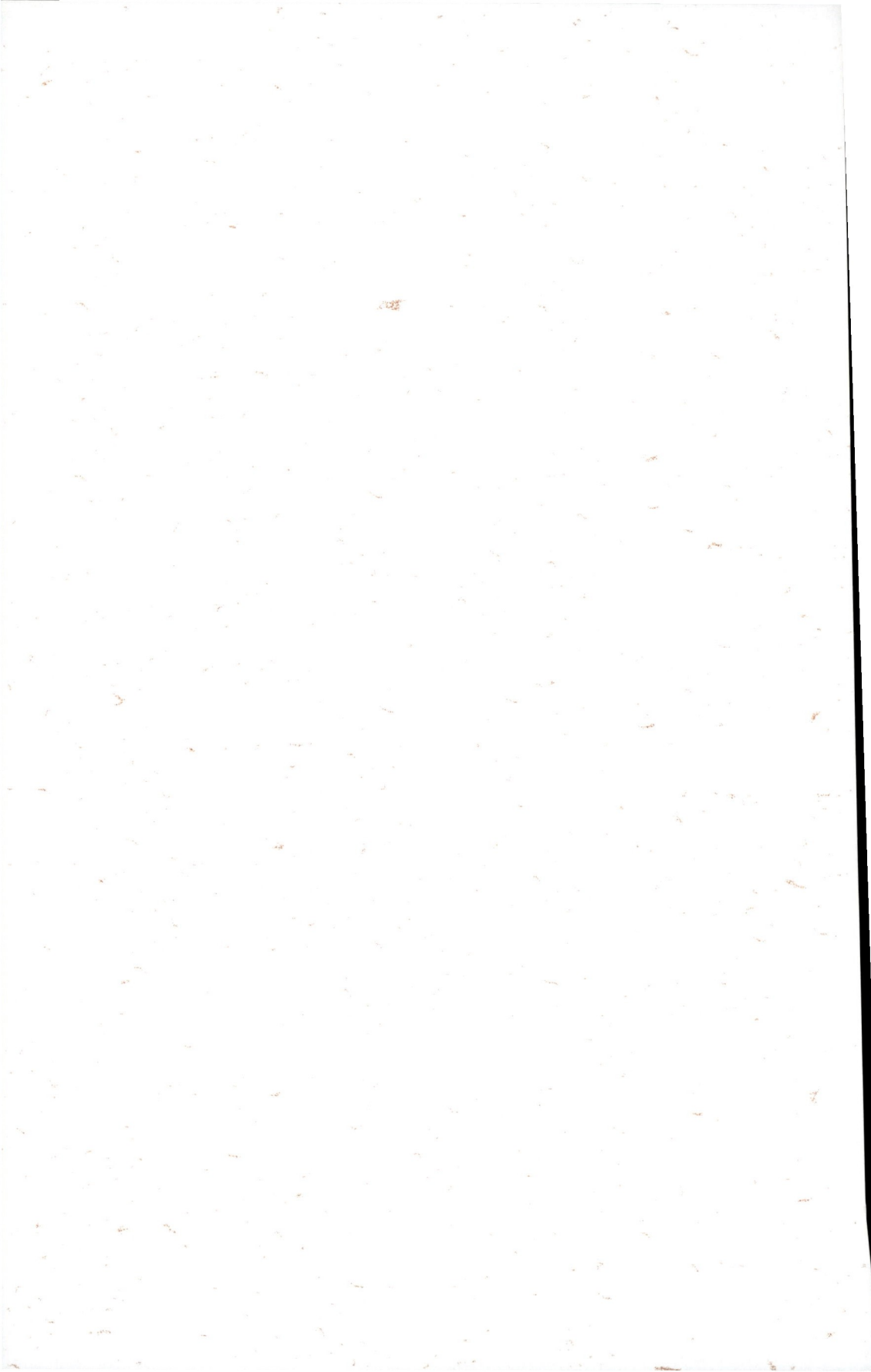

法医秦明

VOICE OF THE DEAD

白卷

法医秦明

著

众生皆有面具

一念之间，人即是兽

江苏凤凰文艺出版社

JIANGSU PHOENIX LITERATURE AND
ART PUBLISHING

图书在版编目（CIP）数据

法医秦明 . 白卷 / 法医秦明著 . — 南京：江苏凤凰文艺出版社，2023.6（2025.12 重印）
ISBN 978-7-5594-7815-3

Ⅰ . ①法… Ⅱ . ①法… Ⅲ . ①长篇小说 – 中国 – 当代
Ⅳ . ① I247.5

中国国家版本馆 CIP 数据核字 (2023) 第 100061 号

法医秦明 . 白卷

法医秦明 著

责任编辑	周颖若	
特约编辑	贾 磊	
封面设计	蜀 黍	
出版发行	江苏凤凰文艺出版社	
	南京市中央路 165 号，邮编：210009	
网 址	http://www.jswenyi.com	
印 刷	三河市中晟雅豪印务有限公司	
开 本	700mm×980mm 1/16	
印 张	22.25	
字 数	413 千字	
版 次	2023 年 6 月第 1 版	
印 次	2025 年 12 月第 14 次印刷	
书 号	ISBN 978-7-5594-7815-3	
定 价	52.80 元	

江苏凤凰文艺版图书凡印刷、装订错误，可向出版社调换，联系电话 025-83280257

通往孩子的那扇门锁着。

她的心中满是焦虑。

她轻手轻脚地凑在门边，把耳朵贴在冰冷的门板上，

想象那孩子正端坐在书桌边。

不，太安静了，他真的会坐在那里看书吗？

他会不会又在做那件事？

他不吭声的时候，她总是不知道他在想什么。

她害怕在他的身上，看到他父亲的影子。

她害怕他挣脱自己的怀抱，变得越来越陌生。

她不知道他为什么总想从自己身边逃走。

要怎么才能让他明白，她做的一切都是为了他？

白卷

Unanswered

通往孩子的那扇门锁着。

他的心中满是愤怒。

一把锁就想要把他拒之千里？凭什么？

他在自己的家里还没有点管教孩子的权力了？

他在外面低三下四地赔笑，没日没夜地奔波，

为什么连一点感激和尊重都得不到？

他这么多年跌跌撞撞才懂得的人生道理，

那孩子却一个字、一个字也听不进去！

他恨不得拧开那小脑瓜看看，

这家伙，怎么就那么任性，那么油盐不进呢！

白
卷
Unanswered

通往孩子的那扇门锁着。

她的心中满是忐忑。

她只是想给孩子弄点好吃的，又怕自己的动作多余。

她知道自己跟这个时代有点脱节，孩子说的话她很多都听不懂。

她总是想，这孩子投错了胎，这个家对不住孩子啊！

别家孩子有的，她咬咬牙也想给，

可是有些东西，她就算眼睛都累花了也给不了。

她想告诉孩子别那么辛苦，可她说不出来。

她怕自己在泥潭里太久了，会拖住孩子的后腿。

她怕……有一天孩子飞走了。

但她更怕的是，她的孩子，甚至没有机会飞。

一扇紧闭的门。

两代孤独的人。

或许是门这边的声音太大，

才遮住了门那边的所有声响。

自由、信任、隐私、情欲、占有、牺牲……

一扇扇紧闭的家门背后，

我见过太多太多的人间悲剧。

我多希望，

这是我见到的最后一具尸体。

谨以本书献给热爱法医的你

————————

法医秦明
VOICE OF THE DEAD

秦明（勘查小组组长）

职业：法医

学生时代的昵称是"秦大胆"，勘查小组的同伴们喜欢喊他"老秦"。即便已经工作多年，有时候也会有些急脾气。生活中最在意的就是妻子铃铛和儿子小小秦。但忙起工作来，经常照顾不到家里，这也让老秦非常内疚。

林涛

职业：痕检

林涛是秦明最早的搭档，负责检验现场痕迹、收集物证。他长相清秀、性情温和，私底下怕黑又怕鬼。每次勘查阴森恐怖的现场，都得鼓足一百倍的勇气。如果把攒起来的勇气用在告白上，或许他就已经不再单身了吧……

李大宝

职业：法医

大宝原先是青乡市的法医，后来进入省厅勘查小组，成为第二位法医成员。他对破案很着迷，也特别能吃苦，尽管时不时就要出差，也总是很乐观，口头禅是"出勘现场，不长痔疮"。和女友梦涵（现在的宝嫂）经历过很多风风雨雨。

陈诗羽

职业：侦查员

率直，好胜，战斗力很强，却不太擅长交际，有时候说话容易得罪人。虽然父亲是警察，但小羽毛没有依靠父亲的光环，而是靠自己的实力赢得了大家的尊重。在勘查小组里，主要负责侦查方向的工作，因为平时爱好摄影，偶尔也承担部分拍摄物证的任务。

韩亮

职业：司机

韩亮是个神奇的富二代，因为对破案有兴趣，以辅警的身份加入省厅，每天开车载着勘查小组往返于案发现场和解剖室之间。因为韩亮的资料搜索能力特别强，见识也很广，所以被小组成员誉为"活百科"。因为童年目睹母亲的死亡，留下了心理阴影，虽然性格开朗，却难以维持长期的恋情。

程子砚

职业：图侦

程子砚性格内敛，容易害羞。看起来文文静静，但内心也有非常倔强骄傲的一面。她最初是因为痕检工作表现突出被招入勘查小组，后来转型专攻图像侦查技术，在利用监控破案的领域里做得非常出色。她还有一个妹妹叫程子墨，目前在守夜者组织中工作。

马伯庸

未成年人的心理健康，一直是广受关注，却又不太为人重视的话题。

作为一名作家，要有一枚责任之胆，将所观察到的诸多现象及其本质，坦率地在作品里表达出来；作为一名父亲，看到未成年人的困境时，还应该天然带着一颗同理之心，对他们的遭遇有所理解与悲悯。

秦明兼具了这两种身份，同时还多了一重职业身份，作为一名公安法医，他还多具备一双敏锐之眼，从专业角度予以剖析与解题，将一个个悲剧背后的潜在因素，一一提炼出来，揭示更具社会意义的议题。

责任之胆、同理之心、敏锐之眼，分别代表了一本好书的术、法、道三个层级。

当三者合而为一，即是这一本《白卷》的呈现。这本书标志着秦明这三重身份的自我觉悟，也让我们这些忠实读者感受到一种沉甸甸的压力。因为秦明毫不留情地撕破了虚掩的帷幕薄纱，让真实顺着残破的缝隙透射进来，吹彻入骨。

但这本书的价值，绝非仅仅让我们见证现实，它还是夜半在客船上听到的一声悠扬钟声，带着悲悯、带着善意，让我们在沉沉黑夜中听到一丝救赎的希望。

序

万劫不复有鬼手，太平人间存佛心。抽丝剥笋解尸语，明察秋毫洗冤情。

一双鬼手，只为沉冤得雪；满怀佛心，唯愿天下太平。

众生皆有面具，一念之间，人即是兽。

法医秦明系列的第十一本，也是众生卷的第四季，正式启动。

法医秦明系列众生卷已经出了三本书，分别是《天谴者》《遗忘者》和《玩偶》。我曾经以为法医秦明系列小说越出越多，会让读者感到审美疲劳，也在《玩偶》的序言里表达了这种担忧。没想到，我亲爱的读者们不仅没有审美疲劳，反而更加支持老秦的创作。这从数据上就能看出来：《玩偶》的新书发布直播，3个小时就销售了12000余本；《玩偶》上市半年，销售近10万册。

十年来有读者一如既往的支持，老秦为此很感动、很骄傲，这也鞭策着我立即投入众生卷第四季的创作。

看过众生卷的读者朋友们都很清楚，不同于万象卷，众生卷更关注社会现象，更针对社会问题进行探讨。所以《白卷》的创作出发点也是如此。

近些年，我们看到了越来越多的青少年心理健康问题，很多人在呼吁要关注孩子的身心，但到底要怎么关注、理解孩子？

作为一个父亲，我也经常有类似的疑惑。关注、理解，我自认为是可以做到的。但是，孩子有的时候郁郁寡欢，又不愿意把自己的心事告诉我们，我们这些当父母的就只有干着急的份儿。如何和孩子及时有效地沟通？如何和孩子建立起良好的亲子关系？

为了寻找这些问题的答案，我把《白卷》的主题定在了亲子关系上。

很多人问我《白卷》这个书名有什么含义。

从表面上看，交白卷，可能是一种暗示，是孩子封闭自己、拒绝沟通的抗议；而往深处看，交白卷，也可能是一种信号，是孩子渴望理解、渴求关注的求救。

在教育孩子的话题上，很多家长都觉得自己很委屈。明明做的事情都是为孩子好，孩子却完全不领情。他们把一切责任归咎于孩子的"叛逆期"——我也想沟通想交流啊，但我一开口，孩子就不乐意听，这不就是叛逆吗？

如果同样的问题问孩子，他们也很委屈。家长一开口就是劝说做这个不做那个的，也从来不认真听孩子说的话，这能叫沟通吗？

两边都有不满，两边也都有委屈。

这样的情景，老秦自己也会遇到。小小秦也正处于"叛逆期"，所以我和小小秦促膝长谈的时候，也会遇到各种各样的问题。扪心自问，我不算是一个特别善解人意的爸爸，但我觉得，这种沟通和交流的尝试，对家长与孩子都是非常重要的。

老秦不是教育专家，也不知道健康的亲子关系是否有正确答案。但老秦相信，所有心怀爱意的父母和孩子，都在生活中不断地尝试和摸索，探寻最适合彼此的相处方式。老秦所能做的，就是用书中这些根据真实案件改编的故事，给大家带去一些警醒和启发。

《白卷》的成书时间非常长，这并不是因为老秦找不到合适的素材，而是老秦希望能够在亲子关系的话题上，思考得更多、创作得更深入。所以，花了一年的时间，和元气社的小伙伴们开了十几次策划会后，我才把《白卷》的中心主旨和创作大纲敲定下来。这里也特别感谢元气社的合作伙伴周瑜，在策划讨论的过程中，提供了心理咨询师的视角，提升了思考层次，在讨论中碰撞出了有价值的灵感，我们也借鉴了心理学家埃里克森和阿德勒的一些理念，完善了书中的人物设定。

我希望《白卷》可以为家长和孩子们打开一些思路，针对家长和孩子的沟通问题、家的意义、孩子们的人格和性格养成等，让家长与孩子可以有更深、更广阔的思考。

老秦认为，一个家中的每个成员都应该是平等的，每个成员的想法和意见都应该被尊重。孩子不是任何人的附属品，他们同样是应该被尊重的家庭成员。父母和孩子相守相伴的十几年，无论对于父母，还是孩子，都是最为宝贵、最应珍惜的时光。

毕竟，父母不可能陪伴孩子的一生，孩子总要靠自己生活在世界上。父母不能替孩子做所有的决定，替他们解决所有的问题，真正爱孩子的父母，最终都要让孩子学会自立。

在这个过程中，父母和孩子应该努力地去聆听双方的声音，学会彼此尊重，学会彼此交流。父母和孩子对于彼此来说，都是第一次担当这样的角色，他们也都需要共同成长。

我希望，天下所有的父母、所有的孩子，都能不断沟通、不断探索、不断成长。

我也真诚地希望读者们，无论是家长，还是孩子，都能从本书中，获得一点点启发，接纳自我，接纳彼此，不交人生的"白卷"。

写了这么多，我已经开始期待你们的反馈了。

是啊，这就是文学创作的快乐所在。我可以和成千上万的读者一起探讨一些让人感到疑惑的问题，从写作中或者读者们的书评中，开启讨论，寻找答案，这是让人何等欣慰与兴奋的一件事啊！

在众生卷出版的这几年里，也有很多读者问我：为什么书里非命案的案件越来越多了？

我觉得，我在众生卷里减少了命案的篇幅，而增加了其他意外死亡的故事，主要原因有三：一是老秦本身就是写实派的作者，而实际情况中，命案的确是越来越少了；二是法医工作绝对不仅仅是在命案中发挥作用，在死亡方式的判断和整个诉讼过程中都能发挥不可替代的作用，我希望我的读者可以看到法医在其他更多领域发挥作用的故事；三是法医工作博大精深，除了现场分析之外，还有很多其他的案件需要法医贡献力量，我想让我的读者全面地了解法医学专业。

我真心希望，即便在那些并不是命案的故事里，你们也可以看到法医的智慧与勇气。

照例声明，**本书中所有人名、地名、故事情节均属虚构，如有雷同，概不负责。书里真实、接地气的内容，便是那些公安刑事技术人员兢兢业业的工作态度、一丝不苟的严谨精神，以及卓越超群的细节推理。**

相信大家可以看到，有那么一群人，正在守卫着共和国的蓝天白云。

丛斌院士在综艺节目《初入职场的我们·法医季》中说道："法医工作是为了

维护公民的生命权、身体权、健康权。法医学是国家医学。它为国家的治理能力和治理体系的提升，科学性、系统性地提供了必要的科学技术支撑。"

希望法医秦明系列小说，可以让读者们了解丛斌院士这段话的真实含义。

那，我们开始吧！

2022 年 5 月 1 日

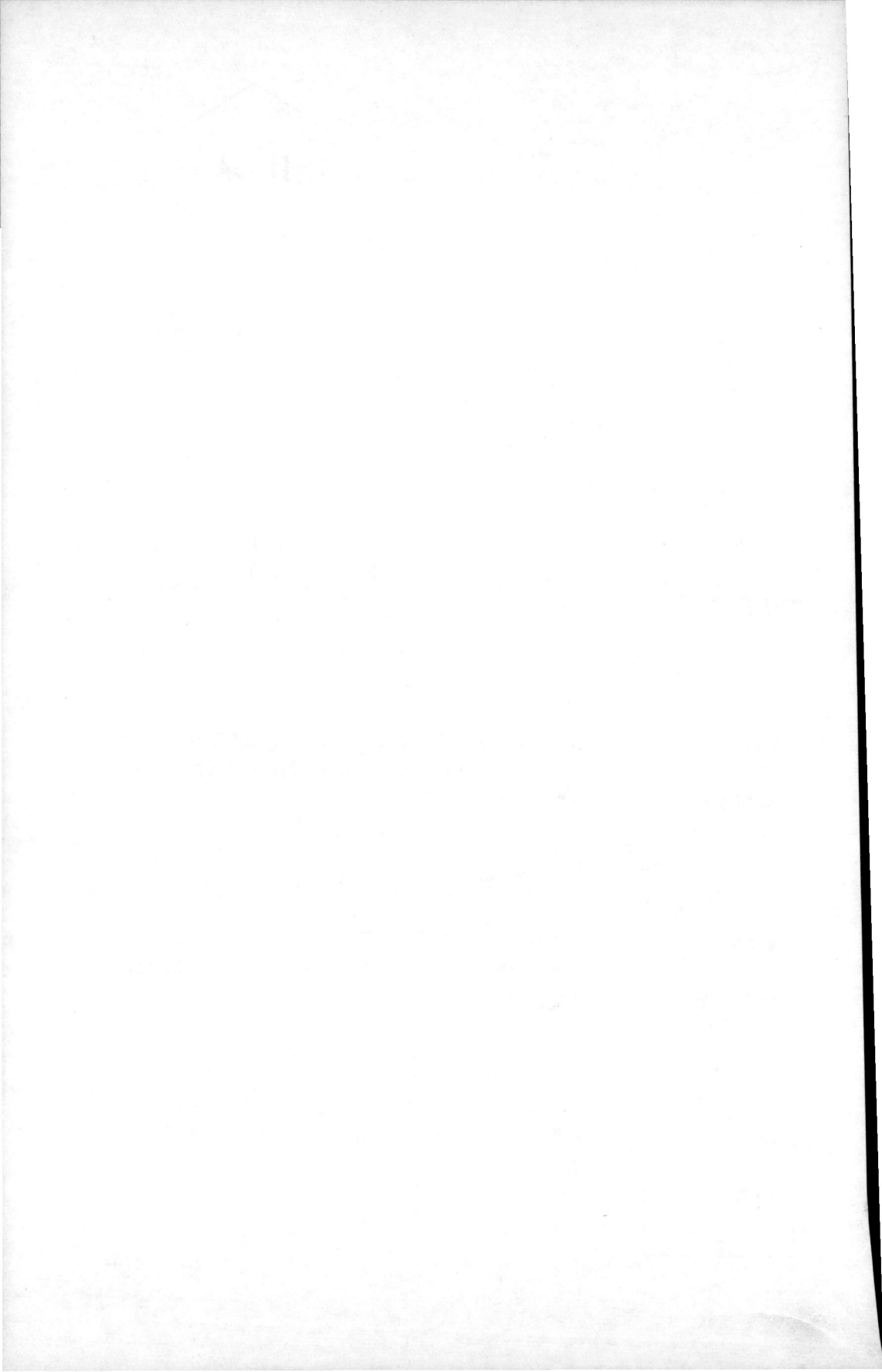

法医秦明

VOICE OF THE DEAD

引子

这个世界上最爱我的人，

却也最让我窒息。

1

龙番河边，万籁俱寂，只有河水哗哗流淌。

在深蓝色的夜空中，飘着几大团云，时不时地把明亮的月光挡住。

龙番河的这一段，夹在上游的番西村和下游的老王村之间，因为没有实际意义上的小路，所以来的人很少。

河边是一个小土坡，因为是荒地，没有开发，所以各种形态的杂草，经受了冬季的寒风而干枯，横七竖八地簇拥在一起，把小土坡遮盖得严严实实。这个地方被附近的村民称为"二土坡"。

这一天晚上，僻静的二土坡似乎有一些不同。

一束由强光手电筒射出的白色光芒，穿过这些杂草，在黑暗中晃动着。白光时不时扫过龙番河的水面，反射出粼粼的亮点。

刚刚出了正月，空气还是刺骨的，冬眠的动物们还在蛰伏，河边这一块平坦的土坡上，只有鞋底摩擦植物发出的沙沙声。

"哎哟，我的天，早知道这么难走，我就不来了。"

"喵。"

老六扛着一捆鱼竿，一边向河边走着，一边举起拎着塑料桶的右手，向手背上哈着热气。他抱怨着这路怎么这么难走，又嘟囔着这天还真是够冷的。

老六是番西村的村民，没什么特点，就是普通到再也不能普通的一个人。他生平只有两个爱好，一是钓鱼，二是养猫。

钓鱼不仅能满足他的喜好，还能让他有所斩获，毕竟以老六的垂钓技术，总是能钓上一些好东西。这些鲜有的河鲜，拿到市场上是可以换来个好价钱的。

而养猫也花不了多少钱，他爱这只养了十年的老黑猫，胜过爱自己的老婆。老黑猫也没有猫的风骨，天天像条狗一样，和老六形影不离，因为跟着老六，有鱼吃。

龙番河是长江的一条重要支流，长江禁渔令下来之后，龙番河地属的周边地方政府对于禁渔令执行得非常严格。河边每天都有专门的人巡逻把守，河面上也时不时可以看到巡逻的小船。他们的职责就是禁捕禁捞，就连钓鱼，也只允许一人一竿一钩。

老六在村子的河边，被抓了好几次，也被训诫了好几次，甚至还有一次被罚了款。

可是，一人一竿一钩对于老六来说，是不能接受的。如此低下的工作效率，让钓鱼这项活动失去了原有的魅力。用老六的话来说，就是：贼不过瘾。

于是，他打起了歪主意。

二土坡的这段河面，是没人管的，因为政府的人也知道，这个地方没路，进不去人。

但是老六偏要试试。

这天晚上，老六带着他心爱的五根鱼竿和一只猫，穿过了这片荒无人烟的地方，来到了河边。他还特地带了一只大塑料桶，做好了满载而归的准备。

穿线、挂钩、串饵、撒饵、抛钩，老六轻车熟路地完成了这一系列程序，他架好鱼竿，坐在一块冰凉的石头上，搓着手、跺着脚，用摩擦起热的物理学原理来对抗着依旧寒冷的空气。

他一边用手电筒轮番照射着几个浮标，一边下意识地去摩挲身边的老黑猫。可是，老黑猫居然意外地不在他的身边趴着。

"西西！跑哪儿去了？"老六挥动着手电筒的光束，在周围寻找着。

虽然老黑猫的毛色很容易隐藏在夜幕之中，但是那双可以反射手电筒光芒的眼睛很快就暴露了它的位置。

它在距离河边很近的地方，不知道在干些什么。

"河边有死鱼吗？不能吃，过来！"老六严厉地命令道。

老黑猫不情不愿地转过身子，三步一回首地向老六走了过来。老六捏着它颈后的皮，把它拎到了自己的怀里。

这也是一种取暖的方式。

只过了一小会儿，已经有三条鱼上钩了，都不小，老六的心情大好，甚至都感觉不到寒冷了。他取下一根多钩鱼竿上挂着的一条小鱼，准备扔给老黑猫吃。

可是没想到，老黑猫又不见了。

"西西！"老六没好气地又叫了一声，手上的光芒倒是下意识地照向了刚才的位置。

果不其然，老黑猫依旧在那里。

"什么玩意儿？这么吸引你？"老六苦笑了一下，迈动步子，要去一看究竟。

他踩在河边的石头上，一步一个趔趄地向老黑猫的位置走了过去。

"什么呀这是？"老六的手电筒照亮了老黑猫身边的河滩。

黑暗中，似乎有一件衣服。就是那种中学生穿的校服，蓝色的底色，胸间还有红色和白色的条纹。

这地方都没人来，怎么会有衣服落在这里？难道是上游漂下来搁浅的？

可是，老黑猫为什么会在啃一件衣服？这算是什么迷惑行为？

老六疑惑着，继续靠近。

确实，那就是一件中学生的校服，只是那绝对不是一件普通的衣服。一件普通的衣服，如果没有躯体的支撑，肯定会是瘫软的。可是这一件蓝色的校服，无论是胸口还是上臂的位置，都是隆起的，就像有一个人穿着它一样。

不过，也不全都一样，因为手电筒的光芒照到了校服的领口，领口上，并没有头颅。所以，老六稍微松了一口气，内心确认，那肯定不会是一具尸体。

走到了老黑猫身后一米的地方，校服已经能清晰地映入眼帘了。

而也就在此时，老六清楚地看到，那校服的领口，确实没有头颅——

但是，有半截脖子。

脖子上没有头颅，但是从脖子的横截面上，可以看到白森森的颈椎和本应该是红色却被水泡得有些发白的肌肉。

一刹那，老六全身的毛都竖了起来，他发出了一声自己一辈子也没发出过的惊叫声，并且向后一步跳出了两米远。

因为这一声恐怖的惊叫，老黑猫也被吓得尾巴炸毛，生生蹦起了一米高。

老六摔坐在地上，感觉不到屁股的疼痛，他瞪大了眼睛，全身抖成了筛糠，却不是因为天气的寒冷。

无头的尸体依旧平静地躺在河滩的乱石上，随着水波的推动，轻轻地晃动着肩膀。

2

我坐在我的小房间里，面对着桌子上的电脑，电脑里的老师正在滔滔不绝地解读一道函数题，可是我一句也没有听进去。

我把垃圾桶里被毁掉的画作又拿了出来，铺平放在了桌子上。整张画纸都已经皱得像一张100岁老婆婆的脸，没有干的颜料也被擦模糊了。

它已经被彻底毁掉了。

我慢慢地把它从中间撕成了两片，重新把它们揉成了一团，扔进了垃圾桶里。

今天是星期三，上学的日子，可是因为疫情，过完年之后，我们都在家里上网课。是啊，我九年级了，也就是初三下学期了，距离中考只有三个多月，不管发生什么事，应该都不能缺课了。

据说下周开始，就可以复课了。我挺期待复课的，至少还有老师、同学可以说说话，不像这个只有三口人的家，每天感觉都是静悄悄的。

但这种安静，并不持久。

妈妈总是会像猫一样，悄无声息地出现在房间的门口，或是我的背后。她总是喜欢来这种"突然袭击"。"袭击"的目的只有一个，就是看看我在干什么。

如果我正在写作业，妈妈总会慈祥而又尴尬地问我想不想吃点什么、喝点什么；可是如果我被逮到正在画画，那她就是完全不同的另外一副面孔了。有时候她会气得发抖，有时候她会突然哭起来，每次她的脸色一变，房间里的气压都好像降低了。

为了不让她的情绪更激烈，我每次都只能默不作声，用点头认错的表情来应付她几乎一成不变的"教育"。

其实从我记事起，妈妈就是这样，每天愁眉苦脸，总是不快乐。明明她的东西都比别人多、比别人好，还是不能快乐。她总是和我说，要上好大学，要上 C9[①]、985[②]，还要读研究生、博士，因为只有高学历，才能有精彩的人生。她总觉得因为自己没有高学历，日子才过得不如意，但在我眼里，她的日子明明过得挺好。哪像我，我每天都要不停地学习，一刻都不允许休息。小学时，我放学后出去玩一会儿就会被她唠叨，后来几乎都只能准点回家，到了家，就得在写字桌边不能动弹了，

---

① C9：即九校联盟，是中国首个顶尖大学间的高校联盟；包括北京大学、清华大学、哈尔滨工业大学、复旦大学、上海交通大学、南京大学、浙江大学、中国科学技术大学、西安交通大学共九所高校。
② 985：具有世界先进水平的一流大学。

哪怕是多上几趟厕所，她都会觉得我在故意偷懒。一旦发现我不在学习，她无穷无尽的唠叨就开始了，好像我的人生中除了学习，不能出现任何别的东西，哪怕只是走神了一会儿，都是对妈妈一片苦心的辜负。

很烦，但是我不能表现出烦，因为那样的话，她的情绪会更崩溃。

这都无所谓，忍忍也就过去了。我不能忍受的，是每时每刻都会觉得自己的身后有一双眼睛，一双盯着我的眼睛，这实在是让人毛骨悚然。无论在做什么，闲了回头看看有没有人，已经成了我下意识的行为。

毫无安全感。真的很痛苦。

我家平时是三口人，妈妈、我和小荷姐姐。小荷姐姐是我家的保姆。

我不是没有爸爸，只是我见不到我的爸爸。算起来，爸爸恐怕有两年都不在家里住了，我上一次见他，还是过年前的一个周末，那天他回来，说是要带我去露营。可是妈妈拒绝了，说天气太冷了。其实这个冬天，一点也不冷，冷掉的，是我的心。

妈妈以前上班，现在不上班了。不，她现在还上班，她上班的内容，就是盯着我学习。她说过，我现在的学习成绩就是她的工作成果。是啊，家务活都是小荷姐姐的事情，而她就是无时无刻不在我背后的那双眼睛。不知道她以前上班的时候，对自己的同事们是不是也会这么唠叨。

妈妈说，最近爸爸的公司状况很不好，所以他每天都会加班。为了不打扰我们，他就干脆住在了公司，不回家来住了。我已经不是小孩子了，这种明显的谎言，是骗不到我的。虽然我不知道他们发生了什么，但是我很担心他们会离婚。

我不想在"选爸爸还是选妈妈"这种无聊的问题上浪费心思，因为以爸爸看妈妈的那种畏惧的眼神，以及妈妈对我的依赖，我无论如何是会跟着妈妈的。可是，爸爸对我来说，意味着唯一的自由，我不想失去这唯一的自由。

那次妈妈不同意我去露营，我还是很失望的。我很喜欢和爸爸去露营，只有在那时候我才能感受到自由。去年秋天，和爸爸去了一趟龙番山，在那里挖野菜、捉野兔，别提玩得多开心了。可惜啊，我光顾着玩，都忘记拍照了。现在想想，半年过去了，记忆都快模糊了。

所以，我就想着把那次露营给画下来。

我很喜欢画画，而且我觉得自己挺有绘画天赋的。记得有一次，我把我的画传到了网上，上万人给我这个小透明点了赞，甚至还有人问我卖不卖，我心里可开心了。只可惜，妈妈见不得我画画，我也不知道为什么。

刚才，妈妈说去新华书店给我买复习资料，小荷姐姐正忙着在楼下拖地。这是难得的机会。我赶紧从床垫的下面，拿出了我的画板和画纸，一边回忆和爸爸露营的样子，一边画了起来。

只要一拿起画笔，我就会忘记了时间，不知不觉天都黑了。

可能是我注意力太集中了，暂时放下了那种时刻回头看看的警惕性。那双在我背后的眼睛，不知道什么时候又出现了，而我一点察觉都没有。当时，我还在给最后一丛灌木上色。

"什么时候了，你还在偷偷画画？！你是想气死妈妈吗？"

不用回头，就知道妈妈这次又激动了。

"你知道不知道，画画的，没一个正经人！画画能养活你自己吗？画画会耽误你一生的！我和你说过多少遍，你只有几个月的时间了，这几个月之后，就是'宣判'的时候！你的一生会怎么过，就指着这一次的'宣判'了！现在到了你人生中最重要的冲刺阶段，你居然还有闲心思在这里画画？你要知道妈妈这一辈子过得这么不顺心，其实都是因为学历低了！如果妈妈有高学历，还需要指望着别人吗？你是男孩子，更需要高学历！你不要怪妈妈唠叨，妈妈说这么多，其实都是为你好！妈妈完全可以和别人一样天天去逛街、打麻将，但是我每天守在家里、守着你，为什么呢？一切都是为了你啊……"

为什么画画的没有正经人？为什么我是男孩子就要高学历？为什么画画就会耽误一生？她每次说这些话，我都有一百个反问堵在心里。

妈妈一直说是为了我好，但我每次想跟她聊聊画画的事，她总是不耐烦地打断我。她不想了解我的想法，她只想要我按照她的意思去做。这到底是我的人生还是她的人生？我是不是一辈子都顺从她的意思，她才会满意……

当然，这种唠叨，我已经司空见惯了，如何应对也已经游刃有余了。我红着脸、微微点着头，一脸愧疚自责的表情，打算用这种低眉顺眼的姿态，把眼前的风波先熬过去。

但是这一次，她越说越生气。

"你画别的就也算了，你这画里只有你和你爸，连你妈的影子都没有！你是不是巴不得成天跟你爸混在一起？反正你那爸爸也不监督你学习，我这个尽心尽力管你的妈妈反倒让你嫌烦了是吗？"

妈妈一边说，一边伸手就把我刚刚完成的画作给揉成了一团，扔进了垃圾桶里。

这突如其来的变故，就像是一把尖刀刺进了我的心里。

妈妈揉捏画的动作，打翻了桌子上的墨水，把我放在桌子旁的校服都弄脏了。

我的心好痛，眼泪也就流出来了。

我拼命地忍耐，想把眼泪逼回去，因为我不确定不多见的眼泪会不会激怒妈妈。

但妈妈没有被激怒，她似乎很伤心，也流下了眼泪。她坐在我的床边呜咽了一会儿，起身离开了，还说了一句："还有最后一节课，好好学吧。"

妈妈的眼泪反而让我有些不知所措了，刚才的那股子愤怒，一瞬间也就烟消云散了。

其实事情也没那么糟，我的床垫下面还藏着我的十几幅画作，妈妈并没有发现。

我瞅了一眼垃圾桶里被我撕开的画作，又瞅了一眼电脑屏幕里的课件，心乱如麻。

此时，电脑里的老师还在一遍遍重复着解题的思路，而且还对着摄像头不断地问："你们听懂了吗？"

摄像头能懂个啥？真的很可笑。

我抚摸了一下挂在桌子旁的校服。

蓝色的墨水浸染到了蓝色的校服上，变成了黑色。墨水把胸间红色和白色的条纹都弄脏了，而那一块就是心脏的位置。

我想，这一次，小荷姐姐本事再大，恐怕也洗不干净了吧？即便她能洗得干净，我的心却也没法真正的平静。

3

我吃撑了。

食物像是从我的胃顶到了喉咙上，连呼吸都有些困难。

我想，一会儿走走，应该就会马上消化吧？

我爸我妈总是怕我吃不饱，其实我压根吃不了那么多。可是，这又能怎么办呢？那一盘子排骨，我妈得在裁缝铺给人改五件衣服才买得起。他们让我吃，我也只有拼命吃了。因为我吃得越香，他们越开心。

爸妈都说我最近瘦了，我心里只有苦笑啊。白天课业那么重，周末和假期身体又那么累，能不瘦吗？

我现在心情不好，倒不是因为吃得很撑。

好不容易盼来寒假，这才放了没几天，爸妈居然商量着让我去补课。我妈和我爸说，她今天在裁缝铺听见两个同学的家长商量着要找老师上门家教。老师明明教育我们要公平竞争，偷偷补课又算什么事儿？同学们补课，自然会获得更多的知识，成绩也会更好，可是我怎么办呢？难道我也去补课吗？

要知道，这种上门补课辅导，一节课要500块钱。500块钱！我妈要缝10件衣服，或者要装100条拉链才能赚到！他们拿什么来支付这么高昂的补课费？

所以我当时说了一句，我没必要补课。

我妈当时就急了，说什么逆水行舟，别人都补上去了，我相对来说就吃亏了。唉，是啊，我何尝不知道逆水行舟？可是，我们家连"舟"都买不起！我妈似乎看破了我的心思，哽咽着说什么自己没本事，没法给我提供更好的受教育环境。我爸也在一旁唉声叹气，那架势，好像世界末日就要来了。

虽然我很担心同学们通过补课超越我，但是在这种时候，我还是逞强地说了一句："我靠自己，也可以！"

说实话，我没有底气。初三了，每个人都对我全班第一、年级前十的成绩虎视眈眈，我要靠什么才能保住这个成绩呢？

我知道，我们最终决定不补课，爸妈肯定又要彻夜不眠，商量怎么才能挣来更多的钱。真的希望我妈别再给我爸增加心理压力了，他白天在公司开车，晚上还要开出租，50岁的人了，这样熬，能架得住吗？

毫无疑问，爸妈是这个世界上最爱我的人，可是他们的爱，让我窒息。

记得初一的时候，补课费是80块钱一节课。每周四节课就是320块，一个月就要一千多。这样的经济压力，对我的家来说，已经算是很沉重了。可是我妈坚持要我和大家一样去补习。

那段时间，我爸除了白天给保险公司当司机，下班后还自己偷偷接活儿，经常开车开到凌晨两点，每天只有5个小时的睡眠。我每天都提心吊胆，生怕他疲劳驾驶出事儿。我妈呢，裁缝铺那么多活儿她拼命地干，晚上回来还帮人家糊纸盒，一个纸盒一毛钱。

我一节课，我妈就要糊800个纸盒。

　　那时候，天气热到让人中暑，我都不敢去买根冰棍，一根冰棍两块钱，我妈就要糊 20 个纸盒。

　　还好，后来我凭借着自己的努力，考进了年级前十，这是可以统招进重点高中的成绩。有了这个成绩，总算让我妈安心了一些。

　　这次期末考试，我只退步了一名，她又焦虑了。只可惜，这次她想找补习班也没处花钱了，大家全变成了偷偷摸摸的上门家教，补课费也是全面飞涨。这个问题，让我的家庭一时没有了办法。

　　从小，我就是掌上明珠，只不过我家的这个"掌"，潦倒了一些。但贫穷并不影响爸妈对我的爱。因为爱我，他们永远只会在自己身上挑毛病。我回忆了一下，我长到 15 岁，几乎从来没有被爸妈责骂过。他们只会说自己没本事，没有能力给我一个好的教育环境。他们每天被人呼来喝去，已经受尽了委屈，回到家里，还要自己给自己委屈，我真的很心疼他们。

　　他们和我说，让我好好学习，打败所有的对手，才能让看不起我们的人都服气，才能在社会上出人头地。像我们这样的家庭，我只有考上好大学，成了研究生、博士生，才有机会成为"人上人"。这样我以后就可以不被人呼来喝去了。

　　记得小升初考试的时候，我因为填错了答题卡，导致英语成绩只拿了一个"合格"。他们居然抱头大哭，而且开始瞎找原因，又说是自己对我的关心不够，又说没注意到我的粗心大意什么的。后来，他们居然还去图书馆借来教孩子如何细心的"鸡汤书"，真是让我哭笑不得。

　　从那以后，不管做什么事情，我都会谨小慎微。每次考完试，我都会检查四五遍，生怕这样的"悲剧"重演。

　　还记得有一次，我正在我妈的裁缝铺里帮忙，来了一个阿姨和她的儿子，阿姨随口炫耀了一句，说她儿子刚刚考上了北大。我妈立即让我加那个小哥哥的微信，说是让我请教学习方法。我根本就不认识他！但我知道，这也是我妈对我的爱。所以，我还是加了，不过直到现在也从来没有说过一句话。多尴尬啊！

　　父爱如山，母爱如海。父爱压得我喘不过气，母爱溺得我也快要窒息了。

　　从我记事开始，学习就成了我生活的全部，我不会去关心什么社会新闻，不会去关心什么明星八卦，不会去关心班上有什么"绯闻"，这些对我来说，都是无意义的噪声。我唯一关心的，就是如何用成绩来击败我身边所有的对手。

我房间这面墙上贴满了的奖状，是我的战绩。但我有时候也会做噩梦，梦见这些奖状忽然都长了翅膀，扑棱棱地从我家飞走了，我的墙变得空荡荡的，我的心也好像变得空荡荡的。

我很害怕，害怕每一个潜在的对手。

而现在，我的对手们正在暗地里补课。

他们会不会在补课的时候，学到我不知道的知识点？

我很害怕。

可是，仅仅害怕是不行的。我长到 15 岁，从来就没有对谁服过输。你们有钱补课，想要超越我，没关系，我也有我的办法。我知道，对抗补课的最好办法，就是刷题。我需要大量的试卷、试题来提高自己的能力。可是，这些试卷、复习资料，对我来说，也是一笔不小的开支。

想着我爸半夜强打精神开出租，想着我妈在灯下糊纸盒，我知道我不能给他们再增添任何负担了。这笔开支，应该由我来赚。

秘密地进行吧。

午饭后，我继续用我的惯用伎俩，告诉爸妈，我去图书馆学习去了，他们高高兴兴地就答应了。

我们家是回迁房，隔音很差。每天晚上，我都能听见楼下大叔的鼾声。下午时分，小区里各种嘈杂声让人心烦意乱。这一点，我爸妈是知道的。

图书馆多好，既安静，又不要钱。爸妈没有任何拒绝的理由。

我能想出这样的谎言，也充分体现出了我的智商。

对了，我得脱下我的外套。即便这天气冷到让人手脚麻木，但是我必须把这件衣服脱下来，塞进包里，不能让人看见。

毕竟，这种蓝底红白条纹的款式，别人一看就知道是中学的校服。如果给老板知道我是个中学生，那肯定二话不说就会赶我回家的。

脱下了外套，更冷了，我不得不跑起来，用运动产生的热能，温暖我的身体。

没办法，我只有这么一件冬天的外套。如果是夏天，我还能有几条妈妈做的裙子可以穿。但是冬天，我不穿它，穿什么呢？

不想那么多了。我看了看路东边耸立的图书馆大楼，转头向路西边跑去，头也没有回。

4

趁老娘出去找水，我狠狠地揍了二呆两拳头，它陪了我两年，我第一次揍它，实在是因为我的心情差到了极点。揍完它，我又开始心疼它了。

二呆是我的熊玩偶，老头在我转学的那一年，作为生日礼物送给我的，算是对不愿意转学的我的一点安慰吧。老头平时那么凶，但这一次的生日礼物，还是挺合我心意的。二呆在这个陌生的一楼小房子里，陪着我度过了这令人烦躁的两年。

在那谁出现之前，二呆是唯一能够倾听我心里话的对象了。

今天我是真的不想吵架，可是老娘絮絮叨叨、没完没了，一点点把我的好心情摧毁。其实我也不该和老娘吵架，毕竟她也没什么主见，她不过就是老头的一个传话筒罢了。这样想想，我只敢和传话筒吵架，不敢和正主儿吵，实在是有些羞愧。这也没办法，老头的火儿要是真的被点起来，实在是太凶了，我毕竟是一个小女子，还是不和他硬碰硬比较明智。

老娘絮絮叨叨的，还是补课的事情。

国家不是不让补课了吗？国家的指令都敢不执行啊？这些人胆子也太大了，我很生气。寒假的时候，老头就要我去补课，我看是和那谁一起补课，也就勉强同意了。我这明明都已经很配合了，难道还不够吗？补课比的难道是次数吗？这都开学了，还要补课？没完没了了？我之前被老头逼着周末整天都在学习，对我的成绩压根一点用都没有，但老头就是觉得勤能补拙，只要花时间，就一定能出效果。他压根不懂什么是学习方法，只知道让我什么事情都听他的。太霸道了！

刚才也是，我正和老娘"辩论"着呢，老头的声音就从客厅传过来了。

"那就别给她补课了，学也别上了，去社会上混吧。"

这话说的，就没道理了。不补课，就得去混啊？不过本着避免硬碰硬的心态，我这次就让步一下。不是我同意去补课啊，只是暂时不说话了。用无声来抗议霸权。

寒假去补课，主要是因为那谁在。虽然寒假时间都泡了汤，一场球都没打，但总算有天可聊，有画可画，所以也不算太糟。这次老头得寸进尺，要给我找一个一对一的家教班。一对一？就我和老师两个人大眼瞪小眼？还是不认识的老师？别开玩笑了，那多尴尬啊。

见我不说话了，老娘又开始施展"絮叨功"，说什么一节课500块，她和老头省吃俭用省下来的钱，都用在给我补课上。我心想，我也没想要你那省吃俭用的钱啊，你可以不省吃、不俭用，没人怪你。唉，把我烦得啊，无话可说。于是我就戴上了我的耳机。

可是老娘的"絮叨功"不愧是练了十几年，穿透力极强，戴着耳机都能听见她说我不懂得体谅父母什么的。说什么一切都是为了我好，说什么考不上高中就得上技校，说什么上了技校就得学坏。这些话，我真的是耳朵都听出茧子了。什么叫为了我好？什么叫上了技校就学坏？我就觉得技校蛮好的，以后学个本事，比那些找不到工作的大学生强多了。

在老娘的絮叨声中，我听见手机响了一下，就拿起来看看。

是那谁发来的。

"你放心，我会让所有人都知道真正发生了什么的。"

这呆子，又不知道要出什么幺蛾子了。那事儿我都不在乎，他倒还是耿耿于怀，真呆，比我的二呆还呆，以后就喊他大呆了。

我心里太烦了，老娘还在这儿烦着我，他又来添乱。实在是懒得回他的消息，我把手机扔到了床上，站起身来。

"干什么去？"老娘见我拿起了校服，知道我要出去。

"打会儿球去。"我说。

"你一个小姑娘，天天打球，像什么样子？"老头凶狠而霸道的声音又从客厅里传了出来。伴随而来的，是他把茶杯重重摔在茶几上的声音。

我的心头微微一颤，不过我想这一次我得挺住，不能服软，于是还是拿着校服，走到了客厅。

我没有回头去看沙发上的老头，但是我能想象得出他那恶狠狠的眼神正在背后盯着我。

"我出去打会儿球。"我又重复了一遍，拉开房门，逃也似的离开了楼道。

隔着我家的大门，我又听见老头那恶狠狠的声音在数落老娘了。

"都是你惯的，一个女孩子天天疯跑，像什么样子？她这次的成绩，连普通高中都考不上！以后怎么办？体育成绩？体育才几分！你和她那么好好说话有什么用？说不通就下死命令，不遵从就打！我看这孩子就是欠揍！女孩子就靠妈管，管不好你得负责！"

都是什么话啊？除了欺负老娘和我，你去单位敢欺负其他人吗？也就在家里敢发发狠吧?

我烦躁地把衣服搭在肩膀上,走出了单元门。

从单元门走出来,我很迷茫。自从转学到这个陌生的城市之后,感觉一切都不一样了。说什么大城市好,我怎么就没觉得有什么好处呢?班上的同学一个个只知道闷头学习,课间休息想叫个人一起去打会儿球,都没人响应。他们根本就不知道什么是快乐的人生!实在是懒得和他们多说一句话。转学过来两年了,班上同学的名字我都叫不全。

唉,现在我去哪儿呢?这个点儿,学校保安会放我进去吧?大城市的学校,都管得严一些,保安疑神疑鬼的,实在是难沟通。实在不行,我就借口说我的作业没拿。去学校操场跑上几圈吧,出出汗,心情就会好一些的。如果有人在学校打篮球,我也可以和他们一块儿玩一会儿。

我看了一眼手上拿着的校服,幸亏把它带出来了。因为去学校的话,就必须穿校服,否则保安还是不让进。但我不喜欢穿这一身难看的校服,蓝色的底色,上面有红色和白色的条纹,恐怕全龙番,不,全省也找不出比这件更土的校服了吧。

但是没办法,穿着吧。反正是晚上,别人也不会注意。

法医秦明

VOICE OF THE DEAD

第一案

胶带缠尸

DNA 决定了我们是什么，但不能决定我们将成为什么人。

我们是什么不会改变，但我们能成为什么则在一直变化着。

——

《破产姐妹》

1

2022 年的春分已过，进入了三月的下旬。

疫情时有发生，大家都时刻关注着自己的健康码和行程卡，生怕一个不小心，就被传染生病了。

天气还是很冷，即使把带棉质内胆的警用冬季执勤服穿在身上，都感觉不到暖和，也可能是这个现场一来很荒凉，二来在水边。

这居然是我们勘查小组今年出勤的第一个现场。

我叫秦明，是个法医。我们勘查小组的全名，是龙林省公安厅刑警总队物证鉴定中心第一勘查组。每个勘查小组，一般都由法医、痕检、侦查员等不同职能的警察组成，组员来自公安厅各部门。遇到非正常死亡事件或案件，各个勘查小组就会受命迅速组队，奔赴现场。

我是勘查一组的组长，和我一起搭档办案的还有 5 个"老伙计"。比如身边这个默默把领口拉链拉高了一些的家伙，就是勘查小组里司职痕迹检验工作的林涛，他一边穿过荒凉的灌木丛，一边小声说："这种鬼地方，居然有人敢晚上来。"

这个名叫二土坡的地方，确实就是一个荒凉的土坡，连植物都生长得很蛮横。想越过这个土坡，抵达导航显示的现场，只能靠步行。小组里的图侦专家程子砚，正在对照着地图的资料，给我们引路。

"你以为都像你。"陈诗羽是刑警总队重案科负责人，也是我们小组里的侦查员，我们一般喊她"小羽毛"。她本来跟程子砚一起走在队伍的前头，听到林涛的嘟囔，一边嫌弃地吐槽着，一边从身边的灌木上折下一根粗树枝，回身递给了林涛。

林涛接过木棍当成拐杖，一边打着身边的灌木，一边小心翼翼地问："不会有蛇吧？"

"冬眠呢，笨蛋。"法医大宝也折了一根树枝。

胶带缠尸

"不是春分了吗？"林涛看了看天边刚刚升起的太阳，说道，"九月进土，三月出山嘛。"

"那你可要小心点了。"大宝哈哈一笑，说，"说不定蛇也有'起床气'。"

"别扯了，到了。"我最先爬到了土坡的最高点，可以看到哗哗流水的龙番河边，此时已经拉起了警戒带。

先期抵达的民警，此时正坐在一块石头上打着瞌睡。

"来了，来了，你们辛苦了。"我身边的龙番市公安局韩法医喊了一句，打瞌睡的民警立即清醒了过来，走过来，扶着我们跳下土坡。

"秦法医，报警人是来这里夜钓的，无意中发现了这一具搁浅的尸体。"民警指了指河岸边的一个担架，说，"是一具无头尸体。我们怕尸体继续浸在水里，所以先捞上来放进尸体袋后，再放在担架上了。"

"碎尸案件，感觉好几年都没见过了。"韩法医皱起了眉头说道。

近年来，因为科技迅速发展，破案率不断攀升。龙番市已经连续五年命案侦破率 100% 了。随着打击力度的增大，命案迅速减少。现在的命案发案率只有十五年前的五分之一了。节约下来的警力，利用刚刚发展起来的 DNA 新技术，扑在了命案积案的侦破上，这两年，光龙番市一个市，就侦破了四十余起命案积案。

像今天一大早，市局刑事技术部门就接到了碎尸案的报警的情况，已经很久没有发生了。所以韩法医给我们省厅的值班室打了电话，值班员正好是大宝。好久没出现场的大宝第一时间报告了现已身为刑警总队副总队长兼物证鉴定中心主任的师父陈毅然，再把我们全部从睡梦中喊醒，一起来到了这个位于龙番市市郊边缘的村落——番西村。到了番西村的边缘，就没有路了，我们只有步行越过这个二土坡，来到了龙番河边。

"这河边，看不出什么痕迹物证啊。"林涛走到河边，河水拍了过来，他机敏地向后一跳，说道。

"我们初步考虑是搁浅的，也就是说，是从上游漂下来的。"先期抵达的民警说道。

"既然是无头尸体，那要考虑头颅去哪里了。"我一边穿戴着解剖服，一边说道。

"如果也在水里，估计正在往下游慢慢漂吧。"民警说，"蓝天救援队已经帮忙在下游比较窄的河道拉上了渔网，说不定这几天就能发现。"

"嗯，很重要。"我说完，蹲了下来，拉开了尸体袋。

随着尸体袋被剥离，里面的尸体完整地暴露了出来。

尸体没有头颅，半截脖子露在领子外面。从身形上看，是一具男性的尸体，但是肩膀较窄，颈部的皮肤细嫩，身上穿的还是一件类似中学的校服，应该是一具未成年人的尸体。尸僵①几乎快要完全形成了。

"死亡不超过 24 个小时。"我看了看手腕上的手表，现在是上午 7 点半。我又掀起尸体的衣摆，按了按尸体背后的尸斑②，很容易就压之褪色了，这也验证了我的推测。

"估计是昨天下午死亡的。"我补充了一句，"只可惜，冬季水中的尸体，通过尸体温度下降来判断死亡时间，就不准确了。可以通过解剖来看看胃内容物。"

"有随身物品吗？"林涛见河边毫无痕迹可循，就走过来看着我们尸检。

大宝此时已经掏了尸体所有的口袋，遗憾地摇了摇头。

"不要紧，尸体穿着校服，这个很好查。"我说。

"那可不一定，我听说有一些区，所有的中学校服都是一样的。"林涛说，"唯一不一样的，就是胸口的 logo。"

我连忙展开了尸体胸部的衣服，这里确实有一个 logo，但是被一团墨迹污染了，根本无法看得出上面印着什么字。

"是犯罪分子故意抹去了 logo 吗？"大宝用胳膊推了推眼镜，盯着 logo 仔细看。

"不会的，如果这样，那还不如把衣服直接剥掉扔了。"我摇了摇头，说道。

"说得有道理。"大宝点了点头。

"还有，我说过很多次了，不要先入为主，你怎么知道这就是一起命案？"我说。

"我只是脱口而出，脱口而出。"大宝嘿嘿一笑。

"不是命案？"陈诗羽凑了过来。

"你看看这里。"我用手指了指尸体颈部的断端，说，"颈部的皮肤没有皮瓣，

---

① 尸僵：是一种非常有意义的尸体现象，法医经常运用。几乎在所有的尸体上都会出现，而且有着较强的规律性。人体死亡后 1~3 小时，尸体上就会开始出现尸僵，尸僵形成时，先是固定一些小关节，然后逐渐扩展到大关节，紧接着把所有关节都牢牢固定住。随着死亡时间的延长，尸僵又开始逐渐缓解，最后尸体再次呈现软绵绵的状态。这一特征，对法医粗略推断死亡时间有着重要意义。

② 尸斑：指的是在尸体上会出现淡红色、鲜红色、暗红色的斑块，斑块连接成片，位于尸体低下未受压处。尸斑的颜色和状态有时也能提示死亡时间和死因。

说明切断头颅的作用力是一次形成的。再看看颈椎的断面，非常整齐。你说，什么人、用什么工具，才能有这么大的作用力？"

"刽子手用大刀！"林涛似乎在脑海里出现了一个画面。

"这是船只的螺旋桨切断的。"韩法医淡定地说道。

"对对对，我们以前就见过船只螺旋桨切断肢体的案例。只是这个正好切断头颅的，实在是有点寸。"大宝说。

"是啊，你们看看他的领子，是有一些血染，但是痕迹很淡。这说明断头之后，流出的血液不是非常多，而且很快就被稀释了。这个迹象可以肯定，死者被断头的时候，一来已经死亡了，二来是在水中被断头的。"我说。

"嗯，不是命案，那我心里好受多了。"陈诗羽说，"毕竟是个孩子……"

"我也没说不是命案。"我打断道，"只能说被船只螺旋桨断头的时候，孩子已经死了。但他究竟是怎么死的，还需要我们进一步调查。"

"知道了，我这就去组织调查尸源。"陈诗羽说道。

"嗯，我们现在要去解剖室，对尸体进行一个解剖。"我说，"死因至关重要了。"

勘查小组的司机韩亮驱车载我们赶去殡仪馆，却被早高峰的车辆堵在了路上，陈诗羽的电话就在这时候接进来了。她说有一个好消息和一个坏消息。好消息是，蓝天救援队的工作效率很高，目前已经在尸体下游五百米处的水域，找到了一颗头颅，会同时送到殡仪馆解剖室。坏消息是，教育局要求全市初中、高中、职业技校的学生上学期间必须着校服，下达通知后，大量的学校一起订购，导致这种类型的校服覆盖面很广，大概涉及两百多所学校，目前还没有确定死者属于哪个学校。调查尸源需要时间。

"两百多所学校穿一样的校服？"大宝简直不敢相信自己的耳朵。

"据我所知，教育部门认为这个年纪的孩子最爱漂亮，所以为了防止互相攀比衣着，防止奇装异服出现，防止因为沉迷衣着打扮而影响学习，就禁止穿校服以外的衣服了。"韩亮边开车边说。

"这，合理吗？"大宝还是很惊讶。

"我又不是教育专家，我怎么知道合理不合理。"我拍了一下大宝的肩膀说，"到殡仪馆了，咱们把自己的活儿干好就行了。"

我们刚刚把解剖台上的尸体衣物全部脱去，蓝天救援队就把死者的头颅送来了。我们比对了一下断面，虽然还需要进一步确认 DNA，但也基本可以断定这就是尸体的头颅。

死者果然是一个面目清秀的小男孩。

"我们买了一台便携式 X 光机。"韩法医打开一个手提箱，拿出一个和矿灯差不多大的东西，在死者的关节处扫描了起来。

对于未成年人的年龄推断，无须取下耻骨联合进行推断，而可以通过六大关节（肩、肘、腕、髋、膝、踝）的骨骺愈合情况来推断，这就是法医的骨龄鉴定技术，操作简单，结果也比看耻骨联合更准确。

这种 X 光机是数字化的，拍摄完之后，就可以立即在笔记本电脑上看到骨质的细节了。我一边感叹现代科技的发展如此迅速，一边看着片子说："估计 15 岁。"

十年前，我曾经去公安部物证鉴定中心学习骨龄鉴定。理论上，通过观察骨骺愈合程度特征，再运用公式计算是可以将年龄误差缩小在 ±1 岁的范围内。我记得公安部物证鉴定中心的一个大实验室里，收藏了数百份 X 线片，涵盖了各个年龄层、不同性别的 X 线片资料。我学习的几个月，就是天天看片子。那段时间的学习，让我掌握了不需要公式计算，就能大致推断出年龄的技能。

"是吧，中学生。"大宝说，"如果把误差范围算进去，14 到 16 岁，那就有可能是初中生，也有可能是职高技校生，还有可能是高中生。"

"尸源调查，还是需要依靠小羽毛她们侦查部门啊。"我叹了口气，说，"我们先搞清楚死因吧。"

在对死者颈部断端进行拍照固定后，我们开始了解剖工作。

"一"字形①切开胸腹腔后，我们取下胸骨，暴露出了尸体的胸腹腔脏器。我用止血钳找到了食管和气管的断端，然后分离出来，切开，发现食管内干干净净，没有泥沙，但是气管内有很多蕈状泡沫②。

————————

① "一"字形：是一种解剖术式，直线切法，即从颈部一直划开到耻骨联合，打开胸腹腔。
② 蕈状泡沫：指在尸体口鼻周围溢出的白色泡沫。蕈是一种菌类，这种泡沫因为貌似这种菌类而得名。蕈状泡沫的形成机制是空气和气管内的黏液发生搅拌而产生，大量的泡沫会溢出口鼻，即便是擦拭去除，一会儿也会再次形成。比如人在溺水的时候，因为呼吸运动，水和气体在气管、肺之中混合搅拌，就会形成蕈状泡沫。

"蕈状泡沫！他是溺死的！"大宝说，"跳河自杀？"

"那可不一定。"我说，"确实，蕈状泡沫最常见于溺死。但是，有很多其他死因也可以看到蕈状泡沫。比如捂压导致的机械性窒息、电击致死什么的。"

"水里的，就要首先考虑溺死嘛。"大宝说。

"是啊，先看看。"我说。

我知道，如果死者真的是溺死，那自杀或者意外的可能性就大了。

大宝用止血钳从死者口中拔了一颗牙齿，扔到装有酒精的烧杯里。

"断头了，食管、气管都断开了，为啥这些泡沫还会存在啊？"韩亮在一边好奇地问。

"因为人的食管、气管是有弹性的，一旦断头，会导致回缩。"我说，"即便是泡在水里，水也不可能完全灌进食管和气管啊，所以泡沫不会被水冲走。你这个活百科，居然不知道这个吗？"

"毕竟我不是医学生嘛。"韩亮笑了笑，说，"我记得你之前说过，判断是不是溺死，可以看器官里有没有硅藻，如果水不容易灌进去，那岂不是也可以看硅藻来判断了？"

"不错啊，你进步很快。"我说，"'吸入'是生活反应[①]，既然我们已经断定了死者是死后被断头的，那么水是无法被吸入的。也许因为有少量的水可能流进气管，肺内有可能发现硅藻，但是肝脏、肾脏内是否有硅藻，也可以为死者是否为溺死做参考。记住，硅藻检验[②]的结果只能做参考，而不能断定。"

"所以，还是得看解剖情况，对吗？"韩亮说道。

我点了点头，用手捏了捏死者的肺部。随着肺脏被我挤压，又有一些泡沫涌入了气管。

"没有水性肺气肿啊。"我说，"肺脏也是萎缩状态，没有肋骨压痕。"

"啊？难道真的不是溺死？"大宝有些慌了，连忙找出了死者的胃，用剪刀剪开。

---

① 生活反应：人体活着的时候才能出现的反应，如出血、充血、吞咽、栓塞等。

② 硅藻检验：任何水里都有硬壳保护的硅藻。法医在对尸体内部器官进行硝化后，即用浓硝酸将软组织破碎、破坏后，软组织硝化殆尽，有硬壳的硅藻则会保存下来。法医对硝化后残留的物质进行显微镜观察，如果死者的肺里有很多水中的硅藻，只能证实死者尸体曾在水中；而如果这些肺中的硅藻随着血液循环到达了肝脏和肾脏，便是生前溺死的一个参考证据。法医主要是用这种方式来参考判断死者是不是生前溺死。

死者的胃内，还有一些黏糊状的物体，说明胃内容物已经消化到了不成形的状态，应该是末次进餐后四五个小时的状态了。

"没，没有溺液！"大宝说，"你说会不会是干性溺死？"

"是啊，不是还有干性溺死之说吗？"韩亮看我们解剖多了，对法医名词也能如数家珍了。干性溺死，是人落入冷水后，因为迷走神经受刺激，导致心跳骤停，又或者导致声门痉挛，从而窒息死亡的情况。

我一边舀出一点胃内容物，在水流下面慢慢冲着，一边说："你们不觉得，窒息征象不太明显吗？还有，是不是干性溺死，有个前提，那就是得排除其他所有的死因。"

很多人认为法医对死因的鉴定，就是看到什么定什么，是看图说话。其实不然，即便是最明显的死因，法医也不会轻易下结论，而是都需要排除其他所有的死因，加之最后有依据来认定真实的死因，一个正证，充分反证，这才可以得出最后的死因。

很显然，现在这个死者还有很多其他死因没有被排除。

"可以排除啊！你看，死者全身，包括颅脑都没有损伤，可以排除机械性损伤死亡；孩子还这么年轻，脏器你都看见了，从大体上，基本可以排除有致命性的疾病；口、鼻和颈部都没有任何损伤，也可以排除其他机械性窒息导致的死亡。"大宝很少这样连珠炮似的说出自己的观点。韩亮若有所思地点着头。

"还有，如果是刺激迷走神经导致的干性溺死，窒息征象也会不明显。"大宝看了看韩亮，又补充了一句。

"是，你说的有道理。"我说，"气管内有泡沫，这是正证，你们也排除了很多其他死因，这是反证。但是还有中毒、电击和高低温致死没有被排除啊。"

"所以，还是得做病理和理化啊！"大宝说。

"是啊，这是必须的。"我说，"你确实排除了很多其他死因，但是如果死者溺死的征象明显，我们基本就可以心里有数是溺死。但是如果不明显，考虑的是干性溺死，就得排除得更彻底。"

说完，我又继续检验了死者的肺脏和胸壁肌肉，说："死者呼吸肌没有出血，肺叶间也没有出血点，这些也都不支持是溺死。实际上在干性溺死中，有时候因为死者在水中有挣扎过程，会导致胸锁乳突肌等一些肌肉的出血，这具尸体也没有。所以我们还没有特别好的依据来证明他落水的时候是活着的。"

我的言下之意，死后抛尸的情况不能排除。而死后抛尸，是命案的可能性就大了。

"送病理，送硅藻，送理化。"大宝说着，打着手势，让韩亮记录下来。我们勘查小组在工作安排上经常是"人尽其用"，韩亮和林涛都给我们做过解剖记录。

"还有这个。"我注意到死者的小腿处有一条横行的褐色印记，说道。

我拿过一块纱布，仔细擦了擦这一处印记，确定这条印记是皮肤的改变，而不是黏附的泥土。因为印记擦不掉。

"我还以为是泥巴呢。"大宝也擦了擦，说，"这是啥？陈旧性疤痕？"

"不知道，被水泡得很严重，看不出形态了。"我一边说着，一边用尺子量了量，说："宽不到 1 厘米，却有 10 厘米长，周围又没有针眼缝线的痕迹，不是手术疤痕。而且还有点突出皮面，又不是胎记。"

"说不定，就是一个新鲜的擦伤，被水泡成了这样？"大宝问。

"颜色不像啊。"我说完，用手术刀沿着印记的周围划了一圈，把这一块皮肤取了下来。

"皮下是正常的，肌肉组织没有出血。"大宝说。

我点了点头，说："没关系，拿去找老方也一起做个病理，就清楚了。"

老方是龙林省公安厅负责法医组织病理学检验的副主任法医师方俊杰。

大宝"嗯"了一声，拿过刚才的烧杯，把刚才拔出来的牙齿夹出来，看了看牙颈部，说："哟，有玫瑰齿[①]！说不定就真的是溺死呢！"

"别着急。"我被大宝着急的样子逗乐了，说，"等所有的检验结果都出来了，再综合判断也不迟。这起案件的死因比较难确定，还是慎重一点比较好。"

我让大宝先开始缝合尸体，我又同时仔细检查死者的衣物。一件被墨水污染了的校服，一件加厚的阿迪达斯卫衣，一件棉毛衫。下身是一条耐克的加厚运动裤、一条棉毛裤和一条内裤。脚上是一双耐克的运动鞋。这些衣服都是商店里卖得比较多的款式，想从来源上查尸源，难度很大。

但在检查的过程中，我发现了死者的鞋底花纹中夹着一个粉红色的物体。我小

[①] 玫瑰齿：是法医对窒息征象中"牙齿出血"现象的一个浪漫型表述。教科书上认为，因机械性窒息、溺死、电击死的尸体，在牙齿的牙颈部表面会出现玫瑰色，经过酒精浸泡后色泽更为明显。

心翼翼地将物体夹了出来，因为面积很小，很难判断是什么东西。

"鞋底还黏着东西呢？"韩亮说，"没被水冲掉？"

"是夹在花纹夹缝里的。"我说，"肯定不是水里的附着物黏附的，应该是踩上去的。"

"那就有价值了。"韩亮说，"虽然是残缺的，但是我盲猜是樱花花瓣。"

我看了看韩亮，又看了看物证袋里的粉色片状物体，觉得他说的很有道理，于是说："那就交给你了，回头你送去农大，让农大专家们帮我们确定一下。"

"没问题。"韩亮说，"说不定还能做个植物DNA[①]。"

缝合好尸体，我们回到了厅里。

此时在外调查的陈诗羽和程子砚，以及在现场勘查的林涛都回到了办公室。从他们的表情就看得出，他们的调查和勘查一无所获。

"按理说，孩子丢了一晚上，家人肯定报警了啊。现在大家应该都知道未成年人只要一走失就可以立即报警的吧？"陈诗羽说，"可是所有派出所都没有接到孩子走丢的报警记录。难道遇上了不负责任的家长？"

"是，很奇怪。"我皱起了眉头，心里想着，不会是家长自己作案吧？

"勘查也没进展，根据大致的死亡时间和水流速度，往上游去找有可能的落水点，但范围实在太大，条件也很差。"林涛说，"只能大致锁定范围是在番西村西侧的那一些小山附近落水的，但无法找到痕迹物证。"

"死因我们也暂时无法确定。"我说，"因为觉得不太像溺死，所以也不能确定这案子是不是命案。如果尸源、痕迹和死因都暂时无法确定，我们也不要太早下结论，先让侦查部门按照命案的标准来开展，我们静待辅助检查的结果。"

我的话音刚落，桌上的电话铃就响了起来。

我拿起话筒，说："师父，我们都在，什么？又有个落水死亡的？在云泰？又是个年轻人？好的！我们马上赶过去！"

---

① 植物DNA：和人的DNA鉴定一样，植物DNA鉴定同样可以对植物进行同一认定。法医秦明系列万象卷第六季《偷窥者》中的故事"幽灵鬼船"，就是法医发现了一片附着在尸体上的树叶，通过对树叶的DNA鉴定，找到了树叶所属树木的位置，并且顺利破案。

2

"我说吧，有的时候奇怪得很，一来案件吧，都一起来差不多的。"大宝说，"水里的尸体刚刚解剖完，又来一个。"

"不要迷信。"林涛瞥了大宝一眼。

"这句话你自己好好记住就行。"陈诗羽反驳道。

在赶去云泰市的路上，我们已经从黄局长那里了解了基本案情。我的师兄，和我一起并肩侦破"云泰案"①的黄支队，现在已经是云泰市分管刑侦的副局长了。法医专业性很强，一旦将老法医提拔了，就要重新培养新法医，培养的成本和时限都是困难，所以一般情况下，法医是很难得到提拔的。一个法医能做到市级公安机关的副局长，凤毛麟角，这充分说明了黄局长的优秀。

今天上午10点半左右，也就是我们在缝合上一具尸体的时候，有个农民到云泰市清河边取水时，发现了一具搁浅的尸体。其实，和龙番的这个案子相似的点，是尸体都是被搁浅后发现的，死者都是年轻男性。仅此而已。实际上，清河只是一条小河，最深的地方也就1.5米，尸体若在水中，是非常容易搁浅的。

"上一起案件，说不定还有可能是意外或者自杀，这一起肯定是命案喽？"林涛说，"两起不一样。"

云泰市市局的高法医已经在岸边初步看过了尸体，嘴和脚是用胶带捆的，头上还有很多挫裂创口。所以看上去，无论如何都是一起杀人后抛尸的案件。

"把尸体抛在这种小河里，实在不是明智之举。"我说，"抛尸是为了延迟案发时间，可是在这种小河里，很容易就被发现了。"

"谁说的，抛尸也可以是为了撇清关系，所以抛远一点，你都说过，'远抛近埋'②嘛。"林涛反驳道，"河水是流动的，如果凶手没有交通工具，就可以利用河水把尸体抛远一点啦。"

"说的也有道理。"我点头认可。

---

① 见法医秦明系列万象卷第二季《无声的证词》一书。

② 远抛近埋：这是分析命案凶手远近的常用手段。一般有藏匿尸体行为的，比如埋藏尸体的，说明尸体埋藏地点离凶手比较近；而抛弃尸体，没有明显藏匿行为的，说明凶手是从别地来的。

说话间，我们的勘查车已经开到了云泰市郊区一个很偏僻的地方。

"又是在这么偏僻的地方，肯定没摄像头了。"程子砚有些失望，可能她觉得自己的图侦技术在这一起案件中，很难发挥出作用了。

"没事，你可以跟上次一样，跟着小羽毛做好侦查工作。"我说。

绕过了一个只有几户人家的村落，勘查车来到了停了十几辆警车的小河边，大家都在忙碌着。

"师兄，怎么样？"我和黄局长握了握手，问道。

"情况不容乐观。"黄局长满脸愁容，说，"水流速度不定，无法推断落水点。"

"也是一具身份不明的尸体？"我追问道。

"为什么说'也'？"黄局长一脸迷惑地问我。

我简单地把今天上午刚刚在龙番市办理的案子和黄局长说了一下。

黄局长露出了同情的表情说："辛苦你们了。不过，我们这个，身份是很清楚的，他身上带了一部手机。"

"有手机？"我瞪大了眼睛，说，"那是不是可以做一些工作？"

"可惜被水泡坏了。"黄局长说，"我们通过 SIM 卡，明确了机主身份，家属正在赶来的路上。但是手机里的数据，恢复的可能性不大，我们会让电子物证部门尽量试一试。"

"手机还是直接送省厅吧，市、省两级电子物证专家一起做。"我说，"我们总队的吴老大，原来做文检的，现在也做电子物证，你们找他就行。"

黄局长点了点头。

正在这时，一辆黑色的轿车开了过来。车辆还没停稳，车门就打开了，冲下来一对四十多岁的男女，直扑尸体。

这是疑似死者家属来认尸了。

尸体是新鲜的，面容是可以分辨的，所以当我看见这对中年夫妇扑在尸体上哭得死去活来的时候，我就知道，死者的身份是确认了。

此时已经是中午时分了，我们和黄局长一起走到现场指挥车里，一人吃了一份盒饭，准备等家属情绪稳定一些后，再进行现场尸检。

我们吃完饭，家属已经被民警请到附近的派出所问话去了，我们穿好了勘查装备，进入了被警戒带圈定的现场。

尸体已经被挪到了岸上，直挺挺地躺在一块塑料布上，身上的水已经差不多晒干了。我走到尸体边蹲下来，尝试着动动关节，发现尸僵已经形成到了最硬的时候，而尸斑依旧是指压褪色。

"尸僵最硬，是死后 15 至 17 个小时，现在是下午 1 点，说明是昨天晚上天黑之后死亡的。"我说，"角膜混浊的情况也符合这个时间，只可惜这个季节，水中尸体很难通过尸温判断时间了。"

"有这个时间段就足够了，我会让他们调取周边大路上的交警探头，看看能不能找得到他的行踪。"黄局长说。

"我去！"程子砚终于有地方发挥所长了，主动请缨。

"死者的双脚是在踝关节处被胶带捆扎，捆了十几圈。还有嘴巴也被胶带缠绕了两道。"我说，"但是，很奇怪的是，为什么凶手只捆他的脚，不捆他的手呢？"

"说明凶手和死者有强大的体能差，或者凶手不止一人。"林涛说，"凶手不怕死者反抗，捆脚、封嘴，只是为了防止他逃跑或者喊叫。胶带只是缠住了嘴巴，鼻子露在了外面，说明凶手也不是想用这种方式闷死死者。"

我觉得林涛说的有道理，点着头说："是啊，既然对死者有个约束行为，那就不可能是激情杀人或者寻仇谋杀了。"

"最大的可能，是因财。"大宝说，"或者，他们想从死者口里获知一些什么。"

我没说话，而是大致检验了一下死者的躯干和四肢，除了捆扎胶带的脚踝处有皮下出血之外，没有任何损伤。这说明，他生前并没有抵抗的行为。

我又扒开死者的头发，看了看头皮上的挫裂口。果然，他的顶部有大大小小十几个挫裂口，有的深、有的浅。

"顶部的挫裂伤，多见于打击伤。"我说。

"是啊，如果摔跌的话，是很难摔到顶部的。"大宝说。

"所以，我们已经立了刑事案件。"黄局长说。

"如果是打击伤，这么密集排列的创口，应该是连续打击吧。"我说。

"也许是捆在凳子上，打一下，问他个问题，再打一下，又问问题。"大宝说，"如果他被约束住了，也是可以的吧。"

"可是他的躯干部和上肢没有约束伤①啊。"我说。

---

① 约束伤：指凶手行凶过程中，对受害者施加约束的动作时，有可能控制了双侧肘、腕关节和膝、踝关节等身体部位，造成受害者的这些关节处产生皮下出血。

大宝也陷入了沉思。

"不要紧，这个问题，在解剖后，我们再讨论。"我说，"林涛，你是不是又要去找落水点了？"

"几乎没可能找到落水点。"黄局长摇了摇头说。

"我先去做更有意义的事情，和你们一起去解剖室。"林涛说，"要知道，看指纹，没有比胶带更好的载体了！"

确实，在很多案件中，用来约束被害人的胶带上，经常可以提取到痕迹物证。因为胶带有胶的一面带有黏性，可以把指纹或者掌纹完整地保存下来，即便是被水泡过之后，也不会消失殆尽。

在二十世纪七八十年代，指纹识别技术是破案的撒手锏，胶带就成了刑事技术警察的必备工具。在现场用指纹刷把指纹刷出来，然后再用胶带把指纹黏附下来，就可以长期保存了。①

所以，痕检员看到现场或者尸体上的胶带，通常都会很兴奋，这也会是他们最关注的物证。

"身上除了手机，什么都没带。"高法医说道，"哦，还有一团纸，已经被泡得快化了。"

"在哪儿？"我连忙问道。

"装物证袋里了。"高法医说。

"正好他们要去省厅找吴老大，对手机进行技术恢复。"我说，"你让他们把这团纸也一起送去。吴老大和纸笔打了一辈子交道，让他帮忙看看这团纸是什么纸，说不定他能发现里面有没有文字呢。"

"好的。"高法医点头应承了下来。

我站起身来，左右看了看，这附近确实挺荒凉的，现场也没有什么继续勘查的必要了，于是让黄局长请来殡仪馆的工作人员，把尸体先拉回去。我们则准备去找小羽毛，看看她那边了解的死者情况是怎么样的。

派出所距离现场有 10 公里的路程，我们赶到之后，陈诗羽正在派出所的院子

---

① 若想看老一辈警察是如何在没有 DNA 鉴定技术、没有监控设备、更没有网络的条件下破案，可详见法医秦明复古悬疑系列《燃烧的蜂鸟》一书，里面有很多类似用胶带取指纹的经典技术。

里溜达。

"怎么了？"我问道。

"看着悲痛的家属，我心里也堵得慌。"陈诗羽一脸苦恼，说道。

"还不习惯呢？我们就是在黑暗里工作的人啊。"林涛拍了拍小羽毛的肩膀安慰道。

陈诗羽深深地呼出了一口气，然后笑笑拍开他的手："没事了，我自己会调节。我先跟你们同步一下死者的基本情况吧。"

死者叫刘文健，男性，今年刚好 20 周岁。他是外地某大学大二的学生，因为当地疫情再发，过完年后一个多月仍没有开学，所以最近两个多月一直是居家的状态。

据刘文健的父母叙述，他是一个特别乖巧的孩子，平时话不多，也没有什么社会交往。这两个多月，除了过年走亲戚之外，就是玩玩手机、看看书。甚至和同学约出去玩都没有过。

刘文健的父母都是在国企上班，中午都不回家，刘文健自己在家里做吃的。昨天中午，刘文健只吃了一桶方便面，连方便面桶都没有收拾，下午 1 点左右就出门了，这一点他们家的监控门铃可以证实。

从这次出门后，刘文健就杳无音信了。其父母晚上回家后发现他不在家，以为他去找同学玩了，所以也没在意。一直到晚上 10 点还没有回来，刘文健的父母就拨了他的电话，此时已经是无法接通的状态了。

从昨晚 10 点一直到刘文健父母被通知来认尸，十几个小时里他们一直在寻找刘文健。

通过从通信公司调取的资料来看，事发当天下午刘文健一直没有打电话、发短信，手机在晚上 8 点半的时候，突然变成无信号的状态，而不是有关机操作。所以警方分析刘文健是这个时间点入水的，水浸湿了手机，导致突然断电。

"可是，如果有人挟持了刘文健，为什么还把手机放在他身上？甚至连关机都没有做？"我说，"这凶手是不是有点糊涂胆大了？"

"也许他们根本就没有搜身，"大宝说，"甚至都不知道他身上有手机。"

我想了想，觉得还是有点不可思议。

根据刘文健父母的回忆，刘文健没有什么社会矛盾，平时与人为善，总是笑嘻嘻地对人家，即便有人欺负他，他也就是哈哈一笑了之，根本不存在什么仇家，毕竟他还只是个大学生。通过他们的了解，加之电话征询刘文健的大学室友，所有人都可以证实，刘文健目前是单身状态，也没有追求的女生，更没有前女友。也就是说，他的异性情感方面是空白的。所以根本就不存在因为情感纠纷而导致被害的可能。每个月刘文健都有2000元生活费，但是这两个月在家，父母就没有再给他钱，他也没有问父母要过钱。这也就不可能是参与赌博或者其他违法活动而产生的财务纠纷。总而言之，和警察在一起分析了一大圈，刘文健父母根本就想不到有什么人会杀害他们善良而单纯的儿子。

刘文健家距离发现尸体的地方，有二十多公里路程，现在也无法判断他是乘交通工具来到现场附近，还是徒步来的。从时间上来看，这两种方式都解释得通。

不是激情杀人，又不可能有矛盾关系，这个案子变得十分扑朔迷离了。

"如果是通过网络联系其他人，通信公司是查不到的。"陈诗羽说，"毕竟这个时代，打电话、发短信的人不多了，都是通过微信来联系人。"

"只可惜，他的手机还不知道有没有恢复的可能性。"林涛说。

"现在只能寄希望于恢复手机和从刘文健家附近开始的沿途监控了。"陈诗羽说，"一路过来，有不少监控，看看子砚能不能有所发现。"

"如果是坐交通工具来的，而且上车点正好没监控，那就麻烦了。"大宝担心地说道。

"没关系，手机和监控具体会是什么情况，我们无法掌握。但是刑事技术方面，我们是可以把控的。"我说，"既然现在有这么多疑点，那么我们就竭尽全力，在尸检的时候找寻到一些可以指向真相的线索吧。"

"好的，我和子砚继续跟进这边的侦查和监控。"陈诗羽说。

"嗯，手机和死者的其他随身物品已经送去省厅了，看看吴老大能不能显一下神通。"我说，"你们调查这边，虽然他家人认为不可能有财务纠纷，但我觉得还是要重点关注一下死者的财务情况：他原来有多少钱，有没有存款，现在有多少钱，有没有动过家里的钱。"

"好的，这个问题，我们之前就问了。"陈诗羽说，"但是他的父母信誓旦旦地说，刘文健是个很勤俭的孩子，除了正常的生活费，一般不问他们要钱，更不可能动家里的钱。"

"这只是家属平时的印象罢了。"我说，"如果他真的遇见了什么特殊的事件，可就不一定了。所以不能武断地下结论，要请他们全面清点家中的财物，这样才能确保这个案子和'钱'没有关系。"

"好的，这个交给我了。"陈诗羽点了点头。

我看了看表，已经下午2点半了，我们重新跳上韩亮的勘查车，向云泰市殡仪馆赶去。

3

尸体停放在解剖台上，尸僵强硬的状态让人看起来像是死者正用力挺直着身体。

我们要做的第一件事情，就是顺利取下捆绑他脚踝和嘴部的胶带，需要做到不破坏上面可能存在的痕迹物证。

因为无法知道指纹可能在胶带的什么位置出现，所以我们在林涛的帮助下，一边用多波段光源照射胶带，一边选择最安全的位置下剪刀。胶带缠得很紧，不能将它强行扯开，因为那样会破坏痕迹。

剪开了胶带，又小心翼翼地把胶带从尸体的皮肤上撕脱，我将胶带顺利地交到了林涛的手上。林涛就像捧着一堆珠宝一样，小心翼翼地捧去了解剖室隔壁的操作间，看胶带去了。

我和大宝破坏了尸体的尸僵，将衣物一件件脱了下来。

"死者穿得不多、不厚，如果身体曾经被牢牢束缚过的话，应该会留下痕迹。"我一边仔细检查尸体的躯干部和双上肢，一边说，"可是，确实没有约束伤啊。"

"嗯，很奇怪。"大宝皱着眉头说。

"不约束，是怎么形成这么密集的损伤的呢？"我又扒开尸体的头发看了看，说，"难道是晕厥了？"

"我抽了心血，已经送理化了。"大宝说，"如果先把人弄晕了，再杀他，完全可以选取其他更好、更保险的杀人方式啊。而且再用胶带捆腿，也说不过去啊。"

"疑点重重。"我说，"没事，你先常规检验胸腹腔，我来刮头发，看看损伤。"

我和大宝分头工作起来。

我曾经说过，法医是个兼职的"剃头匠"，一把手术刀，可以给尸体剃一个完美的光头，去除毛根，充分暴露出头部的损伤情况。但是当尸体头部有大量挫裂口的时候，剃头的工作难度就会成倍增加。有了皮肤创口，创口附近的皮肤张力就消失了，刮头发就会很艰难。尤其是创口之间的毛发，很难完全去除。而且，法医用的是手术刀，很锋利，一旦刮不好，就会破坏创口形态，影响判断。

所以我蹲在解剖台的一端，一点一点地剃除头发，累得满头是汗，也只是勉强暴露出了尸体头顶部的创口形态。

我数了一下，尸体头顶的创口一共有13处。最大的创口，长有4厘米，最小的创口，只有0.5厘米。创口的周围似乎能看到挫伤带，创口里面也有组织间桥[①]，可以肯定是钝器形成的。创口的边缘不整齐，没有哪两处创口是形态类似的，各有各的形状。

这样的损伤，我以前还真是没有见过。总觉得这种损伤有点问题，但是问题在哪里，我一时也找不到头绪。

正在我整理思绪的时候，大宝倒是喊了起来："我的天，居然是溺死的！"

我把自己从思绪中拉了出来，走到解剖台的一侧，看着大宝正在按压死者的肺脏。看来我刮头发的时间太长了，大宝都已经完成了打开体腔的工作。

"水性肺气肿，肺脏有捻发感，表面有肋骨压痕。"大宝说完，又提起止血钳。

止血钳是用来夹住死者胃部两端的，胃部的中央已经被剪开了，大宝接着说："胃里也有溺液，你看这是水草！"

死者的胃内已经排空了，说明死者只是吃了中午饭，晚饭根本都没吃。胃内有300毫升的液体，里面还有一些绿色的条状物。确实，正是大宝说的水草。

有了这样的征象，就可以确定死者是溺死的。

"硅藻还要做，确定一下死者就是在这一条小河里溺死的。"我说。

硅藻检验对于死者是否溺死，有一定的参考价值。同样，对死者在哪个水域溺死，也有一定的参考价值。

"气管内也有蕈状泡沫，呼吸肌有出血，胸锁乳突肌也可以看到出血，玫瑰齿也存在，也有窒息征象。"大宝补充道，"这样看起来，这案子比龙番那案子溺死的征象要明显。"

"明显得多？"我说，"你怎么看？"

---

① 组织间桥：创壁间连接的尚未断裂的血管、神经、纤维等组织束。钝器强力作用于体表时，由于挤压、撕拉或牵引作用，可使皮肤破裂，皮下组织、肌肉，甚至骨受到损伤，但韧性较大的血管、神经及纤维组织等常不断裂，像桥一样连接于两创壁之间，形成组织间桥。常见于挫裂创和撕裂创，是区别钝器创与锐器创的重要特征。

"估计是他先被捆住了双脚，封住了嘴巴，因为捆扎的地方都有生活反应嘛。然后用锤子打头，打第一下，就晕过去了，然后凶手又连续击打，这时候他已经不会躲闪抵抗了。凶手以为他死了，其实没死，只是晕了，于是凶手把他扔进了河里，溺死了。"大宝说，"怎么样，这是唯一一种解释的方法吧？"

"有道理。"韩亮在一边赞赏了一句。

"有几个问题啊。"我说，"第一，凶手为什么约束他只捆双脚却不捆手？第二，胸锁乳突肌出血，我们上午刚说了，一般都是在水中挣扎所致，可是你说他晕了，怎么还会挣扎？"

"呛醒了。"大宝强行解释。

"第三，既然死者是处于坐位，被人打击头顶的，对吧？"我没理大宝的解释，接着说，"那血应该往下流，可是为什么领子上没血？"

"哎哟，这个我没注意到。"大宝连忙跑到旁边的操作台上，察看被我们从尸体上脱下来的衣服领子。

"这个我早就看过了，虽然被水泡过，但是确实看不到血迹。"

"是啊，今早的案子，死者死后被断头，领子上都有淡淡的血印痕，这案子咋一点血迹也没有？"大宝说，"头上这么多挫裂口，即便没有大血管破裂，也会流下不少血啊。就算死者是仰卧位或者俯卧位，流下的血也会沾染到领口或前襟一点吧？"

"除非死者是倒立着被打的。"韩亮调侃了一句。

这一句惊得我一个激灵，又陷入了沉思。

"这个，确实不好解释。"大宝也想了想，说，"还有吗？"

我打断了思路，接着说："还有，第四，你去看看死者头顶部的创口，是锤子形成的吗？"

大宝绕到了解剖台的一端，看着死者的头顶，说："这，感觉没什么规律啊。"

"是吧。"我说，"我觉得不像是锤头形成的，像是砖石伤。"

锤头形成的损伤和石头形成的损伤都是钝器伤，但是因为一个形状有规律，一个形状没有规律，所以很容易鉴别。

"你说的第四点，不能推翻我的结论。"大宝说，"用锤头和用石头是一样的。所以我还是觉得我的推论是最接近真相的一种。除了血迹解释不过去，其他都可以解释。血迹这种事，也许有一些特殊情况，比如死者原本是穿了另一件外套的，后来被脱掉了，我们看到的是里面的衣服，所以没血迹。"

"确实，我现在也想不到好的推断来反驳你。"我说。

大宝得意扬扬。

按理说，切开头皮是需要绕开头部创口的，可是死者头部的损伤太密集了，无论如何也无法绕开，只能在拍照固定好创口之后，破坏创口切开头皮。

严重的头皮损伤下方多伴有颅骨骨折，死者的顶骨也有多条骨折线，但是程度并不是非常严重。当我们锯开了颅盖骨，才发现刘文健的颅骨较正常人的颅骨要厚。

"颅骨厚，骨折轻，充分保护脑组织，所以凶手以为他死了，其实他没死吧。"大宝说道。

我没说话，按照解剖术式，剪开硬脑膜、取出脑组织。让我感到意外的是，死者的小脑附近似乎有一些出血。

这么深的位置，怎么会有出血呢？

我连忙把硬脑膜从颅底撕下，充分暴露了颅底。

"枕骨大孔附近怎么会有骨折？"我讶异地说道。

"是啊，这个位置不容易骨折啊。"大宝也觉得很蹊跷。

"嘘。"我让大宝噤声，因为我的脑海里，似乎有一些想法了。

大宝一脸迷茫，安静下来看着我。

"怎么样，死因是什么？"黄局长的声音在门外响起，他结束了前线的指挥工作，立刻赶来了解剖室。毕竟他的骨子里还是一个法医。

"死因是溺死。"大宝惯性似的小声说道，然后用食指竖在唇前，似乎也害怕黄局长会打断我的思绪。

"溺死？"黄局长没注意到大宝的动作，接着说，"扔水里的时候，没死？"

"入水的时候，肯定没死。"我说，"不过，不一定是扔水里的。"

"啊？什么意思？"黄局长和大宝几乎是异口同声。

我思忖了一下，心想从哪里说起，然后说道："在现场的时候，我说过，头顶部的损伤一般都是打击伤，因为摔跌是摔不到头顶部的。"

"是啊。"黄局长说。

"但是刚才韩亮的一句话提醒了我一下。"我说，"比如啊，像跳水运动员那样，倒立入水的话，头顶部不就可以形成这样的摔伤了吗？"

"你什么意思？"黄局长来了兴致，问道。

"让我有这种想法的，就是因为这个奇特的损伤。"我引着黄局长走到解剖台的一端，注视尸体被打开的头颅，说，"你看这些挫裂口，一共 13 处，却没有一处形态相同或者相似，各有各的模样。"

"哦，我好像知道你的意思了。"黄局长说。

"我不知道，你说。"大宝急了。

我接着说："我们知道，特定的致伤工具在同一位置留下的损伤形态应该是相近的，即便是有不同作用面的工具，也只能形成几种不同形态的损伤。比如扳手，用扳手的面砸，会形成片状损伤，中间还有螺纹；用扳手的棱砸，会形成条状的损伤；用扳手的尖端砸，会形成两个小创口。仅此而已。但是这个死者头部密集的损伤，居然形态如此不规则、多样性。即便是用石头砸的，只要不是砸一下换一块石头，那就不可能造成这么多完全不同形态的头皮损伤了。"

"有道理。"大宝若有所悟。

"是吧？所以，我觉得不太可能是凶手换不同的工具，不断打击他的头部。因为这种行为，毫无意义啊。"我说。

"除非是有十几个人，一人拿块石头，一人砸一下。"大宝说。

"你说的这种可能性也很小，因为如果不是连续击打，很难在同一个位置留下密集的损伤。"我说，"前提是，我们没有发现死者上身有被约束的痕迹。"

"对啊，他不可能不反抗、不躲闪。"黄局长说。

"大宝开始推测是不是第一下就把人砸晕了，后面就连续砸了，现在看，死者的颅内损伤并不严重，看不到脑挫伤，仅仅是小脑附近有一点出血，不太可能是第一次就被砸晕了。"我说。

"理化那边也排除了常规毒物中毒致晕的可能性。"韩亮看了看手机，说。

"是啊，没有致晕的因素，他为什么不躲闪？躲闪是下意识行为啊。"我说。

"那你给出的解释呢？"黄局长听我还没说出结论，有些着急了。

我说："别急，师兄，你再看看死者颅盖骨的骨折。他的颅骨很厚，颅盖骨的骨折都是线形骨折，程度不严重，但是多条骨折线都能和头皮创口对应上。只是有个问题，骨折线没有截断现象啊！"

《法医病理学》中明确写过：线性骨折有两条以上骨折线互相截断为二次以上打击，第二次打击的骨折线不超过第一次打击的骨折线，这就叫作"骨折线截断现象"。通过骨折线截断现象，可以分析打击的次数和顺序。

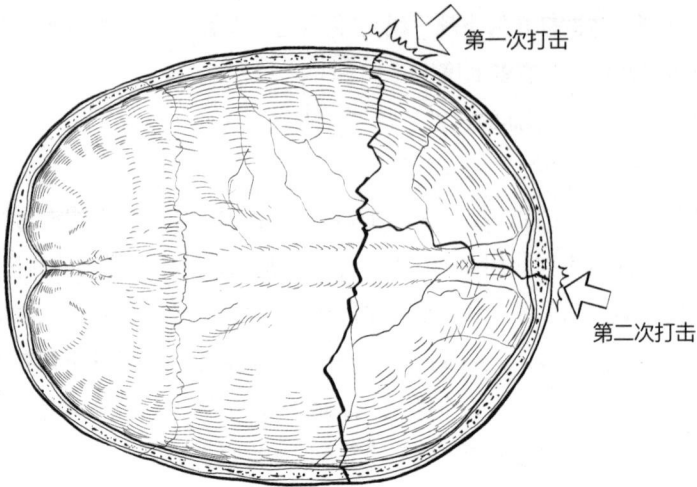

第一次打击

第二次打击

骨折线截断现象（颅盖骨）

可是，死者头部的多条骨折线，并没有骨折线截断现象的出现，所以我们不能说他是被多次打击。

"你是说，它们可能是一次性形成的？"黄局长瞪大了眼睛。

"是啊。"我说，"我们做个假设，假如这个人倒立入水，恰好水中有一块大石头，大石头上的13处凸起和死者的头顶部作用，不就可以同时形成这13处损伤了吗？13处损伤一次形成。"

"石头上不规则的凸起，这个倒是合理。但是，你怎么证明你的观点？"黄局长接着问。

我又用止血钳指了指死者的颅底，说："你看死者的颅底也有骨折。这个位置是外力不能作用到的。但是，如果死者是倒立入水，头部受到石头的撞击，颈椎因为惯性作用，撞击枕骨大孔，就有可能造成枕骨大孔附近的颅底骨折。如果不是这种可能性，你还能想到什么方式，仅仅造成枕骨大孔附近的骨折吗？"

黄局长和大宝足足想了2分钟，也没有办法反驳我的观点。

"是不是？想要解释尸体上所有的损伤，这是唯一一种可能。"我说，"福尔摩斯说过，排除了所有的可能性，剩下的唯一一种，即便再难以置信，那也是真相！"

倒立死法示意图

（图中省略了胶带的细节）

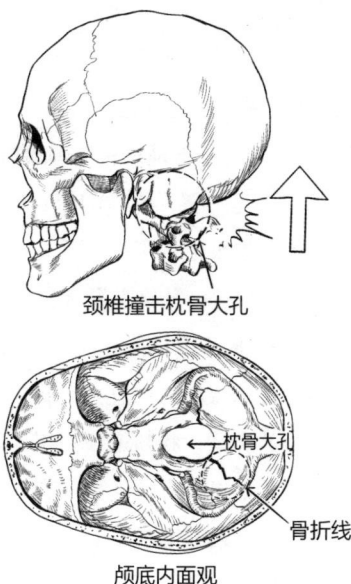

颈椎撞击枕骨大孔

枕骨大孔

骨折线

颅底内面观

"可是尸体被捆绑了双脚、封住了嘴巴啊！"黄局长说。

我哈哈一笑，说："你去看看我的微博，我还专门写过'反绑双手上吊''封嘴自杀'的相关科普呢。你想想，如果真的是有别人去做这件事，为什么只封嘴巴、只捆双脚，而让双手处于自由状态呢？其实一个人若想捆绑自己的双手也是可以的，但是死者可能觉得太麻烦，就没有捆。"

"你是说，他是为了防止自己下意识求生，所以故意封了嘴巴，不让嘴巴呼吸，逼着自己吸入水溺死；为了防止自己下意识游泳，又捆了双脚。"黄局长说，"这种情况，我以前也是见过的，死者坚决要死。"

"他会游泳的，对吧？"我问。

"是的，会。"黄局长说。

"那一切就合理了。"我说。

"你说合理有啥用？"黄局长说，"这种架势，捆了双脚和嘴巴，头上又那么多伤，你让我去告诉死者家属他是自杀，我怎么说服他们？他们又不懂法医学。"

"是啊，如果是命案，破案倒是容易。"大宝说，"如果是自杀，还是奇特状态下的自杀，想要找到充分的证据证明，可比办一个命案难多了。"

黄局长点头认可，说："立案容易，撤案难啊！没有充分的依据，上头不可能同意撤案的。"

"别急啊，证据肯定是有的。"我指了指从大门口进来的一脸慌张的林涛说道，"林涛，胶带上是不是只有死者的指纹？"

林涛先是一愣，连忙问道："你怎么知道的？我现在怀疑凶手有可能戴了乳胶手套，因为如果他戴了纱布手套，我就能找到纱布的纤维碎屑，可是没有啊！除了死者自己的指纹，什么都没有！那只能是乳胶手套了！"

"不是乳胶手套的问题。"我说，"死者是自杀的。"

为了让林涛尽快回过神，我又把判断自杀的依据和他说了一遍。看着林涛一脸不可置信的表情，我知道我们得抓紧寻找其他证据了。法医发现的问题只是证据的一小部分，如果没有其他更加直接的证据支撑，形成不了完整的证据链，这样的结论连我们自己人都说服不了，更不用说对刑侦毫无概念的死者家属了。

"可是，除了监控和手机，还有什么可以作为证据吗？"黄局长问。

"找到死者的落水点。"我说，"落水点一定有大量的证据可以发现。而且，如果不知道落水点在哪里，我们就无法找到河底形成死者头部损伤的大石头。正常情况下，小河的河底都是淤泥，只有找到了大石头，才能彻底印证我的推断。"

"我在现场的时候就说了，落水点找不到的。"黄局长说，"什么时候搁浅的不知道，水流也是不稳定的，上游那么长，总不能在河岸两侧一米一米地找鞋印吧。"

"能找到。"我微笑着说，"你忘了一个关键的因素。"

"倒立！"韩亮最先反应了过来。

"对。"我说，"死者处于倒立的姿态入水，那就不可能是在岸边跳入水中的，而肯定是在某一座桥的中央，从桥上跳入水中的。"

"明白了！"黄局长恍然大悟，"所以，我们不需要找岸边，只需要在上游的几座桥上进行勘查，就能找得到落水点了！"

"趁着天色还亮，分头行动吧！"

我让林涛、韩亮和黄局长一起先赶去现场上游查桥。而我和大宝开始整理缝针，缝好尸体后，就去现场和他们会合。

我相信，那座死者最后逗留的小桥上，一定有证据可以印证我的观点。

4

缝合好尸体,大宝和我一起坐在市局的勘查车上,向现场赶过去。

"减速运动,不都应该有对冲伤①吗?"大宝坐在车上嘀咕着。

"谁说的?"我说,"如果是摔在枕部或者额部,大脑因为惯性作用前移或者后移,和颅骨碰撞是容易形成对冲伤。但是摔在顶部,想在颅底形成对冲伤就很难了。你想想大脑的结构,颅底是小脑,填满了小脑窝,还有小脑天幕作为遮挡,脑组织无法上下移动,就不会形成对冲伤了。"

"也是,不过小脑确实也有出血。"大宝说。

"小脑的出血,是颅底骨折造成的,并不是对冲伤。"我说。

说话间,车辆已经行驶到现场上游的一座石桥旁。这是林涛给我发的定位,因为他发现了桥的护栏上有足迹。

我和大宝走上石桥的时候,林涛此时腰间正套着一根安全绳,整个人已经翻到了石桥的护栏之外,用光源照射着护栏外的桥边,拍着照。

"发现了?"我问。

"是啊!真是神了!"林涛给我竖了竖大拇指。

我摇摇头,说:"不神,尊重科学、尊重逻辑,就能得出这个结论了。"

"重点是不要先入为主。"大宝擦了擦额头上的汗珠,说,"你说龙番那个孩子,会不会也是自杀?"

"你一开始先入为主是凶杀,现在有了这个案子的提示,又开始先入为主是自杀了?"我拍了拍大宝的后脑勺。

大宝尴尬一笑,说:"我闭嘴,等检验结果。"

"你发现什么了?"我问林涛。

"石桥的护栏上,有足尖向外的足迹,鞋底花纹和死者的一致,符合他翻越护栏的时候留下的。"林涛说,"护栏外有多处足迹,足尖向外,可辨认的花纹和死者

---

① 对冲伤:在一些高坠、摔跌事件中,死者的头颅一侧着地,和地面形成了碰撞,头皮会有血肿,颅骨可能会出现骨折,颅内会有相应的出血和脑挫伤。同时,在着地侧的对侧脑组织也会发生脑挫伤和出血。

的一致，对应位置的护栏上，有灰尘减层痕迹[①]，和人体的臀部大小差不多。桥面离水面 8 米，可以形成倒立姿势。"

"他坐在护栏上，双腿在护栏外。"大宝抢答道，"往前一扑落水的。"

"对，胶带可能就是这个时候缠的。"我说，"桥的护栏外，没有剩余的胶带吗？"

林涛摇了摇头。

"看来，我们得抽水或者打捞了。"我说。

"找胶带？"大宝问。

"主要还是得找到形成头顶损伤的大石头。"我指了指桥的正下方，说，"大概就是那个位置。"

"可是，这是小河啊！又不是池塘，怎么抽水？总不能把一整条河都抽干吧？"大宝说，"打捞可以吗？"

"如果真的是大石头，蛙人也弄不上岸啊，太重了。"黄局长皱起了眉头，说，"在水下拍照也不现实，拍不清楚具体的位置，就无法说服死者家属。"

"这简单啊。"韩亮听我们讨论的时候，就已经在手机上搜了一圈了，微微一笑指着屏幕说，"围堰抽水法！"

所谓"围堰抽水法"，就是先由蛙人探清水下的情况，如果真的有大石头，就划定一个范围。把这个范围用沙袋围起来，形成一个独立的区域，再用抽水机把区域内的水抽到沙袋之外。

因为清河的水比较浅，所以这种方法是可行的。

虽然沙袋堆积的围堰有可能往里渗水，但是只要抽水机抽水的速度够快，就可以保证围堰内的水越来越少，最终露出大石头。

只要大石头露出来，在桥上往下进行拍照，就可以明确大石头和桥的关系了。这也是说服家属的有力证据。

"天快暗下来了，明天再抽？"我问黄局长。

为了立即查明真相，黄局长哪还等得了明天。他坚定地摇摇头，说："我安排后勤部门，马上调集所有的照明设施，现在就干！"

这个决定正合我意。

---

① 灰尘减层痕迹：指的是踩在有灰尘的地面上，鞋底花纹或者其他物体（比如此案中的人体臀部）抹去地面灰尘所留下的痕迹。

一个小时后，三辆刑事勘查车和六辆交通指挥车开赴了现场，九辆特种车的车顶大灯把现场的河面照射得如同白昼一般。

韩亮此时成了监工，正穿着胶靴，站在河岸边，指导着水下的蛙人给围堰奠定基础。沙袋源源不断地从岸上被抛入水里，水里的作业者把沙袋在水下大石的周围垒起来。

当然，这一切，站在桥上的我们暂时也看不见，只能焦急地等待着消息。

就在此时，一辆轿车抵达了现场，程子砚从车上跳了下来，说："一直看视频看到现在，基本把死者临终前几个小时的路径给摸清楚了。"

根据程子砚的截图和视频，我们看见刘文健下午1点钟从家里出来后，一直徒步行走。从他行走的步态来看，他当时处于一种极度抑郁的状态，甚至会时不时被马路牙子绊一个趔趄。

看上去，他就这样毫无目的地行走着。

到了下午6点钟，他在距离我们所在石桥10公里处的大路监控中消失了。至此，就没有其他监控记录到他的行踪了。

"他的精神状态肯定是有问题的。"程子砚说。

"是啊。"我说，"但是这个证据最关键的一点，就是他走了5个小时，都是一个人在独行，并没有其他人伴随或者尾随。"

"是的。"程子砚点点头。

"唉。"我叹了口气，说，"真的不知道这个孩子遇见了什么事。说出来，也许就没事了，为什么要走上绝路呢？"

"好！快了！快了！"

我们听见韩亮在河边的叫喊，连忙探头向桥下看去。

此时目标水域已经可以看到时而出现、时而消失的沙袋了。这说明围堰很快就要突破水面了。我见围堰的面积大约有5平方米，还真是不小。

河水只有1.5米深，几个大个子站在水下的大石头上，胸口都露在水面之上。沙袋出了水面，垒起来就快多了，很快我们就能看到一圈桶装的沙袋墙高出了水面半米多。

"可以了！准备抽水！"韩亮一边喊着，一边帮身边的消防同志搬运抽水泵。

几台抽水泵一瞬间同时发出巨大的轰鸣声，把平静的河面都震得簌簌发抖。肉眼可见，围堰之内的水位迅速降低，很快，一块底面积约有2平方米的水泥废弃物露出了水面。

"嚯，果真有这种有各种凸起的大石头。"大宝趴在栏杆上，说道。

"这应该是建造这座水泥桥时的水泥废料，当时没有当作建筑垃圾运走，就直接扔河里了。"黄局长说。

"这天儿下水，可是有点冷啊。"我见围堰距离岸边有几米的距离，说道。

"你有时候真的怪笨的。"黄局长哈哈一笑，带着我们下了桥，走到了岸边。

不一会儿，民警就用木板，在岸边和围堰上搭了一座简易的木板桥。

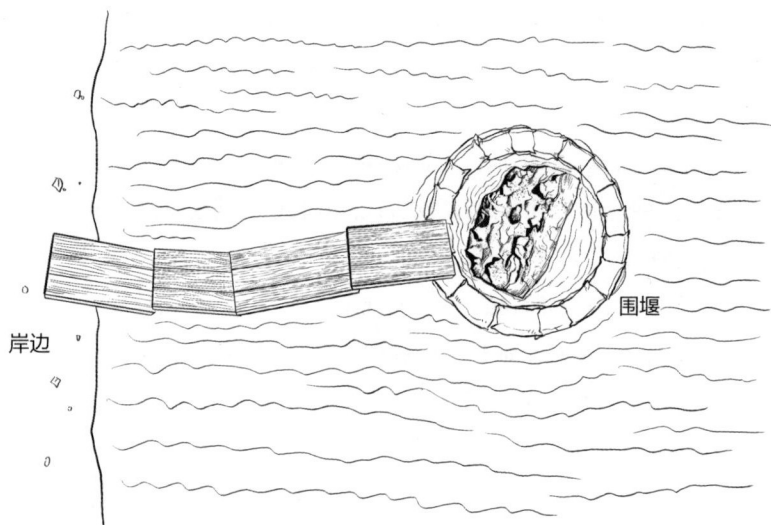

围堰抽水现场

"围堰里的水，只有10厘米深，加上淤泥，穿上胶鞋就可以了，何必下水啊。"黄局长嘲笑我道。

我有些尴尬，又有些紧张，害怕自己的体重把木板桥给压塌了。

好在比较顺利，我和大宝都顺利地通过木板桥，从围堰沙袋上跳进了这个"大水桶"里。

围堰中心的大石头果真不是石头，而是表面凸凹不平的水泥块。水泥块已经被水浸泡了很久，无法从凸起上找到血迹或毛发，但是至少可以印证我的推断是正确的：如果有人以倒立姿态撞击到水泥块上，肯定会一次性形成很多个头皮创口。

我让林涛对水泥块进行全面的拍照固定，自己则踢了踢在淤泥里蹦跶的鱼，思考着说："法医推断被验证了，痕检也可以确定他翻越护栏的动作，桥边并没有留下其他人的痕迹。监控也确定他一直一人独行。现在就看侦查和电子物证了。可惜，尸体被水泡了，所以创口内什么都没有，不然在创口内找得到水泥颗粒的话，做个同一认定也是个有力证据。"

"嗨！胶带！胶带！"我突然听见了大宝的叫喊声，回头看去。

大宝正蹲在水泥块的旁边。

水泥块的边缘是翘起来的，边缘和河底淤泥之间，有一些水草，一卷胶带正好挂在一丛水草上。

"嗨！这就运气好了！"拍完照的林涛也从水泥块上跳了下来，说，"正好挂在了水草上，所以没有随水流漂走。"

"看看断口处有没有死者的指纹。"我也很兴奋，从口袋里掏出了一个物证袋。

"还有，可以利用断口，来和尸体上的胶带进行整体分离痕迹鉴定。"林涛也兴奋地拿起相机拍照。

所谓"整体分离痕迹鉴定"，就是痕迹检验部门对一完整客体，在外力作用下，分离成若干部分时，利用分离部位呈现的细微痕迹迹象，进行同一鉴定的实验。

"你的发现太关键了，意外惊喜。"我拍了拍大宝的肩膀说。

"要不是你的推断，就找不到这座石桥，找不到这座石桥，也就没了这些物证。"大宝说。

"互相吹捧，共同进步。"我费了好大力气，从围堰内部重新翻上了围堰的边缘，顺着木板回到了岸上。

完成了围堰取证的工作之后，我们一起回到了市局。此时已经凌晨3点多了。不过大家都不困，因为案件的真相已经展现在了我们的面前，无论是从尸检、现场勘查还是调查情况来看，事实清楚、证据确凿。

专案组会议室里，陈诗羽已经坐在里面了。

"你怎么也没睡觉？"林涛一边清理着衣角的泥巴，一边问道。

"你们的工作我都听说了，侦查这边也有发现。"陈诗羽顶着黑眼圈说，"死者自己的银行卡里，原本有一万多元存款，三天前转走了。值得注意的是，他们家还有一张存折，里面有二十多万元，在事发前一天的晚上，也被转走了。"

"果然有财务问题。"我并不感到意外。

"这二十多万元，是刘文健的父母从他刚出生开始就攒的压岁钱。"陈诗羽说，"二十年来，刘文健每年收到的压岁钱，都存在这个存折里，算是家庭成员共有财产，大家都知道存折密码，这是他们家的一个习惯。"

"这个不重要，我关心钱转到哪里去了。"我问，"这可能涉及死者自杀的原因！"

"对，这个也必须查清、查透！"黄局长下了指示。

"有点麻烦。"陈诗羽说，"从银行那边，只能确定这些钱是进了一个叫作'约一约'的手机App里，我们查了，这是一个社交软件。但是具体要查钱从刘文健的账号转去了哪个账号，要么就要恢复刘文健的手机，要么就得彻查这个黑软件。"

"嗯，看来十有八九，是电信网络诈骗了。"我说，"可惜死者没有安装国家反诈App，不然这些黑软件都能被识别了。"

"手机要恢复，黑软件也要端掉。"黄局长说，"我来向省厅请示，请求专门的人去办了这个黑软件。不管怎么样，一定要查清死者自杀的原因，给家属一个合理的交代。"

"我们先回去休息吧，明天我来问问吴老大他们，电子物证处理得怎么样了。"我说。

一整天连续的工作，疲劳感终于击败了我最近的睡眠障碍。回到宾馆，头一沾枕头，我就睡着了。

还没睡到四个小时，一大清早，我就被吴老大的电话喊醒了。

"你咋知道我要找你？"我睡眼惺忪地接通了电话。

"不知道你要找我，但是我得赶紧告诉你，这人感觉像自杀啊！"吴老大的声音很急促，说道。

"把'感觉像'三个字去掉。"我说，"我们的证据也可以定性了。你这是，电子物证做出来了？"

"手机还没有完全恢复完。"吴老大说，"但是那团信纸，我倒是给它展平了。被水损坏得比较严重，但是还原了上面的字迹，写的是'但愿天堂没有欺骗'八个字。这就是死者写的遗书啊！"

"欺骗？"我沉吟了一下，说，"估计是电诈。对了，你要重点恢复一下死者手机里的一个叫作'约一约'的App，应该是通过这个App实施诈骗的。"

"嗯，恢复得差不多了，上午给你们结果。"吴老大稳下心来，说，"你接着睡吧。"

可想到刘文健临死前给自己留下的这八个字，我算是彻底睡不着了。

一个普通的孩子，究竟该有多绝望，才会这样放弃了自己的生命？这绝对不仅仅是钱的问题。以他家的条件，二十多万元并不是天文数字。他为什么不能把遭遇电诈的事情和父母说，和警察说？为什么就这样轻易放弃了生命呢？

在宾馆里等待了一上午，也没有消息传来，于是我喊上林涛和大宝，一起吃了午饭，然后去市局整理物证，做了一个 PPT，把各种证据汇总，把逻辑捋顺。这个 PPT 不是用作案情汇报的，而是用来给市局向死者家属解释用的。

刚刚做好 PPT 不久，黄局长回到了会议室。

"怎么样？"我问。

"案子破了。"黄局长拿起茶缸咕咚咕咚灌着水说。

"案子？不应该是案子撤了吗？"我说。

"命案已经通过了部里的审核，撤了。"黄局长说，"电诈的案子，破了。"

"这么快！"我惊讶地说道。

"好巧不巧，电诈的犯罪嫌疑人也是云泰的。"黄局长说，"不需要跨区域合作，办起来当然快！我们中国公安的效率，那可是没得说！"

"说说看，怎么回事？"我说。

"不是什么高深手法。"黄局长说，"这个黑软件是通过色情网站传播的，我们分析，刘文健可能在浏览色情网站的时候，下载了这个 App，通过 App 认识了嫌疑人。根据在嫌疑人家里搜出来的电脑资料，这个人专门是利用'裸聊'来进行电信网络诈骗的，证据确凿。"

"是这女的害死了刘文健？"大宝说。

"不，是男的。"黄局长一边说，一边掏手机。

"男的裸聊？"我和大宝异口同声。

黄局长像是预料到了我们的疑问，打开手机，翻出一张照片，展示给我们看，说："图片有点少儿不宜。"

照片中，是一个面容娇美、皮肤白皙的女性赤裸着上半身正在搔首弄姿。

"这不就是女的？"大宝纳闷儿。

黄局长划动了一下手机，展示下一张照片。

照片中，是一个光头、瘦弱的男子，被两名警察押着。

"是同一个人。"黄局长简短地说。

这家伙，把我们几个人都惊掉了下巴。

"在嫌疑人家里，我们搜出了假发、女装和硅胶衣。"黄局长说，"硅胶衣，你们可能没看过，就是穿上以后，加之视频 App 的美颜滤镜，看上去就和赤裸的女子一样了，懂了吧。"

"所以，就是这个男的，利用黑软件，诱骗刘文健和他'裸聊'，然后录下刘文健裸体的视频，再来敲诈他，从而获取巨款？"我梳理了一下。

"是的，从刘文健这里骗来的钱，不算是巨款。"黄局长说，"嫌疑人交代，他最大的一笔，骗了两百多万。"

"两百多万！"大宝叫了起来，"怎么这么多人傻钱多的人？"

"唉，好在我们出手快，抓到了嫌疑人，这样死者也算是瞑目了。"黄局长说，"哦，对了，黑软件，也已经定位了，是外省的，很快部里就会协调当地警方，一网打尽。"

"只是可惜了刘文健。"我叹了口气，说，"怪不得他会留下那几个字呢，可想而知他的羞愧和悔恨。"

"刘文健自杀了，我们才知道这些事。还不知道有多少人被敲诈了，却也不敢报案呢。"林涛说。

"所以要宣传国家反诈 App 嘛。"大宝说道。

趁着天还没有黑，我们准备乘车返回龙番。

走到市局门口，一名民警正在和一对中年夫妇交谈着，远远望去，就知道是之前来认尸的刘文健父母。

刘母抱着臂膀，蹲在市局大门口，哭泣着。

"哭，哭，哭什么哭！这样的孽子，不要也罢！"刘父双眼红肿，仍恶狠狠地说道，"不知道从小到大你是怎么管他的，干出这么丢人的事情！这事情要传出去，我的老脸还往哪里搁？"

"文健都没了，你还说这种话！"刘母抽泣着说道，"儿子没了，要脸有什么用？"

"你们放心，我们公安机关对案件情节会予以保密的。"民警在一旁安慰道。

"那人能判死刑吗？"刘父咬着后槽牙问。

"这，不是我们说了算的。"民警不敢直接回答。

"怎么能不判死刑？害死了人还不判死刑吗？"刘父说，"还有你们公安局，不是整天宣传反电诈什么的吗？宣传有用吗？我儿子还不是被害死了？"

"这也是我们整天宣传的意义所在啊，至少更多的人不会上当受骗。"

"别的人关我屁事？我儿子被害了，你们公安局就是要负责任！"刘父不依不饶。

韩亮叹了口气，踩了一脚油门，驶出了公安局大门。

"悲剧发生，却首先想到丢脸。"大宝"哼"了一声，说，"统统责怪了一遍，也不找找自己原因，人家都说了，'子不教，父之过'。"

"'子不教，父之过'。"我重复了一遍，想起了家里的儿子，叹气道，"不管孩子不对，管得太紧也不对，究竟什么样的距离才是最好的呢？"

"我觉得啊，他可不是管孩子管得紧，他是把孩子当成了自己的脸面。"陈诗羽说。

"说得好，你想想该怎么管小小秦，我也要想想该怎么管小小宝了。"大宝对我挤了挤眼睛。

"幸存者"案[①]结束，宝嫂康复后不久就怀孕了，如今小小宝也是满地跑了。

"反正我觉得，刘文健的死，和他父亲关心的脸面有关系。"陈诗羽说。

"这就是我们之前提出的问题所在了。"我说，"刘文健被骗的二十多万，对他们这个家庭来说，不至于要寻死的地步，而他为什么要寻死呢？我想大概就是因为怕丢脸，怕给他的父母丢脸，怕父亲责怪他丢家里的脸面。"

"是啊，逼死他的也许并不仅仅就是这二十多万。"陈诗羽也感叹道。

"说到裸聊，学生性教育也是需要重视的一件大事呢。"韩亮一边开车，一边说道。

"是啊，感觉现在学生学习的生理卫生课程，也就是浮于表面，不敢讲得过深，否则家长肯定反应激烈。"我说，"学生性教育绝对不能仅限于生理卫生，更重要的是性心理的教育。"

"真的希望教育部门能重视起来，让心理专家分析分析，该怎么教育才好。"大宝说，"我们这一代的家长，已经没有那么封建了，可还是不知道该怎么教育孩子。还是有点难以启齿吧。"

陈诗羽坦坦荡荡地说："你要是都觉得不好意思开口，孩子更觉得这是个羞耻的话题了。避而不谈，最后反而容易出事儿。我觉得，孩子提出的性方面的问题，家长应该正面回答，以朋友的方式交谈，不要担心尺度的问题，才会让孩子觉得性

---

① 见法医秦明系列万象卷第五季《幸存者》一书。

没有那么深邃、那么隐晦。"

林涛瞥了一眼陈诗羽，笑着说："纸上谈兵。"

"我觉得小羽毛说得对，该和孩子说的，总是要说的，总不能一直回答孩子是充话费送的，或者是从垃圾桶捡的。"程子砚附和道，她的黑眼圈看上去和小羽毛像是同款。

"可见我们家长要学习的还有很多呢。真希望能有一套系统、权威的教材。"我说，"给孩子的、给家长的，能有专家出来教教我们。这样我们也能少走点儿弯路啊。"

勘查车在高速上飞驰，向龙番市驶去。

这个案子结了，但那无名男孩的案子，还在牵着大家的心绪。

法医秦明

VOICE OF THE DEAD

第二案

消失的奶茶

在人前我们总是习惯于伪装自己，但最终也蒙骗了自己。

———

弗朗索瓦·德·拉罗什富科

1

回到龙番后，第二天一早，我以为我是最早到的，却没想到师父已经坐在我们办公室里了。

"师父，您老人家咋来了？"我一边接过师父手上的一沓报告，一边问道。

师父递给我的，是 3 份报告，都是关于二土坡无名男尸案的。

第一份报告是死者的理化报告，无论是血液里还是内脏器官里，都没有查出毒物、毒品或者酒精的成分，是一份阴性结果的报告。

第二份报告是死者的硅藻报告，实验室的同事对死者的肺脏、肝脏和肾脏进行了硝化、离心，用真空吸滤法提取了硅藻，并和现场提取的水样内的硅藻进行了比对，确定死者的肺脏内含有少量现场水样的硅藻，而肝脏和肾脏内是没有的。这说明只有少量水通过断裂的气管进入肺内，而没有进入体内循环抵达肝脏和肾脏。硅藻检验也验证了我们认定死者是死后被抛尸入水的结论。

还没翻开第三份报告，我就急切地问道："看来真的是命案了，不过，我们从死者身上没有找到任何机械性损伤或者外力导致的机械性窒息的迹象啊。这死因怎么定？"

"看完再说。"师父说，"你这急性子，什么时候才能改改？"

我连忙翻开了第三份报告。这是死者内脏器官的组织病理学报告。对于大多数案件，器官的组织病理学检验，都是程序上的要求，是排除性的检验，为了印证死者是不存在致命性疾病的。这一份也不例外，死者很年轻，所以所有的内脏器官组织病理学检验也都是阴性报告。但我恰恰忘记了自己随手提取的一个关键物证，就是死者小腿中段的那一块被水浸泡变成褐色的皮肤。

这块皮肤经过组织病理学检验，发现皮肤的基底细胞染色很深，纵向伸长、排列紧密呈栅栏状，皮脂腺呈极性化，细胞核变得细长，所以确定这一处褐色的痕迹是电流斑。因为被水浸泡，导致电流斑的典型特征丧失了，我们这才没有在解剖的时候及时判断。

"电击死？"我叫了一声，脑海里出现了无数种可能性，之前我还吐槽大宝先入为主，现在我对自己过早下判断也有些后悔了。

这个时候我又仔细想了想，如果小腿上有电流斑，那么他是隔着裤子被电击的。他只穿了一条外裤和一条内裤，外裤似乎也是可以导电的。不过，在电的高温作用下，外面的裤子肯定有烧灼的痕迹，是可以被发现的。但是因为被水浸泡过，已经很不明显了，所以我们并没有发现。这也是给了我们一个教训，其实第一时间我们就可以通过对裤子的仔细研究，确定这是一起电击死的案件。

"你怎么看？"师父盯着我，问道。

"我，这，我现在，还不能确定什么。"我结结巴巴地说，"但是在解剖的时候，我曾经说过，电击死是可以像溺死一样导致气管内的蕈状泡沫的。而且，电击死也可以像机械性窒息一样导致玫瑰齿。这样看，死因是可以确定的。"

"我是说案件下一步怎么办？"师父说道。

"这，我还是得再去看看尸体。"我立刻冷静了下来。

"对，我就是等你这句话。"师父说，"法医在遇到问题后，必须不停地复检、研究尸体，才能保证结论的准确性。"

"知道了，等他们一来，我们就去殡仪馆。"我说。

大家到齐了之后，我把辅助检查的结果告诉了大家。大家都没有表示出惊讶，但是也没发表什么意见，毕竟电击死的案例，大家看得不多。

突然要复检尸体，市局准备不充分，尸体也来不及解冻。不过我倒不在意，毕竟我们这次复检，主要是看尸表。尸体内部已经解剖完了，该获取的信息都已经获取过了。

我们仔细看了看外裤，因为被水泡得很严重，肉眼不能完全确认有电流热的作用，只能提取回去进行理化检验，看是否能从上面发现一些金属颗粒，从而判断。

尸体因为冷冻脱水，显得更消瘦了，而且颜色也开始变得更暗。四肢上的血管都可以透过过度脱水的皮肤，显现出来。

我看着尸体小腿中段那一块被我切除下来的皮肤说："这个位置是胫骨前面的外侧，也是最容易受伤的地方。"

"因为它的位置比较暴露。"大宝补充道。

"对。"我抬头看着大宝，说，"而且，这个电流斑的形状，不是我们经常见的一块斑块，或者一个点，而是一个长条形。"

"电流斑通常能反映电极接触皮肤部分的形状。"大宝说，"你说……这形状应该是电线造成的啊？可电线不都是架在天上，或者埋在土里吗？他又不会飞。"

"会飞的电不死。"韩亮说，"麻雀站在电线上也没事，这个初中物理你没学过？"

"别扯远了。"我把话题拉了回来，说，"小腿中段，大约距离脚底板 30 厘米的位置，我们设想一下，这个位置的横行电线，还是赤裸的、有电的横行电线，会是什么？"

"会是什么？"大宝呆呆地重复道。

我还没来得及回答，解剖室的大门"轰"的一声被推开了，一个女人出现在了门口。女人四十岁上下，衣服虽然都是名牌，但就算是我这样的时尚门外汉，也能看出衣服搭配得很不协调，应该是胡乱套了件衣服就出门了。女人非常矮小瘦弱，感觉也就 80 斤的样子，削尖的下巴和突出的颧骨，看得出她真的是瘦得皮包骨头。她不仅瘦弱，还面色蜡黄，眉间有一条深深的竖形皮肤皱褶，说明她以前就经常皱眉，导致总是面带苦相。她身边跟着一个二十来岁的小姑娘，身上还扎着围裙，双手紧紧地挽着女人的右臂，像生怕她摔倒了一样。

女人的全身都在颤抖着，脸颊上的鸡皮疙瘩隔着老远都看得清楚。她一路冲到了这里，却在解剖室的门口怆然停住了，站了许久，就是不挪动步子，无意识地摇着头。而她身边的小姑娘则早已满脸泪水，抽泣着。

"家属，来认尸。"一名民警一边挥手让身后的女民警上前扶住女人，一边走到我们身边，低声和我们说道。

我点了点头，示意大家把解剖室中央的解剖台让开，给家属留出靠近尸体的通道。

女人依旧不挪步子，嘴里喃喃道："不，不可能，不是的。"

"辛女士，您看一眼吧。"女民警向前迈了一步。

女人被身侧的民警和小姑娘架着，慢慢向解剖台靠近。

尸体还没有解冻，一根冰棍似的僵硬地躺在解剖台上，皮肤上还都覆盖着薄薄的冰霜。

"不，不是的。"女人的声音像是从喉咙里挤出来的。

"您看仔细了。"我站到解剖台边，用毛巾擦拭着尸体面部皮肤附着的冰霜，说道。此时我心里庆幸，幸亏之前把尸体的头颅和躯干仔细地缝合到了一起，好歹也算没有让尸首分离的惨状给家属造成更大的心理伤害吧。

当我手里的毛巾离开了尸体的面部，附着的冰霜就全部擦拭干净了，一张稚嫩的少年的脸出现在了眼前。

女人突然一个踉跄，当场翻起了白眼。

"哎，注意，你没事吧？"女民警使劲把女人架住。

"不，不可能，这怎么可能？我在做噩梦，对，是噩梦。"女人并没有晕厥过去，但她瘦弱的身体此刻仿佛有千斤重般直立不起来，整个匍匐在身边的两人身上，口中还喃喃不止。

她身边的小姑娘脸色一会儿白一会儿青，终于忍不住哭喊起来："天啊，这真的是南南，是南南……南南你怎么了啊？你醒醒啊！你妈妈来看你了，你快醒醒啊！"

小姑娘的哭喊声，在整个解剖室里回荡着。我们见惯了这样的场面，但是每次看到这种撕心裂肺的痛，也总是会牵动着我们同情的神经。

民警对我使了个眼色，意思是身份基本确定了。我点点头，挥手说："外面有休息室，等她们情绪平复一点，再坐车。照顾好她们吧。"

一行人缓慢地离开了解剖室，留下女人神经质似的低语和小姑娘的哭声。

我们心里很不是滋味，良久都没有人开口说话。二土坡的少年男尸身份确认了，对案子来说是个很大的进展。但目睹一个母亲的肝肠寸断，我们依然很难立刻回过神来。

过了好一会儿，大宝才抬起头来，问我道："对了，你刚才没说完，这种电击情况，会是什么？"

"在距离地面三十多厘米的地方架设电线，而且是裸露的电线，一般都是猎人干的。"我也整理了一会儿情绪，回答道。

"猎人？"大宝没反应过来，"赏金猎人啊？"

"啥赏金猎人。"我说，"有一些山里的住户，会在山坡上用架设电网的方式，来获取猎物。真猎物，就是野生动物。"

"这也行？"大宝瞪大了眼睛。

"当然是法律不允许的。"我说，"可是，就是有人这样干啊。"

"你的意思是，这是个意外事件？"林涛插话道。

"这我不知道。"我说，"我只知道，一般架设这个高度的电线，都是干这个的。这种方式用来杀人，实在是太不保险了。一来凶手不可能知道被害人会选择什么样的路线，二来这种方式很有可能误伤其他人。对付一个反抗能力并不强的中学生，不可能选用这么不保险的杀人方式。"

"是啊，从犯罪心理的角度来看，只要是预谋犯罪，凶手一定会选择最稳妥的杀人方式。"林涛说，"这种手段显然是最不保险的，不合常理。"

"如果是意外……那究竟是谁把尸体扔河里的？"大宝问。

"如果电网是你拉的，为了电几只野兽，没想到却电死了一个人，你怎么办？"我问。

"报警啊。"大宝说。

"报警？你这可是涉嫌了'以危险方法危害公共安全罪'，而且造成了人员死亡啊！"我说。

"哦，是啊。"大宝翻了翻眼睛，说，"怕担责，弃尸灭迹是最有可能选择的手段。"

"看来，最大的可能，这不是命案了。"韩亮说。

"不是故意杀人案。"我说，"却是命案！'以危险方法危害公共安全罪'，也是重罪。即便是有过失的情节，但毕竟导致了人员死亡，怎么不是命案了？"

"那怎么去查呢？"林涛问。

"你电话通知一下陈诗羽和程子砚。"我说，"这个案子想破，还是得从第一现场入手。"

"第一现场不好找啊。"大宝说，"上一起案子，是有'坠桥'的分析，所以找到了第一现场。现在这个，上游都是山区，哪里都能拉电网啊！出了事，电网肯定也撤了，去哪里找？"

"所以，得让程子砚跟着。"我说，"现在死者的身份清楚了，查找死者的行为轨迹就比较容易了，沿着他的轨迹找，在发现尸体的地方向龙番河上游的范围内，总能找到他有可能去的地方。"

"对了，别忘了，还有鞋底的樱花瓣！"韩亮补充道。

"是的，找有樱花的山区。"我说，"第一现场一定距离民宅不会太远，因为电网是要从民宅里取电的。总不能为了架设电网，买个几公里长的电线。所以我觉得，第一现场距离民宅最多也就百十米。还有，这个民宅应该远离人员密集的村落，否则在经常有人经过的地方，他也不敢随便拉电网。有了这么多线索，我觉得找到第一现场的概率还是挺大的。"

"依你所说，找到了第一现场，那也就破案了。"林涛拿出手机，说，"因为这就是凶手所住的民宅啊。"

"嗯，我们得先了解一下死者和他家人的情况，做到心中有数。"我说道。

"我再量量这个电流斑。"大宝一边说，一边对死者小腿部位的电流斑的位置再次进行了测量。

"老方那边，组织病理学只会使用一小部分皮肤组织检材吧。"我问道。

"嗯，我去看了，就一个指甲盖大小。"大宝说。

"那太好了，还有很多电流斑的皮肤可以进行进一步检验。"

"还要检验什么？已经确定是电流斑了啊。"大宝一脸迷惑。

我笑了笑，转头看着大宝说："不要把思维限定在自己的专业里！假如我们找到了那一处民宅，那我们怎么去认定这个民宅的主人就是犯罪嫌疑人？"

"啊？"大宝显然没想到这个问题，一时愣住了。

"换句话说，假如我们能找到电击器和电线，又如何认定就是这个电击器和电线惹的祸呢？"

"电线上，找死者的 DNA？"

"电击作用会产生热，即便在电线上留下烧灼的微小皮肤组织，也难保这些细胞没有因为热作用而毁坏啊。"我说，"万一就是做不出 DNA 了，咋办？"

"所以……你要在我们提取的皮肤组织上，找电线上的东西！"大宝恍然大悟地说，"微量物证！"

"对。"我说，"既然电击作用会产热，所以在电流斑皮肤上，一定可以找得到金属元素，如果皮肤上的金属元素和电线的成分相同，就可以做认定了。因为烧灼后金属元素会和皮肤融合的，所以即便经历了浸泡，也不可能消失。"

"我这就给老方打电话，让他把剩下的皮肤检材送去理化检验科。"大宝跳着脱下了解剖服。

"我们呢？"林涛问。

"我们去专案组，一会儿侦查部门针对死者和其家属的背景调查，就会汇总过来了。"我说，"既然明确了是刑事案件，我们就要把案子当成故意杀人案件来办。"

大宝打完电话后，我们把冻硬的尸体重新推回了冰柜，然后驱车赶往龙番市公安局刑警支队，估计支队的大会议室里，此时正在开专案会研究下一步工作呢。

果然，一进会议室大门，就看见市局的董剑局长此时正在会议桌边正襟危坐，见我们进来，他指了指对面的座位，说："你们坐，有一组人，配合总队重案科沿河岸寻找去了。"

陈诗羽就是总队重案科负责这个案子的人，她此时已经开始调查了。

"怎么样，现在有什么线索吗？"我刚坐下身来，就急着问道。

2

"让我们的主办侦查员，先把死者和其家庭情况给你们介绍一下吧。"董局长指了指身边的一个侦查员。

据主办侦查员介绍，死者名叫凌南，今年15周岁，是龙番市第二十一中学九年级三班的学生。也就是说，还有大约三个月的时间，他就应该要参加中考了。

我们在解剖室里遇见的瘦弱女人，是凌南的母亲，辛万凤，今年42岁。她的父亲辛强是二十世纪末龙番市的著名企业家。辛强白手起家，从一个文具店开始，慢慢开始经营连锁店。大约十五年前，辛氏集团就走上了发家之路，先后涉及教育、餐饮、娱乐、旅游等领域，一度风生水起。但是辛万凤和那些富家女不同，她是经历过苦日子的。她没正经上过什么学，初中毕业后，就去一所技校混了个文凭，然后进入父亲当时的公司工作。因为学历不高，辛万凤一直在一些可有可无的岗位上轮换。后来辛强撮合了辛万凤和自己的"得意门生"凌三全结婚，并生下了凌南。凌三全一直在辛氏高层工作，在辛氏集团组建并走上正轨后，可谓收入不菲。因为有了充裕的物质条件，大约在凌南小学三年级的时候，为了凌南的学习，辛万凤就辞去了工作，专职在家照顾凌南。

三年前，辛万凤的父亲去世，凌三全接任集团的董事长，而集团的主要业务是餐饮、娱乐、旅游和教育。可惜，凌三全似乎没有兴旺家族企业的运气，在他接手企业后，疫情来了。去年国家出台了"双减"政策，辛氏集团旗下的多家课外辅导补课机构紧急转型，但入不敷出。据说，辛氏集团的总资产，从凌三全接手的时候到现在，萎缩了90%。

"'双减'政策是什么来着？"林涛好奇地问道。

"是国家在去年7月份出台的一项政策，希望有效减轻义务教育阶段学生过重作业负担和校外培训负担。"大宝说，"对这些义务教育阶段的学生来说，校内不会有太多的作业，校外不允许学科类培训机构予以补课，国家保证孩子们周末、节假日的休息。"

"你这么早就开始关注教育领域了？"林涛挤着眼睛说道。

"也就是说，以前周末、节假日，孩子们都会被送去补课，很多都是一节课接着一节课，比平时上课的时候还累。"我补充说，"现在不准周末、节假日补课了，那这些教育机构就没法补课了，于是业务量大减。"

"是啊，据说查得非常严格。"主办侦查员说，"绝对是动真格的了。"

"这是好事啊！孩子们太累了！哪有什么童年？"林涛说，"之前周末和节假日都要补课？那可比我们小时候累多了。"

"没办法，人口众多，竞争激烈。"大宝耸耸肩膀，示意主办侦查员接着说。

不知道是因为想要重新振兴公司，还是因为"败家"而导致夫妻关系破裂，凌三全在两年前，就已经不在家里住了，平时住在公司里，偶尔回家。凌南的饮食起居和课业辅导，几乎都是由辛万凤以及家里的保姆桑荷负责。桑荷就是那个跟在辛万凤旁边的小姑娘，今年23岁，从辛万凤老家乡下出来打工的。据查，这两年凌三全并没有绯闻之类不良事件的迹象。辛万凤和凌三全也没有闹过离婚，除了不住在一起，周围人看起来，是很正常的夫妻关系。而且经过一大圈外围调查，确定凌三全和辛万凤都没有什么突出的社会矛盾关系。

这些调查的结果，也符合凌南的死亡是一起意外死亡事件，而不是故意杀人案的性质。

但根据保姆桑荷的描述，他们家这个年过得非常不好。

一来是因为凌三全的公司在持续萎缩，二来是因为凌南的九年级上学期期末考试考得不好。所以辛万凤整个寒假都格外关注凌南，动不动就哭哭啼啼、唉声叹气。究其原因，保姆桑荷认为是凌南这次期末考试的总成绩被划分为"A-"类别，让辛万凤焦虑不已、夜不能寐。她认为凌南现在成绩下滑，如果在最后一个学期不使劲，可能就考不上重点高中了。

"A-？听起来，不是挺好的吗？"林涛又好奇地问道。

主办侦查员舔了舔嘴唇，给林涛科普了一下学校成绩档次划分，究竟能够说明什么。

龙番市为了尽可能减少"学区房"对房价的影响，淡化"学区房"的概念，所以实施了所谓重点高中"指标到校"的录取政策。除了极少数分数很高的学生可以直接被重点高中录取之外（称之为"统招生"），重点高中其他的录取名额，会被拿出来平均划分到各个中学。大约每个中学可以有11%的学生上省重点高中。简而言之，以第二十一中为例，九年级一共有1000名学生，其中可能只有10个人的中考成绩可以够上"统招线"，而除了这10个人之外，排名靠前的110名学生，也可以上省重点高中。这样的政策，就把全市的初中生竞争，变成了各个初中的内部竞争，也就淡化了哪个中学好、哪个中学差的观念。因为初中录取是根据户籍所在地就近录取的，这就缓解了家长都把孩子往教育质量高的初中送，导致该初中附近的居民区房价水涨船高的现象发生。

在学校内部的排名涉及孩子能不能够上重点高中，所以初中的孩子从七年级开始，就几乎是一个月考一次试，而且每次都有详细的排名。家长也会通过这个排名的先后，来判断孩子在学校的成绩档次。再以第二十一中为例，前120名，是可以上省重点高中的；前240名可以上次档——市重点高中。因为现在普通高中录取率在下降，只有55%的初中生可以上高中，而其他的只能去职业技能学校，所以前560名是可以上普通高中的，剩下的只能去上职业技能学校了。可见，排名顺序，直接决定了孩子的出路。

第二十一中，地处龙番市郊区，这个区域环境比较复杂。学区内，有商贩集中的小区，也有富人的别墅区，还有政府部门的宿舍，甚至有一些城乡接合部的务农人员户籍也属于这个学区。这就导致了生源组成也很复杂。有些家长非常重视孩子学习，孩子成绩就会比较好；而有的孩子是留守儿童，学习成绩无人问津，如果缺乏自律就会导致成绩较差。总之，这个学校的竞争并没有市中心几所初中的竞争激烈。

而凌南的成绩一直是在学校的80名左右，按这样的道理来算，他上省重点高中应该问题不大。

可是在去年的暑期，国家的"双减"政策下来了。有关政策要求，学校内的排名应予以取消，只准公布成绩档次，而不准公布具体排名。其实老师是掌握孩子的排名的，但是不能公布、不能和家长说。

第二十一中的成绩档次划分的原理是：A+是5%的学生，A是5%的学生，A-、B+、B、B-、C+、C、C-、D+均为10%，D和E均为5%。由此可见，学校中的1000名九年级学生，A+和A都在120名之内，而A-这个档次，是指101名至200名之间，只有一小部分在120名以内，也就是只有一小部分学生在能够上省重点高中的序列之内。

凌南考了这个成绩之后，辛万凤整日整夜愁眉苦脸，因为即便是 101 名，凌南也是有大幅退步的。据说，他主要是语文成绩下降厉害，还没能考及格。在还有几个月就要中考的节骨眼上，成绩出现大幅退步，辛万凤的心情可想而知。所以，辛万凤从寒假开始，就对凌南加大了管束的力度。

据桑荷描述，辛万凤经常会悄无声息地突击检查凌南在做什么，如果凌南不在认真学习，她就会苦口婆心地坐在凌南的身边给凌南倒苦水。具体倒什么苦水桑荷不知道，只知道她总是说学历有多重要，让凌南不要走她的老路、吃她的老苦什么的。凌南是个特别乖的孩子，从来不和辛万凤顶嘴，无论辛万凤怎么哭诉，凌南都点着头、认真听着。

正月十六，也就是 2 月 16 日，凌南开学了，可没想到上课到 3 月上旬的时候，学校里出现了一个疫情确诊患者的密切接触者。按照教育部门的要求，全校需要暂停线下教学 14 天，居家隔离观察，孩子们都在家里上网课。

发现尸体的前一天，是解除隔离后。没想到，学校第一天恢复线下教学，就出事了。

事情要从上周三开始讲。

据桑荷说，当天，辛万凤按照家长群的要求，去新华书店给凌南买学习资料，她从书店回来后的第一件事，就是突击检查凌南的房间，发现凌南并没有在听课，而是在画画。凌南平时非常喜欢画画，而且在绘画方面非常有天赋，就连桑荷都认为凌南的画作一点也不像是小孩子画的，画什么还就真的像什么。但是可能辛万凤认为画画会影响学习，所以一直非常反对凌南画画，每次发现都会很生气。

这一次也不例外，辛万凤很生气，又在凌南的房间坐了很长时间。桑荷躲在自己的保姆房里不敢出来，但是隔着墙大概听见辛万凤又是在哭哭啼啼地诉苦，说自己学历低，过得不好。桑荷当时还纳闷儿呢，她也学历低，比辛万凤条件差太多了，也没觉得自己过得不好啊。后来，桑荷在对凌南房间进行打扫的时候，才知道这次与以往不同，因为凌南的画作被揉烂、撕碎后扔在垃圾桶里，这是以前没有过的。而且，第二天一早，凌南就把他的校服拿来给桑荷洗。校服的胸口上，有一大块墨迹，只有可能是辛万凤动手，打翻了墨水才会弄脏校服。可是墨迹是清洗不掉的，桑荷费了半天力气，也没洗干净。而过几天学校就要开课了，开学是必须穿校服的，临时买也来不及，当时还把桑荷急得够呛。后来凌南主动说，洗不掉也没关系，没人会关注他的校服。

据桑荷的描述，这就是凌南的性格。他是一个很乖巧、很听话的孩子，成熟而宽容，心理上没有任何问题，根本不可能因为和母亲争吵而去做一些过激的事情，更不会因此离家出走或者自杀。

果然，接下来的两天，凌南并无任何异常表现。辛万凤看起来也都很正常，两人之间虽然话不多，但也没有再因为此事吵起来。桑荷本来以为这件事就这样过去了，毕竟母子情深，不会因为这件事情出现什么关系上的裂隙。

可是凌南第一天恢复上课，辛万凤就忙活了起来。她在凌南的房间里进行了全方位的搜查，并且在凌南小床的床垫下面，发现了凌南自己收藏起来的十几幅画作。辛万凤当时气得脸都变色了，眉头皱得老深，她什么话都没说，就把画作拿到了自己的房间。可能她是想等凌南晚上放学回来，再好好教育一番吧。

凌南平时中午休息时间很少，所以都是桑荷把饭送到学校门口（外人是不允许随意进入学校的），凌南午饭后在学校简单休息，就要开始下午的课业。案发当天中午，桑荷和平常一样，去学校送饭给凌南。在送饭的过程中，桑荷出于好心，把辛万凤"查获"画作的事情告诉了凌南，希望他有个心理准备。当时，凌南就表现出了十分担忧和焦急的神情。但是这个懂事的孩子，也没有立即冲回家和母亲理论，而是拿着饭默默回到了教室。

当天晚上，凌南没有按时回家，辛万凤就着急了，到学校去寻找。奇怪就奇怪在，辛万凤居然找不到凌南的班主任。找到他们教务主任，居然被告知，他们班暂时没有班主任。初三没有班主任？那个邱老师呢？这让辛万凤感觉非常愤怒。后来校长亲自出面了解情况，经过一番波折，才得知，凌南在当天下午应该参加学校的语文"进门考"。而他们的班主任兼语文老师因为种种原因辞职了，所以学校临时安排了一个年轻但对他们班一无所知的语文老师代课。凌南在考试前对代课老师说自己身体不舒服，要去医院检查。老师见他确实脸色发白，于是准了假。可没想到，这是凌南在这世上留下的最后一句话。

得知凌南提前自主离校后，辛万凤去保安室看了监控，凌南确实是在下午 1：50 独自离开了学校，从而失踪。其实这个时候，她应该立即报警。但是，她不仅没有报警，而且没有去找校长，而是组织了自己的亲戚朋友和一些父亲公司的老员工沿途寻找，一直未果。直到三天后，侦查员经过学校的排查，发现了凌南的失踪情节，这才认定了龙番河里找到的尸体，就是凌南。

而到这个时候，凌南他们班刚刚上任的班主任，还不知道凌南失踪。因为这个班主任接手班级才三天时间，人还没有认全，也没有学生告诉她有人失踪这么回事。

警方去查语文"进门考"试卷的时候，这个班主任才发现，全班 50 名学生，确实有 50 张考卷，而其中的一张，是白卷。

这张白卷，就是凌南的。

至于辛万凤为什么不报警，让侦查员丈二和尚摸不着头脑。询问桑荷时，她说自己以为辛万凤报警了，只是警察不管。而问辛万凤为什么不报警，她却只是呆呆地嘀咕着："报警有什么用？报警有什么用？"

"这人不会是精神不太正常吧？"大宝皱起了眉头说。

"从尸体现象和胃内容物来判断，死者应该是案发前一天下午五六点钟死亡的。"我说，"那时候，初中还没放学，即便是辛万凤放学时发现凌南失踪后立刻报警，那时候凌南也已经死了，救不了了。不过，可以最快速度找到尸源倒是真的，或者，可以通过寻找尸体而尽快破案。"

"真是关心则乱，她难道不知道孩子失踪了，没有比报警更好的办法吗？"林涛惋惜地说道。

"我们也向那些参与寻人的老员工核实了。"主办侦查员说，"他们受到辛万凤的影响，都误以为她已经报过案了。"

"可能是忙中出错吧，都指望着别人报警，结果都没报警。"林涛摊了摊手。

主办侦查员点点头说："是啊，凌南的父亲凌三全我们也查了，相比于那些老员工，凌三全居然是最后一个知道这个悲剧的。"

"从调查的情况来看，这个案子还确实是在朝我们分析的方向发展。"我说，"离家出走，误入山林，最后触电身亡。"

"我们经过这么一大圈调查，最后该排除的都排除了，剩下的，也是这种可能性最大，而且我们也是这样怀疑的。"主办侦查员说，"但是我们询问桑荷的时候，这个姑娘一口咬定，凌南绝对不是会离家出走的小孩。人家都说这个年纪的小孩是最叛逆的，但是桑荷说，凌南是一点点都不叛逆。她在他家干了几年的活儿了，从来没见过他顶撞过辛万凤，更不用说什么离家出走了。"

"也许，长时间的沉默，积压了太多的情绪，在这一刻爆发了？"我说。

"那也应该在得知自己的画作被发现后，立即发作啊。"侦查员说，"为什么还等到下午上课时间，主动和代课老师请完假以后再离家出走？这不是多此一举吗？"

"是啊，你这样一说，离家出走的可能性不大，那自杀的可能性更没有了。"大宝说。

"也不会用这种方式自杀的，毕竟只是个孩子。"我沉吟道。

"而且初中生，是不允许带手机、电话手表等任何通信工具进学校的。"侦查员说，"这几乎是龙番市所有初中都有的要求。"

"嗯，老师大都认为手机游戏是精神鸦片。"董局长开口说道，"如果有通信工具，那恐怕好查很多。现在就是寄希望于有监控能拍到这孩子的行走轨迹。毕竟，学校和死者的家，都在郊区，监控设施不完善。"

"小羽毛和子砚，就在按照这个思路工作。"我说，"但我估计，工作量不小。"

"如果我是凌南，我会怎么想呢？"林涛仰面看着天花板，喃喃道，"考试都不参加，急忙跑了，是为了赶时间救画作，还是为了抗议？"

"为了赶时间，就是想回家，为了抗议，就是想离家，还是有本质不同的。"大宝说，"我觉得他不是离家出走，他应该是经过了一个中午的思考，决定在下午回家，找自己的母亲理论，争取拿回画作。因为从他的性格分析，他是个理智的孩子，应该做出这样的决定，而他又很害怕自己的母亲，所以去和母亲面对面谈判，是需要一点时间让自己鼓起勇气的。"

"我们没办法揣测他的想法。"我惋惜道，"总之，他交了人生中第一张，也是最后一张白卷。"

"如果真是这样，他最终又没有回家，那么这中间究竟发生了什么，只有依靠子砚她们了。"林涛说，"没事儿，我相信省、市两级的侦查部门，可以在很短的时间内发现线索，从而破案。"

"是啊，必须的！"董局长的神情从惋惜变成了坚毅，说，"什么年代了，还私设电网！这种人不狠狠打击，会有更多的人遭殃！"

我们勘查一组的6个人，派出去2个配合市局的工作，剩下的4个人，坐着韩亮的车，往厅里赶。近期积压了太多伤情鉴定①的复核请求，该好好梳理一下，尽

---

① 伤情鉴定：法医工作中，有一项叫作"人体损伤程度鉴定"，简称"伤情鉴定"。法医们会依据国家颁布的标准，对伤者的损伤程度进行评定，评定的结果是法庭审案的决定性依据。

快受理鉴定了。

可是坐在回程的车上，我却接到了师父的电话。

"你们不要回来了，直接去汀棠市。"师父在电话里说道。

"我们昨天才出差回来，这尸表检验加上开会，忙了一上午，午饭都不让吃，又要出差？"我说，"我们是人，又不是驴。"

"你们要是驴，车我都不给你们派了，你们自己跑着去。"师父又说了个冷笑话。

可是我实在是不想再出差了，各种疲劳正在折磨着我。

"小羽毛和子砚上了二土坡那一起专案，现在就我们4个人。"我继续找理由。

"4个人怎么了？4个人就不会办案了？"师父训斥道，"那当初就你和林涛2个人的时候，怎么办案的？"

"能不能换勘查二组、三组去？"我央求道，"您薅羊毛总不能就逮住一只羊薅啊。"

"二组在抗疫前线，三组信访督导去了。"师父说，"你什么意思？以前出现场积极得很，现在越老越不想干活儿了？"

"想的，想的。"一直在旁边竖着耳朵偷听的大宝小声道，"出勘现场，不长痔疮。"

"再这样出差下去，我家儿子就不认我了。"我知道反抗无效，只能悻悻地说道。

"你放心，远香近臭，你总不回家，你家儿子才想念你。"师父意味深长地说道。小羽毛这会儿要是在车里，怕是不会认同她父亲的"歪理"。

"什么案子啊？"我知道无法反抗，干脆就躺平了，一边示意韩亮掉头往高速口开，一边问道。

"又一个年轻人死亡的事件，现在不清楚性质，有可能引发热点。"师父简短地说道。

"你看，我说吧，案件一来就来一样的，又是年轻人。"大宝说。

"不会又是水里的吧？"我问。

"不是，你别问了，自己去看看就知道了。"师父说完，挂断了电话。

3

我们闪着警灯，在高速上跑了一个多小时，终于抵达了汀棠市的路口。汀棠市是我的老家，也是我法医工作开始的地方。圣兵哥是我的法医学启蒙老师，可是因为需要解决职级问题，在我工作后不久，他就调去了别的部门。当时我觉得我们省又少了一个优秀的法医工作者，感到无比痛心。

不过，前不久我听说圣兵哥又被调回了刑警部门，现在是刑警支队的政委，分管刑事技术工作。所以又能和圣兵哥并肩作战，我还是蛮高兴的。

果然，圣兵哥驾车正在高速路口等着我们。多年不见，圣兵哥也迈入了中年，脸上增加了许多皱纹，双鬓也有了白发。

"政委好！"我和圣兵哥热情地打了招呼，然后坐上了他的车，引着韩亮的车，向汀棠市新开发的一片区域驶去。

现场距离高速路口很近，我和圣兵哥刚在车上互相叙述了这些年来各自的经历，车就开到了，甚至连案情都还没有说。

"你还没说案情呢。"我跳下了车，看着这一片花团锦簇的小区，洋房和高层鳞次栉比，一看就是一个高端小区，估计房价可不便宜。

"目前看，自杀的可能性大。"圣兵哥说，"现在绝大多数人是这样认为的。"

"自杀？"我瞪大了眼睛。

"毕竟是年轻人死亡的事件，而且还是个网络主播，容易引起炒作。"圣兵哥说，"目前看，绝大多数人认为是烧炭自杀的，只是我觉得还有一些疑点没有解决。"

"烧炭自杀，是一种常见的自杀方式。"大宝说，"对了，以犯罪心理来说，凶手不会选择不保险的方式来杀人，那老秦你说，烧炭的话，算不算不保险的杀人方式？"

"烧炭当然是保险的杀人方式，只要房间足够密闭，被害者没有反抗或自救能力，就是保险的方式。"我说，"去看看现场再说吧。"

"死者叫韩倩倩，今年刚满18周岁，半年多前的高考，落榜了，现在也没去上别的学，就在家里当起了网络主播，自称是颜值主播。"圣兵哥一边引着我们进入高层的电梯，一边说道。

我见圣兵哥按了27楼的按钮，又看了看，这是一幢最高有30层楼的高层住宅，两梯两户，电梯里都有简单的装修，显得电梯很明亮整洁。我又抬头看了看电梯顶棚的拐角处，有一个闪着红灯的摄像头。

"网络主播真的赚钱吗？不是说只有那些网红，才能通过带货变现吗？"大宝好奇道。

"据了解，她也挣不了多少钱，就是瞎玩，享受被网民吹捧的感觉和满足一下虚荣心。"圣兵哥说，"因为她也不缺钱，她爸一个月给她三万块钱生活费。"

"三万！"大宝叫了起来，"作为打工人，我很自卑！"

圣兵哥被吓了一跳，笑着说："别一惊一乍的，她爸是开公司的，家里条件不错。她还有个哥哥，在她爸公司里任职，有的时候也会补贴她一些。"

"这是她自己的房子吧？"我看了看电梯的环境，觉得不太可能是出租屋。

"是啊，这房子是前两年她爸给她买的。"圣兵哥说。

"一个月三万块，还要补贴呢？"大宝嘀咕着。

丁零一声，电梯平稳地停在了 27 楼。

27 楼的楼道口已经拉起了警戒带，2701 室的大门大开，里面有几个民警正"四套①齐全"地在屋子里走动，我知道，这就是现场了。

我走到大门门口的楼梯间，指着楼梯，问圣兵哥："这个楼梯间，有监控吗？"

"有。"圣兵哥微笑着说道，"5 楼、15 楼、25 楼的楼梯间，都有监控。"

"那就好办了。"我放下心来。不管案件是自杀还是他杀，只要楼道、电梯有监控，就把所有通道都监控到了，什么人在特定的时间上楼，排查这些相关的人，就会比较好办。

"门锁是指纹锁，密码也可以打开。"林涛蹲下来看看门锁，说道。

"没有撬压痕迹，里面的窗户也都是关闭状态的，所以这是一个封闭现场。"汀棠市局的痕检员朝林涛点点头，然后说道。

"看来又是个自杀。咱们这不是白跑一趟嘛。"大宝嘟着嘴，说道。

"说了不要先入为主。"我拍了一下大宝的后脑勺，说道。

"今天上午 10 点钟，死者韩倩倩的哥哥韩燎有事儿来找他妹妹，打电话没人接，于是用密码打开了大门，进来就闻到一股烟熏气味，他立即去了主卧室，发现韩倩倩躺在里面，身体都已经硬了，尸体旁边有一个炭盆，里面都是烧炭的灰烬。"圣兵哥说，"这个韩燎挺聪明的，立即退出了现场，关了房门，然后报警了。我们的民警得知可能是烧炭自杀后，就带着仪器设备来了现场。经过检测，韩倩倩所在的房间，一氧化碳浓度严重超标。"

"这是很好的证据。"我一边说，一边戴好"四套"，走进了现场。

这是一个大约 90 平方米的房子，装潢成欧式的风格，家具也都非常考究，两室一厅，所以客厅和卧室面积都不小。据说这个楼盘开盘的时候，创下了汀棠市历

---

① 四套：口罩、头套、手套和鞋套。

史上的最高房价纪录，一个90平方米的房子，总价三百多万，这在一个小城市实在是难以想象。

不过，虽然房子很高档，装修也很用心，可是房子的主人却并不爱惜。因为整个屋子里，都凌乱地堆放着各种生活杂物。当然，一眼就能看出来，这并不是被人翻动而导致的凌乱，而是主人平时的生活习惯就很差。

客厅的大理石茶几上，堆放着各种外卖包装盒和饮料瓶，沙发上堆放着脏衣服。次卧里没有摆放床，只有一圈大衣柜，相当于是一个衣帽间，这里的地面上也有很厚的灰尘。主卧室，也就是中心现场，里面的写字台上架设了直播灯、手机架等直播设备，桌子上堆放着各种化妆品，凌乱不堪。床铺上铺着可爱的卡通床单，算是这个家里最整洁的地方了。

"嗨，看来买房子真的像是结婚。"大宝说，"婚前挑剔，婚后倒是够宽容的。"

"还真是至理名言啊。"我一惊，大宝居然说了这么深奥的话。

"尸体已经运走了。"圣兵哥把话题拉了回来，说，"现在估计到殡仪馆了。"

"可是这个现场，实在是没有什么好勘查的啊。"林涛说，"这么乱，怎么甄别痕迹物证？还有，这个地面，也都是各种足迹交杂在一起，也没有发现痕迹物证的条件了。"

"至少是个封闭现场啊。"大宝拉了拉主卧室的窗户，发现窗户是从里面锁死的。

我走到床头，发现床头的地面上，摆着一个不锈钢脸盆，里面满是灰烬，还有火星没有熄灭。

"这个，要送去进行理化检验。"我说。

"是的。"圣兵哥说，"这个盆，是死者的洗脚盆，已经确定了。盆里的炭末，已经取样送去检验了，不过现在问题就是在这里，死者是从什么途径获取这些炭的？这就是我刚才说的疑点。"

"不是网上买的？"

"不是。死者的手机该取证都取证了，也简单分析了，肯定没有买炭的记录。"

"那到菜市场可以买到吧？"

"有经验的同事说，能产生这么大量的一氧化碳，说明烧的是非常劣质的炭。"圣兵哥说，"越劣质的炭，燃烧越不充分，越会产生更多的一氧化碳。可是，这种劣质的炭，在城里怕是不好买吧。还有，不管是不是劣质的炭，这个年代了，你知道去哪里买炭吗？"

大宝茫然地摇了摇头。

"死者的身份背景可调查了？"我问。

"调查了。"圣兵哥说，"死者韩倩倩是一个爱炫富、虚荣心很强的小孩。从上高中开始，她就全身名牌了。哦，对了，刚才去的次卧，大衣柜里几乎都是名牌的衣服和包。你看到的这些化妆品，也都是名牌。不过，虽然爱炫富，但这个韩倩倩不太喜欢和别人交际。说是在现实中，没有什么好友啊、闺密啊什么的。几乎每天都是在手机前面，要么直播，要么发各种自媒体，是个重度网瘾患者。经过调查，她几乎每天都待在这个房子里，已经一个月没有出过门了。吃东西，都是靠外卖，衣服脏了，就叫洗衣店的人来取。除了网络社会，她几乎不和社会上的人打交道。可见，可以排除她的社会矛盾关系了。刚才说了，家里所有值钱的东西，包括桌上的手表和首饰，都没有少了的迹象，也排除了侵财杀人的可能性。"

"性侵呢？"我问。

"呃，初步在现场看了看，没有遭受性侵的迹象。"圣兵哥说，"也就是说，侦查部门，现在几乎排除了所有他杀的动机。"

"那自杀的动机呢？"我问，"有吗？"

"手机还在处理，我听说，他们可能在手机上发现一些端倪，等有结果了，会告诉我。"圣兵哥说道。

"行吧，看来这具尸体解剖的任务不重。"我说，"关键是死亡时间。确定了死者可能的死亡时间，锁定一个时间范围，看看电梯和楼道的监控，基本就有个判断了。难就难在，侦查部门能否确定死者的自杀动机，好给家里人交代。"

"是啊，尸体上是没有任何损伤的。"圣兵哥说，"要不，我们先去看看尸体？"

"你们去。"林涛趴在地面上，说，"我留下来，好好研究一下现场，看能不能找到印证她是自杀的证据。"

留下了林涛和韩亮，我和大宝跟着圣兵哥的车，直接驱车赶往汀棠市殡仪馆。

经过了殡仪馆大门口的牌坊，我又想起了自己在这里当见习生的情景。真是时光荏苒、岁月如梭，一转眼，我都是个"老法医"了。

汀棠市公安局的法医学尸体解剖室，在前几年改造过一次。但是因为整体只有那么小的一个平房，里面即便装修一新，还是显得有些寒碜。不过那个绿色的走廊穹隆顶，虽然已经落满了灰尘，但还是那么熟悉而亲切。

汀棠市局的两名法医，此时已经穿戴整齐，在解剖室里开始新一轮尸表检验了。

"现场提取心血送理化了吧？"我说。

此时我的脑海里，不禁想起了那个"小心脏综合征"的白领[1]，知道对这个天天吃外卖的人来说，心血理化检验十分重要。

"送了，不过我觉得现在理化的机器肯定得优先检测现场的炭末。"圣兵哥说。

"炭末有什么好检验的？那是之后用来核对炭的来源时才能用到。"我说，"确保死者没有遭受侵害，确保死者是一氧化碳中毒死亡，才是现阶段的第一要务。给他们打个电话吧，炭末可以缓缓，心血常规毒物，心血碳氧血红蛋白检测，现在就要做。"

圣兵哥赞许地点点头，拿出了手机。

我和大宝穿上解剖服，加入了尸检的队伍。

死者和我想象中完全不一样，因为她一点也不像一个18岁的妙龄少女。过多食用重油重盐的外卖，加上过早使用化妆品，让她的皮肤上看起来像是已经三十多岁的人了。

在检查尸体背部的时候，我和大宝合力，才将尸体侧了过来。以我的经验判断，这个韩倩倩至少有180斤重。

"我就想知道，她和我差不了多少，怎么就能当颜值主播了呢？"大宝气喘吁吁地说道。

"只要你愿意，短视频平台没有丑人。"我说。

"美颜啊？"大宝整理好手套，开始去除尸体上的衣物。衣服很紧，从她臃肿的身上很难去除下来，于是大宝只能用剪刀剪开衣服。

"是啊，你要是愿意，你也可以去做个颜值主播。"我笑着说道，大宝赶紧摇了摇头。

"房间是密闭的，又烧了炭，房间温度高，所以通过尸体温度无法准确判断死亡时间了。"大宝除去了死者的衣服，用肛温计测了测死者的直肠温度，可能是觉得数值较高，不具备参考价值。

"尸僵十分强硬，尸斑压之褪色。"我说，"现在是下午两点钟，估计也就是昨天晚上的事情。"

---

① 见法医秦明系列众生卷第三季《玩偶》"泰迪凶案"一案。

消失的奶茶

"尸僵最硬，是死后 15 个小时左右。"大宝说，"那这样算，应该是昨晚 11 点钟死的。"

"从烧炭开始，到死亡，还是需要一个时间过程的，因为一氧化碳浓度也是慢慢升高嘛。"我说，"让我大胆推测的话，估计是晚上八九点钟点燃的。"

"这也是个疑点。"圣兵哥说，"昨晚 6 点钟之前，她还在直播。从直播的内容看，就是闲聊，但是心情似乎还挺好，不像是要去赴死的样子。"

"这个不管，我们不能以己度人。"我说，"不能说我们觉得她不会自杀，她就不会自杀。现在重点要看昨晚 6 点到 11 点之间，那些电梯里或者楼梯里经过的人，每个都要查。毕竟如果真的预谋作案，也完全可以坐电梯到 26 楼，再爬一层楼上来，用以干扰警方的视线。"

"这个我们知道，已经在逐一排查了。"圣兵哥说。

我和大宝仔细检了尸体的表面，没有发现任何损伤。尸体呈现出樱桃红色的尸斑，口唇和面颊也是樱桃红色的。从法医毒理学的理论来看，她确实是死于一氧化碳中毒无疑了。

"尸表上一点损伤都没有。"大宝长舒了一口气，说，"如果是他杀，总要约束她，让她不能动，然后慢慢吸入一氧化碳啊。"

"是啊，没有附加伤，没有受到侵害的依据。"我说，"不过，别忘了我们办过类似的案子，还要排除常规毒物，才能下最后的结论。"

说完，我还是不放心地检查了死者的会阴部。虽然处女膜陈旧性破裂，但是从会阴部的情况来看，她生前应该没有遭受性侵。

"现场做了精斑预试验，也是阴性的。"圣兵哥补充了一句。

"这样看，确实不具备任何杀人动机了。"大宝说，"排除了仇、性、财，剩下的就是激情杀人了。可是谁会到人家家里来激情杀人啊。"

"而且尸体上确实没有伤。"我说。

"是啊，她是有反抗能力的，谁要是侵害她，她总会反抗一下的。"大宝补充说。

"哦，自杀动机来了。"圣兵哥看了看手机，说，"死者的手机，在当天晚上 9 点钟左右的时候，有一笔异常出款。现在查到了，对方收款账户，是一个境外赌博网站。"

"多少钱？"我问。

"将近一百万。"圣兵哥说，"死者账户余额里的所有存款，加上她绑定的信用卡可透支的额度，全部用完了。"

"肯定不会是抢劫案件的吧？"我问，"毕竟有出款。"

"确定是个赌博网站，在境外。"圣兵哥说，"总不可能是网站派人入境抢劫她啊。"

"那意思就是说，其实这个孩子是参与了境外赌博，输光了所有的钱，所以自杀？"我问。

"看起来应该是这样的。"圣兵哥说道。

4

"一个裸聊，一个网赌，唉，这些年轻人啊。"大宝叹了口气。

我没再说话，开始了解剖工作。

韩倩倩的内脏器官淤血，符合一氧化碳中毒内窒息的征象。和尸表情况一样，解剖胸腹部和头部之后，我们没有发现任何异常的情况。一切都是一氧化碳中毒的尸体模样。

打开死者的胃部之后，发现她的胃内除了一些奶白色的液体之外，没有任何食糜。这说明死者晚上并没有吃饭。不过圣兵哥说，韩倩倩的生活毫无规律可言，心血来潮就开始减肥，一时兴起晚上不进食也是很正常的一件事情。

"不是说，她天天吃饭都是点外卖吗？"我问。

"是的，不过经过调查，她并不是每顿都点外卖。"圣兵哥说，"她经常一次点很多东西，吃不掉的放在冰箱里，饿了再微波炉热一下吃。据分析，她两到三天点一次外卖。事发当天，一整天她都没有点外卖，冰箱里也有外卖食物。这和她晚上没吃是吻合的。"

"如果心情低落，想自杀，不吃东西，也是很正常的。"大宝说，"所谓死亡前的直播很正常，可能只是她装出来的正常状态罢了。"

"行啊，现在就看侦查部门能不能从监控和调查上，彻底锁死本案的性质。"我说，"我们的解剖就到这里吧，天都快黑了，去现场看看林涛他们有没有什么发现吧。"

我们重新回到现场的时候，天已经完全黑了下来。我又坐了一次电梯，发现电梯里的光线很亮，只要有人乘坐，一定可以被摄像头清楚地录制下来。我又放心了一点。

消失的奶茶

林涛他们还在现场进行勘查，我走进现场问道："怎么样？有什么发现吗？"

"之前都说了，现场太凌乱了，就算是找指纹，也是指纹压着指纹，不好甄别。"林涛说，"不过，我倒是发现了一个疑点。"

"疑点？"我刚刚放下的心，又悬了起来。

"你来。"林涛拉着我，走进了主卧室。

主卧室的办公桌和床之间的空隙处，有一处污渍。林涛指着污渍说："因为房间的地板是大理石的，有液体附着的话，不容易渗透下去，所以并没有因为过了快24小时就彻底消失。你看，这很明显，是有类似乳白色的液体泼洒在地面上的，没人打扫，自己慢慢干涸。我下午发现的时候，还没有完全干涸。"

"确定是乳白色的液体？"我问。

"确定，好像还有点泛褐色的样子。"林涛说。

"那不就是奶茶嘛。"韩亮说。

林涛看着韩亮点点头，表示认可。

"嗯，这个应该没问题。"我说，"我们尸检的时候，发现死者的胃内，除了乳白色的液体，什么都没有。说明死者在死亡前，没有进食，只喝了奶茶。"

"问题就来了。"林涛说，"我在现场找到了不少外卖包装，其中还有两三周前的外卖盒子，说明这些垃圾，她并不会及时清理。但是，我没有找到任何一个奶茶的包装。你说，这奶茶，如果是自己调制的，家里应该有原料，可是没有。如果是外卖的，必然要有包装啊，可是也没有！这奶茶，哪儿来的？"

"你的意思是说，有人送来了奶茶，然后死者喝了，还打翻了，最后那人把奶茶杯子又带走了？"我说。

"我只是有疑问。"林涛说，"如果是死者自己扔掉奶茶杯子的话，她不扔其他垃圾，专门就扔一个奶茶杯子，这不合常理啊。"

我沉吟了良久，说："如果这样的话，那就要看心血的常规毒物检验了。"

见事情似乎有了变化，圣兵哥的面色也严肃起来，他说："确实，还是要慎重一点，开始大家都觉得是封闭现场，其实不是。既然死者的哥哥能通过密码进入室内，那么假如其他人知道她家的大门密码，也是可以进入的。所以，不算是封闭现场。"

"是啊，只有从里面锁死门窗的，才能算是封闭现场。"我点头说。

"没关系，好在监控条件良好。"圣兵哥说，"我一会儿就把所有的疑点都通报给侦查部门，让他们认真看、认真查。不过，你们知道的，查监控、外围调查都是需要时间的。他们今晚会熬夜，你们就不必了。陈总①说你们最近连续奔波，让我提醒你们注意休息。既然我们的工作基本完成了，就赶紧去休息吧，也可以好好捋一捋思路，等明天调查结果出来，也许一切都迎刃而解了。所以，大家不要有心理负担。"

"怎么会有心理负担呢，不管是什么案子，都是有意思的。"大宝憨憨地笑道。

因为侦查和辅助检查的结果都还没有出来，所以我们暂时也无法做些什么，只能回到宾馆。确实，如同师父所说，我们最近几天一直在奔波，体力和脑力都已经透支了。所以我们在食堂吃完饭，回到宾馆之后，几乎都没有互相交流，就各自呼呼大睡了。

可能是因为过度疲劳，我是一觉睡到大天亮。

自从加入了公安队伍，这么多年来，我的手机就没有关机超过10分钟，充电宝都是随身携带。除此之外，我们还都有一个习惯，就是每天睡觉起来一睁眼，第一件事就拿起手机看看有没有什么信息。

这一天我也不例外，睁开双眼，我就拿起了手机。手机屏幕中央有一行小字。

"起来后联系我，坏消息。"

是圣兵哥发来的微信。

我一骨碌从床上弹了起来，连忙拨通了圣兵哥的电话。

"什么坏消息？"接通电话后，我连忙问道。

"嗯，是理化方面过来的消息。"圣兵哥说，"经过一晚上的理化检验，结果出来了，炭末的检测没有什么价值。不过，心血里检出了氯硝西泮的成分。"

"氯硝西泮？"我惊讶道，"这是治疗精神类疾病的药物啊，是安眠镇定类药物的一种！这孩子，有睡眠障碍吗？"

"没有。"圣兵哥说，"她家里没有找到任何治疗精神类疾病或者安眠镇定类的药物，经过询问她家里的人，也确定她从来没有服用过这样的药物。"

"那就是外来的！"我说，"如果真的是外来的，那可就是一起命案了！如果韩倩倩丧失了抵抗或者自救的能力，用烧炭的方式是完全可以实现杀人的目的的！"

说完，我和圣兵哥都沉默了。

我的大脑飞快地运转着，想了一会儿，我说："可是，死者的胃内没有任何药

---

① 编辑注：陈总就是前文提及的秦明等人的师父陈毅然。

物碎片或者碎末，没有任何食物残渣，只有乳白色的液体。"

"是啊，氯硝西泮是一种起效很快的药物，一般半个小时就会安睡。"圣兵哥说，"既然胃内没有其他东西，那么只有可能是把药物溶化在乳白色液体里服用的。"

"恰好现场有奶茶污渍，却没有奶茶容器。"我说，"细思极恐，恐怕真的要当一起故意杀人的案子来办了。"

和我同屋的大宝此时睡眼惺忪地坐了起来，说："什么？故意杀人？"

"那监控那边呢？"我连忙问道。

"监控那边也是看了一夜，没有发现什么可疑的人。"圣兵哥说，"可以确定，死者昨天一天没有下楼，也没有人去 27 楼。"

"你都说了，楼梯间只有 25 楼有监控，如果有人坐电梯到 26 楼，爬一层上去也是可以的，坐电梯到 28、29、30 楼，下几层也是可以的。"我说。

"这个我知道。"圣兵哥说，"这些情况我们都考虑了，只要有可能绕过监控的情形，我们都排查了。符合这个条件的，包括外卖员在内，11 个人。这 11 个人的背景连夜都调查完了，侦查部门认为他们都没有作案的可能性。"

"这个不一定靠谱啊。"我说，"可惜，现场没有提取到物证。"

"提取到了，林涛提取到了，现在我们市局的痕检部门正在对从这 11 个人密取来的指纹，进行比对。"圣兵哥说，"如果有结果，我第一时间通知你。"

"我一会儿就去局里。"我说完，连忙起床洗漱，然后拉着还有些迷糊的大宝，去隔壁敲响了林涛和韩亮的房门。

房间门敲了有 5 分钟，林涛才摇摇晃晃地打开了门。

"你什么时候提取到的指纹？昨晚我怎么没听你说？"我问他。

"凌晨提取到的。"林涛打着哈欠，说，"你们的门怎么都敲不开，我心想就今早告诉你吧。"

"你凌晨的时候，就知道这是一起命案了？"我问。

"是啊，3 点钟的时候，圣兵哥告诉我的，当时我正在现场。"林涛一边用手指梳理着凌乱的头发，一边打开了笔记本电脑。

"你们私自去加班，也不叫我们啊？"大宝说。

林涛看着我们一脸疑惑的表情，哈哈一笑，打开了电脑上的一段视频，说："你看看，这个主播的直播内容。哦，你见过尸体，别觉得不是她，就是美颜的效果，这人就是死者韩倩倩。这是韩倩倩的短视频号，直播有回放。昨天晚上回来，我就好奇，于是就打开了她最后一段直播看看，结果看出了端倪。"

"什么端倪？"我问。

"你看，她这是在她的房间对吧？"林涛指着屏幕说，"你看她后面的窗帘，是不停摆动的，这说明这个时候，她房间的窗户没有关。"

"你说凶手从窗户爬进来的？"大宝瞪大了眼睛。

"不不不，27 楼，这个高度，难度太大了。"林涛说，"我的意思是说，我们看现场的时候，窗户是锁死的。"

"那肯定的啊。"我说，"为了保证一氧化碳的浓度足够，必须要关闭窗户啊。不管是自杀还是他杀，都必须做这件事。"

"我不是这个意思。"林涛说，"我之前在现场的时候，两眼一抹黑，因为现场太乱了，不知道该从哪里提取指纹，才有价值。但是你想想啊，如果真的是他杀的话，关窗的动作，肯定是凶手做出来的啊。那么，在窗户上寻找指纹，岂不是一个捷径？如果窗户上只有死者的指纹，那什么都说明不了。但如果窗户上有新鲜的其他人的指纹，不就说明问题了吗？"

"痕检的思维和法医的思维果然是不一样的！"我赞叹道，"所以，你也一直怀疑死者可能不是自杀？"

"不都说了嘛，炭的来源搞不清楚，现场应该有的奶茶杯子又不见踪影。"林涛说，"我当然有很大的疑心了。"

"所以，你找到了其他人的新鲜指纹？"大宝抢问。

"是的。"林涛说，"我提取了几枚指纹，其中有一枚右手联指指纹，不是死者的。我当时就兴奋了起来，当时是凌晨 3 点，我正在考虑要不要打电话给圣兵哥，他就来电话告诉我理化结果了。所以啊，我觉得这就是一起杀人案件，而且凶手就是这个指纹的主人！"

"精彩啊！"我哈哈一笑，说，"侦查那边经过排查，也锁定了只有 11 个人有可能避开监控来到死者家里。现在正在逐一核对。"

"说不定，你再让我睡一会儿，案件就破了。"林涛又打了个哈欠。

"别睡了，你不想知道破案后的答案吗？"我拉着林涛说，"快点洗漱，我们去局里，坚持一下，很快就破案了。案件还有很多问题没有解答呢。"

"什么问题？"林涛说。

"现场是和平状态的，那么凶手是怎么进入现场的？他怎么会有死者家的密码？而且死者为什么不反抗？"我说，"还有，凶手如果用安眠药放倒了死者，那他是怎么用死者的手机给境外网络赌博网站转钱的？"

"韩倩倩都被放倒了，直接用她的指纹啊。"林涛说。

"这么大一笔钱，除了指纹，还得要密码和手机验证码吧。"我说，"他得知道死者的手机支付密码才行啊。"

"这11个人，没有死者的熟人吗？"林涛问。

"据圣兵哥说，这11个人从调查来看，都和死者没有任何社会关系。应该都是毫不认识的人。"我说。

"我还以为又和那个白领的案子一样呢。"大宝说，"外卖员作案。"

"11个人中，也有外卖员，可是死者也没有点外卖啊！调查说，她一整天都没有点外卖。"我说，"所以和那个白领的案子肯定是不一样的。"

"嗯，前面几天也没点过奶茶。"韩亮也起了床，说道。

"所以，这里面肯定还是有问题的。"我说，"我很急切地想知道凶手是用什么手段来作案的。以前都是我们分析好作案的手段，才破案。这一起案件，看来是要等到破案后，才能知道作案的手段了。"

我这么一说，林涛和韩亮也来了精神。他们顾不上熬了一夜的辛苦，连忙起床洗漱，和我们一起驱车赶往刑警支队专案组会议室。

5

专案组会议室里，圣兵哥正皱着眉头看着桌子上的文件。而汀棠市局的年轻痕检员，正站在圣兵哥的身后，和他说着什么。

"怎么样？"我开门见山地问道。

圣兵哥黑着眼圈，抬眼看了看我，说："又是坏消息。通过指纹，这11个人的作案可能都被排除了。"

"怎么可能？"林涛最先跳了起来，说，"这指纹应该没问题啊！我们民警进入现场都是戴手套的。死者的哥哥也说了进了现场后，什么都没碰！"

"也比对了她哥哥的，不是她哥哥的。"圣兵哥说。

"那就奇怪了！"林涛说，"那这枚指纹是从哪里来的？这指纹很新鲜，以我的经验看，肯定是案发时间前后留下的！"

"我也很纳闷儿。"圣兵哥说，"痕检部门核对了三遍，确定不是这 11 个人的。"

"会不会是监控有问题？"可能程子砚不在，我还是有点不放心。

"那就更不会有问题了。"圣兵哥说，"你也看到了，现场是个高档小区，摄像头的品质都很好，电梯、楼道的光线也充足，这样的监控条件，是不太可能搞错人的。"

"难不成真的是从窗户里进来的？"我说，"27 楼啊！"

"那也不可能。"圣兵哥说，"现在高层建筑都有防止高空抛物的监控视频，能看到楼体外侧的情况。有人攀爬的话，也是可以看得见的。可是，并没有。"

"那就是死亡时间有问题？"我继续设想着各种可能性。

"也不会，我们已经把调查的范围放宽了五个小时。"圣兵哥说，"死者晚上 6 点还在直播，从这个时间点之后，我们都调查了。"

"那就只有是凶手先期潜入了现场。"我只剩下最后这一个推断了。

"除了死者本人，最近几天都没有人坐电梯到 27 楼。"圣兵哥说，"她家对面 2702 室没人住。如果是先期进入现场，还要绕过监控，是不是多此一举了？"

"先期能先期到什么时候呢？"林涛说，"昨晚我研究了她的直播，她一会儿去客厅拿饮料，一会儿去衣帽间拿名牌包来展示，如果家里有人，不可能发现不了啊。她家装修的情况你也看了，没什么地方可以藏人啊。就连衣帽间的柜子，也是一格一格的，藏不了人啊。"

"那就奇怪了，一个大活人，就算是飞进来，也不可能不被发现啊。"我挠着脑袋说，"师父说了，实在想不明白，就去现场再看看。"

原本认为这只是一起自杀事件，可没想到各方面证据都证明这是一起杀人案，而原本自信地认为即便是杀人也很容易破获的案子，却侦查无果，事情在向不好的方向发展，这让我们很是郁闷。

为了不错过一切信息，我们决定从这栋楼第一单元的 1 楼开始爬楼梯上到 27 楼。这对于我这个体重不轻、缺乏锻炼的人来说，实在是一项难以完成的任务。好在并不要求速度，我们一层层地向上爬去。等到了 27 楼，我们几个人几乎都已经喘不过气来。

"完了，刑警学院的老本儿，都还给学校了。"林涛擦着汗，让已经坐电梯上来的派出所民警打开了现场大门，说，"我去看看现场。"

消失的奶茶

"现场你都撸了两遍了，你还看？"大宝气喘吁吁地说，"上面还有 3 层楼呢，你就是不想爬了吧？"

"多看看总没坏处。"林涛逃也似的钻进了现场。

我歇了一会儿，拉着大宝继续向楼上爬去。

果然，除了 25 楼有一个楼道监控之外，上面的几层都没有监控了。而且，小区物业还是挺负责的，楼道里也打扫得干干净净，根本无法通过地面上的灰尘痕迹来判断有没有人、有多少人经过现场附近的楼道。

走到了 30 楼，我几乎已经用尽了自己的全部力气，而且因为毫无发现，心情也是低落到了极点。

"我们坐电梯下去吧？不用走下去的吧？"大宝更是喘不过气来了。

"这还有个楼梯。"我指了指 30 楼仍继续向上的楼梯说，"按理说，这应该是通向楼顶吧。"

"是通向楼顶的，但是你没看见有铁栅栏，还有门锁吗？"大宝说。

我走上前去拉了拉铁门，确实，被锁住了。

"不对，楼顶通道不应该锁住啊。而且这个锁都锈成这样了，还能用吗？"大宝戴上手套，伸手拉动了一下锁扣，居然打开了。

"原来是个坏锁。"大宝说，"如果注意到，就能到楼顶。"

"楼顶，楼顶。"我的心中似乎闪过了一丝光。

"楼顶怎么了？不坐电梯，总不能是坐直升机到楼顶啊！"大宝又钻了牛角尖。

"不，走，上去看看。"我明明已经用尽的力气，又恢复了很多，一把拉起大宝，三步并成两步冲上了楼梯。

楼梯的尽头，是一扇敞开的铁门。

"真的可以到楼顶。"我说。

"你不懂了吧。"大宝说，"你们住洋房的，不知道我们住高层的人的生活吧？这个铁门要是锁上了，我们平时晒被子怎么办？高层窗户外面是不准晾晒的，我们晒被子都是到楼顶晒。"

"我住的是老破小！不是洋房！"我推开铁门，走上了楼顶，跨过了楼顶上横七竖八的各种管道，来到了另一扇铁门的旁边，使劲一拉，这扇铁门也被我拉开了。

"你猜，这是什么门？"我笑着对大宝说。

"废话，这一栋楼两个单元，当然是第二单元通向楼顶的铁门了。"大宝不屑地对我说道。

我依旧笑嘻嘻地看着他。

"哦！我知道了！凶手如果精心预谋的话，想要躲过监控最好的办法，就是从第二单元上到楼顶，然后从楼顶来到第一单元，再下楼！这样他就不会被第一单元的监控捕捉，而警方一般不会去查找第二单元的监控！"大宝拍了拍脑袋，瞪着眼睛惊喜地说道。

"既然事先准备好了奶茶和炭，当然是精心预谋的。"我说。

"果然！复勘现场就能破解谜题！"大宝跳了起来，跑下楼梯，去按电梯。

果然，侦查部门根本没有想到会有从楼顶跨单元作案的可能性。这一个发现，让侦查部门兴奋不已。

第二单元的电梯监控很快被从物业处调取了过来，调整到了事发时间段，不久就在监控里发现了端倪。

一个戴着黄色头盔，看起来像是外卖员的男人，一只手上拎着一个杯状物，另一只手上拎着一个塑料袋，从第二单元乘坐电梯上到了 30 楼。奇怪的点就是：这个外卖员至此就消失了，并没有像其他外卖员那样，很快又坐电梯下楼。

监控视频被 16 倍速播放着，一直过了 3 个小时之后，这个戴黄头盔的外卖员，重新回到了电梯里，坐电梯下楼。

不管从什么角度看，这个人就是我们要找的重点嫌疑人了。

"查一下外卖公司，我们有指纹可以进行甄别，不怕找不到他。"主办侦查员兴奋地说道。

"不，不一定是外卖员。"圣兵哥打断他，说，"死者这一整天并没有点外卖，为什么会是外卖员作案？不能说戴个黄色的头盔，就是外卖员。"

"说得也是。"侦查员说，"那也好办，现场附近的监控很多，我们有了嫌疑人的体貌和衣着特征，不担心找不到人。"

"你们快点抓人吧，我们还想知道，他是怎么进入现场、怎么用手机转账的呢？"林涛打了个哈欠，说道。

"你们说，会不会和那个白领案件一样？主人让他帮忙关门，而他故意留个门。"我说。

"不排除这种可能性。"大宝说，"但前提是，白领确实点了外卖，所以没有戒心啊。但韩倩倩都没点外卖，有人来给她送奶茶，她也不起疑心的？还让别人关门？"

"毕竟年轻啊，没心眼儿。"我说。

"管他呢，反正这人是跑不了了。"林涛说，"等嫌疑人到案后，一切都迎刃而解了。我受不了了，困死了，我要睡觉。"

"是啊，这30层楼爬得，我终生难忘。"大宝揉着自己的小腿，说道。

"走吧，休息，等结果。"我也算是如释重负，朝大家说道。

一觉睡了一整个下午，总算是恢复了体力。圣兵哥那边也传来了好消息。

凶手果然不是外卖员，而是汀棠大学的一名大学生。

因为师父要求我们尽可能跟踪案件侦破后的情况，以提高自身能力，所以这一次，我们和圣兵哥一起旁听了审讯。

故事要从半年前说起。

嫌疑人赵浩也是个重度网瘾患者，平时不好好上学，人生的大部分时间都给了网络。除了网络游戏，赵浩还喜欢在网上骂人。不负责任地谩骂、侮辱和人身攻击，让他不仅可以发泄自己在学校毫无存在感的郁闷之情，还可以获得极大的心理满足感。

所以，赵浩会关注一些社会热点事件，对政府部门攻击抹黑；也会去饭圈，和那些明星的粉丝互骂。他和韩倩倩交锋上，就是在饭圈。

韩倩倩是某明星的粉丝，在看到赵浩在网上侮辱这位明星后，不依不饶地盯着赵浩骂。赵浩当然喜欢这种对骂。可是没想到，久在网络上厮混的韩倩倩掌握了更多的网络骂战"技巧"，当两人互相人身攻击到一定程度的时候，韩倩倩开始煽动网友"人肉"赵浩的身份。

虽然赵浩的具体身份并没有被"人肉"出来，但是他曾经放在网上的照片被翻了出来。"黑瘦""矮小""丑陋"这些形容词劈头盖脸地砸到了赵浩的身上。当然，与此同时，韩倩倩也发现了自己和赵浩都是汀棠人，所以还在网上说什么"没想到汀棠市也有这种基因缺陷的人"之类的人身攻击的话语。

赵浩身高只有162厘米，从小被人欺负，被人说是"小矮子"。所以，当韩倩倩用身高缺憾来攻击赵浩的时候，就刺到了他内心最痛的点，因此，也唤醒了赵浩内心黑暗的一面。更何况，他也知道了韩倩倩居然和他生活在同一座城市。

从那一刻起，黑暗和仇恨充斥了赵浩的内心。他下定决心，一定要杀掉韩倩倩。当然，赵浩知道即便对方只是个弱女子，但靠自己这个单薄的体型，杀人行动未必能够顺利。所以，他就开始了自己长达半年的策划。

韩倩倩在网络上"击垮"赵浩后的两天，她就把这件事忘到脑后了，然而赵浩心中的复仇之火，却一直在燃烧着。

韩倩倩能人肉赵浩，赵浩更容易人肉韩倩倩。因为韩倩倩在网上最大的人设就是"炫富""口无遮拦"。通过观看韩倩倩发布在短视频平台的所有短视频和直播，赵浩除了对韩倩倩的真实长相不是很确定之外，对于她的其他信息，都已经了如指掌了。甚至他还专门注册了一个微信账号，伪装成韩倩倩的"忠实粉丝"，加上了韩倩倩的微信。

很多人喜欢用自己的真实名字来注册各种平台的账号，所以赵浩很容易就知道了韩倩倩的真实姓名和大致的年龄。不仅如此，韩倩倩为了表达自己对那位明星的喜爱，在网上公开表示，自己所有的密码，都会以这位明星的生日来设置。而这位明星的生辰，是很容易查询到的。

为了确保韩倩倩的密码锁也是用这六位数作为密码，"忠实粉丝"通过微信多次试探韩倩倩。这个年纪太轻又毫无防备的姑娘，自己证实了这一个重要信息。

韩倩倩喜欢炫耀自己的富足，当然也不会忘记炫耀她那房价全市第一的房子。她在视频里不仅说了自己住在哪个小区，还说自己住在27楼，站在阳台看风景是最好的。虽然没有说自己是哪一栋、哪一单元的27楼，赵浩也有自己的办法。

案发前一个月的时间，疫情卷土重来，全省各地，其中包括汀棠市的中小学都暂停线下教学了。其他居民也都自发待在家里，尽可能减少外出。为了减少感染风险，外卖也不能送进小区之内，只能放在小区门口的货架上，由小区居民自己出门去拿。

赵浩知道，韩倩倩是一个靠着外卖才能活下去的人，所以他就专门去了事发小区，在货架上的诸多外卖中，寻找韩倩倩的名字。这确实是一个好办法，因为他只用了大半天的时间，就真的找到了韩倩倩的外卖，而外卖单上，韩倩倩的楼栋号和房号一清二楚。

这大半天的时间，赵浩的收获还不仅如此，他还通过和保安的聊天，摸清了小区的监控设置，以及楼顶平台互通且没有监控的情况。与此同时，他已经想好了自己作案的途径路线，以及不被事发现场电梯监控拍摄到的办法。

等到疫情结束，大家恢复以往的生活后，就是赵浩的作案时机了。

消失的奶茶

接下来，最后一个需要解决的问题，就是在韩倩倩的外卖里下药了。在这个问题上，赵浩也早就有所准备。因为韩倩倩曾在一段短视频里说过自己失眠了，最近都是靠安眠药的帮助才能入睡。这让赵浩又有了可乘之机。赵浩自己也经常失眠，医生给他开的处方药是氯硝西泮，于是他就在韩倩倩再一次声称自己失眠的时候，在评论区询问她是不是吃氯硝西泮。实际上，韩倩倩根本没有吃安眠药的习惯。她说谎只是为了卖惨，从而吸引更多人的关注。于是，韩倩倩只是敷衍地回复了一下，表示自己吃的就是这种药。但这足以让赵浩兴奋不已，感觉自己有了机会。他认为，既然韩倩倩平时就吃这种药，那他也下这种药，警方就查不出来了。

按照赵浩的策划，他原本想在单元门口，拦下外卖员，问是不是韩倩倩的外卖，然后冒领。结果他运气不好，那一天韩倩倩并没有点外卖。情急之下，赵浩在门口奶茶店，买了一杯奶茶，将氯硝西泮的溶解液注射到了奶茶杯里，戴着自己早就准备好的黄色头盔，带着一袋从网络上买来的劣质木炭，从自己早就设计好的路线，来到了韩倩倩家门口。

他通过手机，见韩倩倩当时刚刚直播结束，就敲响了房门。韩倩倩对这个外卖员毫无戒心，只是说自己并没有点奶茶。于是赵浩说，这是你刚才直播的时候，一个忠实粉丝送的。这个听起来很荒诞，但是一直对自己很自信的韩倩倩没有任何怀疑，她欣然接受了。

躲在门外的赵浩立即进入了韩倩倩的短视频账号主页，假装粉丝和她进行互动，可是半天也没有得到韩倩倩的回复，他看了看表，觉得和网上说的药物生效时间差不多了，于是决定进入现场。赵浩用明星的生日数字打开了房门，进入了室内，发现韩倩倩果真已经熟睡。他关闭了主卧室的窗户，在已经熟睡的韩倩倩的床头放了烧炭的盆，然后把自己带来的炭点燃。

按照原计划，他只需要关闭屋门离开，就完成了一个自己认为的"完美犯罪"的现场。他认为这个现场，足以让警方对死者是烧炭自杀而深信不疑。

但是这个时候的赵浩，刚刚接触网络赌博，知道自己的本钱太少，不太可能赚大钱。而韩倩倩是个富二代，所以他抱着试一试的态度，看那个明星生日的密码，是不是就是韩倩倩的手机支付密码。他觉得，即便警方能查到转账记录，也查不到境外赌博网站的内部账号信息。警方只会认为是韩倩倩网赌输光了钱，自杀而死。他的这个转账，是一举多得，既能给自己"充值"，又能给韩倩倩找个自杀的动机。

将韩倩倩所有可以转账的钱转入了境外赌博网站上自己的账号内后，赵浩想起被打翻的奶茶杯里还有小半杯奶茶，可能会被警方发现有药物成分，于是把奶茶杯揣进了自己的口袋里，从原路离开了现场。

在审讯的同时，通过我们发现的作案途径，警方调取了赵浩的清晰监控。通过指纹比对，也确定了他就是死者家窗户上指纹的主人。同时，警方也发现了赵浩通过网络购买劣质木炭和购买氯硝西泮的确凿证据。

案件完美侦破。

听完审讯之后，大宝意犹未尽，说："网络，真的可怕啊！"

"键盘侠，指的就是躲在键盘后面，肆意发泄着自己的情绪的人。"林涛说，"这两个人都是键盘侠，都把网络当成了满足自己虚拟欲望的工具，没有理智、不讲道德，最后双双在现实中成为失败者。"

"我觉得，还是得把这种故事说出去。"我说，"一来是呼吁大家在网络上要和现实中一样，要在道德的框架下约束自己的言行，要懂得思考、识破谣言，不要跟风带节奏，不要肆意发泄自己的情绪，毕竟网络不是法外之地。二来，更要呼吁大家在网络上保护自己的隐私。韩倩倩的大门和手机密码都能在网上公布，这真是让我大跌眼镜。"

"是啊，网络时代，每个人都很难有隐私。"韩亮说，"不过，尽可能地保护好自己的隐私吧，总不会是坏事。"

"总之，是个悲剧。死者是个年轻人，凶手也是个年轻人。他们都很聪明，但是没有把自己的聪明才智用到正道上。很可惜啊。"圣兵哥说，"案件破了，但我们要牢记纪律，就不喝庆功酒了。我们去吃碗庆功面吧！"

我没听清圣兵哥后来说了些什么，因为我正专心致志地看着手机上小羽毛给我发来的信息。

"嗨，走啥神呢？"圣兵哥拍了一下我的肩膀，说，"说吧，家乡牛肉面的味道，要不要重温一下？"

我抬头看了看圣兵哥，充满歉意地说："这次恐怕不行了，晚饭来不及吃了，我们得赶紧赶回龙番。"

"铃铛催你吗？"圣兵哥哈哈一笑，说，"这都天黑了，你们赶回去得几点了？"

"不是。"我说，"不管几点也得赶回去。因为龙番的二土坡案件，好像有进展了。"

法医秦明

VOICE OF THE DEAD

第三案

五步必死

生命不可能有两次，但许多人连一次也不善于度过。

———

吕凯特

1

我们的警车风驰电掣一般地赶回了龙番。按照小羽毛给的定位,我们直接把车开到了龙番市公交公司的大院里。

虽然已经是晚上七点多了,但是公交公司的办公楼里,还亮着几盏灯。

陈诗羽和程子砚正坐在总经理办公室门口的长条凳上,一人抱着一杯奶茶,一边慢慢喝,一边聊着什么。

"我们晚饭都没吃,你们居然还有心思在这里喝奶茶?"林涛说道。

"居然还是一种品牌、一种口味的。"大宝看了看两人的奶茶杯,说,"你们口味都一模一样啊。"

"哈哈。"韩亮意味深长地笑了一声。

陈诗羽白了韩亮一眼,说:"侦查员在里面拷贝录像呢。"

"等他们拷贝完了,我带你们看。"程子砚说。

"奶茶有多的吗?我都快低血糖了。"大宝说。

"没有。出现场都不带我们,还想喝奶茶。"陈诗羽说,"门口右转,自己去买。"

"你心还真大,你能喝得下去吗?"林涛皱了皱眉头。大宝倒是毫不在意,真的朝公交公司大门口走去。

"为什么喝不下?"程子砚好奇道。

"因为我们刚刚去的这个案子,死者喝了一杯来源不明的奶茶,就被杀了。好像就是这个牌子的。"林涛如实说道。

"别恶心我,你说什么我都喝得下去。"陈诗羽说,"和法医待久了,胃口都深。"

"不是故意恶心你,是真事儿。"林涛急着解释道。

"别扯了,告诉我,发生了什么事。"我对程子砚说,"发现什么线索了?找到第一现场了吗?"

"第一现场还没有找到，不过应该快了。"程子砚比画着说，"具体的，我在这儿和你说不清楚，得看视频。"

因为拷贝和播放不能同时进行，为了让侦查员尽快固定证据，我们也只有等候侦查员拷贝完监控之后，再去看程子砚到底发现了什么。

低血糖的大宝倒是真的买了奶茶回来，不过他就买了一杯，而且还买了个鸡腿，自己吧唧吧唧地吃着，走到了我们身边。

"就买一份？你好意思吗？"林涛瞪了一眼大宝。

"出门右转。"大宝一边嚼着，一边说道。

"晚上不吃，减肥。"韩亮哈哈一笑，探头向办公室里看去。

"有大学做过研究，如果平时不注重热量摄入，只是晚上饿着，并不能减肥。"我说，"我深有体会。"

"那我去买了。"林涛站起身来。

"奶茶和炸鸡，都是高热量，吃一顿抵三顿。"我说。

林涛又犹犹豫豫地坐了下来。

"他们拷贝好了。"韩亮走进了办公室。

程子砚立即放下奶茶，站起了身。大宝也丢掉鸡骨头，想在林涛的身上擦擦手上的油，林涛"啊"了一声跳开了。

程子砚在电脑上一番操作，调出了一个视频画面。画面里，凌南背着书包，独自一个人从学校大门走出来。他低着头，但是脚步很快，甚至双手还捏着拳头。很显然，他不是在犹豫中行走，而是心里已经笃定了想法，朝着自己的想法行进。

"我先和你们说一下监控调查的进程。"程子砚说，"我们从学校门口的监控可以看见，事发当天下午2:01，凌南从学校门口匆匆走了出来。你们看，因为当时学校门口没有其他人，所以看得很清楚。他整个人看起来都是紧绷着的，显然很不正常。他出校门后行走的方向，就是回家的方向。如果正常走回家的话，他需要15至20分钟的时间。只可惜，因为地处郊区，这期间连续三个道路监控，都因为在检修而无法使用。"

"也就是说，凌南走出了学校门口的监控范围之后，就失去踪迹了。"我说。

"对。"程子砚说，"一开始我们认为，他既然是朝回家的方向走，并没有犹豫不决、选择方向，所以他应该是要回家的，既然是回家，自然是因为那一些床垫下的画作。按照他回家的路途，虽然中间坏了三个监控，但在第四个道路监控中，应该可以看到他的踪迹。"

"可惜，并没有。"林涛猜测道。

"对，看了很久，一直都没有。"程子砚说，"所以我们就很奇怪，这中间，都是大路、商铺，白天人流量很大，不可能是我们分析的作案现场啊。那凌南在这期间，到哪里去了呢？"

"中途的岔路，都分析了吗？"我问，"有地图吗？"

"开始我们也分析了，但并没什么用，不过我们又找到了新的线索。"程子砚说，"在侦查员们分析岔路走向的时候，我和小羽毛就沿着凌南回家的路线逛一逛，没想到有了新的发现。我们发现，在这条路线上，有一个公交车站，车站的顶棚挂着一个监控头。所以，我们就抱着试试看的态度，开了介绍信来公交公司查监控，没想到，还真查到了。"

程子砚打开一个视频，调整到对应的时间，说："你们看，这就是公交公司的探头。"

视频里，走进了一个穿着校服的男孩，从体型上看，就是凌南无疑了。凌南先是沿着人行道快步走着，经过公交站台的时候，突然像看到了什么，受到惊吓，停下了脚步。然后他一个箭步向旁边跳了出去，躲在了公交站台的广告牌后面。

"他在躲谁？"大宝也看出了端倪，眯着眼睛看着监控。

"应该是躲这个人。"程子砚指了指刚刚走进监控画面的一个穿着运动衫的男子。

这是个瘦高个儿，梳着分头，戴着眼镜，但面容看得不是很清楚。这个男人似乎并没有发现凌南，而是径直向公交站走来。

凌南一开始在公交站广告牌后面躲着，手扶着广告牌向外探视。当他看见这个男人径直走过来的时候，似乎还想继续躲避。可是公交站台是开放式的，他几乎躲无可躲，因此显得十分慌张。

正在这时，来了一辆114路公交车，凌南像见到救星一样，一个箭步就跳上了公交车。而那个男人似乎从头至尾都没有什么异常，而是径直穿过了公交车站，走出了监控画面。

"所以，监控看不到凌南，是因为他坐上了公交车？"我问。

程子砚点了点头，说："好在现在公交车上都有监控，所以我们就有迹可循了。"

程子砚又打开了一段视频，用16倍速播放着，说："这辆公交车的行进方向，是向西走的，也就是说，越走越偏僻。公交车最后的终点站是山涧站，也就是龙番山脚下了。"

"嗯，车是沿着龙番河向上游走的，这个符合。"我说。

从监控中可以看到，凌南慌张地跳上了公交车，车门就随即关闭了。在车辆起步后，凌南和驾驶员说了几句什么话，就找到一个座位坐下，然后看起来心情十分低落，低头坐在座位上，过了一会儿，好像就睡着了。

"公交车的驾驶员我们也找到了。"陈诗羽说，"给他看了这段录像，他就想起来了。说是这个中学生上车后，驾驶员让他出示健康码，并付车费，他说自己没带钱、没带手机，以后补上。驾驶员见是个孩子，就让他到后面找个位置坐下，因为车有些颠簸，免得摔跤。直到车辆开到了番西村，车上的人都下光了，驾驶员喊他，问他是不是坐过了站，凌南似乎才从睡梦中醒了过来，说没有过站，于是在番西村这一站下了车。这一站是终点前面一站，也是现场上游的一站。"

"感觉事情都要连起来了。"林涛摩拳擦掌。

"番西村也有个挺繁华的小集市，毕竟是城郊嘛，和农村不太一样。"程子砚说，"于是我们就赶到了番西村公交站，顺着公交站在各个方向找到了很多监控，并且按照凌南下车的时间，一一排查，最终我们找到了凌南的踪迹。"

"厉害！"我赞叹了一声。

沿着几个监控的画面，程子砚基本上还原了凌南的活动轨迹。凌南在下车后，就来到了对面的公交站台，似乎想等一班公交车，再折返回去。但等车来了之后，他又犹犹豫豫地没有上车。过了一会儿，他像是下定了决心一般，一跺脚，沿着折返的路线向回走。

"我们分析，凌南可能是因为自己没有钱、没有手机，所以不太好意思再坐车回去了。"程子砚说。

"按照驾驶员说，他不仅没有怪凌南没钱，反而还关心他。"大宝说，"凌南应该不害怕再坐一次'霸王车'啊。"

"监控没有声音，刚才说的只是驾驶员的一面之词。"程子砚苦笑了一下，重新调回驾驶员和凌南说话的场景，说，"你看看驾驶员的表情，显然不是关心他。驾驶员虽然没有把凌南赶下车，但是肯定说了难听的话，并不像他自己交代的那样。"

"是啊，出了这事儿，这驾驶员也战战兢兢，肯定害怕自己的言语刺激了凌南，自己要担责任。"林涛无奈地摇摇头。

"所以，凌南可能是被羞辱了。"陈诗羽说，"这样的富家公子，恐怕从小就没有因为钱被人家羞辱过吧？这也是他没有选择重新乘车回家的原因。如果他重新乘车回家了，也许现在啥事儿也没有。"

韩亮打断道："不过也有点奇怪，凌南不是急着回家救画吗？为什么上了车就睡着了呢？"

大宝笑了："这好解释，凌南怒气冲冲地出了校门，先是被什么人吓了一跳，逃上公交车，然后又被司机骂，情绪一下子就变成了沮丧。这时候，公交车摇摇晃晃的，嘎嘎吱吱的声音像摇篮曲一样，车上又没有多少人，这不很容易就犯困嘛——韩亮你不是自己开车就是坐私家车，从来没体验过公交车吧？"

"确实有些道理，人在激动、愤怒之后，一旦冷静下来，就会产生疲惫感，睡着也无可厚非。比如我们全身心投入案件侦破，回程的路上总是都在睡觉，就是这个道理了。"我深以为然，又道，"这里距离凌南家，有多远？"

"也不是特别远，我用导航查了一下，大约7公里，步行1个小时50分钟就行。"陈诗羽说，"这时候是下午，大白天，如果他真的能够走回去，也没什么大事儿。问题是，这里不像是城里容易辨别方向，还有人可以问路。这条路线上，有不少人迹稀少的地方，而且路也不直，还有很多岔路，不容易分辨方向。"

"所以他迷路了。"我叹了口气，说。

"是啊，关键问题是路牌的问题。"程子砚说，"因为是城郊，监控不可能无缝对接，不可能追踪凌南的轨迹。所以，我和小羽毛继续试了试，从番西村公交站，向回走。"

"你们是真强！"林涛说。

"我们一边看导航，一边看路牌，找到了可能存在的问题。"陈诗羽打开手机，调出一张照片，说，"按照导航，凌南如果继续沿着大路走，是能回到市里的。但是在这个路口，有个路牌，上面指示了'市区'的方向，可是路牌年久失修，居然因为路牌杆的转动，导致'市区'的指示牌指向了进山的方向。后来我们调查了，这个路牌坏了好几年了，只是大家都认识附近的路，也没人报修。"

"我的天！可见公共设施的维护有多重要！这是血淋淋的人命啊！"大宝惊叫道。

"所以凌南应该是沿着这个路牌走上了小路，进了山？"我问。

"是的。"陈诗羽把手机导航放大，说，"我们分析了一下地图，进山后，就不好找了，很容易迷路。但是根据你们尸检时发现的线索，有樱花的区域，可能只有两个区域。而只有一个区域，附近有人住。"

"所以这里是嫌疑最大的地方？"我问。

"对！"陈诗羽说，"而且我们设想了一下，如果凌南真的是在这个区域被电击致死，电击器的主人很有可能会骑车沿着这条小路，来到番西村的村口，也就是龙番河边。这里人迹也很少，如果是晚上，根本没人。"

"在这里把尸体扔进河里，会沿着河流向下游漂流，在二土坡的位置搁浅，也很正常了。"林涛凑过去，滑动着陈诗羽的手机屏幕，看着现场的地理位置。

"这人也是，费这么大劲，还要移尸抛尸，直接扔山里，谁也不知道啊。"大宝质疑道。

"不管怎么样，侦查部门现在的调查如何？"我问。

"现在几名侦查员正在定位，寻找樱花树、寻找田地附近有零散住户的具体位置。"陈诗羽话还没说完，电话就响了起来。

她接完电话，说："走吧，可能找到了！"

我们坐上了韩亮的车，开了大约10公里，来到了番西村附近的一座小山下面。

"车开不上去了，走上去吧。"来带路的民警示意我们下车，然后跟着他沿着山间小道，向山上爬去。

路上，民警介绍了调查的情况。

根据"有樱花""田地附近有零散住户"的条件进行排查，民警很快就发现了这一户独居的村民。当事人叫胡彪，男，31岁，未婚，父母双亡，一个人生活。他家的土地一直都是在山里，主要是种茶，也有一大块地是种蔬菜。随着政府"移民建镇"政策的深入开展，他的邻居慢慢地都搬去了镇子里生活。但是性格内向的胡彪一直不愿意搬，首先是因为他平时就不爱与人打交道，其次也是因为不愿意远离自己的茶叶地。

经过初步调查，警方暂时没有掌握胡彪架设电网的证据，搜查了他的家里，也没有找到电击器。目前当地派出所因胡彪前几天参与赌博，将他暂时行政拘留了。

"不可能搜不到。"我说，"上警犬搜。"

"是的，我们考虑过了。"民警说，"当地派出所就配备了警犬，目前正在胡彪家和他家田地附近进行搜索。"

将警犬队的警犬和训导员下沉到最基层，是龙番市局最近在做的一项试点工作。原来警犬只是在警犬基地训练加待命的机制，变成了现在到各个派出所、基层刑警队以实战代替训练，同时也可以最大限度发挥警犬的效能。

尤其是这种辖区面积大的农村派出所，人少事多。警犬到了之后，还真派上了不少用场。那些酒后闹事、打人的醉汉，以前即便是警察来了，也依旧有恃无恐，该怎么闹还是怎么闹，可是看到警犬来了，顿时会收敛不少。如果哪家孩子贪玩跑丢了，以前全靠人力在山里寻找，现在则有了这个好帮手，找得也快。

没有想到，在这种重大刑事案件中，派出所的追踪犬也就近发挥出了作用。在我们爬了半个多小时山后，看见几名民警和一条威武的德国牧羊犬正在田地里慢慢地边走边搜寻。

"你每次看到警犬，不都有惺惺相惜的感觉吗？不都会去骚扰一下它吗？"我见大宝老老实实地跟在我后面，于是说，"今天怎么这么低调？"

"这个，德牧，太大，算了，算了。"大宝不好意思地挠挠头。

体型大，不影响嗅觉灵敏。这种山地里的"细活儿"，"人形警犬"大宝就是完不成的。根据训导员的引导，我们来到了田地边缘的一个区域。

"刚才警犬在这里有反应。"训导员指了指地面，说道。

我点点头，示意大家都打开强光手电，照射这一片区域，让林涛好寻找痕迹。

林涛和警犬一样，趴在地上看了良久，说："是的，这里曾经长期放置了什么东西，后来被撤走了。你们看，土地表层的压痕是有新鲜被擦蹭的痕迹，说不定就是电击器的位置。"

"这一片是蔬菜地，对吧？位置也符合。"我说，"有一些农民为了防止野猪来拱菜地，会设置电击器。"

"那为什么警犬会对电击器有反应？"大宝怯生生地看了一眼警犬，问道。

"不是对电击器有反应，是对人体气息有反应。"训导员说，"我们是以尸体的鞋子为嗅源的。"

"也就是说，死者很有可能在这个位置躺了很久。"我说。

训导员点点头。

"可惜，天气干燥，土地干燥，看不出什么痕迹了。"林涛可惜地摇摇头。

"对了，经过我们的分析，凶手很有可能是利用交通工具运尸的，他家里有三轮车什么的吗？"我问。

"我们刚刚把田地里搜索完，现在一起去他家和他家院子里搜一下。"训导员说道。

我们一行人，走了 10 分钟山路，来到了一个破落的小村落。据说，这就是胡彪家所在的位置。原本这个小村落住着五六户人家，后来都响应政策搬走了，现在只有胡彪一个人住在这里。其他的房屋都已经废弃，有的时候山下村里的人会躲到这些废弃房屋里赌博，派出所还来抓过两次。

打开胡彪家的大门，先是一个有大约 100 平方米的院子。我一眼就看见院子的角落里停着一辆三轮车。

"嗅。"训导员对警犬下达了指令。

德牧收起自己的舌头，对着三轮车嗅了嗅，然后坐了下来。

"有反应。"训导员说。

"好！"我很兴奋，拿出强光手电，对着三轮车的车斗里照射着、寻找着。

我知道死者的尸体上并没有什么开放性创口，如果小腿处是电流斑，也不会有流血的现象，所以我寻找的重点是三轮车的夹缝处，能不能发现毛发。果然，在三轮车斗的拐角夹缝处，我用止血钳提取到了几根被夹缝夹拽下来的毛发，都有毛囊。我连忙把毛发装进了物证袋里收好。

德牧并没有因为发现三轮车有异样而停止工作，它鼻子贴着地面，沿着院子的侧围墙，绕到了屋子后面，在一堆有翻动痕迹的泥土附近，再次坐了下来。

"又有新发现了？！"我激动地说道。

这一处泥土周围有很多杂物，甚至还有一些杂草的覆盖，如果不是警犬，我们还真不一定能找到。

派出所民警也来了劲，从旁边拿起铁锹，就开始挖。

这一挖不要紧，还真挖出了东西。

电击器和一个书包。

"破案了！"大宝拎起了书包，兴奋地说道。

"别急。"我也是强压着激动的心情，从书包里拿出了一本《道德与法治》课本，上面明确地写着：九（3）班，凌南。

"行了，等检验结果出来，就是证据确凿了。"我说，"电击器上的电网送去进行理化检验，和死者的裤子上、皮肤上提取到的金属物质进行比对，认定同一。我提取的几根毛发，也送去进行 DNA 检验，确定就是凌南的头发。再加上他在自己家院子里藏的死者书包和电击器，加上现场泥土的痕迹，已经是完整证据链了。"

"好的，我们这就把胡彪移交给刑警队，转刑事拘留，开始立案侦查。"派出所民警说，"这个可以构成'以危险方法危害公共安全罪'了吧？"

"还有'侮辱尸体罪'。"大宝说。

"那我们就等着审讯结果了。"我说。

2

第二天一早，案件侦破的捷报就传来了。

前一天夜里，龙番市公安局和省公安厅的实验室灯火通明，技术员们一起对我们从现场、尸体上提取回来的各种检材进行了通宵的检验。在一大清早的时候，各项检验结果都先后出炉，和我们之前的预想是一模一样的。也就是说，证据已经形成了一个完整的证据链了。

当然，在这么多物证检验结束之前，因为在胡彪家找到了关键证据，所以他自己也就交代了事情的全部经过。

据胡彪交代，他家很偏僻，没人来，但是他家的田地，尤其是那一块蔬菜地，经常被野猪侵袭，让他苦不堪言。为了防止野猪侵袭，顺便打几头野猪卖钱，他就从镇子里搞来了电击器和电网。

这个电网已经架设了一个月了，还电死了三头小野猪。可是没想到，他这个偏僻的田地附近，居然突然出现了一个孩子。那个孩子出现的时候，胡彪其实已经发现了，但是他想喊的时候，已经来不及了。

孩子在被电网绊倒之后，就再也没有爬起来。胡彪知道，出大事儿了。野猪都是碰一下立即死，更何况一个小孩子？

在电死凌南后，胡彪知道自己犯法了，他仔细观察了凌南的衣着打扮，知道他应该不是本地的孩子，于是心想警方怎么找，也不可能找到他家里来的。所以他没有去自首，而是选择了毁尸灭迹。

最开始，胡彪想把尸体、电击器一起掩埋在山里，可以说是神不知鬼不觉。但是当他扛着锄头准备挖坑的时候，他突然想起前不久警察牵着警犬来旧房子抓赌的场景。他知道，警犬的嗅觉灵敏，如果他的地里埋着一个人，肯定会被发现。如果把尸体运到深山里去呢？那也容易被发现，毕竟电视里放的警犬，可都是不一般。

不如把尸体抛进龙番河，尸体会随着河水漂走，等到被发现的时候，早就距离他家十万八千里了。这是胡彪想出的最好的匿尸办法了。做出决定后，胡彪趁着夜色，用三轮车把尸体拖到河边遗弃，同时扔下去的还有凌南的书包。不同的是，尸体入水就沉了，看不见了。但是书包一直漂浮在水面上，沉不下去。胡彪知道，平静的河面漂着一个书包，太容易被人发现疑点了。于是他重新把书包捞了上来，回到家里，在院子后面挖了个小坑，将凌南的书包和电击器埋了起来，企图逃避侦查。

他万万没有想到，警犬不仅找得到人，也找得到书包。

不仅如此，警方还对胡彪的社会关系进行了细致的调查，确认了他架设电网还真的是为了电野猪的，也有很多人证明他这几天有用野猪换钱的经历。同时，警方也确认了胡彪最近一段时间除了卖野猪，就没有和其他人有过任何联系了。

事已至此，凌南死亡案的案件就是事实清楚、证据确凿了，没有任何疑点和漏洞。

"这真是一个悲剧，居然真的上演了'一步错、步步错'的惨剧。"我痛心疾首，说道。

"是啊，为了躲避一个人，就不知不觉走向了鬼门关。这真的是不彻查的话，根本就不敢相信的结局。"程子砚也说道。

"就跟老秦在跳河那个案子里说的那样，如果排除了其他所有的可能，剩下的一个可能，即便再不可思议，那也是真相啊。"林涛说。

"不管怎么说，我们还是要搞清楚凌南躲避的那个人是谁。"我说，"至少得给家属一个交代。"

"这个工作也在做。"程子砚说，"面部不清楚，但是可以通过身形和步态来进行识别。只要能找到对这个人很熟悉的人，就肯定能认出来。"

"认出来又能怎么样？"大宝说，"总不能去找这个人麻烦吧？这个人也是无辜的。"

"我们都知道他是无辜的。"我说，"但是我们需要更多、更完善的调查，来确证他就是无辜的。搞清楚他的身份，是第一步。"

"嗯，这都是这个案子的扫尾工作了。"林涛说，"用以进一步补充和验证我们之前的勘查和调查结论。"

"总之这个人肯定是没有问题的。"大宝反驳道，"之前都说过，只要是不保险的杀人方式，一般预谋杀人都是不会选择的。这事儿的整个过程，那可不是用一个'不保险'就能形容得了的！那是处处巧合，导致了悲剧的结果。"

"是啊。"陈诗羽附和道，"真的是一系列巧合。从遇见那个人开始，就是巧合；来了公交车，是巧合；凌南在车上睡着了，是巧合；遇见刺激凌南的驾驶员，是巧合；下车不愿意重新坐车，是巧合；走路遇见错误的指示牌，是巧合；进山碰见了电网，又是更大的巧合。没有人能够操纵这么多巧合来完成一个杀人的动作。而且，看一下凌南碰见那个人的视频就知道，那个人都没有注意到凌南。"

"是，凌南遇难之前的全程，我们都有所分析了。刑警队也整理好了相关的材料，会在进一步核实证据、完善证据链、完成检验报告之后，通报死者的家属。"我说，"如果这个人的身份能查清楚，一起通报，说明原因，那更好。毕竟凌南上公交车的始因是遇见了这个人嘛。"

我继续说，"不管怎么说，这一起虽然是刑事案件，但也算是一种意外。这样的案子是最难的，不过我们就是最强六人组，最难的案子依旧破了，逝者也可以安息了。"

"估计等把这么多基础工作做好，通报家属应该得两三天之后了吧？"大宝问。

"是啊，警方肯定要完善工作才会通报嘛，两三天算是快的了。"我说，"希望别再出现这些稀奇古怪的案子了。"

"停停停！打住！"大宝上来捂住了我的嘴。

过了两天，已经四月初了，天气渐渐转暖，万物渐渐复苏。但是，法医们比较不喜欢的夏天又慢慢走近了。我们等候了两天，就在警方已经准备好了材料，向家属通报事实的时候，我们又接到了指令。

彬源市出事了。

这个山区的小城市，因为人口稀少，很少有重大刑事案件的发生。上一次去彬源市出现场，还是"口缚红绳"①的男孩的案件。

和上一次发生在别墅区里的案件不一样，这一次的案件发生在山里。

彬源市一中的一名初一学生，叫夏中阳，男孩，今年刚刚满13周岁。两天前的晚上9点钟的时候，他的母亲突击检查他写作业，却发现他正在打游戏。原本正在读初中的夏中阳是不应该有手机的，学校明确不能给孩子手机。但是因为他周末需要去补课，距离较远，得由他父亲接送。为了能保持联系，所以他父母还是给了

---

① 见法医秦明系列众生卷第三季《玩偶》"口缚红绳"一案。

他手机，但要求他发誓不能玩游戏。

小孩的誓言很难算是誓言，所以当夏中阳独自拥有一个安静的私人空间的时候，手机游戏强烈地诱惑着他。

于是他偷偷下载了游戏，趁着母亲在外面看电视的时候偷偷玩了起来。可能是因为太过投入，所以当他母亲打开他的房门的时候，他都没有发觉，于是被抓了现行。

可能是他母亲当天心情不好，她不仅上前没收了手机，还狠狠打了夏中阳两巴掌。

两巴掌似乎严重刺激了夏中阳的自尊心，他和母亲大吵了一架，说是自己必须有手机，没手机的话，补课之后联系不上父亲就会迷路。

他母亲也在气头上，于是说，迷路就迷路，走丢了正好，省得让父母天天操心。

于是夏中阳摔门而出。

他母亲见这么晚了，夏中阳又真的跑出去了，瞬间消了气。因为她当时穿着睡衣，于是赶紧披上一件外套，立即跟着追了出去。只可惜，可能是天黑而且岔路多，他母亲没能追得上夏中阳，甚至连他的背影都没有看到。

孩子一直在自己的羽翼下成长，离家出走这可是第一次。他母亲顿时没了主意，打电话让正在外面工作的丈夫赶了回来。两人知道未成年人走失，是可以立即报警的，于是他们报了警。

当地辖区派出所非常重视，立即组织警力对夏中阳进行搜寻。只可惜，当地的地形非常复杂，派出所的三名民警、三名辅警再加上夏中阳的十几个亲戚，有的分头看监控，有的搜寻他常去的地方，却一直没有下落。

搜寻工作持续了一天两夜，都没有进展，派出所于是请示了警犬队，带来了两条追踪犬。终于在这一天的清晨，在一座山里，发现了夏中阳。只可惜，年幼的夏中阳此时早已经没有了呼吸。

当地法医赶赴现场后，发现夏中阳的一侧臂膀高度肿胀、淤血，就像是被汽车碾过了一般。可是，在那种深山里，并没有能通过汽车的通道，法医一时对死因没了判断，于是在第一时间打电话请求省厅予以支援。

"又是在山里！"大宝在韩亮的车里瞪大了眼睛，说，"真的是一发案就发一种类型的。小孩子，在山里出事。你说，这回不会又是电击死什么的吧？"

"电击死怎么会导致一侧肢体高度肿胀加淤血？"我的沉思被大宝打断了，说道，"而且，哪有那么巧的事情，也没有那么多人敢违法拉电网啊。"

"高度肿胀、淤血，会是个什么样子的？"林涛问。

我摇摇头，说："我也不知道。现在看到的，只是内部传真电报里关于损伤的简单描述，具体是什么样的，还得去现场看。"

"看来又要爬山喽。"林涛用肩膀撞了下大宝，说，"经常爬山，也不长痔疮，对吧？"

大宝似乎没心情开玩笑，沉思着说："山里，最常见的就是虚弱致死①啊，要么就是遭遇了野兽，但不管是哪一种，都不会只有一侧肢体肿胀淤血啊。野兽攻击了人，没道理不去啃噬尸体啊。"

"别瞎猜了。"我说，"看传真电报上说，虽然这座山很大，但是尸体的位置并不深。从盘山公路的路边步行进去，也就 10 分钟的时间。哪有野兽敢跑马路边上来。"

上午 10 点钟的时候，我们下了彬源市的高速路口。我给当地的钱法医打了个电话，问具体的位置。

"尸体已经运去殡仪馆了。"钱法医的电话背景音很是嘈杂，"死者的母亲情绪非常激动，我怕对尸体造成二次损坏，就让殡仪馆的同志把尸体先运走了。所以，你们是直接去尸检，还是来现场看看？现场在山里，附近也没有什么可查看的痕迹物证。"

"那也得先看看现场，毕竟需要感受一下现场的环境究竟是怎么样的。"我说。

"对，先看现场。"林涛在一旁附和道。

"那行，我给你们一个导航位置。"钱法医说，"你沿着盘山公路开进山，路边停着好几辆警车的地方就是了。我在那里等你们。"

我们的警车按照导航的指引，离开了公路，进入了一条不宽的盘山道，又开了二十多分钟，就看见几辆闪着警灯的警车停在路边，而钱法医正戴着手套，站在警车的旁边。

"你们看我们这地方吧，要么就没案子，一有案子就是稀奇古怪的。"钱法医抱歉地笑笑，说，"辛苦你们跑一趟了。好在现场不远，不需要爬多少山。哦，对了，死者的父母已经被派出所送回家了，情绪很是激动。"

"那是肯定的。"我深表理解。

从停着警车的路边向山里走，根本是没有路的。但是警察、殡仪馆工作人员和死者家属来了几十号人，硬是把山体上踩出了一条小路。小路的周围有很多荆棘，

---

① 虚弱致死：人因为过度疲惫、饥饿、脱水或水电解质紊乱等原因导致的死亡。

钱法医一边在前面开道，一边引着我们向山里走。

"死者父母是什么人啊？"我见闲着也是闲着，于是问道。

"城里的人。"钱法医说，"哦，你们下高速后也看到了，从盘山道下去，向东走5公里，就是城里了。他们家就住在那里。死者的母亲张亚是一个国企的职员，父亲夏强是前不久一个爆雷的P2P公司的业务员。"

"P2P？爆雷？什么意思？"大宝对这些词有点茫然。

"就是网络借贷的公司。"钱法医解释道，"中国人有积蓄的习惯，可是存下来的钱，放在银行里，有些人又嫌利率太低。这些公司的业务员就会利用自己的关系，找一些人，用公司的名义和较高的利率来集资，然后再去做投资。虽然利率高了，但是风险大了。这不，夏强的公司，前一段时间就因为资金链断裂，爆雷了，没钱了，老板也跑了。借款的老百姓可不能容忍自己血本无归啊，都会纷纷去找业务员。"

"法律途径不能解决吗？"大宝问。

"可以解决啊。"钱法医说，"但是这种案子实在是太多了，判决程序要走很长时间，比如涉及刑事犯罪的，还得'先刑事、后民事'的顺序，老百姓可等不及啊。而且，就算判决下来了，执行也是个难题呢。所以，既然业务会以个人的名义给借款人写担保，老百姓自然也就会去找业务员的麻烦。可是这些业务员哪有那么多钱还，所以就四处躲着呗。这个夏强，和警方说是在参加一个什么培训班，所以最近销声匿迹，但大家都知道，他其实就是在躲债。"

"儿子死了，这才跑出来。"大宝点了点头，说，"看来我们没有积蓄的，也就没有烦恼了。"

说话间，我们就来到了现场。

3

现场已经被警戒带围了起来。

"这地面条件，啥也看不出来啊。"林涛失望地说道。

地面都是杂草，还有一些荆棘和灌木，地面土壤很坚硬，所以也不可能留下什么痕迹。

"喏，尸体就躺在杂草里。"钱法医说，"要不是动用了警犬，咋找也找不到这里啊。"

我顺着钱法医的手指看去，地面上有一堆杂草呈现出倒伏的姿态，隐约可以看得出来被压塌的杂草是一个人形的模样。人形的周围，还有很多灌木和枯枝，我蹲在地上仔细看了一遍，发现灌木和枯枝都没有明显的折断的痕迹。

"这现场，我们已经搜了好几遍了。"钱法医说，"本来还说能找到个什么遗留物或者足迹的，现在看，没戏。"

"孩子有随身物品吗？"我问。

"什么都没有。"钱法医说，"手机不也被收了嘛。"

"你说，有没有可能是自己跑到这里来的？"我问。

"侦查部门觉得是有可能的。"钱法医说，"他家离山里比较近，小时候夏强经常带他来山里面玩。他毕竟还是个小孩子，认为躲在这里没人找得到，是有可能自主跑过来的。"

"哦，那就要看死因了。"我说，"死因决定了性质。"

"是啊，现场就这样，除了一个被尸体压塌的人形轮廓之外，啥都没有。"钱法医说，"我们会继续安排人搜现场和搜外围，但是能找到线索的可能性不大。"

"不一定是命案，现在急着找线索还没用，重点还是要先搞清楚死因。"我说，"林涛，你留下来配合当地同志进行搜索，小羽毛和程子砚你们去研判一下视频。我们去解剖室，先明确死因再说。保持联系。"

分工完毕，我和大宝坐着钱法医的车，赶赴彬源市殡仪馆。此时，我还是信心满满的，无论多疑难的案件，死因问题我相信自己都一定是有能力解决的。

尸体已经停放在解剖台上了，衣服都已经除去。当看到尸体的那一刻，我忍不住揉了揉眼睛。毕竟，我也是第一次看到这种状态的尸体。

尸体并没有腐败，很瘦小，毕竟是个小孩子。除去他左侧的胳膊之外，其他部位看上去都是很正常的。但因为左侧胳膊格外异常，使得整个尸体看起来都是异常的。

左侧胳膊高度肿胀，厚度甚至超过了胸膛。整条手臂都呈现出暗紫红色的颜色，上面还有青紫色的血疱和乳白色的水泡。如果不看整具尸体，而是单单看这一条手臂，就和恐怖片里的丧尸差不多了。因为手臂的高度肿胀，感觉就像是赤裸的尸体左臂上套了一个紫红色的棉袄袖子。

"我的天！"我惊叫了一声。

"这样的情况，我们也是第一次见。"钱法医说。

我连忙穿好了解剖服，说："奇怪就奇怪在，似乎就是单纯的肿胀和淤血，表皮完全没有损伤。"

"虽然胳膊上有很多血疱和水泡，但确实，没有发现什么碾轧痕迹或者挫伤痕迹。"钱法医也连忙穿好了解剖服。

我用手按了按尸体的左臂，能感觉到他的皮下软组织内可能充满了血液，按起来就像是按在一块吸满了水的海绵上。

我观察了一下淤血的范围，从左侧的腋窝开始，一直到各根手指，整条左侧胳膊几乎没有完好的地方。左侧的腋窝处，淤血状况开始减轻，到胸壁的位置就几乎看不出淤血状态了。如此大面积、均匀的淤血状态，显然不是外伤可以形成得了的。

大宝和钱法医一边对尸表进行拍照固定，一边对尸体状态进行常规检验和描述记录。我见尸体表面几乎看不到任何损伤，于是拿起他的右手仔细端详着。

也不知道是不是灯光的原因，我觉得尸体的右侧手腕部位颜色有一些不一样的地方。于是我赶紧从器材柜里找出了酒精，用酒精擦拭他的右侧手腕。

酒精可以带走皮肤内的水分，让皮肤更薄，更容易显现出皮下或者皮内的出血状况。我这么一擦，果然有一条隐隐约约的青色痕迹暴露出来。

"尸体的手腕部位似乎有一些轻微的损伤。"我说，"这个位置的损伤，有可能是约束伤啊。"

"没那么夸张吧？"大宝说，"这个小孩儿，看起来又不是外伤或者窒息致死的，别人约束他干啥啊？小孩子毛毛躁躁的，身上有一些磕碰伤很正常的。"

大宝说的也有道理，我就不再纠结手腕上的损伤。

"口唇、牙齿、鼻部都正常，眼睑没有出血点。"大宝一边检验一边说，"全身未见任何损伤痕迹，窒息征象不明显，基本可以排除机械性损伤和机械性窒息致死。"

"解剖吧。"我见大宝已经按操作规范提取了相应的物证检材，便拿起了手术刀，"一"字形切开了尸体的胸腹腔皮肤。

还没有等到把尸体胸壁皮肤和皮下组织进行分离，我就从手术刀切开的皮肤裂缝中看到了有出血的痕迹。

"不对啊！这胸壁皮肤完好无损，为什么皮下组织会有出血？"我说完，连忙开始分离胸壁的皮肤。

分离完皮肤，充分暴露出了胸大肌之后，我们才发现，死者的整个左侧胸大肌肌肉内全都是出血。

"我的天，这么大面积出血？皮肤还没伤？"大宝有一些意外。

"这可能就是我以前经常说的'隔山打牛'功吧？"我笑着说道。

"那不都是胡扯的吗？"大宝说。

"不，不对！"我说，"胸大肌的出血是和左侧手臂的淤血相连的！只是左侧手臂的出血情况严重，而胸大肌出血较少，没有在皮肤上表现出来而已。"

"所以，左侧手臂，也是皮下组织出血，大面积出血。"钱法医沉吟道。

我像是想起了什么，连忙停止了对尸体的胸腹腔的解剖，转而检验那一条因为大面积出血而导致高度肿胀的手臂。

就像切开一块吸满了水的海绵一样，手术刀一划开尸体的左侧手臂，就有乌黑色的血液流了出来。而皮下的肌肉组织已经看不出肌纤维的形状，整个视野里都是黑乎乎的一片。我知道，这并不是因为出血污染了视野，而是肌肉组织发生了坏死！

如此大面积的肌肉组织坏死，基本印证了那种我只在教科书上看到，而没有实践经历过的死因。

我连忙从勘查箱里拿出了放大镜，从尸体的左侧腋窝开始，一点点地向手掌的方向观察皮肤的状态。很快，我就在死者的肘窝的位置，发现了两个很细小的洞。因为这两个小洞正好是在一枚大血疱上，所以如果不是非常仔细地观察，根本就不可能被发现。

"糟糕！"我暗叫了一声，连忙脱掉手套，从口袋里摸出手机，拨打了林涛的手机。

"怎么了？"林涛似乎仍在爬山，气喘吁吁的。

"快，集合所有同志，撤回来，不要搜了。"我说。

"咋啦？"林涛可能是觉得我的语气过于急切，不太正常，于是问道。

"死者是被毒蛇咬死的！五步蛇！你们搜寻的现场有五步蛇！"我叫道，"你们没有任何防护设备，五步蛇的保护色又很好，肉眼根本发现不了！太危险了！赶紧撤！"

"哎呀，我的天！"林涛吓了一跳，连忙挂断了电话。估计他开始指挥大家伙儿向山下撤离了。

"五步蛇？"钱法医和大宝一起瞪着眼睛看着我，见我挂了电话，异口同声地说道。

"对，尖吻蝮蛇，俗称五步蛇。"我说。

"这种蛇，我们这种山里不多见吧？我工作这么多年，从来没见过。"钱法医说。

"几个原因。"我说，"一来是这种蛇不多见，是国家濒危二级保护动物。二来是人被这种蛇咬伤后，多半是能救回来的。虽然它被称之为'烂肉王'，被咬伤后，救治不及时，会导致大面积肌肉坏死从而截肢，但是致死的不是特别多见。"

"五步蛇，不是说被咬伤后走出五步就死了吗？"大宝说。

"那是夸张的说法。"我说，"书上说，叫这个名字，可能是因为这种蛇比较懒，只有你进入它五步之内，它才会咬人。还有就是，进入五步之内，你才有可能发现它，因为它的保护色，确实很难被注意到。但是，它的致死率并没有那么高，好像有文献记载只有百分之十几。"

"百分之十几还不高啊？"大宝问。

"因为五步蛇的蛇毒主要是血循毒，和其他毒素相比，致死率真的不算高了。"我说。

毒蛇的毒，常见的分类有神经毒、血循毒等。神经毒的毒性都会比较强烈，而且不容易被发现或者重视。也就是说被含有神经毒的毒蛇咬伤，可能当时并不感到严重，所以并不会重视，等到发现身体有异样的时候，就来不及抢救了。而血循毒主要是让伤口处的肌肉组织坏死，毒素进入血液循环后，会随着血液回流向全身扩散，导致肌肉组织大面积坏死，从而累及各脏器，引起呼吸循环功能衰竭，最后导致死亡。这是需要一个扩散过程的。不过，因为血循毒内有大量溶血毒素，被这种毒蛇咬伤后，伤口处会流血不止，即便是压迫止血①，也达不到止血的效果。所以伤者一般都会及时就医，被抢救过来的概率也就大了很多了。

"那五步蛇，究竟多长时间能导致人死亡啊？"大宝接着问。

"书上说，如果不进行任何救治，有可能在5个小时到几天之内死亡。"我说，"蛇毒致死也一样，是有个体差异的，有蛇的个体差异，也有被咬伤者的个体差异。"

---

① 压迫止血：在伤口局部压迫出血的小血管和渗血的组织，以达到止血的目的。压迫止血可有三种方法，即指压法、包扎加压法和填塞加压法。

"这就牵扯到死亡时间的问题了。"大宝说。

我点了点头，说："其实五步蛇的蛇毒半数致死量，也就是 LD50 并不高，好像有研究说，五步蛇的 LD50 高达 9.2mg/kg，也就是说，对于一个 50 公斤的人来说，五步蛇需要排出 460 毫克毒素，才能把人毒死。"

"这孩子应该没有 50 公斤。"大宝说。

"我刚才说的蛇的个体差异，就包括它的毒牙位置和单次排毒量。"我说，"很多蛇的毒牙长得比较靠后，不容易咬人，咬上了，也很难把所有毒液都注射进人体。但是五步蛇不一样，它的毒牙比较别致，只要咬上了，就一定能把所有的毒液全部注射入人体。而且，五步蛇的单次排毒量是所有毒蛇中排名靠前的，它甚至可以一次排出 400 毫克的毒液。"

"这样算，足以致死了。"大宝说。

"确定死者的死因是意外被五步蛇咬伤，这很简单。"我信心满满地说，"我们提取伤口附近的软组织，进入理化检验，可以轻松检验出五步蛇毒毒素的成分。"

"你说了这么多，说得我汗毛都立起来了。"钱法医说，"我们经常会出山里的现场，谁知道会不会遭遇五步蛇？如果真的被五步蛇咬着了，该怎么办啊？"

"不用紧张。"我看钱法医紧张的表情，笑了笑，说，"既然是血循毒，那么血液循环越快，扩散得就越快。所以在被五步蛇咬伤后，千万不能过于激动、紧张，或者急速奔跑。应该立即用绷带、绳子在伤口的近心端进行捆扎，然后拨打 120，及时就医。如果不具备及时就医的状况，在伤口处，忍着痛，用烧灼的方式，摧毁毒素，因为毒素是蛋白质，蛋白质在高温下可以变性。但这只是现场急救的措施，还是得尽快就医。只有到了医院，注射抗毒素血清，才能挽救生命。"

"那我不认识五步蛇啊。"钱法医说。

"就是那种三角形脑袋的蝮蛇。"我想了想，说，"其实被蛇咬伤后，教科书的自救方法，应该是用工具拍死蛇，然后带着蛇去医院。医生知道了是哪种蛇，就会选择相应的抗毒素血清。救治及时，就可以痊愈了。而如果耽搁治疗，我刚才说了，轻则截肢，重则丧命。"

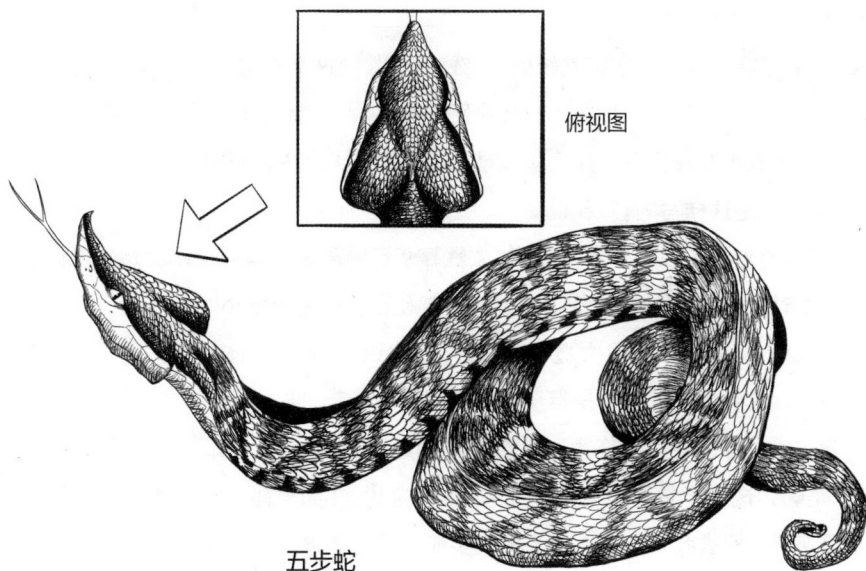

俯视图

五步蛇

钱法医擦了擦额头上的汗珠。

"看来，这是一场意外的可能性大了。"大宝说，"小孩子乱跑进山，这样的危险是很多的。你看我刚开始就猜对了，蛇也算野兽。"

我没理大宝，开始继续对尸体进行解剖检验。

死者的内脏都有明显的淤血痕迹，这更加证明了死者应该就是中毒致死的可能性。现在，只需要理化部门确定咬伤部位软组织内有五步蛇毒素，就可以确定这起案件的死因和死亡方式了。我也感觉轻松了不少。

大宝说得对，法医还需要对死亡时间进行判断，从而进一步验证死者的死亡方式。

因为死者的尸僵已经开始缓解，说明已经死亡 24 小时以上了，所以通过尸体温度下降的方式来判断死亡时间已经不是很准确了。但是死者进食的时间很确定，所以利用胃肠内容物来判断死亡时间成为这一起案件的黄金指标。

死者的胃已经排空了，我们只能清理死者的小肠，利用小肠内容物的迁移距离进行死亡时间的推断。这个课题，我已经和师父研究了十几年，实践利用数量已经达到了五六百起，所以经验丰富。

死者小肠内容物的末端，在距离十二指肠大约 1 米的位置，说明死者是末次进餐后7个小时死亡的。

"死者是晚上6点钟在家吃饭的。"钱法医说，"这个查实了。"

"那么，他应该是今天凌晨1点钟死亡的。"大宝掰着手指头算了算，说，"你刚才说，被五步蛇咬伤后，死亡应该是5小时至几天之内，对吧？"

"文献上是这样写的。"我说。

"那他有点来不及吧？"大宝说，"就算9点钟离家，以最快速度跑到现场也得一个多小时，10点多钟被咬伤，凌晨1点就死亡，就两个多小时？"

"文献上记载的，只是大概率的事件。"我说，"因为个体差异，说不定死者的耐受力差，或者蛇比较大，排毒量多？"

我一边说着，一边沉吟着，感觉不太能说服自己。

"是啊，这孩子估计也有七八十斤。"大宝说，"如果碰见条大蛇，可能死亡会比较迅速吧。回去我来查查，最大的五步蛇，单次排毒量能达到多少。"

"所以，这案子差不多能结了。"钱法医说，"现场也确实什么都没找到，连搏斗的痕迹都没有。"

我听钱法医这么一说，立即抬头看着他。

"怎么了？"钱法医疑惑地问。

"没事。"我说，"我得捋一捋，把照片都给我拷贝回去，我下午在宾馆里，好好研究一下，顺便等候理化部门的检验报告。"

"那，专案组？"钱法医问。

"专案组不撤。"我说，"等我们确定了死因和死亡方式后，再说。"

"好的，收工。"钱法医拿起了针线，开始缝合尸体。

4

回到宾馆，我心事重重。

我想起了我们省有一个县级公安机关的法医，叫王兴。因为他的工作地区是南部的山区，经常会遇见蛇咬中毒的案件，加之南部山区又是五步蛇频繁出没的地区，所以他在人被五步蛇咬伤的研究领域，颇有建树，甚至当地的蛇毒研究所也有他的一席之地。我之前看到的那么多关于五步蛇蛇毒的文献，也几乎都是他写的。

这案子表面上看起来，确实就是一个普通的人被蛇咬中毒致死的意外事件。但是不知道是因为现场还是尸体，总有一种说不透的古怪，让我放心不下。为了保险起见，我决定还是寻求"蛇毒专家"王兴法医的帮助。

我带着全套案件资料，来到了彬源市公安局刑科所，用内网电脑，把资料发给了王兴法医。

过了大概半个小时，我就接到了他的回话。

"怎么样，兴哥？"我用最快的速度接通了电话，问道。

"从照片上看，可以断定，这就是最为典型的五步蛇毒毒素中毒死亡的尸体现象。"王兴既然下了结论，那就说明这件事情板上钉钉了。

我长舒了一口气，看来自己没有判断错。

"不过，从你发的照片上看，那两个咬伤的窟窿，是不是小了点？"王兴话锋一转，说，"距离嘛，倒确实差不多，应该和五步蛇毒牙之间的距离差不多，就是洞眼太小了。有多深啊？"

这一问，把我问愣住了。

"你看不出深度，也很正常。"王兴接着说，"五步蛇毒的毒液有很强烈的溶血作用，咬伤部位的软组织都会坏死得很严重，所以你无法看出深度也很正常。但是我不知道是不是照片上的差异，这两个孔洞大概直径多少？"

"直径 0.5 毫米。"这个我很清楚，因为是我进行测量的。

"那就太细了。"王兴说，"毒蛇的毒牙是圆锥形的，如果咬得浅，毒液注射就不会那么充分，如果咬得深，孔洞就不会那么小。"

"是啊，那是怎么回事呢？"我思索着。

"衣服上的洞呢？"王兴说道，"这个季节，不会穿短袖的吧？"

我这才想起，这一起案件，我并没有仔细寻找衣服上的痕迹。我仔细地回忆着，王兴后来说的话，我似乎都没有听进去。就听见他说了一些什么"提炼""药用"之类的字眼。

挂断电话之后，我拉上大宝，重新赶到了殡仪馆的解剖室，从物证柜里，拿出了死者的全套衣服。

"你想想，龙番市二土坡的那个案子，死者隔着衣服被电击，皮肤上有电流斑，衣服纤维也就有被熔化的痕迹，只是因为被水浸泡得不那么明显罢了，但确实是很明确的。"我说，"可是，你看这个死者的袖子有洞吗？"

死者穿着一件长袖 T 恤，可能是因为他的手臂高度肿胀，导致软组织和衣服紧紧贴合，所以衣服无法从手臂上褪下来。钱法医他们是用剪刀沿着袖管剪开衣服，这才去除了衣服。

我把长袖 T 恤复原成原来的样子，观察着肘窝的位置。这个位置就对应了死者被咬伤的位置。

"没有洞。"大宝说，"但是有一种可能，就是死者因为跑热了，把袖管撸起来了。"

"蛇一般不是会咬腿吗？和电网电到人，一般都电到腿一样。"我说。

"谁说的？"大宝说，"蛇有的时候盘在树上，如果登山扶着树的话，是有可能惊到蛇，然后咬到胳膊的好吧？"

"搞得好像你被咬过似的。"我嘀咕着，但心里觉得大宝分析得有道理。

我又整理了一下死者的衣服，发现他的 T 恤和黑色的休闲裤上有很多血迹，只是因为衣服、裤子的颜色都深，所以血迹黏附在上面，不容易被发现。我们之前在解剖的时候，并没有注意到这些血迹，所以对衣物检验没有引起足够的重视。

"有血迹很正常嘛，你都说了，伤口处会血流不止。"大宝见我在观察血迹，于是说道。

"我知道。"我说，"虽然伤口很小，流血量不会特别多，但是……"

"但是什么？"大宝瞪大了眼睛。

"不对啊！我们得去现场！"我说。

"你都让林涛回来了。"大宝说。

"我们穿上防护服，防止被蛇咬，但也要去。"我说。

天色已经渐渐暗了下来，但是急切的心让我克服了对蛇的恐惧。我和林涛、大宝穿着厚厚的防护服，重新回到了现场的山野里。

现场还是被警戒带围着，中心现场还是平静的模样。

我蹲在地上看了良久，抬头对疑惑的林涛和大宝说："两个问题。一、死者既然血流不止，衣服上都黏附了那么多血迹，现场为什么一点血迹也看不出来？"

"血流不止？"林涛不了解五步蛇毒的情况，说，"他身上不是没伤吗？哪来的血？"

"有伤，很小而已。"我说，"但是因为毒素影响，也会流不少血。"

"这我不知道啊。"林涛说，"不过可以保证，中心现场我筛查了几遍，绝对没血。"

"问题二，被五步蛇咬伤后，因为会发生肌肉坏死，这是一个很痛苦的过程。

而这个过程中，死者当时的意识还是有的，他为什么不挣扎？"我说，"即便不去及时求助、就医，也会挣扎吧？可是倒伏的杂草和灌木，没有折断的痕迹，显然没有挣扎的过程。"

"你想说什么？"大宝问。

"不挣扎，没有血。"我说，"只有可能死者是在别的地方中毒、死亡后，才被移动到这里来的。"

"移尸？"大宝不解地说，"凌南那案子，是因为胡彪私拉电网不小心电死了他，为了躲避责任才抛尸。难不成这个案子，是有人饲养五步蛇，咬死人了怕担责？"

"不要合并同类项。"我说，"这两个案子是两码事。走，专案会快开了，我们去看看视频部门有什么发现没。"

当我们走进专案组会议室的时候，发现会议室里一片祥和的景象。

理化检验报告已经做出来了，确定死者的死因就是五步蛇毒中毒而死亡。绝大多数人，都已经认定了这是一起孩子离家出走、进山、遭遇毒蛇的意外事件。

程子砚此时已经坐在了会议室里，说明她已经有所发现，或者不可能发现什么了。

"在我们法医部门下结论之前，我想先听听视频部门同事的结果。"我说。

彬源市公安局分管刑侦的赵局长点点头，示意程子砚先说。

程子砚说："我们对死者离开家之后所有可能途经路口的监控都进行了调取、观察，没有看到死者夏中阳的踪迹。"

果然，视频部门是什么都没有看到。

"也就是说，死者很有可能是从没有监控的岔路走的。"我说。

"我觉得不太可能。"程子砚说，"监控很零散，也许组成不了完整的轨迹，但是想完全绕开所有监控，那必须是要有预谋、有踩点的。"

"那你们是什么结论？"我问。

程子砚说："这种情况，比较多见的是，出了门不久，还没走到第一个监控的范围之内时，就打车走了。"

"打车？"我说，"他什么都没有带，没钱怎么打车？"

程子砚耸了耸肩膀。

我低头沉吟了一会儿，说："我觉得，这是一起杀人案件。"

会场先是一片沉寂，随即开始嘈杂了起来，显然，大家不太相信我的判断。

"安静一下，听一下秦法医怎么说。"赵局长显然也是不太相信。

"我的主要依据就是，虽然可以确定死者夏中阳的死因就是五步蛇毒中毒死亡，但是，这个现场不像现场，咬痕不像咬痕。"我简短地说道。

说完，我打开投影仪，把现场过于平静、丝毫没有血迹的疑点，死者没有任何求救的动作的疑点，以及死者肘窝里咬痕过于小的疑点，陈述了出来。

"就这几点，是不是武断了些？"赵局长半信半疑。

"还有就是视频部门找不到夏中阳，这也是不好解释的。"我说，"还有，死者的肘窝位置对应的衣服是没有咬痕的。爬山把袖子撸到肘窝之上，又恰巧被蛇咬了肘窝，这也有点太过巧合了。"

"照你说，是怎么回事？"主办侦查员问。

"我觉得，肘窝的损伤，不像是咬伤，而像是……"我说，"注射！"

"你是说静脉注射？"赵局长问。

"不。"我说，"如果是静脉注射[①]，那恐怕很快就死亡了。只需要普通的肌肉注射，也一样能达到这样的结果。我是有依据的，据我了解，五步蛇是有药用价值的，所以也有人提炼五步蛇的毒素。如果有人居心叵测，搞来了高浓度的五步蛇毒，这就是杀人的利器。只不过，这种杀人，需要进行一系列的伪装：比如需要两个针孔来冒充牙印，比如需要把尸体毫无痕迹地运到山上。毕竟在城市里被五步蛇咬死，这就太荒诞了。"

"所以，你可以还原出大致案情吗？"赵局长的神色凝重了起来。

"是的。"我说，"我分析，很有可能是有人想要对他们家人下手，于是驾车在他们家门口等候。结果碰巧遇见了孩子自己跑了出来，算是天赐良机。凶手很有可能与孩子是熟识的，于是骗他上了自己的车，开车离开。这也能解释，为什么张亚披上一件衣服就追了出来，结果根本就没看到夏中阳的身影了。"

"嗯。"赵局长点了点头。

"这个时间应该是晚上 9 点钟左右。"我接着说，"凶手开车拉着夏中阳到了一个偏僻的地方，就开始用暴力的方式，撩起他的袖子，给他注射五步蛇毒素。这也

————————

① 静脉注射，就是要把针插到血管里（如打点滴）；肌肉注射，就是直接把针插到肌肉里（如打疫苗）；静脉注射会比肌肉注射吸收得更快。

是我在死者右手腕发现了可疑约束伤的原因，他的左手因为高度肿胀、淤血，所以即便是有更严重的约束伤，也看不出来了。死者毕竟只是个小孩子，很瘦弱，肯定不是一个成年人的对手，所以就被注射了毒素。注射毒素后，夏中阳会有出血不止和疼痛的表现，会挣扎、呼救。只可惜，是在别人的车里，而且在偏僻的地方，所以并没有人发现。晚上9点钟左右注射毒素，到凌晨1点死亡，这也符合五步蛇毒素致人死亡的时间过程。"

"4个小时，嗯，差不多。"大宝低声道，"成年人最快要5个小时死亡，这是小孩子，4个小时差不多。"

"而且注射的毒素量，肯定比一条蛇的单次排毒量大。"我补充道，"在确认夏中阳已经死亡后，凶手又开车进了山，把尸体扔在了山里，伪造成一个意外被蛇咬中毒的现场。这也是现场离公路边比较近、现场又平静无血迹的原因。"

"听起来，匪夷所思，但是又合情合理。"林涛点评道。

"如果真的像你说的那样，案子倒是不难侦破。"赵局长似乎还是有些不放心。

"我觉得我说的应该不会错。"我倒是自信满满了，说，"首先说说车辆，这孩子只是生气离家出走，而不是有目的地去哪里，那么他出门就打车的可能性几乎为零，更何况他知道自己没有钱。如果和视频部门的同事们说的一样，是有车辆带他走的，偶遇的概率太小，最大的可能就是本身就在门口蹲点踩点的车辆。13岁的孩子，已经有足够的认知能力了。不管他多么生气、多么激动，也不至于随便上人家的车。就算是生气、激动，上了别人的车，别人也没有理由害他啊。他一没钱、二没社会关系，会杀他的，只有可能是他父母的仇人。既然不是图财，而是报仇，那么一定是熟人。"

"所以，按照你的思路，我们现在只需要注意排查当天晚上有可能经过死者家门口的车辆就行了。"赵局长说，"哪些车辆的车主和死者的父母有关系，就重点排查。"

"对，我觉得他父亲熟人的可能性大。"陈诗羽说，"按前期调查的情况来看，死者父亲夏强因为作为担保人借了很多人的钱，最后上头的公司爆雷了，许多人这一年多来，都在寻找他的下落。他说是出去培训，实际就是躲债去了。不排除有那些被'借'得血本无归的人，会因财生恨，用杀死他家人的方式报复他。"

"嗯，有道理。"主办侦查员在笔记本上唰唰地记着，"这个还需要视频部门的同事打头阵，摸出了线索，我们来办。"

"搜索证据，也比较简单。"我说，"第一，五步蛇毒素不是一般就能随随便便获取到的，他必须有这个获取的途径，比如网络，这样就势必会留下痕迹，无论怎么掩盖也是无法匿迹的。第二，我刚才说了，凶手在给死者注射了五步蛇毒素后，应该把死者滞留在一个他无法逃脱、自救的环境里，那么最大的可能就是在车里。既然五步蛇毒可以溶血，可以让伤口处流血不止，事实也证明死者的衣服上黏附了不少血迹，这就说明，在车里不断挣扎的死者，一定会在凶手的车里留下血迹。无论他事后怎么清洗，我们都能够发现潜血的痕迹，这就是铁证。"

"明白了，我们先摸出人来，然后首先扣押他的车辆。"主办侦查员收起了笔记本。

布置完一切，我们一起回到了宾馆。我在房间里，脑子里又过了一遍案件的分析经过，觉得没有什么疏漏了，这才满怀着信心和期待，睡着了。

和侦查员说的一样，既然有了这么多条件，案件破获起来也就快了很多。经过一夜的奋战，对可疑的 17 辆车进行进一步甄别后，侦查部门最终锁定了一辆白色的 SUV，认为这辆车的运行轨迹，和我们推断的轨迹相同。更重要的是，这辆车的车主就是夏强曾经的"客户"之一。

在我们清早起床的时候，侦查员们已经依法对 SUV 的主人，冯将，进行了刑事拘留。因为在他的白色 SUV 的后排座上，发现了不少潜血痕迹，经过血痕预试验，确认了属于人血。

虽然 DNA 鉴定正在进行，但是冯将在被捕后，就立即崩溃了，几乎没有抵抗，就对自己预谋杀人并伪装现场的犯罪行为供认不讳了。

其实这个案子的侦破过程对于警方来说是一点也不难的，难就难在死亡方式的判断。这一点，对于预谋犯罪的冯将来说，心里是非常清楚的。他知道，他所做的一切，都是为了误导警方认为这只是一起普通的五步蛇咬伤致死的意外事件。一旦警方识破了这是一起命案，他必然是逃无可逃的。

冯将其实和夏强是表兄弟的关系，而且从小一起长大，关系不一般。

夏强当上"业务员"之后，首先想着得从亲戚朋友开始下手，最先选择的就是冯将。冯将碍于情面，将信将疑地把自己的 50 万元存款放到夏强公司之后，公司果真如同夏强说的那样，每个月给冯将 5000 元的利息。冯将一看，觉得这确实是一个赚钱的好营生。于是冯将去找了自己所有的亲戚朋友，弄来了将近 500 万元的存款。在夏强书写了担保书之后，冯将把这一笔巨款交给了夏强。

开始几个月，很正常，夏强每个月给冯将 55000 元的利息款，冯将会把 4 万元的利息交给集资的亲戚朋友，自己则吃了剩下的利息。可是几个月之后，夏强突然不打利息了。冯将找他询问，他则说是公司资金周转困难，需要缓一缓，但肯定是安全的。

就这样拖延了两三个月之后，夏强突然就失踪了。

冯将的亲戚朋友们都来找冯将要钱，这个"二级业务员"顿时也没了办法，因为他甚至都无法联系上夏强的公司。后来冯将想尽了一切办法，去公安局报了案，公安局也立案侦查了，但是问题出在夏强的公司，所以得先调查他公司法人的犯罪行为。冯将又去法院，用夏强的担保书进行民事诉讼，法院却告诉他要"先刑事后民事"的原则，得等到公司违法犯罪的行为查处结束后，再进行民事诉讼。

然而，亲戚朋友们可等不了那么长的诉讼期，天天找冯将的麻烦。冯将联系不上夏强，情绪处在了崩溃的边缘。在被逼到无路可走的地步的时候，他决定杀人报复。

既然找不到夏强，冯将就决定报复他的老婆孩子。可是，杀人偿命他是知道的，于是他就设计了这么一出伪装意外的戏码。

他从黑市购买到了五步蛇毒素，装在注射器里，寻找下手的机会。他知道，他杀完人，还得把尸体移去山里，才能做到天衣无缝。于是，他就设计如何把自己的表侄骗上自己的车，如何作案，又如何抛尸。

没有想到，在进行踩点的过程中，夏中阳居然自己送上了门来。

他见夏中阳跑出了门，立即把他喊到自己的车上，就这样开车走了。他从后视镜里看着自己的表嫂追了出来，于是向夏中阳询问事情的原委。他装作一副支持夏中阳的样子，说自己在郊区有个住处，可以暂时让夏中阳住几天。夏中阳正在气头上，准备消失几天，让自己的父母着着急，于是就欣然答应了。

没有想到，在郊区等待他的，并不是温暖的住处，而是一支装满五步蛇毒素的注射器。

听完了审讯，我的后背冒出了一身冷汗，这样的作案手段实在是太恶劣了。不过，这个案子对我也有很大的鼓舞，因为无论手段再怎么恶劣，再怎么周密，其实都会有很多无法藏匿的线索。这也就是"魔高一尺、道高一丈"的真正含义了吧。

同时，这案子也让我想到了"死亡教育"的重要性。我们国家几千年的传统文化观念里，对"死"字都是忌讳得很的。在我小时候的记忆里，只要是逢年过节，我千万不能说"死"字，否则会被掌嘴，认为不吉利。其实，不说"死"，就不用死了吗？这种传统的文化观念，让我们的孩子从小缺乏死亡教育，对于生命的可贵认识不足，对于可能面临的危险认识不足。

比如，离家出走本身就是一件非常危险的事情。从我们法医的经验来看，离家出走导致死亡的事件可不少。毕竟是小孩子，不懂得如何面对危险、处置危险。在我的职业生涯中，遇到过的因为离家出走而死的孩子不少，有在山里遭遇野兽的，有在荒凉偏僻的地方冻死、饿死的。当然，也有这种在某个地方，被一个别有用心的人等待着取他性命的。

虽然说现在毒蛇并不多见，但是在这种山区里，总是有遇见毒蛇的概率的。这个案子中，即便是没有人要害夏中阳，说不定夏中阳也会因为真的遇见毒蛇而丧命。

所以，从小教育孩子警惕危险、珍惜生命是有多重要啊！当然，作为父母，我们也要善于关注孩子的情绪，及时发现叛逆期孩子有可能出现离家出走的倾向。及时发现、及时疏导，多沟通、多理解，这才是最好的教育之道吧。

在回程的车上，我不停地思索和叹息着。紧张的情绪，在破案后得以缓解，就像凌南上了公交车就立即睡着了一样，随着车辆的行驶，我们所有人都陷入了沉睡。直到临近高速公路收费站，我们才被减速带给颠簸醒来。

"我梦见凌南了。"程子砚突然嘀咕了一句，"和夏中阳不一样，凌南倒不是主动离家出走。可是他被动出走，也遭遇了同样的死亡悲剧，太可怜了。"

听到这儿，我似乎想起了什么，于是回头问道：

"对了，凌南那个视频里遇到的人，究竟是谁啊？"

法医秦明

VOICE OF THE DEAD

第四案

网暴遗言

柔软的舌头可以挑断一个人的筋骨。

——

《欲望山庄》

1

"这，真的不是我们泄露出去的。"我一脸委屈地说道。

我们几个人站在师父的周围，师父气鼓鼓地坐在办公桌后面。

"调查清楚了，这个短视频 ID 账号的归属人，是公交车集团的工作人员。"陈诗羽亮出手机给我们看，说道。

"即便是他们泄露出去的，你们也有责任。"师父说，"为什么不让办案单位走法律手续，第一时间封存视频？公交公司的人，又没有纪律约束，他们有可以吸引眼球的视频，自然会发布出去，吸引粉丝。"

"我们通知办案单位了，可是在这个时间点之前泄露出去，我们没有想到。"我辩驳说。

"什么都是流量，现在的人真是为了博眼球什么都做得出来啊。"大宝说。

"就是啊，我怀疑他们在封存之前故意做了备份。"林涛也是一脸委屈，"我们能有什么办法？"

"总是强调客观理由，不找自己工作的毛病。"师父瞪了一眼林涛，说，"这案子，虽然从刑侦角度已经查实了，但是作为热点事件，还得继续工作。"

"这些所谓的舆论热点事件，得浪费多少社会资源。"大宝嘀咕了一句。

"这是对老百姓负责！"师父斥责道，"去吧，继续查实，查到滴水不漏，做到充分的心中有数。你们现在调查的名头，是省厅派出的调查组，负责对所属地公安机关进行指导和监督。需要什么程序、手续，都去找秘书科直接办。"

我们几个悻悻地走出了师父的办公室。

从上一起案件现场回来，我们就发现了网上出现了舆情。

视频是一个带货短视频博主发出来的，文案是要为这个冤死的孩子的父母"寻求真相"。视频记录了大约 3 分钟的过程。这个过程是在龙番市第二十一中学门口发生的，学校的照片很清晰。辛万凤捧着凌南的遗像，和一名壮硕的男子——应该就是她的丈夫凌三全，一起出现在视频中。他们的对面，有两名可能是校领导的人，正在努力劝说着什么。一开始，辛万凤一脸憔悴、弱不禁风，捧着遗像，头向一侧歪着，似乎随时都有可能倒下。因为距离远，听不见校领导在絮絮叨叨着什么。突然之间，不知道校领导的哪句话刺激到了辛万凤，她猛地一下爆发了。她几乎跳了起来，双眼圆瞪，一边紧紧地搂着遗像，一边连声喊道："你们让他出来！他出来给我儿子跪下道歉，我就相信他是无辜的！他既然不敢出来，他就是心虚！我儿子就是给他害死的！他瞒得了警察，瞒不了我！"

校领导在辛万凤的步步紧逼之下，不得不一边向后退去，一边解释道："他现在真的不在我们学校了。"

"这种谎言你拿出来骗谁？！"辛万凤指着校领导，气得发抖，连手中的遗像都晃了一下，差点要掉下地。

视频里的凌三全四十多岁，国字脸，浓眉大眼，看上去就是个老实人的模样。他的双眼红肿，一直在辛万凤身后没有说话，此时见状，立即抢前一步，想要接住辛万凤手中的遗像。可是他伸出去的手，甚至还没有碰到遗像，就被辛万凤挥动手臂给挡开来。他尴尬得不知道该将双手放在哪里，只能再次退到了辛万凤的身后。

"我们可以协调他过来，但是这件事情，他也很无辜啊。"校领导说。

"无辜？你们居然把一个始作俑者说成是无辜？你们真行啊！"辛万凤的声音很尖厉，哪怕拍摄者离她还有一定的距离，听者都能从视频里感受到刺耳，"你们叫他出来，下跪道歉！"

视频前前后后就只有这么多内容，其实看不出案件的任何情节。

这一段视频，被人放到了网上。起初，并没有太多人关注。但是，在深夜时分，这位主播又发了一则短视频，突然就爆了。这则短视频就是凌南在公交站台躲避那个不知名的男人，最后上了开过来的公交车的视频。视频还配了有引导性的文字："龙番二十一中被害者凌南，遭遇凶手、躲避凶手的全过程。"

经查，这则视频是公交公司的职员卖给这名主播的。当天晚上，在我们去公交公司拷贝视频之前，该职员对这则视频就留了心，提前做了备份。在网上看到辛万凤大闹学校的视频后，他联系了发布视频的主播。一个要流量，一个要钱，一拍即合。

警方在发现这则舆情后，立即发布了警方通告，告知网友该案目前正在侦查阶段，犯罪嫌疑人已经落网，是一起私拉电网致人死亡、"以危险方法危害公共安全"的刑事案件。

可是因为公交公司的视频，网友们大多不愿意相信警方的通报，认为很显然凌南是在躲避危险人物，而这个危险人物很有可能就是杀害凌南的凶手，这和意外触电网而死亡的情节明显是不符的。所以很多人发帖评论，认为警方在作假，在掩盖什么。

有了这个风向出来之后，各路谣言就如雨后春笋一般，不断地往外冒了。

有的人用曾经在网络上出现过的成年人虐待未成年人的视频冒充本案的当事人受害视频，有的人则用网络剧里的截图来冒充当事人被尸检时候的照片，甚至还有"目击者"出来现身说法表示自己目睹了凌南被害的惨状。虽然后来这些言论经过调查都被确证属于谣言，但是谣言造成的影响已经出去了，很多人对于"凌南被人虐待后砍头惨死"深信不疑。所以大量网友针对警方，尤其是针对法医的鉴定结果产生怀疑。

"难道，我们就一点办法也没有吗？"大宝走出了师父的办公室，垂头丧气地说。

"造谣容易、辟谣难。造谣者只需要心里设计个剧情，网上找一段类似的短视频就可以了。但辟谣是要'证否'，这就需要比较复杂的过程了。"我说，"如果能找到谣言的源头还好，如果就只是阴阳怪气地暗示警方作假，你又该如何证明自己没有作假？"

"所以，不应该打击谣言吗？"林涛问。

"当然会打击！"我说，"网络不是法外之地，据说造谣的人，该拘的都拘了，该警告也都警告了。但是，谣言的影响已经出去了。总之，以后我们还是要提高舆情意识吧，当天我们在公交公司讨论这段视频，确实是不对的，隔墙有耳啊。"

"这些人天天吵着要凌南的全部监控，还要警方公布本案的证据，甚至要看凌南的尸检照片。"大宝摇摇头，说，"我看不行就公布出去，我们凭什么被这样抹黑。"

"你是法医，受点委屈算什么？你忘了我的'堂兄事件'①了？"我拍了一下大

---

① 堂兄事件：当年不到三十岁的秦明曾被人造谣是一个四十多岁当事人的"堂兄"，被诬陷"办案徇私"。从此，秦明就多了一个"堂兄"的外号，出处见法医秦明系列万象卷第二季《无声的证词》。

宝的脑袋，笑着说，"咱们法医，应该知道什么是尊重死者。把死者的解剖照片放出去？死者就没有尊严了吗？还有啊，无论是《刑事诉讼法》还是《未成年人保护法》都有规定，涉及未成年人个人隐私的信息，要予以保护，不能随意发布。如果是意外事件也就算了，凌南的这个可是刑事案件，刑事案件的证据公开不公开，可不能拍脑袋想，要依法。"

"是啊，总不能为了平息舆论就违法，这是原则。"林涛赞同道。

"可是看到网上那些人，明明信了谣言，还标榜自己是为了'正义'，真的好气人啊。"大宝郁闷地说。

"其实吧，网络上的人，有的还真的是出于心中的正义感和同情心，只是他们被谣言蒙蔽了双眼罢了。"我说，"不过，也有不少人，他们已经有了预设的立场，引用谣言不是他们真的信了谣言，而是试图用谣言来证明自己预设的立场。由此可以看出，他们需要的，不是事实与真相，他们另有目的。这些人的'正义'，不过就是幌子罢了。要知道，不尊重科学、不尊重事实与真相的所谓'正义'，根本就不是正义。"

"嗯，未知全貌，不予置评。"韩亮总结道。

"也许我们是被泼了脏水，但是没关系，我们始终尊重事实与真相，始终坚持追寻正义。不管造谣者怎么歪曲、捏造事实真相，也动摇不了我们坚持正义的决心。"我说，"如果我们连这些阻碍都克服不了，那可干不了法医。"

"看着吧，接下来，还会有新的谣言，说杀人凶手的爹或娘是什么什么有权有势的人，所以警方要包庇，要掩盖真相。"陈诗羽冷笑了一声，说道，"套路都是一样的，造谣者得给谣言找一个恰当的逻辑。"

"都什么年代了，难道还真的有人相信'只手遮天'这一说？"大宝说。

"就是啊，现在对我们公安队伍要求这么严格。哪怕是工作中一个小的瑕疵，都要遭处分，更何况刻意作假？那可是天大的事儿。"林涛说。

"问心无愧，清者自清，做好自己的工作就行了。"我说，"不过，辛万凤做的一切，我们都是可以理解和同情的。确实，学校没有尽到管理的责任。"

"他们当时正好处于没有班主任的状态，这事儿也真是赶上了。"大宝道，"对了，凌南为什么对一个辞职的班主任这么害怕，这一点还是需要我们调查清楚的。"

其实在我们从上一起案件回来的时候，就已经通过比对，确定了凌南在公交车站躲避的男子的身份，他其实就是凌南的前班主任——邱以深。邱以深，今年 31 岁，单身，住在距离学校 3 公里外的丁集镇。邱以深是语文老师，从七年级开始就以班主任的身份带着凌南他们班到了九年级。没想到在九年级最后的一个学期开学后不久，就主动辞职了。

在网络舆情爆发之后，为了以防万一，警方针对邱以深进行了全面细致的调查。首先，警方并没有发现邱以深和凌南之间存在什么矛盾关系。其次，邱以深在事发当天，是从家里路过学校去参加一个同学聚会的，他压根就没看到凌南。邱以深整个下午和晚上都在和同学聚会，这一点无论是从多份口供还是监控中都能明确他的不在场证据。最后，警方为了防止邱以深和胡彪之间存在某种关系，还专门进行了调查，经过深入的调查，确认胡彪和邱以深之间没有任何关联，属于八竿子打不到的两个人。

因此，网络上"站台神秘男杀死凌南"的阴谋论，就被彻底查否了。警方又发布了公告，为了保护邱以深的权益，并没有公布他的身份。只是说"站台神秘男"的身份已经查实，并且经过充分调查，完全可以排除这个男人杀死凌南的可能性。

可是，网友们不知道凌南的死亡过程是诸多巧合凑在一起导致的，加上警方没有公布神秘男的真实身份，同时还有造谣者的煽动，导致大家对警方的这份通报依旧不满意，仍认为是有人在掩盖真相。

"幸亏警方没有公布邱以深的身份，不然他得被网暴死。"林涛说，"我觉得，不管班主任辞职没辞职，小孩子害怕老师这就是天性吧。而且，这也是邱以深辞职后的第一个工作日，凌南不一定知道自己的班主任辞职了吧？在逃学路上遇见了老师，这样躲避，很正常吧。"

"是的，侦查部门认为很正常。"我说，"但也不排除有其他的隐情。所以，既然师父要求我们查漏补缺，那么我们就继续去查，看看深层次的原因是什么。"

"不管他为什么躲避老师，这对案件本身没有影响吧？"大宝说。

"对案件本身确实没有影响，但是我们不做到心中有数，又该如何面对舆情呢？"我说，"宣传部门肯定是需要我们更详细的案情报告的，他们也要应对。"

"所以，关于凌南和邱以深是否有深层次的关系，我们还是要去了解一下的。"陈诗羽说。

我点了点头，收拾好材料，说："走吧，我们去学校走一趟。"

因为管理严格，进学校就让我们费了半天的力气。当我们好不容易进了学校，又在校长室门口吃了闭门羹。也确实，闹了这么大的舆情，又被警方调查了好几轮，学校的教职工自然产生了抵触心理。

好不容易等到中午，见到了校长，他也不愿意和我们多说什么。好在程子砚套起了近乎，说自己就是二十一中毕业的，这才让校长打消了对我们的抵触心理。

看来师生关系是一种很长久的亲近关系，校长居然和我们吐露了没有和侦查员们吐露的信息。

原来，邱以深利用寒假假期，开办了一个小型的补习班。但是"双减"政策是明确不允许有这种补习班存在的。邱以深被一个匿名电话举报到了教育局，教育局整个寒假都在重点查办非法补习班，所以立即组织人手进行了核实。经过核实，确定邱以深确实开办了补习班。于是，在停止线下教学的那两周时间里，教育局电告了学校，要求学校严肃处理邱以深，并以学校的名义书面向教育局报告。

按照相关的处罚规定，邱以深应该被学校开除。可是，校长考虑到邱以深年纪比较轻，在学校的表现一直非常好，所以想了个折中的办法，那就是劝退邱以深，并保留他的教师资格，而对教育局报告则用了"辞退"二字。这样的话，并不影响邱以深持证再就业。

从校长办公室出来，我们更是对凌南班上暂时没有班主任的情况有了充分的了解。

"补个课，居然丢了工作，这有点狠吧？"大宝说。

"好像都是这样办的。"林涛说，"不然补课屡禁不止，'双减'政策就落不到实处。"

"我就想不通了，不让补课就不补呗，为什么还要顶风作案啊？"大宝问。

"让我猜猜，应该是'家长焦虑症'引起的吧？"韩亮哈哈一笑，发动了汽车。按照程序，我们下一步要去教育局，继续核实邱以深被举报的事宜。

"还有这种病？"大宝说，"也算精神病吗？"

"说是精神病那就夸张了，不过'家长焦虑症'真的是广泛存在于中学生家长心中。"韩亮说，"毕竟无论是中考还是高考，都是竞争机制的，就像大家经常说的'千军万马过独木桥'，过去的，就过去了。过不去的，就得留下。之前说的什么指标到校，前百分之多少能上重点高中、又有百分之多少能上普通高中，这就说明了一切啊。这种竞争机制，真的很残酷，很激烈。所以啊，家长一方面希望自己家孩子进步，另一方面生怕被别人家孩子赶超，就造成了'家长焦虑症'。原来都有补课，现在不让补了，肯定生怕自己的孩子学习跟不上。同时呢，又害怕别人家的孩子在偷偷补课，赶超了自己家孩子，所以一般家长都会想方设法地去打听哪个老师带课，有的则会劝导老师带课。这些事儿啊，我每次回老家过年的时候听他们聊，都听到耳朵起茧子了。"

"劝老师，老师就带啊？"大宝好奇。

"我觉得老师的心理应该挺复杂，尤其是这种只带自己班孩子的老师。"韩亮说，"一方面，老师们之间也有竞争，他当然希望孩子能多拿出一点时间用在学习上、用在自己这门课上。另一方面呢，毕竟补课的收入可不少啊。尤其这种一对一、一对二的小班，一节课一个半小时就至少1000块吧。你想想，一个寒假上10节课，多少钱了。如果多带几个班，每个班10节课，多少钱？所以，还是有诱惑的。"

大宝吓了一跳，吐了吐舌头。

"校长说，孩子们都知道班主任的离职原因，那就说明凌南也知道。"我打断了大家对于"家长焦虑症"的讨论，说，"那凌南为什么还要躲着班主任？"

说话间，警车已经开到了区教育局的大院。

拿着介绍信，办理完手续之后，我们就到了专门负责落实"双减"政策的部门。这个部门是"双减"政策之后成立的专门部门，叫作"校外教育培训监管科"。我们和这个部门的主要负责人王科长亮明了来意。

王科长很是配合，找出了当时的举报记录，甚至把举报电话号码给了我们。

"让后台帮忙查一下机主身份。"我把号码给了陈诗羽，低声和她说道。陈诗羽接过字条，走出了办公室。

"对于国家政策，我们市、我们区执行得是非常严格的，像这种举报，有举必查，查实必究。"王科长口若悬河地向我们介绍他们的丰功伟绩。

我们一个个都微笑着，请王科长帮助我们把这一起举报案件的全套调查材料都复印给我们。

不一会儿，陈诗羽在门口招了招手，示意我们出去，一脸凝重地说："手机号码归属人查清楚了，凌三全，男，44岁，龙番市辛氏集团有限公司董事长。"

我们一起瞪大了眼睛。

陈诗羽点了一下头，说："嗯，是的，凌南的父亲。"

我思忖了一会儿，重新走回了办公室。

"我想请问一下，这种举报，你们会通报学校是谁举报的吗？"我问。

“那怎么可能？保护举报人这个基本常识我们都是有的。”王科长说，“再说了，你们能查得到手机归属人，我们又查不到，我就是到现在，也不知道举报人是谁啊。”

“我的意思是说，举报人的号码，你除了给我们，还会给其他人吗？”我接着问。

“没有，绝对没有！这是我们的工作纪律。你们要不是拿着介绍信来，我连你们也不给。就是这个被处理的老师，我敢打一百个包票，他也不知道是谁举报的。”王科长发誓赌咒一般说道。他自然清楚，如果因为他的泄露而让人产生报复，他也难逃干系。

致谢之后，我们走出了教育局。

“小孩子不能用身份证办理手机号码，所以这个手机号码虽然是凌三全的名字，但肯定是凌南用的。”韩亮一出门就说道，“家长只会主动要求老师给孩子补课，怎么可能会主动去举报？只有可能是孩子不愿意补课，被强迫去上课，不得已才举报。”

“那为什么要等到寒假补课结束才举报啊？”我翻着从王科长那里拿来的资料复印件，说道。

“这就不好说了，也许是某件事情刺激了他呗，毕竟这个年龄段的孩子处于叛逆期，容易孛毛。”林涛说。

“凌南不是没手机吗？有手机他也不会走迷路啊。”大宝问。

“那是上课的时候，学校不允许带手机。”陈诗羽说，“寒假的时候，尤其是出门补课，为了方便接送，肯定有手机。夏中阳不就是有手机？为了方便补课接送？”

“哦，也是。”大宝点着头。

“教育局查实了邱以深在寒假期间，带了三个班，每个班2到5个孩子不等。每个班，在寒假期间开课10次，这些孩子都是邱以深自己的学生。”我一边看资料，一边说，“这都是邱以深自己交代的，他还主动上缴了补课所得3万元。”

“凌南是哪个班？”林涛问。

“凌南和一个叫段萌萌的女孩子在一个班，一对二的，每节课每人400元。”我说，“如果想知道凌南为什么举报邱以深，那就要去问邱以深本人或者段萌萌了。但从这个调查材料看，邱以深完全不知道是谁举报的。刚才王科长也是这样说的。”

“不管他知道不知道，反正凌南死亡的事件，不可能和他有任何关系，这都是查实了的。”林涛说。

“是啊，说是这样说。但是如果网友知道神秘男是被凌南举报过的人，会怎么想？”我说，“他们会相信这就是凌南愧对邱以深，所以躲避他的原因吗？不，他们只会更加觉得邱以深有杀人的动机。所以，这事情，真的没法通报。因为无论你通报得多完善，都会被质疑，更有可能让这个无辜的老师遭受严重的网暴。即便你把所有的证据公开，也有很多人不会去看，不会去理解。"

"但至少我们做到了心中有数啊，知道凌南为什么要躲邱以深了。"大宝说，"师父不是说做到心中有数就行了嘛。发不发通报，那也是宣传部门的事情啊。"

"宣传部门的工作也面临诸多挑战。现在是网络化时代，人人都是自媒体，任何事情都可能被发布，并变成舆情。更何况人命关天的大事。"韩亮感叹道。

话音刚落，电话铃声响起。

"青乡，有个热点舆情的当事人，可能是自杀了。"师父的声音，"你们马上赶过去看一下。"

"那凌南死亡事件？"我问。

"你把现有的材料先报给我和宣传处。"师父说。

"好的。"我挂断了电话，挠挠头，"怎么回事儿啊，又是热点舆情，又是疑似自杀案，我们最近怎么总是遇到这类案件啊。"

"真的是。"林涛也忍不住感慨道，"以前我们出的现场，都是大案、要案、难案，现在这类案子少了，我们出的大多都是自杀的、意外的、简单的刑事案件现场，都是怕引起舆情。以后把我们勘查组划归到宣传处下面管着吧。"

"哎，换个角度想，重案少了，至少也是好事。"我安慰道，"这个段萌萌，要等我们回来再去找她谈谈了。"

2

"这个案件的前期情况，看起来还挺复杂的。"大宝在路上翻看着案件资料，说。

因为案件发生前，这件事并不涉及法医，所以我们对此事还真是一无所知。原来，在一个月前，一个短视频账号突然火了起来。简单说，视频内容就是一对母子表演的反转搞笑段子。这种以家庭生活为表现形式的反转搞笑段子曾经火极一时，后来可能是创意都枯竭了，拍摄的人便越来越少。而这对母子的视频，剧情编得还挺有新意，总是能在结尾的时候博得网友的一笑，加上在滤镜之下两人的颜值还挺高，所以瞬间就火了起来。可是，好景不长，人一红，就会引来网友的好奇心。有人扒出了这对母子以前的视频和照片，发现他们家境殷实，儿子小贾还在上高中，才 16 岁却已经有了价值数十万元的摩托车。因此，网上质疑的声音就出来了，毕竟不满 18 岁，是不可能拥有摩托车驾照的，涉嫌无证驾驶。于是网友纷纷吐槽青乡市的交通管理部门职能缺失。

在产生舆情之后，青乡市公安局依据视频里的摩托车号牌进行了调查，确实发现了不少上路的监控，但是驾驶人佩戴头盔，所以无法辨认。经过调阅档案，路面交警也确实没有处罚过当事摩托车。毕竟街上那么多摩托车，交警不可能每个都临时检查过，也不可能透过头盔一眼看出这是无证驾驶。同时，对当事人小贾进行询问，他和他的母亲都坚决不承认曾驾驶过摩托车，小贾声称摩托车的归属人是其母亲，而没有摩托车驾照的母亲也没有开过，只是借给别人开。

而小贾的账号里，只有骑跨摩托车、擦拭摩托车的视频，并没有其驾驶视频，依旧没有证据可以证明当事人曾驾驶摩托车上路。因此，警方无法对当事人进行处罚。"无证据证明"的警方通报发布后，网民认为当事人是有钱人，所以买通了交警部门不予处罚。交警部门百口莫辩，也不可能向网民说明办理案件时的证据的关键性。

尽管警方无法找到证据处罚小贾，但有些网民找到了"制裁"这对母子的捷径，他们"人肉"出了小贾母子的真实身份信息，还找出了小贾母亲和一个年轻男子的不雅照片。于是舆情开始再次升级，不少网友认为小贾母亲四十多岁，却包养"小鲜肉"，还能买通公安机关，肯定涉黑涉恶。公安机关立即启动调查程序，经过调查，小贾母亲并没有涉黑涉恶的证据。可是，无论怎么通报，网民们就是不信。无数网民用恶毒的语言咒骂、讥讽、嘲笑这对母子。

就在这个当口，出事了。

小贾留下一份遗书后离家，他的尸体最终在青乡市郊区的一条省道上被发现。

"当雪崩发生的时候，没有一片雪花是无辜的。"大宝咬着牙说道，"就有那么些人，躲在键盘后面为所欲为，只图自己爽吗？"

"如果他真的无证驾驶，是他有错在先啊。"韩亮一边开车一边说道。

"就算是错了，也就是个行政处罚。"大宝立刻反驳说，"可是'人肉'信息，曝光隐私，导致人死了，这还不严重吗？"

"严重，严重。"韩亮无奈地笑了笑，说道。

警车开了两个多小时，终于到了青乡市，也就是大宝的老家。大宝轻车熟路，带着我们直驱案发现场。

此时已经上午 11 点钟，距离事发已经过去了 4 个小时。

虽然现场还停着三四辆交警的警车，但是为了保证省道的正常通行，尸体已经被交警部门送去了殡仪馆，地面上只留下了一小摊血迹。

距离血迹 5 米的地方，倒着一辆深蓝色的摩托车，光滑的漆面、独特的造型，和车身侧面那个大大的名牌标志都能看得出，这辆摩托车价值不菲。

摩托车的后方路肩上停着一辆红色的豪车，轿车驾驶室门开着，一个四十多岁的女人正坐在驾驶室里哭泣，车外站着的一个交警正在和她说着什么。

来的路上，我们都看过小贾母子录制的反转搞笑视频，虽然美颜得有些过分，但是从五官上，还是能大致认出这对母子的。眼前的女人，应该就是小贾的母亲。

青乡市公安局的刑警部门领导都没有抵达现场，在现场的都是交警部门的人。刑警部门只有市局的孙法医在现场，正蹲在地面上看血迹。见我们来了，孙法医热情地走了过来，说："我们的情况报告写得比较详细，前期情况，你们大致都是了解的吧？"

我和孙法医握了握手，点头说道："死者叫贾天一，16 岁，青乡市一中的高二学生。他妈妈叫贾青，45 岁，青嘉物流的老总，就是豪车里的那位，对吧？"

"是的。"孙法医点点头。

"我看情况报告说，死者是留下遗书以后离家的？"我说，"你确定是自杀吗？为什么现场都是交警？"

"可能是利用交通事故的方式自杀吧，这也只是初步的认识。"孙法医说，"一来是有遗书，二来他平时驾车应该都是戴头盔的，这次没有戴，死者的伤也不像是撞击形成的，而是碾轧形成的。"

"碾轧？"大宝瞪大了眼睛，说，"你是说，贾天一是卧轨，哦不，卧路的？"

孙法医被"卧路"这个词弄得哭笑不得，说："现在还不清楚，大致是这样推断的。"

"我去问问贾青吧。"我见尸体已经运走了，于是准备在当事人这里了解一些情况。

走到豪车的旁边，交警正好在询问贾青事情的经过，我便也一起旁听。

贾青抽泣着说："最近两天，我就觉得天一不太正常，天天看手机。我告诉他，那些网民的话别理，越理他们会越来劲。可是天一不听啊，一有空就会看手机、刷评论，然后也不太理我了。你们知道吗？我们关系很好的，一直都是像朋友那样处母子关系的，他从来没有像这次这样不理我。"

"你认为他不理你的原因是什么？"交警有些明知故问。

"还不是那些网民找出来一些照片，他觉得我给他丢人了，说是在学校都抬不起头。"贾青说，"我告诉他，你能承受得了网民的追捧，就要能承受得了他们的谩骂，这两者是相辅相成的。"

我暗自点了点头，眼前这个女子，内心果真是很强大的，难怪企业做得很成功。

"我想让他理解我，我和他爸爸离婚十年了，这十年来，我含辛茹苦，一边拉扯他，一边自己创业，能有今天的成就实在是建立在血泪之上啊。"贾青说，"可我不仅仅是个母亲，我也是个女人啊，我也会寂寞啊！可是，这些话怎么和儿子说出口呢？"

"你谈恋爱，他怎么就抬不起头了？"韩亮插嘴道。

贾青抬头看了看韩亮，有些不好意思地说："主要是我那个男朋友，只比天一大5岁，天一可能无法接受。"

"那又怎样？"陈诗羽不忿地说道，"男人找女朋友就能找比自己小几十岁的，女人找比自己小的男朋友就不行？"

"是啊，怪我没有和他沟通。"贾青说道，"是我自己觉得羞耻，才一直没有告诉他。以至于事发之后，他心里无法接受。我现在很后悔，如果当时就和他沟通，像其他事情一样，他是个懂事的孩子，一定会理解我。"

"你已经做得很好了。"我安慰道，"很少有家长能和孩子保持很好的沟通的，尤其是这种事情，作为母亲，恐怕确实难以启齿。"

"有顾虑是正常的，不管你男友是多大年纪，你要把男友介绍给儿子认识，就等于邀请他进入你们母子俩共同的生活，这种大事，你再谨慎一些也是没问题的。"陈诗羽说，"只是你还没做好心理准备，就被网友先曝光了，这不是你的错。"

"不，一切都是我的错！"贾青痛心疾首地哭了一会儿，说，"最根本的原因，是我不该溺爱他，按他的要求给他买摩托车。我之前没敢承认，这摩托车虽然是在我的名下，但确实是天一在骑，你们之前调阅的戴头盔骑车的视频，也都是天一。我错了，我一念之差，骗了警察，结果引来了更大的网络风暴。没有摩托车，就不会有今天的事情；没有说谎，天一也不会遭受那么多网络上的攻击。他没有驾驶证，我早就该想到会有今天的事情。我一点交通安全意识都没有，是我害死了天一……"

"既然你承认了，作为监护人，你还是要接受行政处罚的。"交警说道，"虽然我们很同情你们，但情是情，法是法。"

大宝显然有些恻隐，说道："也不是你一个人错，那些好事的网民也有错。"

"不怪他们，是我害死了天一……"贾青说完，又掩面哭泣了起来。

我也动了恻隐之心。眼前的这个女子，虽然之前说谎骗过警察，企图逃避处罚，但她在失去了唯一的孩子后，能直面自己的问题和过失，这样的理性和勇气真的十分难得。

等了一会儿，贾青的哭声渐止，我接着问道："能麻烦你把事发的经过原原本本和我们再说一遍吗？"

贾青用纸巾擦掉眼泪，点了点头，说："之前的网络事件，我想你们都应该知道了，我刚才也说了，天一最近两天很不正常。其实深陷那些负面评论中，就会产生焦虑，而且越来越严重。照片刚刚被曝出来的那两天，我也是天天晚上睡不着，但是我走出来了。可是，天一还小，他的精神和心灵根本无法摆脱那些网民的纠缠。"

我设身处地地想了想，觉得她说得很有道理。我们勘查组曾经也讨论过，在日常工作中，我们也见到过因为遭受网暴而自杀的案件，有的时候我们会对自杀者很不理解。被网络上一些毫不认识的人攻击，又不伤及皮毛，为什么要放弃自己的生命？其实那只是因为我们没有处于网暴的旋涡中心罢了。如果网暴发生在我们身上，哪怕心理强大如我们这些见惯死亡的人，也不敢保证自己能及时调整好心态。被数千甚至数万网暴者纠缠、谩骂、诅咒、讥讽的感受，不设身处地，可能根本无法体会。有句话说得好"不知我的苦，别劝我大度。"现在想想，还真是有道理的。

"昨天晚上，我在公司加班到很晚，大概是凌晨2点钟到家的。"贾青接着说道，"回到家我就发现天一不在家里，而我的梳妆台上有一封天一留下的信。"

说到这里，贾青又开始泣不成声。她颤抖着从随身的小包里取出一张纸条，递给了我们。

我展开了纸条，见上面写着：

我已无法立足于世，来世若你自重，再做母子。

这语气老气横秋，如果不是字体幼稚，很难看出这是出自一个高二学生之手。

又等了一会儿，贾青的情绪稳定些，我问道："所以，你认为他是去自杀了？"

"是的。"贾青说,"他的手机和头盔都没带,但是摩托车骑走了。他以前从来不会不戴头盔去骑车。我觉得他有可能用车祸的方式来报复我,于是我就及时去派出所报了警。民警很负责,陪着我一直找监控,后来发现天一在112省道的路口驾车上了省道。那个时候,天已经亮了。派出所联络了交警部门,在省道上进行寻找,早上7点在这里找到了,可是,可是一切都晚了。"

我转头看了看这条省道。虽然是省道,但是因为有距离更近、更好开的高速公路,所以这条路上的车辆也不多,路面年久失修,有些坑坑洼洼,不能排除是驾驶摩托车速度过快而导致的单方事故。

"目前看,和戴不戴头盔没关系,头上完全没伤。"孙法医在一边小声地和我说。

我点点头,让交警继续询问,而我和林涛走到了摩托车旁。

"我去交警队看看视频。"程子砚说。

"我陪她。"陈诗羽说。

也不知道从什么时候开始,这两个人关系这么好了。

我点头让她俩先去,自己则蹲下来看摩托车。

孙法医说:"交警事故勘查大队的痕检员看过了摩托车,只有一面的车漆有刮擦的痕迹,符合车体倒地后,和地面摩擦所致。整车没有任何撞击的痕迹,可以排除是车辆撞击导致事故发生的可能性。"

我转头问交警的痕检员,说:"那你们的意思,事故是怎么发生的?"

"有两种可能。"痕检员竖起了两根手指,说,"一、死者在驾驶过程中,见后方来车,故意将摩托车倾倒,自己摔出去后,被后车碾轧。二、死者因为车辆经过不平路面时,不慎摔倒,恰好被后车碾轧。你看,尸体和摩托车相距只有不到5米,这说明他骑车的速度并不是非常快。这种车速因为路面情况导致摔倒的可能性不是很大,加之他又遗留了遗书,所以我更加倾向于第一种可能性。"

"为了自杀,故意倾倒?"我沉思了一会儿,摇着头,说,"这得算好后车和他之间的距离,还得正好摔到路面中央,还得保证后车来不及刹车。和杀人案件一样,自杀者也会选择保险的自杀方式,我总觉得这种可能太不保险了。"

"而且碾轧他的车辆还逃逸了,这也太巧合了吧?"大宝说,"如果是自己故意倾倒,后车轧了人,肯定会报警的,不会逃逸,因为司机也知道警方是可以调查清楚的,没必要逃逸成全责了。"

"死亡时间呢?"我问孙法医。

"测了两次尸体温度，两次之间相隔一小时，所以可以推断大约是凌晨3点出的事。"孙法医说。

遇见刚刚死亡不久的尸体，法医会在现场相隔一小时测量两次尸温，根据一个小时下降的尸体温度，结合第一次测量的尸温和正常体温的差距，就可以比较精确地推算死者的死亡时间了。

"那时候天很黑。"我转头看了看摩托车，因为我想起了年轻时候遇到的"死亡骑士"[1]的案件。

"车灯是开着的。"痕检员连忙说道。

我点点头，说："车灯开着，大半夜的，过往车辆还注意不到这地面上有具尸体？至少该报个警吧？毕竟他在那里躺了4个小时。"

"这路上，过往车辆就是很少啊。"痕检员说，"当然，我们的民警已经在看路口视频了，具体线索应该很快就可以摸出来了，找到逃逸司机和目击者，估计情况很快就清楚了。"

"估计子砚她们到了交警队后，就有结果了。"林涛说道。

3

果真被林涛说中了，在驱车赶往殡仪馆准备尸检的路上，我就接到了程子砚的电话。

程子砚说，在她们赶到交警队和先期已经在观看视频的交警同志会合后不久，就发现了线索。

这一条省道还真是冷清，被高速公路取代之后，即便因为国家政策而取消了收费站，成了一条免费通行的道路，但是依旧很少有车主会选择这条道路。可能是路况不是太好，又绕路费油的原因吧。

省道冷清，所以一路上的一系列监控摄像头都因缺乏维护、年久失修而失灵了，好在上省道的路口的监控摄像头是好的，除非是从岔路上省道，其余都可以记录。而岔道基本不能通行汽车，所以没有漏检的可能。

这条省道是天越黑车辆越少，所以晚间时分还陆陆续续有车上省道，但是过了

---

① 见法医秦明系列万象卷第一季《尸语者》"死亡骑士"一案。

晚上 12 点之后，车辆就极少了。凌晨 1∶30 的时候，先是有三四辆车连续驶入路口，紧接着就是贾天一驾驶摩托车进入省道。之后的半个小时内，只有一辆银色大众车进入省道，然后就没车了。直到凌晨 2∶40，又有一辆蓝色宝马进入省道。从此一直到找寻贾天一的队伍进入省道之前，只有凌晨 4 点多的时候，才又有两辆车进入省道。

因为考虑到省道不太可能有逆向行驶的情况，所以交警认为贾天一前面的三四辆车是没有肇事嫌疑的。而凌晨 4 点进入省道的车也没有肇事嫌疑，因为那时候的贾天一已经死了。那么肇事车的嫌疑就集中在银色大众和蓝色宝马上了。银色大众进入省道的时间和贾天一在省道行使的时间最接近，最容易发生事故，而蓝色宝马距离贾天一死亡时间最接近，因为从省道路口到现场的车程正好大概是 20 分钟。所以，如果是银色大众肇事，那贾天一就有可能受伤后在地上躺了一个小时才死；如果是蓝色宝马肇事，可能是贾天一立即死亡，但是在此之前他应该停车在路边等候了一个小时。贾天一究竟是伤后一小时才死亡，还是之前休息了一个小时后被碾轧立即死亡，这需要法医来判断。

可是交警等不及。和办理命案不同，交警根本不怕打草惊蛇，所以程子砚还没来得及阻拦，交警就依次打通了那两辆车车主的电话。

银色大众的车主是个女性，她矢口否认了有这么回事，她说自己的驾驶全程都没有任何意外，更不可能轧到人。

蓝色宝马的车主是青乡市研究院的一个教授，交警的电话一打过去，他就主动要求把车交给交警检查。因为他说昨天累了一天，晚上开车迷迷糊糊的，好像在现场附近确实颠簸了一下，但是省道没有路灯，他实在不确定是不是轧着人了。

为了进一步印证，交警还联系了凌晨 4 点之后进入省道的两辆车的车主。第一辆车的车主说确实看到路上躺着一个人，以为是流浪汉在那儿睡觉，骂了一句，没理睬。第二辆车的车主就是拨打 110 报警的人。

交警让蓝色宝马车主把车开到就近的交警队，正好在我们赶往殡仪馆的路上，所以我们决定提前先到交警队见一见这个"肇事者"。

男人叫张冰，五十多岁，瘦瘦弱弱的，戴着眼镜，一脸疲容。在我们赶到的时候，交警正在测试他的呼气酒精，是阴性的。当然，如果他前一天晚上饮酒驾驶了，现在也不一定能测得出来了。

在交警队隔壁的修理厂，蓝色宝马已经被吊机吊了起来，几名交警正在车底检查着。

"你说，自己开过去的时候，没见到人？"我问道。

"我视力不太好，好像是有个什么东西，我没留意。"张冰沮丧地说，"后来颠簸了一下，我当时就有点害怕会不会轧到人了。"

"你是说，你没看到摩托车，或者说有摩托车摔倒？"

"没有，那确实是没有。"张冰说，"我没有停车检查，一来是知道有一些车匪路霸用道路上放假人的方式让车辆停下来，然后抢劫。那么黑的路，我实在是不敢停车。二来，我觉得也不太可能有人躺在省道中间。所以，有了侥幸心理。"

"车匪路霸都是很多年前的事情了，现在被我们重拳打击，已经极少了。"林涛说。

"有警惕心也是对的。"我说。

"有发现。"修理厂里的交警喊了一句。

我和林涛连忙赶了过去，见一个交警正拿着一张滤纸，上面有翠绿色的痕迹。

"血液预试验阳性？"我问道。

"嗯。"交警拿着一个物证袋，说，"车胎夹缝里，还发现了一枚指甲。"

"对，死者的手指被压烂了，有手指缺失指甲。"孙法医说。

"好的，去做个 DNA 就破案了。"林涛兴奋地说。

"可是，还有些问题。"我说，"一来，为什么贾天一会躺在路中间，是真的来自杀的？还是摔倒后起不来了？二来，蓝色宝马凌晨 3 点才能到现场，而贾天一骑车应该在凌晨 2 点就到了现场，这中间一个小时，他在干吗？"

"那，还得认真查一查。"林涛赞同了我的观点，说，"要不，你去看尸体，我还是去看看摩托车吧。我把具体情况通知一下小羽毛她们。"

交警则对我们的谈话毫无兴趣，对张冰说："看来你的不祥预感还真是对的。你啊，视力不好，驾照年审怎么过的？这样开车不危险吗？"

"其实也还好，就是晚上稍微有点模糊。"张冰说。

"稍微？连一个大活人躺路上你都没看见！大活人旁边还有辆倾倒的摩托车你都看不见！"

"哦对，好像是有贴着地面的灯光，我没想到那是一辆倒在地上的摩托车啊。"张冰说，"他自己摔倒的，我不应该负主要责任吧？"

张冰应该很清楚，交通事故中造成人重伤或死亡，负主要责任的肇事者是需要被追究刑事责任的。

"你逃逸了，还不负主要责任？"

"我真的不是逃逸，我真的不知道！你看你们一来电话，我这不马上就回来配合调查了吗？"张冰手足无措地解释着。

我也没心思关心这个交通事故下一步怎么处理，拉着大宝向殡仪馆赶去。不管是不是交通肇事案件，死者的死因和损伤才是本案中最为核心的问题。也许只有通过尸检，才能解答我心中的疑问，才能尽可能还原因为网暴而心灰意冷的贾天一生命最后一段时间的真相。

当我们赶到殡仪馆的时候，青乡市公安局的两位法医已经开始了工作。尸体的衣物都已经被去除，眼前的解剖台上，年轻的贾天一正安静地躺在上面。

尸体的模样看起来有些奇怪，主要原因是他的前肋骨骨折，导致了胸腔的塌陷，所以躺在那里，胸前有些崎岖不平的感觉。

"尸表检验做完了？"我一边穿戴着解剖装备，一边说着。

"做完了。"乔法医说道。

"尸表没有奇怪的伤对吧？"我打量着尸体说道，"原本我还以为是车子轧到了头，看来他头上一点伤都没有。"

"没有奇怪的伤，也没有约束伤、威逼伤①和抵抗伤②。车辆也没有轧到头。"乔法医说，"头面部和颈部都没有任何损伤。车子是从他的左侧手背开始，斜向上，轧过了他的胸膛，再从右侧上臂轧过去的，前后轮的印记基本一致，说明轧过去的时候，死者没有动弹。"

"两个轮子都轧过去了啊？"我说，"他们找到肇事车辆了，衣服上的轮胎印，有比对价值吗？"

"有的，刚才交警部门已经把衣服都提取走，去做轮胎花纹比对了。"乔法医说道。

我点了点头，说："死者的碾轧伤很典型啊。"

---

① 威逼伤：指凶手控制、威逼受害者时，在受害者身体上留下的损伤。伤口主要表现为浅表、密集。

② 抵抗伤：指受害者出于防卫本能接触锐器所造成的损伤。主要出现在受害者四肢。

碾轧伤是指车辆轮胎轧过人体后留下的损伤，不仅仅是我们认为的车辆重力向下导致的压迫伤，还有轮胎在滚动时，向后的摩擦力作用在人体上形成的"延展创"。延展创就是人体的皮肤因为外力作用，产生了较大的张力，张力的力度大过了皮肤的承受能力，皮肤就会沿着皮纹裂开。这种裂开不是裂开一个很大的创口，而是形成很短的、但是很多条平行的小创口。

辗轧伤示意图

延展创对于法医来说意义很大，可以明确这就是碾轧形成的损伤，而且根据创口有没有生活反应，还可以判断这种碾轧伤是生前形成的还是死后形成的，这对法医判断死者是死于交通事故，还是死后抛尸伪装交通事故有重要作用。

眼前贾天一身上的延展创就有明显的生活反应，这说明他确实是活着躺在那里被车辆轧死的。如果可以排除他是昏迷状态下被人放在路中间被轧死的话，那就可以得出结论，不管他是不慎摔倒还是主动自杀，他确实是自主造成了事故的发生。因为有遗书，且肇事司机坚决说没有看到摩托车突然摔倒，那么自杀的可能性就很大了。

要确认贾天一当时是否处于昏迷状态，则要从三个方面进行检查：一是看颅脑有没有损伤，二是看有没有窒息，三是看有没有中毒（包括酒精）。死者的头发已经被剃除了，青色的头皮上，并没有任何损伤，那么基本可以排除颅脑损伤导致昏迷。法医们在现场进行勘查的时候，已经用注射器从胸口插入，抽取了一些心血送往理化实验室进行检验，此时检验结果已经出来了，排除了常规毒物中毒导致昏迷的可能性，血液酒精浓度也是0，这也基本可以排除中毒导致昏迷的可能性。倒是窒息这一块，产生了一些争议。

"我觉得有一点疑点。"乔法医说，"死者还是有窒息征象的，虽然轻微，但确实是存在的。"

"哦？"我警觉地翻开了死者的眼睑，果然在双侧眼睑之下黏膜内，都有一些散在的出血点。虽然不多，但是足以反映出死者生前是存在窒息的可能的。

"不仅仅是眼睑的出血点。"乔法医指了指死者的口唇，说，"你看他的口唇是青紫色的。"

"嗯，确实有窒息征象。"大宝说。

"这很正常好不好？"孙法医也已经穿戴整齐，走了过来，说，"你们说有窒息征象，有窒息的可能性，那我问你们，他的口唇黏膜有破损吗？"

乔法医摇了摇头。

"不仅口唇黏膜没有破损，口周和鼻周也没有任何淤血，说明不可能是捂压口鼻导致的机械性窒息。"孙法医说，"还有，颈部皮肤同样没有任何损伤。"

一边听着孙法医说，我一边把死者的颈部左右看了看，皮肤上确实没有任何损伤。

"又排除了扼压颈部或者缢、勒导致的机械性窒息。"孙法医说，"结合现场情况，死者更不可能是溺死，也不可能是喝多了或者颅脑损伤后呕吐导致的返流性窒息，更不太可能是吃东西哽住了导致窒息，也不会是头上包着塑料袋导致的闷死，更不会是体位性窒息。那你们说，他的窒息是怎么导致的？"

"孙法医的意思是说，死者的胸腔塌陷了，一定会有严重的血气胸。"我向乔法医解释说，"这种情况下，也会导致窒息征象。"

人体的胸腔是一种负压的状态，这样才能保证肺部的扩张。当肋骨骨折的断端刺破了胸膜，导致胸腔负压状态被破坏，这时候气体就会进入胸腔，和因为骨折、胸膜破裂而产生的血液混合在一起，造成血气胸。在这种情况下，空气和积血、积液就会压迫肺脏，导致肺脏无法正常扩张工作，引发窒息。如果不及时治疗，就会导致死亡。

"是啊。"孙法医说，"这么明显的问题，你们看不出来吗？"

乔法医不好意思地摇了摇头。

"是的,这是窒息征象最有可能的源头之一了。"我很认同孙法医的看法,看来这个舆论热点引发的案件,果真很快就要定性了。

我拿起死者的手看了看,因为车轮的碾轧作用,他的三根手指的末端都粉碎性骨折,已经畸形移位了,皮肤也都被挫碎了,中指的指甲脱落了,和肇事车辆轮胎下面提取到的人体指甲的情况是一致的。

"好了,可以开始解剖了。"我说,"虽然情况大致清楚了,但是我们还是要认真解剖,把案件搞扎实,也给交警事故认定的同事提供强有力的证据支撑。"

"你不是说,为什么贾天一会在现场附近停留一个小时后,才被车轧吗?"大宝问道。

"我后来想了想,既然没有监控支持,我想我们恐怕也是搞不清楚的了,因为这个问题通过尸检不能解决。"我说,"也许,他就是因为心情低落,在现场思考了一个小时,最终决定倒向马路自杀吧。巧就巧在,恰好驾驶员眼神不好,不然应该是可以避开的。唉,可惜了。"

大宝撇撇嘴,怜惜地看了一眼尸体,拿起了手术刀。

死者的头颈部没有损伤,手指损伤很明确,不需要解剖,于是解剖重点就是死者的胸腔了。通过解剖确定死者有严重血气胸,死因也就好定了。

大宝用手术刀"一"字形切开了死者的胸腹部,可以看到死者胸腔塌陷的地方,有明显的块状皮下出血,这也说明碾轧的时候,死者是活着的。

当我们把死者的胸部皮肤、皮下组织和胸大肌分离开之后,可以看到他双侧的肋骨前面都发生了严重的骨折,骨折的断端向内刺向了胸腔,这一切发现都在不断地印证着我们从尸表检验得来的结论。

"看来至少有七八根肋骨都骨折了,而且还是严重的骨折错位。"大宝一边说,一边切开肋软骨,然后分离胸锁关节,把胸骨取了下来。

"不对啊,怎么胸腔里的积血、积液不多?"我有些惊讶,顿时有一种莫名的不祥预感涌上了心头。

在日常工作中,这种肋骨骨折导致的血气胸,有的时候能把肺脏压缩到只有四分之一大小。然而,死者的胸腔内的积血和积液并不多,肺脏也并没有严重缩小。这种表现,其实不足以致死。但如果贾天一不是这种原因死亡的,那会是怎么死的呢?

这是法医学的基本理论,所以当在场几名法医看到死者的胸腔之后,都愣住了。眼前的景象，和我们想象中的实在不一样。

"这案子果真还是有问题的。"我一边说着，一边压了压死者纵隔中的心包。

"不对，这心包怎么这么硬？"我眼睛一亮，连忙用止血钳夹住了心包的向下两端，然后用手术刀"人"字形切开了心包。

这一刻我恍然大悟。

原来，死者的心包里面，全都是血液。

4

人的心包包裹着心脏。当心脏发生破裂的时候，心脏内的血液就会涌出来，填满整个心包，导致心脏的活动空间被限制，甚至无法跳动，最后导致死亡，这种死亡被法医称之为"心包填塞"。

但是心脏破裂通常伴随着心包的破裂，道理很简单，不戳破心包，又怎么戳破心脏呢？然而贾天一就是这种情况，他的心包是完整无损的，但是心脏上破裂了一个大口子。

"这，这心脏破裂的口子不小啊！"大宝用多功能查体测量尺量着心脏上的破口，说，"左心室壁上有3厘米长创口！是不是和老方曾经说过的那个案子一样？"

前不久，我们在办公室里，听到我们厅负责法医组织病理学检验的方俊杰说过一个案件。

一天晚上，一个男人酒后从酒吧里出来，发现酒吧门口的花坛上，有一个年轻貌美的女子醉得不省人事，匍匐在花坛上酣睡。他左顾右盼后，发现周围没人，顿时色心大起。他假装成女子的朋友，架起了女子，打了一个出租车，直奔宾馆。在开房后，男子把女子仰面放在宾馆的床上，然后猛地压在女子身上，准备实施性侵。可是就这么一压，他发现女子似乎有了一些变化，身体瞬间软了下去。几分钟后，还没来得及实施性侵的男人，就发现女子呼吸心跳全无了。

根据现场的视频监控和宾馆的开房记录，警方很快把后来逃之夭夭的男子抓获。在对尸体进行解剖的时候，也是发现女子的胸前有轻微的出血，而且心脏发生了破裂。其死亡原因，是突然被重压，导致本来心室壁就比正常人要薄的心脏发生了破裂。

"心包填塞。"孙法医一脸轻松地说,"汽车轧过去的时候,心脏正好在搏动,因为胸腔受压,心脏的压力也增大,这青少年的心室壁又比较薄,因为压力作用就导致破裂了。交通事故中比较常见。"

我没有孙法医那么轻松,仍是一脸凝重地问道:"心脏破裂绝对是致命伤,而且死亡过程会非常快,可能就是几秒之内的事情。那么请问,他死亡那么快,窒息征象又是怎么来的呢?"

"对啊,既然血气胸的迹象不明显,也说明他死亡过程快,那么他的窒息征象是怎么来的呢?"大宝补充道。

这么一问,孙法医的表情也立即不轻松了,取而代之的,是一脸茫然。

"这可就奇了怪了。"乔法医说,"可是孙法医刚才排除了其他窒息的可能啊。你们说,会不会是碾轧的瞬间,导致的短暂的窒息而产生的窒息征象呢?青少年耐受能力差,所以表现得比较明显?"

"不会。"我说,"我觉得窒息征象还是很清楚的,这不仅不能用瞬间窒息来解释,我甚至认为他是窒息了一小段时间,或者说是不完全窒息了一段时间,这才出现这种窒息征象。如果是这样的话,那会不会是因为窒息而产生了昏迷,最终被碾死呢?"

"先不考虑昏迷不昏迷的事情,他是怎么窒息的?"孙法医问道。

我双手撑在解剖台边,思考了一会儿,拿起了一把手术刀,说:"那就要指望它了。"

我用手术刀轻轻划开了死者的颈部皮肤,暴露出了颈部的肌肉,然后按照颈部肌肉的解剖结构逐层分离了肌肉。结果和我们想的一样,无论是浅层肌肉还是深层肌肉内,都没有任何出血的迹象。

"他的颈部肯定是没有遭受外力作用。"我说完,把手术刀从死者的下颌下伸进了他的口腔,沿着下颌骨下缘把下颌软组织全部切断。

这就是法医惯用的"掏舌头"的手法。

用这种办法,我从死者下颌下取出舌头,然后向下一拉,就取出了包括喉头、食管和气管的全部颈部组织。

"舌骨骨折?"大宝最先看到了被掏出的舌头舌根下方的颜色变化。

"别急。"我拦住了想去检查舌骨的大宝,先是用剪刀剪开了死者的喉头部位,说,"一般情况下都是外力作用于颈部才能导致舌骨骨折,可是死者颈部是没有受到过外力的，所以我们得看看喉头部位有什么。"

"我们也见过交通事故导致舌骨骨折的，但是一般都会伴有下颌骨的粉碎性骨折啊。"孙法医说。

"是的，因为舌骨是以半游离的状态位于颈部，而且都在下颌骨内侧，受到下颌骨的保护，没那么容易骨折。"我说着话，手上的剪刀已经剪开了死者的喉头部位。

死者舌骨的后侧，形成了一个较大的血肿，堵塞了大部分呼吸道。我随即又剪开了死者的食管和气管，里面都有一些血迹。尤其是气管之内，还有很多粉红色的气泡。

"真是'活久见'①啊。"大宝用胳膊推了推鼻梁上的眼镜，说，"面颈部没有损伤，喉头却有血肿，这我还真是第一次见，为什么啊？"

我用手摸到了舌骨的位置，然后沿着舌骨的上下两侧切开软组织，把舌骨从喉部软组织上分离了下来。果然，舌骨体的位置，有明显的骨折，断端还有一点错位。

"舌骨骨折，断端刺破了附近的黏膜组织，导致了一个血肿，喉头部位的血肿就容易堵塞呼吸道。"我说，"加之有血液流入了气管，引发了呛咳，喉部剧烈运动更加加重了喉头血肿的严重程度，这就造成了死者的窒息征象。这种窒息，我认为是有可能导致昏迷的。"

"喉头血肿，就和喉头水肿一样吗？"大宝问，"喉头水肿倒是比较多见，比如严重的上呼吸道感染，或者过敏，都会导致喉头水肿。有极少数人，因为过敏而导致非常严重的喉头水肿，自己感觉到呼吸困难的时候，去就医都来不及，就窒息了。"

"产生机理不同，但导致窒息的机理是相似的。"我说。

"现在问题不是骨折怎么导致窒息的，而是这个死亡的源头——舌骨骨折，是怎么来的。"孙法医仍在难以置信地检查死者的颈部。

我们之前没有出现失误，死者的颈部确实就是一点损伤都没有。

"颈部没有伤，舌骨怎么骨折？"孙法医百思不得其解，说，"难不成是把手伸进喉咙里，从里面施加的暴力？"

"你说得和恐怖片似的。"大宝瞥了孙法医一眼。

---

① 活久见：曾经流行的网络用语，是指"活的时间久，什么事都可能见到"。现多用于形容面对奇闻逸事时，当事人表现出的惊讶。

此时，我也是百思不得其解，这类型的舌骨骨折，我也从来没有见过。

我想了一会儿，说："先别着急，既然有问题解决不了，我们先检验一下死者的背部吧。"

背部解剖不是常规解剖术式要求要进行的，但是在遇到疑难的案件或者尸检中有解决不了的问题的时候，我们也会解剖背部。事实证明，在进行了背部解剖的案例中，都能够通过背部解剖发现一些线索，有些线索甚至能够直接明确死者的死亡方式。比如在我刚参加工作不久遇见的一个中年人死亡案，就是因为没有第一时间背部解剖，而把一个高坠意外当成了命案侦查了很久。[①]

在我们用手术刀从死者的枕外隆突开始，同样用"一"字形的切口划开死者的背部皮肤后，我们意外地发现死者的项部肌肉有一些出血。

"项部有出血！"大宝说，"不过也不对啊！项部受力，怎么也不可能导致颈部前面的舌骨骨折啊。"

"先看看项部的损伤形态再说。"我小心翼翼地分离了项部的软组织，观察皮下组织的出血状态。

死者项部有一条横行的皮下出血，宽度大概 2 厘米，这明显是项部和有棱边的物体作用所致。项部的皮肤上没有任何擦伤，这也说明这个有棱边的物体表面是很光滑的。不过，项部撞了一下棱边，也不能解释舌骨骨折。

解剖完背部，我们依旧是丈二和尚摸不着头脑，找不出舌骨骨折的机理所在。于是，我们只有带着疑问，开始对死者的颅部进行解剖。

因为死者的头发被剃除之后，头皮上看不出任何损伤和出血，所以我们认为死者的头部应该是没有受到过外力的。但是在切开头皮后，却发现青色的头皮之下，居然有一团黑乎乎的凝血块。

"啊？这怎么也有伤？"大宝说。

"这是帽状腱膜下出血，量不大，所以在头皮外面看不出来。"我说。

如果我们按住自己的头皮，会发现头皮和颅骨之间有滑动，是因为我们有"帽状腱膜"的结构。这层结构和颅骨骨膜疏松结合，所以一旦这之间的小血管破裂，就容易造成较大范围的血肿，称之为"帽状腱膜下出血"。而这层结构内的出血，和头皮下出血的机理不同，很少会因为直接打击而形成，一般都是因为被人抓住头

---

① 见法医秦明系列万象卷第二季《无声的证词》"致命失误"一案。

发拉扯而导致。

"帽状腱膜下出血。"大宝沉吟着说,"这怎么越来越像是命案了?"

"命案?"孙法医叫了一声。毕竟现在命案越来越少,青乡市这一年也没发几起命案。

"是啊,故意伤害致死,不也是命案的一种嘛。"大宝说,"至少他是被人拉扯了头发,项部摔到一个棱边上了。"

"那死因,或者说昏迷原因,其实和舌骨骨折密切相关,这种外力能导致舌骨骨折吗?"孙法医问。

此时我检查完死者的颅内,没有其他任何损伤,就示意乔法医可以开始缝合了。而我一言不发地脱掉了一次性解剖装备,走出了解剖室,拿出手机翻起论文来。

因为之前此案一直是按照交通事故来处理的,所以并没有成立专案组,也没有专案会。我只有召集了我们勘查小组的全部成员,一起到青乡市刑警支队,找了他们刘支队长,和当地刑事技术人员们一起讨论一下这个案子。

我先是介绍了一下我们的尸检发现,一波三折,让在场的非法医的技术人员们听得莫名其妙一脸无措。

我看着大家迷茫的表情,笑了笑,说:"这种舌骨骨折,我以前也没有见过。但是这个世界上,有很多类似的经历都在不同的时间和地点重复发生,这可能就是论文的价值。我找到了一篇论文,作者就遇见了和我们一模一样的困惑。后来,他通过请教一些医学和解剖学的专家,解答了这个问题。"

"真的有一模一样的案子啊?"大宝好奇地坐直了身体。

"世界之大,无奇不有。"我说,"论文的作者分析,这种舌骨骨折的形成机理,是项部不断地磕碰到某个地方,头部过度后仰,会导致颈椎向前顶出。正常情况下,这种颈椎前顶,不会导致什么严重的后果,但是如果力量较大、后仰程度较大,再加上撞击次数较多的话,就容易让颈部肌肉过度紧张,限制了游离的舌骨的活动范围,然后肌肉和前凸的颈椎一起作用于喉部的舌骨,作用力大于舌骨的张力,就会导致舌骨体骨折。你们发现没,颈部直接外力导致的舌骨骨折一般都是舌骨大角骨折,而这种,是舌骨体骨折。这是因为作用力的方式不同导致的。"

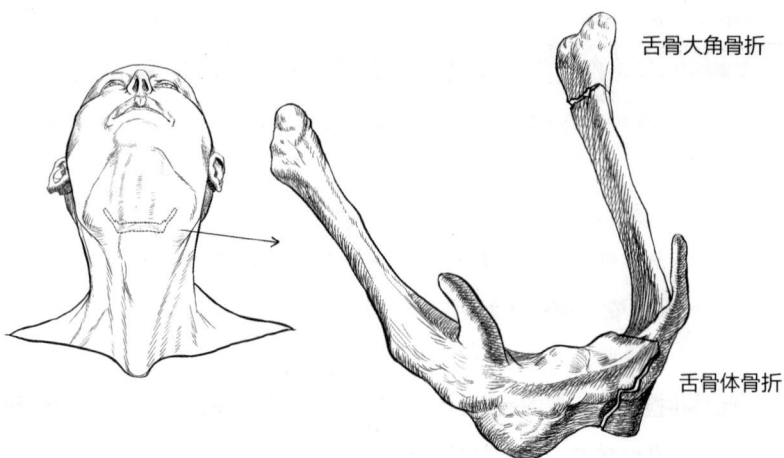

舌骨大角骨折

舌骨体骨折

两种骨折的位置对比图

大家还是一脸蒙。

"简单说，到我们的案子里，就是死者被人拽住头发向后拉，项部撞到了某物体的边缘，颈部严重后仰。不仅如此，凶手还没有停手，不断地拉着死者的头发，用他的项部撞物体。"我说，"舌骨骨折后，形成喉头血肿需要一段时间，而这段时间内，死者的喉头血肿慢慢加重到一定程度后，死者会感到窒息，最后昏迷倒在路上，被过往车辆碾轧死亡。"

"凶手……"刘支队沉吟道，"你说是命案？"

我点了点头，说："死者虽然是交通事故致死，但是如果没有被车碾轧，他也一样会因为喉头血肿而窒息死亡。"

"这该怎么界定啊？"大宝挠了挠头，说，"究竟该谁负主要责任，凶手能用故意伤害致死判吗？"

"量刑不是我们的职责。"我笑了笑，说，"我们的任务，是得先把凶手找出来。对了，林涛呢？"

"来了，来了，有新发现。"林涛满头大汗地跑进了刑警支队会议室。

"我刚才说了那么多，你原来都不在。"我说，"你有什么新发现？别说认为这是一起命案，这我们已经知道了。"

"命案？"林涛吃了一惊，说，"没有，我就是发现，死者的摩托车上，有问题。"

"为什么是命案，我一会儿告诉你。你先告诉我，摩托车有什么问题。"我问。

"在现场的时候，我们不是发现摩托车车身有和地面擦划形成的损伤嘛。"林涛喝了口水，说，"当时认为是摩托车侧倒，车身侧面和地面摩擦，把漆面擦掉了，暴露出了漆面下的金属色。其实，我们经过仔细观察，发现摩托车的擦划痕迹，并不是漆面刮掉，而是有银色的漆面附着。"

"直接说结论。"

"就是摩托车是和一辆银色的车辆剐蹭。"林涛说，"我们觉得，应该是贾天一驾驶摩托车和肇事车辆前面的银色大众轿车刮擦，而不是自己摔倒或者自杀。不过，为什么是命案？"

我不着急回答林涛，而是转头问程子砚："你们从视频来看，银色大众车里有几个人？"

"就一名女性司机，没有乘客。"程子砚说。

"那不可能。"我说，"她不具备控制、伤害贾天一的身体条件。毕竟贾天一16岁了，有一定的身体条件，而凶手应该体力远超贾天一，或者有足够的威慑力，因为贾天一连抵抗伤都没有。"

"那会是怎么回事？"大宝翻着眼睛说，"和大众车有刮擦，被宝马车碾轧，中间还被人殴打了？大众车和宝马车都只有一个司机，都不具备什么攻击力，那会被什么人攻击的？"

会场沉默了。

我沉思了一会儿，说："你们有没有想过，他为什么会骑车去省道？"

"那里经常有人飙车，因为路上没什么车嘛。"刘支队说。

"可是他骑车好像一直都不快，不是喜欢飙车的人吧。"我说。

"那你是什么意思？"刘支队问。

"我就在考虑，我们的重点关注对象，都是跟随着贾天一进入现场的车辆。"我说，"因为道路不太可能逆行，所以大家下意识地认为只有摩托车后面的车辆才能对摩托车造成事故。但其实摩托车有的时候比汽车开得还快，我们为什么不去考虑考虑前面的车辆？我们是不是陷入思维定式了？"

程子砚似乎一惊，连忙打开了电脑。

不一会儿，她说："果然，前面有一辆车也是银色的，是一辆银色的奔驰大 G。"

"查号牌。"刘支队命令道。

"看看车里有几个人。"我绕到程子砚的背后，看她在电脑上处理着监控截图。

"四个人。"程子砚说，"都是男人。"

我的心里似乎有底了，说："让交警再仔细问问那个银色大众的车主，她说驾驶过程中没有异常，但得搞清楚她驾驶过程中有没有看到什么车子停在路边。"

等了大约半个小时后，交警那边传来了消息。在得知自己毫无责任之后，大众车主也算是放下了心来，经过仔细回忆，她在省道上好像确实看到一辆很大的车停在路边，但是她专心开车，没留意车边有什么异常。

我的心里似乎更有底了。

"车牌还没查到？"刘支队严肃地质问道。

"查到了，查到了。"一名民警说，"我已经安排去抓人了。"

"抓人？"我没想到幸福来得这么突然。

"是啊，银色大G的车主，叫周乐。"侦查员说，"一个游手好闲的小混子。"

"这就抓人，是不是有些草率了？"我问。

"不草率，这个小混子没什么本事，就是长得帅。他就是那个和贾天一母亲拍摄不雅视频的男主角了。"侦查员说，"他是贾青的小男朋友，我们怀疑不雅视频也是他主动上传的。哦，还有，他的车应该也是贾青给他买的。"

"所以，贾天一是看到了他的车，跟着他上了省道，故意擦蹭，引发纠纷，最后被他打死了？"我一口气说完。

"目前看，应该是这样。"侦查员说，"抓了人，检查车辆，做漆片的鉴定比对，他赖不掉。"

侦查员有侦查员的专业，他们在抓获周乐的时候，第一时间就提取了他车辆上的行车记录仪。而这个能记录声音和图像的小东西，给我们提供了最直接的证据。

结合记录仪和周乐的交代，我们才知道，在网络热点舆情发生之后，周乐一直是一副幸灾乐祸的样子，虽然他知道贾青是他的摇钱树，但是他一直忌惮贾青的儿子，认为他会破坏自己长期不劳而获的好事。但周乐毕竟是个小混子，不至于有杀人越货的心思，看到贾天一被网友围攻，他的心理已经获得了足够的满足。在舆论进一步发酵之后，周乐开始起了自己的小心思，他手机里有和贾青的不雅照片视频，他在考虑如果把这些东西放到网上，他的短视频账号一定能吸引大量的粉丝，粉丝量达到一定的程度，就能变现了，到时候就算贾青甩了自己，自己也有继续捞钱的资本。他是这样想的，也是这样做的。

不雅视频造成一定影响后，他确实收获了很多粉丝，但也会接到一些骚扰威胁的电话，后来经过调查，这些都是贾天一打的。16 岁的贾天一，一直以为自己是母亲唯一亲近和信任的人，没想到母亲竟然会和这种人发生亲密关系，他感觉自己被背叛了，内心的委屈无处宣泄，只知道用这种恶作剧的方式来进行报复。

这次事件的开始，贾天一或许也是想用恶作剧的方式来进行报复，而他留下那封写着"我已无法立足于世，来世若你自重，再做母子"的遗书，也可能是一时负气的举动，连他自己都没觉得真的会丧失生命。

因为贾天一驾驶摩托车故意去擦蹭周乐的车的时候，他并不是抱着"同归于尽"的想法去的，他擦蹭得很勉强、很小心。但是开车的周乐察觉到了，于是他踩了油门，超到了贾天一的前面，并且将摩托车逼停。

下车后，周乐带着三个同车的小混混，四个人一起凶神恶煞地将已经停车的贾天一拽下了摩托。可能是因为害怕了，也可能是因为心虚，贾天一这时候吓得瑟瑟发抖。这让刚刚认出是贾天一的周乐，气焰更加嚣张。于是他就抓着贾天一的头发，把他的头仰着撞到引擎盖上。在这个过程中，贾天一有挣脱的欲望，头部有抵抗，而周乐则抓着他的头发多次把他的头压到引擎盖上。来回撞击了几次后，贾天一开始翻白眼了，周乐这才感到有些害怕，就松了手让他走。可是此时的贾天一双手捂着脖子，走路都走不稳，一直在路边踉踉跄跄。

为了摆脱干系，见附近没有监控后，周乐和其他三个人连忙驾车走了，后面的事情就不知道了。不过根据尸检情况可以判断，贾天一此时不仅是喉部剧烈疼痛，更是呼吸困难，他意识逐渐模糊，最后摔倒在马路上。而此时，正好张冰驾驶的宝马经过这里，眼神不好的张冰没想到地上躺着的是一个人，汽车无情地碾过了已经昏迷的贾天一的身体。

"你们说，如果张冰眼神够好，看得出地面上有个人，及时报警求救了，那贾天一还有活的可能吗？"林涛问，"那时候人已经昏迷了，送去抢救恐怕来不及了吧？"

"不一定吧，要是 120 有经验，立即切开气管，就有活的可能了。"大宝说。

"唉，讨论这些没意义了。"我说，"这案子有点复杂，张冰和周乐的法律责任该怎么区分，恐怕需要法律界人士研究研究了。"

"我们都说，孩子任性，都是和家长沟通不善引起的。"一直在沉思的陈诗羽说，"但是根据调查情况，贾青和贾天一其实一直都是沟通得挺好的，是那种比较少见的朋友式的母子关系。"

"但是在这个事情上，这种朋友式的母子关系就失效了，因为孩子很难对母亲的感情生活启齿。"我说。

"我觉得很多人会把这案子归咎于贾青，有人会说她溺爱儿子，有人会说沟通不善。"我继续说，"其实，无论什么样的家庭关系，都不仅仅是父母塑造的，而是需要父母和孩子一起来塑造。无论是父母还是孩子，都应该对对方有足够的理解和宽容。我们不能把教育活动的责任全部归咎给父母，因为所有教育活动的参与人都有责任。"

"孩子没有父亲，缺少父爱，会更加依赖于母亲。"陈诗羽说，"当母亲开始有了自己其他的情感生活的时候，孩子自然而然会出现抵触的心理。再加上网络的推波助澜，这种抵触心理，很快就会变成敌对，甚至仇恨。"

"是啊，我们研究了贾天一的社交平台，网暴时期，他一直在为母亲解释，并用非常恶毒的语言咒骂周乐。仇恨的心理，可见一斑。"程子砚说。

"如果两个人能做到真正心平气和地交流，真正的无话不谈，也许最后的结果就是：网暴的热点终究过去，母子二人携手度过，贾青能够远离小混混。"大宝说。

"那也太理想化了。"陈诗羽说，"有多少家庭能做到这样？"

"大家都应该努力啊。"我说，"过去的就过去了。说到网络，眼前龙番市的这个舆论热点该怎么办？谣言层出不穷，恐怕官方没办法逐一辟谣吧？"

"是啊，其实官方通报已经把凌南死亡案件的全部过程都详细公布了，但是因为有那个'躲避'视频，网友都不相信啊。"大宝说，"我真想把尸体照片发给网友，告诉他们凌南身上没有伤，他没有被人霸凌、虐待。"

"那你就违法了。"我说，"别总是纠结这个事情，我们把基础工作做好，去问问为什么凌南会举报他的班主任吧。"

"我们都已经查明白邱老师没有作案的动机和时间，也没有和过失致人死亡的嫌疑人胡彪有任何瓜葛。"大宝说，"我们还有查下去的必要吗？那不是浪费时间吗？不考虑邱老师的内心感受吗？"

"师父说，得做到心中有数。"林涛插话说，"其实我也是觉得没什么意义，但是现在就是这样，舆论热点的案件真的占用了大量的警力和公共资源。"

"也不能这样说，舆论监督本身也就是一种监督形式嘛。"我说，"都睡一会儿吧，到了地方，我们就去那个段萌萌家，问问她。这样，对这案子，我们也算是仁至义尽了。"

法医秦明

VOICE OF THE DEAD

第五案

虚拟解剖

人不是命运的囚徒，而是自己思想的囚徒。

———

富兰克林·德兰诺·罗斯福

1

一大早，我们准备驱车赶回龙番。上了车，我就催促着小羽毛抓紧时间联系市局的办案单位，看能不能由他们出面，让我们见一面和凌南一起补课的学生段萌萌。

这件事情我一直记挂着，如果不从段萌萌那里了解一下给他们补课的班主任老师邱以深的情况，我总觉得没有完全贯彻落实师父的安排，也总觉得不够完整。

舆论热点案件的办理，往往比命案的办理更加复杂。命案办理中，我们只需要"证实"，拿到充分的证据证明犯罪，就算是齐活儿了。但是办理舆论热点案件的时候，往往网络上会有大量的谣言、臆测和质疑，那作为公安机关就要想尽办法去"证否"。证否可比证实难多了，比如你怀疑同桌偷了你的钱，找证据证明他偷钱有的时候不太难；但是你同桌怀疑你偷他钱，你要找证据证明你没有偷钱可就不容易了。再以"二土坡案件"来说，证明胡彪是犯罪嫌疑人，这一点比较容易；但是证明邱以深不是犯罪嫌疑人那就比较难了。虽然我们知道凌南的案子有太多的巧合性，根本不可能是预谋杀人，因此也就不可能是合谋杀人，但是为了让网络热点案件的办理不会出现瑕疵，这些能够调查的事情，我们也尽可能想要调查到位。

所以，调查清楚邱以深的为人处世，调查清楚他对自己被举报的态度，算是我们为"二土坡"这个舆论热点事件调查做的最后一件工作了。

显然大家也都想尽快结束这一起案件的调查工作，后期对于舆情的处理，就是宣传部门的事情了，而我们则可以顺利结案了。

所以陈诗羽很快就拿起了电话，联系了办案单位。她拿着手机，向办案单位提出我们的要求之后，就沉默了，像是在仔细听着电话那头的叙述。她的表情逐渐凝重，眉头像是拧成了一根麻花。

我的心里暗暗觉得不妙，似乎有事发生。

陈诗羽挂断了电话，低头沉思了一会儿，像是在整理自己的思绪。

我倒是等不及了，问道："怎么了？出什么事儿了吗？"

"段萌萌现在在刑警队。"陈诗羽回答道。

我一时没明白陈诗羽什么意思，追问道："在刑警队？什么意思？"

"好巧不巧，她妈妈昨天晚上去世了。"陈诗羽说道。

"去世了？"我大吃一惊，"为什么她在刑警队？她妈妈是怎么去世的？"

"说是意外。"陈诗羽说道。

"哟，那这种节骨眼上，不方便对她进行询问吧？"林涛说，"她肯定伤心欲绝，没法沟通其他的事情了。"

"什么意外？"我隐隐有种不祥的预感。

"说来你们可能不相信。"陈诗羽说，"又是电击。"

"电击？"车上其他五个人几乎异口同声喊了出来，韩亮更是踩了一脚刹车。

"别慌，好好开车。"我拍了拍韩亮的肩膀说，"真的有这么巧的事情？"

"我说吧，一来案子，都来同类型的案子，这事儿就是这么邪门。"大宝说。

我沉默了一会儿，说："我觉得，我们还是去意外死亡的现场看一看吧。"

"可以的，现场现在仍是封存的。"陈诗羽说，"我让他们发定位。"

我们跟着陈诗羽的手机导航，一路向龙番市南部的一个小区赶去。据说，段萌萌一家是两年前才到龙番的，目前还没有能力在这座城市购买房子，是暂时租住在这个小区的。这个小区算是全市的一个中档住宅小区，由二十多栋30层的高层建筑组成。高层建筑外观很不错，但是进了小区感觉"脏乱差"，说明没有好的物业管理。物业不负责，业主就不交物业费，至此形成恶性循环。我自己住的小区也是这种情况，正在考虑换房子。

"这小区如果有个好物业，估计生活环境能改善很多。"我说。

"你又感同身受了？"韩亮指了指大门口打瞌睡的保安旁边贴着的一张纸，说，"喏，业主委员会要开会了，估计是要换物业。"

我们在小区门口停了车，我跳下车给保安老大爷出示了警察证，说："能让我们把车开进去吗？"

"哦。"大爷睡眼惺忪地按了一下手中的遥控器，打开了闸门。

"对了，大爷，咱们这大门口有监控吗？"我顺口问了一句。

"没人交物业费，怎么弄监控？都是摆设。"

我见大爷无意和我多说，于是点了点头，重新上车向小区深处驶去。

龙番市局的韩法医此时已经等在了楼前，指了指小区 19 栋 1 单元 101 室的门，说："这就是段萌萌家，这栋楼一楼最东边的一间。"

"咋没有警戒带啊？"大宝问道。

"一个非正常死亡，基本确定是意外，就不拉警戒带了，怕引人注意，被人拍视频发上网去造谣。"韩法医说道。

"那你们现场还是封存的？"我问。

"没有，现场基本看完了，准备交还给他们家人。"韩法医说，"段萌萌和她父亲都在派出所，一来是比较悲痛，二来是家里刚刚死了人，不太敢回来住，所以主动要求在派出所待了一夜。"

"那我们进去看看吧。"我指了指房门。

"从段世骁，哦，就是段萌萌的父亲，死者的丈夫那里借来的钥匙。"韩法医扬了扬手中的钥匙，打开了房门。

房间很整洁，物品摆放得整整齐齐，家里的摆设也是一尘不染，和普通的家庭并无二致。跟随着韩法医的脚步，我们来到了次卧室，也就是段萌萌的房间。段萌萌的母亲张玉兰就死在这里。

这个房间的摆设很酷，墙壁上贴着的是篮球明星的海报，橱子上摆着的手办也都是复仇者联盟的。

"段萌萌是男孩？"大宝愣了一下，问道。

"女孩。"韩法医哈哈一笑，说道。

"女孩喜欢篮球和复联也很正常吧？"陈诗羽摇了摇头。

大宝赶紧说："正常，正常，我这是又先入为主了。"

"案发当时，段萌萌不在家，去隔壁小区的篮球场打篮球去了。"韩法医说，"只有段世骁一个人在家。"

我用戴着手套的双手拉开了次卧室的窗帘，露出了窗帘后面的推拉窗户和窗户外面看上去质量很好的不锈钢防盗窗。

"防盗窗、门锁都是好的。"韩法医说，"而且，段世骁也就在客厅，所以是一个封闭现场，如果是谋杀，那唯一的嫌疑人就是段世骁。反正，外人是进不来的。"

"段世骁没有嫌疑吗？"我问。

"调查了一大圈，段世骁和张玉兰的夫妻关系很好，张玉兰性格比较弱势，一直都是以丈夫唯命是从的，两人很少出现冲突。两年前，段世骁决定从森原市来龙番市工作，张玉兰一句话都没说，就配合进行工作调动了。"韩法医说，"调查肯定是没有调查出来任何矛盾点的，而且这种杀人方式，也是不可能的。"

"你是说，电击？"我问。

韩法医向我们介绍了一下前期调查的情况。

这个家里，大事小事都是段世骁做主，但是对于女儿的教育问题，段世骁认为自己作为父亲，打不得、说不通，还是应该由张玉兰来管教。段萌萌此时正处于叛逆期，对于母亲的管教甚是不服，经常是张玉兰说一句，她就顶嘴十句。但是鉴于这些年来段世骁在家中的权威，段萌萌即便心里不服，表面上还是不敢和他顶撞的。

段萌萌虽然聪明伶俐，但是玩心很重，学习成绩在学校也只能算是个中等。初三上学期的期末考试，段萌萌的成绩是 C+，也就是年级 500 名至 600 名之间。而现在出于政策的原因，每个中学指标到校，只有大约 55% 的学生能上普通高中，也就是说段萌萌这次期末考试，将来能上普通高中还是职业学校，都是个未知数。

这个成绩让段世骁大动肝火，毕竟女儿如果连普通高中都上不了，那他在单位都抬不起头。段世骁一如既往的作风，就是把这些火发在了张玉兰的身上。张玉兰不敢和丈夫顶嘴，自觉也很委屈，就把这些火又转到了女儿身上。段萌萌不服，在那个时候，母女俩就大吵了一架。两头受气的张玉兰无处发泄，就在一次去裁缝店做睡衣的时候，把心里的苦恼和巧遇的凌南家保姆小荷说了。两个人之前因为接送孩子早已熟识，所以也就聊了起来。张玉兰听小荷说，现在国家不让假期补习了，成绩下降的孩子没补习可不行，她家女主人就已经在帮孩子寻找家教老师了。被小荷点通了路子，张玉兰连忙回家和段世骁商量。段世骁当时就拍板同意了寒假补课的提议，让张玉兰跟着凌南家一起找老师。

尽管段萌萌非常抗拒补课，但她拗不过父母的意志，最终还是去了。

寒假结束后，本以为可以正常上课，结果没上两个礼拜，学校又因为疫情停止线下教学了。在这个节骨眼上停止线下教学，段世骁和张玉兰非常焦虑。段世骁当即决定，继续找老师进行一对一的家教补课，冲刺过中考前这几个月的时间。因为这个事情，母女俩又发生了一次争吵，最终的结果是，段萌萌突然抱着个篮球跑了出来，说自己打会儿球去，就离开了家。

段世骁认为，因为这几次关于补课的争吵，母女二人的关系就一直没有能够恢复正常，彼此心中都存在芥蒂，到了昨晚更是彻底爆发了。

昨天晚上 8 点钟的时候，家里再次发生了争执。

这一次，段萌萌的情绪非常激动。

"所以我要是像凌南一样死掉，是不是你们就满意了？"

她带着泪光吼完，拿着篮球就跑出门去。

以前每次吵完，段萌萌都会这样跑出去打球，大家已经习以为常了。所以也没有当回事。可没想到，这一个夜晚却与众不同。

段萌萌离家后，段世骁余怒未消，他指责张玉兰没有好好管教孩子，张玉兰不想跟丈夫争吵，只是抚慰地说了句："你也知道，她那个一起补课的同学死了，孩子压力肯定很大，也没心思补课。等她回来，咱们跟她好好说说吧，别刺激她。"

张玉兰有点担忧孩子，但又不好出门找孩子，免得惹孩子更生气，于是打算给孩子整理一下房间，还能逃开段世骁接下来可能针对她的指责。

见妻子去房间整理，段世骁有火没地方发，只好转而去对付白天积攒下来的工作，一开始加班，他就不能分心，不知不觉就过了大约 2 个小时。

接近晚上 10 点的时候，段萌萌抱着篮球一身是汗地回来了，可是一进房间，就发出一声尖叫。段世骁吓了一跳，赶紧跑过去看，发现张玉兰俯身在段萌萌的写字台上面，一只手奄拉在写字台和窗户的缝隙之间，已经没有了知觉。

段世骁呼唤张玉兰没有回应，而且张玉兰此时嘴唇已经青紫，于是他连忙拨打了120。医生抵达后，确认张玉兰早已没有了生命体征。

我看了看段萌萌的房间摆设，一张小床的旁边，是一张写字台，写字台的后面就是窗户。窗户和写字台之间有 20 厘米宽的间隙，估计是为了窗帘可以正常开合而留出来的。房间很小，更没有打斗痕迹，无论怎么看，都不像是杀人现场。

"所以，电击是怎么回事？"我问。

韩法医说："接到 120 的报警电话，我们就赶过来了。120 在抢救的时候，发现张玉兰的右手手指、手掌都有明显的灰白色的凸起，医生都知道，那是电流斑。因为她是匍匐在写字台上，右手奄拉在窗帘缝隙里的嘛，所以我们就把写字台移开，发现写字台的后面果真有一根电线。电线上有一段长约 10 厘米的外绝缘层老化的部分，里面的金属线都已经裸露出来了。"

"哦，所以这样看，是张玉兰在整理段萌萌房间的时候，为了清理这个窗帘间隙，把手伸了进去，结果那么不巧，一把碰到了电线老化的那一截，被电死了？"我说。

"可是她不是没有握着电线吗？不都说被电了，就会被电线粘住，甩不开电线吗？"林涛问道。

"我来给你科普一下。"大宝说，"所谓'被电了、甩不开电线'，是电流经过，会导致手指肌肉的痉挛，不是甩不开，而是不会甩。"

"这不是绝对的。"我说，"因为身体重力作用，身体后移，手脱离电线也很正常。不过此时可能电流经过心脏，已经导致心跳骤停了，如果及时发现，进行CPR^①，还是有救回来的可能性的，可惜了。"

"这也太凑巧了。"林涛此时已经钻到了写字台底下，正在看那一根电线。

"电线你们不提取吗？"我问。

"没有，准备让他们家人收起来。"韩法医说，"不能再出事了。要是段萌萌调皮，把手伸进去，也有可能被电死。"

"不，这根电线我们是要提取的。"我说，"为了证据的完善，就要对这一截裸露的电线进行擦拭，并进行DNA检验。要知道，电击是会导致接触皮肤面灼伤，并把表皮组织留下一部分在电线上的。"

"哦，你是说，这上面发现了死者的DNA，就是意外电死的确凿证据了。"韩法医说，"因为这样的电击，是不可能被用作预谋杀人的手段的，太不保险了，凶手不知道她会不会伸手进去，进去也不一定正好碰到这一截电线。而且，我们找痕检部门的人看了，这一截裸露的电线，是正常老化，而不是人为破坏。"

"是的，确认就是老化，不是破坏。故意破坏电线电死别人，也不会把电线藏这么深。"林涛的声音从写字台底下传了出来。

"尸体进行检验了吗？"我问。

"检验了。"韩法医说，"家属其实对意外死亡是毫无异议的，我们现场勘查和初步尸表检验也都基本可以排除命案了。但是当时对段世骁的调查还没有反馈结果，为了稳妥起见，支队长还是决定对尸体进行解剖，还好，段世骁也同意了。"

说完，韩法医从包里拿出一个公安内网专用的平板电脑，递给我说："照片都

---

① CPR：即心肺复苏，是针对骤停的心脏和呼吸采取的救命技术。这一整套技术里包含检查患者是否有呼吸、脉搏，对患者进行胸外按压，给予人工呼吸等一系列操作。

在这里，你们自己看一下。"

我接过平板电脑翻阅了起来。死者张玉兰，四十多岁的样子，正常体态，穿着一身居家服，身上没有任何损伤，除了手掌中心的一条横行的电流斑。电流斑也很典型，解剖见内脏脏器淤血、气管内有泡沫等一系列尸体现象也都符合电击死的特点。而且，通过理化检验等辅助检查，也可以排除其他的死因。这案子看上去确实是万无一失的，毫无问题。

"没有任何损伤。"韩法医又补充了一句，说，"对了，我们还提取了死者手掌电流斑附近的皮肤，一部分作为物证保存了起来，另一部分送去做了组织病理检查，因为组织好固定，他们连夜做的，刚刚给了我消息，皮肤细胞栅栏状改变，确定是电击改变。这案子，可以说所有的检查都全了，没问题。"

"嗯，看上去确实没问题。"我说，"但是这两个案子，都是电击死，未免过于巧合了。大宝不是说过，凡事反常必有妖吗？"

"你是说和二土坡的案子？"韩法医说，"这两者没有什么必然的联系吧？一个是学生，另一个是同学她妈，不算巧合吧？"

"虽然是同学她妈，但事发地却是同学的房间啊。"我小声说了一句。

"你肯定多虑了。"韩法医说，"二土坡的案子，也是板上钉钉的。"

"这我知道，那案子确实是板上钉钉的，但是这案子，我觉得还是要进一步完善一下。"我说。

"行吧，我让派出所再查一查。"韩法医说。

我沉思了一会儿，说："段世骁和张玉兰的基本情况调查了吗？"

"段萌萌的父亲段世骁，40岁，连锁房产中介店长。原本在森原市工作，为了获取更高的收入，他于两年前调动到龙番市来当店长。干中介的，你们知道吧？工作很辛苦，每天面对不同人的挑挑拣拣，也是要受很多气。所以他一上班就像是打了鸡血，下班了，肚子里这股子气，就撒在了家人的身上。在家里，他很强势，有绝对的权威，说一不二。"韩法医翻着笔记本，说，"段萌萌的母亲张玉兰，40岁，社区居委会工作人员。本来在森原市工作，还比较清闲，但到了龙番，加上疫情一来，让本来清闲的社区居委会工作变得无比辛苦。张玉兰回家就说自己的领导喜欢给她穿小鞋，她每天不仅累，而且还受很多窝囊气，回到家里，还得看丈夫的脸色，过得挺不好的。一直以来，夫妻两人，对段萌萌的学习，没有太多的主意，都是参照着身边人的做法。听说别人补课，他们就要补课；听说别人买什么教辅，他们就要买什么教辅。"

"这就是生活吧，谁家都是一地鸡毛。"韩亮靠在门边上感慨道。

"段萌萌这小女孩，还挺叛逆的，脾气也很倔。"韩法医说，"从去了派出所到现在，苦着脸，似乎还在生气，看着不像伤心，一滴眼泪都没掉。"

"总是和母亲吵架，就连母子亲情都吵没了？"大宝说。

"不掉眼泪不代表不伤心。"陈诗羽说，"我觉得她只是想让自己强硬起来，所以无论有多悲伤，都不会表现出来而已。"

"所以在作案时间这一块，段世骁和段萌萌都没有问题吧？"我问。

"是啊，封闭现场，除去家庭成员的嫌疑，才让人放心。"陈诗羽补充道。

"段萌萌打了两个小时篮球，这个找打球的人查实了。"韩法医说，"侦查部门还调阅了段世骁公司系统平台的信息，他在那两个多小时里，一直在系统平台里修改房屋买卖合同，是在线文档，一直在操作，没有空档期。"

"嗯，所以作案时间都是没有的。"我放下心来，说，"那，我们想从段萌萌这里了解一些邱以深，也就是他们原来班主任的情况，你觉得这个时候，合适吗？"

"没什么不合适的。"韩法医说，"我带你们去。"

2

因为昨天晚上段世骁还没有被充分调查完，所以不能回家。而段萌萌则主动和民警提出自己也不想回家，所以派出所民警就安排段萌萌在派出所的"醒酒室"住了一宿。

现在的派出所大多都有这样的设置，那些酒后闹事的人，被带回派出所，会在这种小房间里关到酒醒。有的派出所醒酒室里还配备有"约束毯"，就像睡袋一样，把人卷在毯子里，外面用约束带约束起来，防止他酒后继续闹事或者自伤。

我们人太多，所以我提出由我和陈诗羽进去和段萌萌谈。当到达派出所醒酒室的时候，见到段萌萌正裹着张约束毯在醒酒室里睡觉。法医不太了解这些基层派出所的装备，见毯子外面写着"约束毯"三个大字，还以为她发生了什么事。

"我们所醒酒室在地下室，晚上睡着冷，所以找了这个给她盖。"一名女警也看到她裹着毯子的样子，说，"估计是冷，不然不至于裹成这样。"

听到我们的声音，段萌萌突然醒了，想要翻身下床，但因为毯子的质地比较硬，差点绊了一跤。

"慢点，姑娘，别着急。"我连忙扶住了她。

段萌萌虽然只有 15 岁，但是个子比我矮不了多少，她留着很短的头发，面色苍白，下嘴唇还在微微地颤抖，用警惕的眼神看着我们。

"姑娘，是冷吗？"女警走到房间墙壁上的空调面板处，看了看，说，"20 度，不冷啊。"

段萌萌还是裹着毯子，一副生人勿近的模样。

"这两位是省公安厅的叔叔阿姨，他们想找你了解点情况，你现在，可以吗？"女警问。

"我妈呢？"段萌萌突然抬起头问。这一问，她原本警惕的眼神里，多了一些渴望，似乎渴望我们告诉她，这一切都只是一场噩梦。

陈诗羽走到段萌萌的身边坐下来，拍了拍她的肩膀，说："节哀。"

"不……不可能，她昨天还在和我吵。"段萌萌摇着头喃喃，又猛地抬起头来，眼神里尽是哀求，说，"是不是你们串通好来吓唬我的？别吓唬我了好吗？我爸说什么我都听，还不行吗？"

女警心有不忍，鼓了一会儿劲，说："初步查明，是你房间有根电线坏了，意外触电了。"

"意外触电。"段萌萌低下头，低声重复着。

"事情已经发生了，人死不能复生，你已经不是小孩了，你应该去面对，对不对？"陈诗羽柔声说道。

"都是我害死了我妈，我不去打球，她就没事了，对吗？"段萌萌的眼睛里是一汪悔恨。

之前韩法医说她一滴眼泪都没流，那只是她不愿意相信已经发生的事实罢了。不过，她的问题我们没法直接回答。

"这是一场意外，不是你的责任。"陈诗羽说。

"你们真的不是骗我的？"段萌萌的泪水已经夺眶而出。

"姑娘，人生中就是充满各种意外，也会有很多挫折和坎坷，有时候我们不得不面对最残酷的答案。"陈诗羽说，"我知道，你一直都是个勇敢的女孩子，但这种时候，你不用逼自己勇敢。想哭就哭吧，哭多久都行，我们陪着你。"

段萌萌咬紧了自己的嘴唇，喉头一抽一抽的，终于掐着自己的手指哭出了声。

她像是一只孤独的小兽，默默地呜咽，我们坐在她的身边，耐心陪着她无声地宣泄着自己的悲伤。最后，她深深呼出了一口气，好像咽下了所有的痛苦，抬头迷离地问陈诗羽："然后呢？我该怎么做？"

陈诗羽把手覆盖在她的手上，轻轻地说："妈妈没有了，你还有爸爸。你不是一个人。你还有很长的人生，你们要相互照顾。"

"不，我不需要他照顾，他也不需要我照顾。"段萌萌摇着头，"从小到大，我只听过他的命令，从来没听过商量的口气。我妈没了，我真的不知道怎么和他相处。我不想回家，我可以跟你走吗？"

段萌萌闭着眼睛，紧紧攥住陈诗羽的手。

陈诗羽也有些哽咽了。

"我小时候也怕我爸爸，不喜欢我爸爸。因为一年到头也见不了他几次，就像没有爸爸似的。我和你一样，每次好不容易见到他，他总是很严厉，总是用命令的口吻跟我说话，告诉我应该怎么样，不应该怎么样。原先，我认为在我爸爸的心里，根本就没有我，或者说，他压根就不关心我。等我长大了，我才知道，他不是不爱我，而是不知道如何去表达。你们都失去了重要的人，如果再把对方推开，那缺掉的遗憾就没有机会填补了……"

段萌萌没说话，但显然呼吸平稳了很多，似乎在静静消化着陈诗羽的话。

又过了好一会儿，段萌萌深吸了一口气，重新抬起头来，用手背擦去面颊上的泪水，说："姐姐，你们来找我，还有别的事情想问吗？"

"嗯，凌南的事情你知道吗？"陈诗羽问。

段萌萌的脸上又出现了一丝痛苦的表情，她艰难地点了点头。

"邱以深是你们的班主任，为什么被开除你知道吗？"

段萌萌十指交叉握在一起，盯着前方的地板，没有说话。

"那你告诉我一下，邱以深的为人如何？"

"虽然我语文很差，但邱老师是个好老师。"段萌萌说话了，"他上课很认真，业余时间也给同学们补课，他经常说，想要学习好，就得不停地学习，不断地灌输，不懈地刷题，所以对我们要求也很严格。我经常写不完作业，邱老师也从来没有责怪我、惩罚我，都是好言相劝。他后来被学校开除，我们都挺舍不得的。疫情之后开学，也就是凌南出事的那天上午，邱老师还来了班上，我还追出去和他说挺舍不得他的。他说没事，以后有缘还能做师徒。"

"你知道他为什么被开除吗？"

"听说是给我们补课。"

"那偷偷补课的事情，教育局是怎么知道的呢？"

"我……不能确定。"段萌萌突然有些结巴。

"不能确定？"陈诗羽接着问，"那就是说，你也有猜测？"

段萌萌低着头，慢慢摇了摇头。

"好，我们加个微信，你要是想起来什么，及时告诉我。"陈诗羽看出了段萌萌对这件事的抵触心理，没有继续追问，而是掏出了手机。

从派出所出来，陈诗羽对我说："孩子是个好孩子，但我总觉得她有什么话没和我们说。对了，来之前我调取了邱以深的询问笔录，我们办案这两天，办案单位直接接触了邱以深。"

"怎么说？"

"通过与邱以深的直接接触，可以排除他和二土坡案件有任何关系。"陈诗羽说，"我们侦查员的直觉一向很准的，更何况他确实没有作案时间，也没有作案动机。根据调查，邱以深是农村长大的，学习成绩特别好，被称为'卷王'。名校毕业后被分配在这个中学，一直认为刷题是应试教育最好的办法，这一点和段萌萌说的一样。对于凌南的事情，他向侦查员表达了愧疚。"

"愧疚？"

"是的，侦查员没说，他就猜到是凌南举报他的。"陈诗羽说，"开学后第一天，他确实去了学校，可是去他们班的时候，凌南借故离开了，不在班里，这时候邱以深大概就知道是他举报的了。不过，他说一点也不怪他，他认为是自己逼学生逼得太紧了，所以学生才会产生逆反心理。后来听说凌南出事了，他就一直在反思，'卷王'真的是褒义词吗？刷题、补课真的好吗？如不是自己逼急了孩子，就不会有后来的意外惨剧，所以很愧疚。"

"嗯，这样看，应该就是这样了。"我点点头说，"行了，这我们算是彻底放心了。"

"不，我总觉得，段萌萌还有什么话想说但是没说出来。"陈诗羽说。

"对，我也有这样的感觉，欲言又止的。段萌萌只是在隐瞒凌南举报邱以深的事情吗？我总感觉没这么简单。"我说，"要不，你先和她微信聊着，看能不能开导出来。"

"好的。"陈诗羽话还没说完，就看见林涛从韩亮的车上跳了下来。

"邪门了，云泰市发生了一起强奸杀人案件！"林涛说，"嫌疑人不明确！"

"强奸杀人？"我有些惊讶，感觉很久没有发生这样的案子了。

"是啊！还是野外。"林涛说，"师父问我们还能不能跑得动。"

"我们这么年轻，怎么跑不动？我一口答应下来了。"大宝说，"出勘现场，不长痔疮！"

云泰市公安局的黄局长已经等候在高速路口了。因为现场距离高速路口比较近，所以我们决定在抵达云泰后，先到现场去看一看。

黄局长一脸焦急，我知道是因为多年前的"云泰案"实在是给他造成了严重的心理阴影，一旦发生疑似强奸杀人的案件，他总是会心事重重。

路上，黄局长和我们介绍了案件发案的情况。

事发现场是云泰市一片新开发的区域，因为拆迁工作还没有做完，所以开发商还没有进展。这里几乎是一片废墟，有一些谈好的住户已经搬离，原来的平房已经推倒；仍有几户没有谈好条件的，还在这一片区域里住着。

因为是没有开发的地段，所以周围的配套几乎是零，道路也没有修缮，更不用说什么监控了。黄局长说，犯罪分子一定是熟悉这一片的环境，才选择在这个城市的死角里作案。只是，不太明白一个穿着时髦的年轻女性为什么会一个人到这么偏远的地方来。毕竟，这里方圆5公里没有通公交和地铁，就连出租车都懒得来。

当然，这一切源于尸源还不清楚，否则对受害者的轨迹就会有一定的了解。

发现尸体的人，是仍住在这个区域里的一个老太太。因为她的家里没有抽水马桶，所以每天晚上都是用痰盂方便，早上就会到这片区域的一个没人居住的角落倒痰盂。今天早上，老太太依旧向这个地方走的时候，远远地就看见一双在阳光下闪着光的高跟鞋。

"是谁大清早的躺在这么脏的地方？"老太太很是好奇，于是走过去看看。

一走近，老太太立即发现了不对劲，满是青苔的肮脏土地上，侧卧蜷缩着一个年轻的女性，长发盖住了侧脸，但是可以看得见长发上黏附的殷红血迹。

"杀人啦！"老太太喊了一句，吓得差点一屁股坐在地上，掉到地上的痰盂都不要了，连滚带爬地跑回家里，用手机报了警。

"这个区域，不是个小区，没有围墙，没有监控，什么人都能来，对吧？"我说。

"是的。"黄局长从刚刚停下来的警车上跳了下来，带着我们徒步向一片废墟走去。

远处，警察用警戒带围起了一圈圆形的区域，应该就是案发现场所在了。

这里果真是很肮脏，地面上长满了青苔，滑溜溜的，土壤也很软，踩上去有一种随时可能摔倒的错觉。这块区域上空的空气里，都弥漫着臭气，我忍不住用胳膊揉了揉鼻子。几名勘查员正在警戒带内寻找着什么。

"你们来的路上，尸体已经运走了。"黄局长说，"现在在外围搜索。"

"局长，什么都没有，这里的脚印实在是太复杂了，不太可能找出什么线索。"一名勘查员说。

黄局长点点头，带着我们走进了警戒带，在圆形区域的正中间，有一摊血。血泊很小，只有一个巴掌大，但可以提示出尸体原来就是倒伏在这里的。

"身上有开放性创口啊？"我说。

"是啊，在头部。"黄局长说，"我之前看了一下，估计是硬物打的，创口内有组织间桥，旁边有挫伤带。"

尸体上如果有创口，法医第一要务是分析创口是锐器创还是挫裂创。大多数情况下，比较好判断。挫裂创的形成原理是，身体受到钝性物体的打击，皮肤张力超过了承受度，最后撕裂开来，这样的创口里面有很多没有被拉断的神经、血管等软组织，也就是组织间桥。而钝器凶器的作用面一般大于创口，所以会在创口两侧形成皮肤挫伤，就像是给创口镶了一个红色的边，被称为"镶边样挫伤带"。

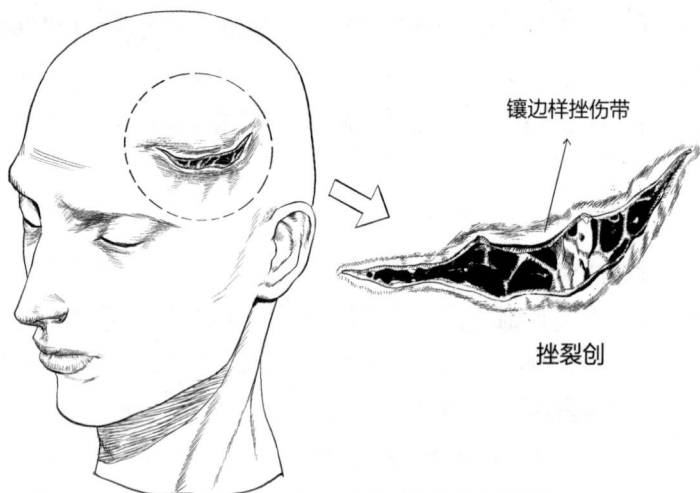

镶边样挫伤带

挫裂创

女尸头部创口示意图

"打头强奸？"我左右看了看，这里还真的是人烟稀少，地势广阔，如果在这里突然发难，受害人即便是有力气呼喊，周围的两三家住户也未必听得见。

黄局长像是知道我在想什么，说："周围的住户都问了，没人听见异响，也没人见到过可疑的人，询问了一圈，什么都没有发现。"

"关键现场几乎提取不到任何物证，主要看你们法医了。"一名痕检员走了过来，说。

"不一定，我一会儿和你们一起再找找现场，说不定有发现。"林涛不死心。

"你们说怀疑是强奸案件，有什么依据吗？"我问。

"女孩穿着连衣裙和'光腿神器'。"痕检员说。

"光腿神器？"我问。

"就是那种比较厚的肉色连裤袜，穿上以后感觉是光着腿的。"韩亮说。

"哦，这个天也快热起来了，所以这个装扮也很正常。"黄局长补充道。

"但是女孩的光腿神器被褪下来了，和内裤卷在一起往下褪的，褪到了臀线以下的位置。"痕检员接着说道。

"以前的'云泰案'就是这样，把受害者压迫至俯卧位置，裤子和内裤不用完全褪下，就可以实施强奸行为。"黄局长说，"所以看到这个场景，我就想到了过去的'云泰案'，有点慌。"

"不用慌，水良都死了好多年了。"我笑了笑，说，"可是我记得你不是说，报案人发现尸体的时候，尸体处于侧卧蜷缩的体位吗？"

"这个我们还没有仔细分析，有可能是强奸后杀人，体位也就会有一些变化。"黄局长说道。

"可是，这里的土质这么软，如果发生剧烈的搏斗，或者强奸行为，会在土壤上留下土坑啊。"我说，"你们发现了吗？"

"没有。"黄局长说，"虽然土壤很软，但是这里的杂物很多。"

我顺着黄局长的手指看去，确实，这一片区域里，有很多门板、塑料布、蛇皮袋等杂物，还有几块地方都是密集的小石子。如果在这些物件或者石子面上实施强奸，确实有可能不留下任何痕迹。

"这附近，最近的监控有多远啊？"程子砚小声问黄局长。

"正在找，几公里之内肯定是没有的。"黄局长说，"而且这个地方比较特殊，开发商之所以看上这块地，是因为地理位置四通八达，只要以后路都修通了，去哪条大路都比较方便。所以，附近通向这里有很多种办法，有的路上有监控，有的却没有，想正好从监控里找到受害者或者凶手，那可是大海捞针了。"

"唉，这种毫无监控支持的案子，确实很少了。"程子砚轻声叹了口气，感慨道。

"别急，别担心你无用武之地。"我笑了笑，安慰道，"等尸源查清，就可以顺着她的行动轨迹来研判了。我觉得，这案子应该不难。"

"你有这样的信心当然是好事。"黄局长说，"那我们现在去殡仪馆？"

我点了点头，留下了林涛、陈诗羽和程子砚，让他们一边勘查现场，一边联络侦查部门，随时给我们通报调查进展，然后带着大宝一起，坐着韩亮的车，和黄局长一起，向云泰市殡仪馆赶去。

3

殡仪馆内，新风空调和排风系统正在隆隆作响，圆盘状的无影灯照射在解剖台上面那具年轻的尸体身上，把尸体的皮肤照射得惨白。

尸检前的拍照和录像工作正在进行，高法医他们还没有开始检验尸体。我心想我们来的时间正好。

"尸体呈蜷曲状，尸僵在大关节形成，我们费了挺大力气才把她掰直。"高法医指了指尸体说。

怪不得尸体呈现出一种奇怪的姿势，躺在解剖台上。

我先戴上了手套，试了试还没有被破坏的肘关节尸僵，又抬眼看了看解剖室墙壁上的挂钟，说："现在是上午 11 点，如果按照全身尸僵 15 小时达到最硬来算，应该是昨晚 8 点钟左右的事情了。"

"8 点多，嗯，天黑了。"黄局长说道。

"拍完照了吧？先除去衣服吧。"我一边说着，一边转身到隔壁更衣室穿解剖服。

我和大宝穿戴整齐后，重新回到了解剖室，发现高法医他们正在赤裸的女尸旁边，研究刚刚褪下来的衣物。

"发现什么了？"我问，"是觉得尸体上太干净了吗？"

我刚才走进解剖室，就有这样的感觉，尸体的衣服上确实沾了不少灰尘，但是很明显，这些灰尘并不是从现场那种泥巴土壤上黏附上去的，即便现场有一些用小石子铺垫的地面，但也不应该有这些灰尘。只有尸体的右侧面黏附了一些青苔和泥巴，这和她右侧卧位蜷缩在现场的情况是一致的。

很明显，如果死者曾在现场躺着挣扎搏斗，身上不可能这么干净，如果死者被强奸的土地下方有塑料布、蛇皮袋衬垫，则不会有这么多灰尘，除非是塑料布、蛇皮袋上沾有很多灰尘，可是我们在现场并没有看到干燥、可以沾灰尘的塑料布和蛇皮袋。

这是疑点。

"不是。"高法医说，"我们在看这个衣服的牌子，估计可以从这里作为突破口寻找尸源。"

因为对现场勘查、尸体检验后，我们没有发现任何被害人的随身物品，就连手表、首饰这样的物品都没有，因此无法立即寻找到尸源。法医们也知道这一点，所以在通查尸体未发现身体特征如痣、胎记、文身等之后，决定从衣服下手了。

"没有随身物品，说明凶手也有可能是冲着抢劫去的。"大宝说。

我点了点头，说："我来看看是什么牌子。"

"还是我来看吧。"韩亮哈哈一笑，说，"你又不陪铃铛姐姐逛街，你能知道个啥？"

"难不成你知道？"我不屑地说。

韩亮低头看了看，说："这个品牌不便宜哦，好像很多白领都喜欢这个品牌，在龙番，这个品牌只有那么几家大型商场有，云泰我就不知道了。"

"你还真知道？不愧是活百科！"我惊讶道。

韩亮微微一笑。

我看了看尸体，皮肤保养得非常好，脸上也有精致的妆容，加上这一件衣服，是一名公司白领的可能性还是挺大的。

"把这信息通报陈诗羽，让她带侦查部门的人去查。"我说，"找最近失踪的白领，发现线索立即加急进行 DNA 检验。破案的最大突破口，就是尸源了。"

说完，我开始对尸体进行尸表检验。

尸体的皮肤很好，几乎没有任何瑕疵，也没有影响法医判断的生理性或病理性缺陷，所以尸表检验的速度很快，结果是：死者的双手腕有轻微皮下淤血，口唇有轻微损伤，掌根部还有一些轻微擦伤，除此之外，就只有头顶部的一处挫裂创口了。其余身体各部位，都没有任何损伤。

包括会阴部。

因为怀疑是强奸案件，所以我们在对尸体表面其他部位进行全面检查之后，着重对会阴部进行了检查。

死者的处女膜陈旧性破裂，阴道擦拭物精斑预试验阴性，也没有见到任何可疑分泌物和损伤。

"戴套强奸？"大宝问，"毕竟死者遭受了约束手腕和捂嘴的过程。"

尸体手腕的轻微皮下出血和口唇黏膜轻微损伤，确实可以提示死者经受过这样的过程。

"不，以我的经验看，因为避孕套表面有大量的润滑液体，所以即便是戴套发生性行为，我们依旧是可以有所判断的，但是这个真没有，不信你可以提取阴道擦拭物送到理化部门去确认。"我说。

"那，就是猥亵了？"大宝继续猜测，"用手指什么的。"

"这个也没法判断，但至少有一点，死者会阴部是一点点损伤都没有的。不仅仅是生前损伤没有，就连死后的黏膜损伤也完全看不到。"我说，"说是猥亵，没有依据支撑啊。"

"我刚才就在想，说不定凶手是为了抢首饰，把人打倒后，顺便猥亵了一下，动作轻，没留下伤。"大宝还在猜测。

我不停地摇着头，否认着。

"死者也不是生理期，难道是犯罪中止？"大宝说，"比如正准备强奸，结果来人了，于是他就跑了。"

"不会。"我斩钉截铁地说道。

"为什么不会？"韩亮也很好奇。

"因为现场是个移尸现场。"我说，"所以，不可能是路遇抢劫，因为路遇抢劫，完全没有必要移尸。抢了东西跑了不就行了？何必多此一举？"

"你怎么知道？"大宝瞪大了眼睛，显然粗心的大宝没有考虑到这一层问题。

我把尸体上沾了灰尘却没有黏附青苔泥土的原因和大宝再重复了一遍，然后说道："如果死者生前是自己走来的，必然要经过那一大片青苔泥地，不仅会在鞋子上黏附青苔，泥地里也会留下她的高跟鞋足迹。而那种地方，一般不会有人穿着高跟鞋过去，所以我在现场的时候就安排林涛重点寻找高跟鞋的足迹，然后和死者的足迹进行比对。刚才，我已经把鞋子拍照发给林涛了。"

"如果是移尸现场，现在也很麻烦。"黄局长说，"不管是车辆还是徒步，都可以轻松躲过市区的监控。不过，既然移尸，有很大可能是熟人，这倒是给我们打了一针强心剂，比路遇抢劫案要容易破。"

"我说现场怎么找不到任何蛛丝马迹呢，原来不是第一现场，当然没有了。"高法医说。

"是不是熟人，还不能定论，因为移尸的动机有很多种，熟人只是比较多见的一种罢了。不管是不是熟人，总之我们找到尸源是第一要务，而顺着尸体的轨迹找第一现场是第二要务，因为在第一现场可以发现更多的犯罪证据。"我说，"咱们也不要太悲观，假如第一现场是有监控录像的，那岂不是省事儿了？"

"说得也是。"黄局长欣慰地笑了。

此时韩亮的手机响了起来。他看了一眼屏幕，说了句"林涛"，然后免提状态接听了电话。

"老秦在解剖吧？"林涛说，"我可以肯定，现场绝对没有高跟鞋的鞋印。"

"知道了，果真是个移尸现场。"我说。

"那我们怎么办？"林涛问。

"休息吧，在抛尸现场搜查，是徒劳。"我说。

"不，也许凶手就是在附近杀人的，图方便扔这里了，我组织力量进行外围搜查，不能浪费黄金时间。"林涛执拗地说道。

"也行，随便你吧。"我说完，韩亮挂断了电话。

在解剖室工作了一个小时，我们甚至都还没有动刀，是因为大家可能比较清楚，死者的死因应该就是头顶的这一下钝器伤。头部的挫裂口不大，但是透过满是组织间桥的挫裂口，我们能看到下面的颅骨是有明显的放射状骨折的，这样的损伤，结合尸体身上其他位置没伤、没有窒息征象，基本可以断定就是致命伤了。

"即便尸体上可能发现不了什么，我们还是要抓紧把尸体解剖工作做完，毕竟领导们还在等我们的基本判断呢。"我说完，指了指尸体的胸腹部，示意大宝和高法医对胸腹部进行解剖，而我同时对尸体重点部位——头部进行解剖，这样可以提高工作效率。

"死者头部的损伤位于头顶部，可能是用钝器从上至下挥舞打击所致。"我一边剃除尸体的头发，充分暴露创口，一边说道。

"很正常，重物砸头，一般都在头顶部。"大宝说。

"嗯，下面颅骨粉碎性骨折，打击的这一下子，力气很大，说明凶手是个身强体壮的家伙。"我说。

"那肯定的，这姑娘再瘦，也有小一百斤，能移尸，肯定是青壮年男性。"大宝说。

我用开颅锯锯开了颅骨，把整个颅盖取了下来，果然，在挫裂口对应位置的硬脑膜下，有一大块血肿。我小心翼翼地清除了血肿，发现对应位置的脑组织挫伤也很严重。很显然，死者就是被打击后，导致重度颅脑损伤而死亡的。

"死因是可以确认的。"我说，"脑组织损伤很重。"

说完，我小心翼翼地把脑组织从颅内取了出来。脑组织取出来后，我总感觉枕骨大孔里面似乎有些不正常，可是又说不出所以然，而且位置太深，所以不好观察。我用手指伸进枕骨大孔内探了探，也没有摸出什么异常。

"哎呀。"大宝突然喊了一声，吓了我一跳，我连忙走过去看。

大宝指着死者肝脏的一个裂口说："肝脏破裂。"

"肝脏怎么会破裂？"我讶异道，连忙仔细观察那一处很明显的肝脏裂口。

肝脏位于右侧季肋部，被肋骨完美地保护着，如果普通的外力打击到肝脏的位置，只要被打击人没有肝脏肿大、硬化等疾病，还是很难造成肝脏破裂的。而且死者的肝脏破裂口在肝右叶上部靠近韧带的位置，这个位置更加靠上方，不容易受伤。

"肋骨没有骨折，上腹部皮下组织无出血，肝脏破裂怎么来的？"我问。

"是不是大宝的刀误划的？这也正常。"高法医说。

法医在打开胸腔的时候，需要沿着肋软骨切开肋骨，这个时候，确实很容易刀尖过深误划到肝脏。

"没有，我什么时候划破过肝脏？"大宝涨红了脸否认。

"不会是误伤的。"我说，"你看这个破裂口，和头上的创口一样，都是撕裂形成的，而不像是手术刀划伤那般锐利。"

"这倒也是。"高法医说，"可是，腹腔内没有什么积血啊，死后伤才不会出血，生前伤，肯定会有很多出血的。"

"难道是，人死了，凶手又在这个位置踹了几脚？"大宝问。

"不太可能。"我说，"死者的裙子是白色的，薄薄一层，哪怕是死后遭受暴力，暴力程度能够导致肝脏破裂，也一定会在裙子上留下足迹、在皮肤上留下死后损伤。但是你们刚才都仔细看了，并没有。"

大家都沉默了。

我接着说："别忘了，肝脏附近是有韧带的，如果身体发生剧烈震动，因为肝脏的惯性震动，被韧带拉扯，也有可能导致肝脏的撕裂伤。"

"那是什么情况才能造成这样呢？"高法医一脸疑惑。

我摇了摇头，说："老实说，我以前从来没有看到过这样的情况，所以我也不清楚，我得好好想想。既然肝脏破裂处几乎没有出血，怀疑是死后伤，那么这一处并不是破案的重点，不会构成死因，死因还是重度颅脑损伤。"

"内裤褪下来，没强奸，颅脑损伤致死，肝脏却有个莫名其妙的破口。"大宝说，"这案子还真是匪夷所思啊。"

"没关系，我们回头好好想想。"我说，"知道死因、死亡时间和致伤工具就行了，先和专案组汇报一下，毕竟这个案子的重点是尸源的查找，找到尸源，也许一切都迎刃而解了。"

"那我们是不是要锯下耻骨联合来看看年龄啊？"大宝说，"尸僵强直，嘴巴都撬不开，也看不见牙。"

"来吧，锯下来看看吧。"说完，我把电动开颅锯递给了大宝。锯取尸体的耻骨联合，我们一般也是用这个电动锯。

"等等。"韩亮叫了一声，说，"小羽毛来电话了。"

同样，他把电话调整成了免提。

"我们刚才去了云泰商城，找到了这个品牌，这个品牌在云泰只此一家。销售记得这件衣服是卖给他们店的一个常客。"陈诗羽急匆匆地说，"我们从店里拿到了电话，联系这个顾客，可是接电话的是一个男的，这个男的说，是手机机主的同事，见电话在她写字台上响个不停，就接了。"

"什么意思？"我听得莫名其妙，说，"那机主呢？"

"问题就在这里，这个男的帮我们问了一圈机主的同事，确定这个机主今天上午没有被任何人看见，可能没有来上班，但是包和手机在单位，很是奇怪。"陈诗羽说，"我觉得机主很有可能就是死者，我和子砚正在往这个公司赶。"

挂断了电话，韩亮说："我也预感尸源要找到了，要不耻骨联合就别锯了吧。这姑娘看起来生前很爱美，给她留个全尸吧。"

我也赞同韩亮的意见，于是脱下了解剖服，和大家一起向市局的专案指挥部赶去。经过了两个多小时的工作，各路人马应该都已经有所收获了。这案子我们法医发挥的作用可能不大，所以我们需要根据各路人马调查回来的情况，再决定如何提取相关物证。

尸源得到了突破，调查工作也就立马跟上了。

当我们抵达专案组的时候，侦查部门的调查消息也就接踵而至了。

虽然 DNA 检验验证的结果还没有出来，但是通过对尸体照片的辨认，已经基本对尸源进行了确认。这名死者，正是文安集团销售部的一名年轻白领。

死者梅梓，今年 24 岁，单身，大学毕业后，入职文安集团销售部，现在已经工作了将近两年。梅梓工作非常认真，每季度的工作绩效在公司里都是名列前茅。她为人也非常忠厚，虽然话不多，但是对人彬彬有礼，在公司里人际关系很好。

梅梓的父母都是云泰农村的，不在云泰市区居住，于是梅梓一个人在公司附近租住了一间大约 40 平方米的公寓。因为销售工作需要一个很好的形象，且自己收入也不低，所以梅梓在穿戴上也很舍得花钱。不过，她每个月省下来的工资还寄回一半给父母家用。此时，林涛接报，已经赶赴她租住的公寓进行勘查了。

另一路对梅梓昨天轨迹进行调查的侦查员回报：梅梓昨天上午 10 点钟准时到公司上班，后来一直在公司里忙忙碌碌，公司员工都可以证明。直到下午 6 点半下班，公司员工纷纷下班，但是梅梓因为要做一个销售策划案，决定留在公司加班。经过对所有公司员工的调查，确定最后一个离开公司的，是人事部的一个女孩。女孩清楚记得，她离开公司的时候，大约晚上 7 点，梅梓依旧在工位上加班，此时公司已经没其他人了，梅梓和她说，公司的灯自己会在离开的时候关闭，让她放心。今天一早 10 点，公司员工来上班的时候，就没有看到梅梓了。大家觉得她昨晚加班，可能是调休了，所以也没在意，直到她工位上的手机响个不停，有员工才发现她随身的包和手机都在工位上，于是员工接听了电话，才知道出事了。

"会不会就是在公司出的事啊？"大宝说，"你想，哪有回家连手机和包都不带的？"

"不排除这种可能性。"黄局长说，"如果真是这样就好了，因为她公司所在的大楼，只有一个进出口，进出口的监控录像是无死角的，很完善。"

"不要高兴太早吧。"我忧心忡忡地说，"在一个监控完善的地方强奸杀人，完事后还费尽心思把尸体运走到野外，这实在是多此一举了。"

4

等待的过程很漫长，但是我没有浪费时间，抱着个笔记本电脑，在看尸检的照片。尤其是死者头部的创口、肝脏的破裂口最吸引我的注意力。

天色将黑的时候，陈诗羽和程子砚一起回来了。

"怎么样？"黄局长笑眯眯地问道，看起来他似乎胸有成竹了。

陈诗羽倒是一脸茫然地说："第一次遇见这么奇怪的事情……"

黄局长的表情陡然严肃起来，说："怎么了？"

"是这样的。"程子砚一边打开电脑，一边说道，"死者所在的公司，在文安集团自己建筑的文安大厦里面。大厦有17层，其中一楼是文安集团的前台大厅所在，是个挑高6米的大厅，除了前台和保安，没有别人上班。二楼就是销售部了，也就是梅梓的办公室所在。我们可以看到梅梓从上午9：50进入大厦之后，除了下午1点到门口拿了个外卖之外，一直没有离开大厦。而且我们已经确定了，大厦只有大门这一个进出口，一楼连窗户都没有，想出去必须从进出口的监控下面经过。问题来了，她是怎么出大厦的呢？"

"她们二楼销售部，没有监控？"

"办公室里都是没有监控的，楼道里有，我们还没来得及看。"程子砚说，"现在关键是她是怎么离开大厦的？"

"会不会是被人用行李箱、垃圾车之类的容器带出去的？"大宝问道，"我们以前也遇见过行李箱移尸的案件。"

"这个问题我们也考虑了，所以我们想从监控中找到所有经过大门并且携带大型包裹、纸箱、行李箱的人。"陈诗羽说，"你猜怎么着？一个都没有！这是写字楼，不是宾馆，哪有人拖着大包裹、行李箱进出？都是带着随身小包或者公文包的。"

"那就奇怪了，难不成还是飞出去的？"林涛此时也从大门走了进来，说，"梅梓家里勘查完了，什么线索都没有。她确实是一个人独居，没有任何可能是同居人的物品。"

我拍了一下桌子，说："对，有可能就是飞出去的。"

"你又没个正经了。"大宝用手肘戳了我一下。

"我是正经地在说。"我严肃道，"你们没有考虑过，死者是从二楼某个窗户跳出去的吗？"

"二楼确实有窗户，但是，挑高 6 米啊！你跳跳看。"陈诗羽说。

"所以我现在要更改一下之前的死因结论。"我说，"死者不是死于钝器打头，而是死于高坠。"

"高坠？"所有人都惊叫一声。

"是的，我一开始就怀疑是高坠伤。我们再温习一下高坠伤的特点，外轻内重、一侧为甚、损伤一次可以形成、内脏破裂处出血少。"我说，"再看看梅梓的损伤，只有一处头皮的挫裂伤，但是伤口下方损伤严重，导致颅骨粉碎性骨折。肝脏虽然破裂，但是表皮没有任何损伤，符合强烈的振动，肝脏因为惯性运动，使得肝脏的韧带拉扯肝脏而形成裂口，裂口处出血很少。你们说，这不是高坠伤是什么？之所以大家都没有往高坠这一点想，是因为受到了现场的误导。现场一片广阔，没有高处，所以我们潜意识里就认为这不可能是高坠伤。但大家都忘记了一点，从最开始，我们就确定了案发现场不是第一现场，而是移尸现场。既然是移尸现场，死者为什么不能是高坠死亡？"

"匪夷所思。"程子砚呆呆地听着。

"高坠和摔跌一样，形成损伤那一刻都是减速运动。"大宝说，"有对冲伤吗？"

"如果摔在额部和枕部，一定会形成对冲伤。"我说，"但是死者是倒立位，顶部着地，受力点的对侧是小脑天幕，怎么形成对冲伤？"

"说得也是。"大宝说，"可是，死者的双手腕是有约束痕迹的，口唇也有捂压痕迹，这怎么解释？"

"和死者为什么内裤被褪下一样，我也不知道是怎么回事。"我说，"但是我刚刚想起来一个方法，可以进一步验证死者的死因。如果死者的死因真的是高坠，我想我们可以从对她工作地点的窗户进行勘查，来进一步发现线索。"

"什么办法？"黄局长好奇道。

"去医院，虚拟解剖。"我说。

"啊，要虚拟解剖？"黄局长面露难色。

所谓"虚拟解剖"，就是对尸体进行 CT 全身扫描，可以在计算机里重建出尸体内部的影像。可是因为公安机关一般都不具备 CT 检验室，没有设备就做不了，那么就只有借助医院的 CT 了。可是，每天都是给络绎不绝的活人进行 CT 检查的机器，怎么能给死人进行检查呢？如果哪家医院用 CT 给死人检查，估计一传出去，这医院就门可罗雀了。所以医院对于公安机关这样的要求，通常是拒绝的。这时候，就要看公安机关领导人的交际能力了，看他能不能说服医院领导，偷偷地给这么一次机会。

实际上，在对尸体进行 CT 检查的时候，我们都会用多层防护包裹好尸体，绝对不可能污染 CT 机，但是毕竟中国人忌讳死亡这么多年，对于这种事情还是相当抵触的。

好在这个时间点，医院已经下班，除了急诊 CT，其他 CT 室都不工作了，这给我们提供了很好的机会。

黄局长大概花了一个小时软磨硬泡，总算说服了云泰市一院的院长，这个院长是黄局长的同学。

林涛和程子砚被我差去文安大厦分别进行现场搜寻和视频进一步侦查了。而我和大宝趁着夜色，用警车把包裹得严严实实的尸体运到了一院门诊，又在多名便衣的掩护下，偷偷摸摸地把尸体用平车推进了 CT 室。

随着 CT 机的启动，很快电脑屏幕上出现了死者的头颈部影像。

"颈椎压缩性骨折？这倒还是挺少见的。"帮助我们操作 CT 机的医生说道，"一般我们常见到的是因为年纪大骨质疏松，一屁股坐在地上导致胸椎或者腰椎压缩性骨折的，这颈椎的压缩性骨折，应该是怎么受力的？"

"倒立高坠，头朝下。"我说。

"哦，那就可以解释了。"医生恍然大悟。

我回头看了看和我一起来的大宝，大宝一脸钦佩地看着我说："又给你蒙对了。"

"行吧，既然确定了是高坠死亡，那么接下来就看林涛和程子砚的了。"我说，"走，我们也去文安大厦，看看他们发现了什么没有。"

夜色下的文安大厦，在高耸的建筑群中，并不出众。但是文安大厦的周围，则是灯火通明。四辆现场勘查车的顶灯，把文安大厦的四个面照得雪白。

我下了车，绕着文安大厦走了一圈，在走到文安大厦的背面的时候，发现一圈人围在那里。

我快步走了过去，发现人群中林涛正趴在地上。

"血！是血！提取回去做 DNA。"林涛的声音在人群中冒了出来，紧接着就是一片喧哗的议论声。

"找到坠楼点了？"我微笑着说道。

"嗨，你还真神了，你们法医确定了死因，大大缩小了我们的勘查范围。"林涛拍了拍我的马屁，又站起身指了指上方，说，"你看，那扇窗子，就是大厦二楼销售部女厕所的窗户！她是从女厕所里被扔下来的。"

"我的天，去写字楼的厕所里，公然猥亵杀人！"大宝说，"这简直匪夷所思啊。"

"先别急着下结论，我们等等子砚她们的视频侦查。"我打断了大宝，说。

"我问了，大厦里面是一个'回'字形结构，四个角都有监控，但是坏了俩。"林涛说，"我一开始还很担心，但是既然出事地点是女厕所，那就好了，因为女厕所门口走廊的监控是好的。"

"我总觉得，这么胆大包天，有点不可思议。"大宝继续猜测，"你说，会不会是偷窥啊？"

"不管那么多，既然在女厕所作案，我们就去女厕所看看吧。"林涛一挥手，引着我和大宝走到了二楼的拐角处。

"里面有人吗？警察办案！"林涛朝里面喊了一嗓子，低声说，"长这么大，第一次进女厕所。"

"是什么光荣的事儿吗？"大宝奚落道，也喊了几句。

确定里面没人之后，我们走了进去。

林涛很有经验，率先走到了窗台边，用多波段光源观察着窗框，不一会儿，就说："双手四联指指纹，非常新鲜。"

他兴奋地摘掉滤光眼镜，比画着，说："你看，这样的姿势，是趴在窗台上往下看的姿势，你说谁闲着无聊在厕所里看风景？"

"这个窗户也太矮了。"我的关注点和林涛不一样，我走过去比画了一下，窗台只到我的腰间。

"是啊，这栋楼的窗台都很矮，很危险。"陈诗羽不知道什么时候走了进来，说，"我上去看了一下，为了防止意外，五楼以上的窗户都是限制开合度的，只能打开10厘米。而二楼就没有限制，其实这个高度摔下去也会死人。"

"关键是没人会到窗户边上啊，除非自杀。"大宝指了指厕位，说，"厕位那么远，谁闲的？"

"关键就是这里。"我说，"受害者身上是有约束和控制损伤的，如果是在窗户边上搏斗，而且窗户又开着，她很容易掉下去。"

"这个我刚才问过了，窗户一直是开着的，为了散味道。"陈诗羽说。

"有了指纹，又有监控，这案子还怕破不了吗？"我笑着说道，"走，去大厅等结果。"

其实在我们说话的时候，程子砚就已经发现了端倪。

从程子砚发现并提取出来的录像可以看出：事发当天晚上，梅梓在晚上7：40左右，经过了楼道拐角的摄像头，走进了女厕所。大约9分钟之后，也就是7：49，一名身材瘦弱的男子径直经过摄像头，也一路小跑进了女厕所。大约10秒钟之后，男子冲出了女厕所，但是仅仅是走出了女厕所的门不到两米，就又折返了回去。再过了40秒钟，男子又是一路小跑重新跑出了女厕所。

从这一段之后，就再也没有看到梅梓走出女厕所的影像了。

"有监控，还真是清清楚楚啊。"大宝说，"这人显然就是犯罪分子，是可以根据监控追踪到他的吧？"

"可以的。"程子砚说，"我们重新核对了大厦大门的几个监控。从正对正厅的监控可以看到，这名男子是7：48从大厦正门进入，沿着一侧的楼梯上楼的。7：51，这名男子跑出了大厦正门。于是我们又调取了大厦大门口对外的监控，可以看到这名男子是骑着电动车到大厦门口停下的，拿下头盔后，小跑进了大厦。但是离开的时候，是向大厦后面步行过去的。"

"大厦后面没有监控，但是从行为轨迹，可以确定他的作案嫌疑。"我沉吟着说。

"是的。"程子砚说，"他在大厦后面待了大约5分钟，然后又步行到前面骑走了自己的电动车。"

"有清晰的面部影像吗？"林涛说。

"没有。"程子砚说，"不过，案子很好破。这个男人之所以骑着个电动车，是因为他是个外卖员。电动车上有明确的外卖平台的logo，所以也很容易排查了。"

"那就好，那就好。"林涛嘿嘿一笑，说，"排查到人，就把指纹拓过来，证据确凿。我估计啊，明天早上我们就能回龙番了。"

"我觉得事情没有那么简单。"我说，"如果是偷窥、猥亵案件，这个嫌疑人会这样大摇大摆径直进入女厕？而且怎么会在那么短的时间后就又出来了？"

"你是说，预谋杀人？"大宝问道。

"如果是预谋杀害梅梓，那也应该先去她办公室找她才对啊！嫌疑人怎么知道她在厕所里？"我说，"从嫌疑人的行动时间和方向来看，他就是直接去的女厕。"

"这……"大宝的思维卡住了。

"没关系。"我说,"我们就在这里等,我相信嫌疑人到案之后会很快就交代的。"

"那是,指纹证据,不由得他不交代。"林涛信心满满地说道。

"不是这个原因。"我神秘一笑,走出了文安大厦。

在专案组会议室等了大约两个小时,正当我们开始哈欠连天的时候,前方传来消息,嫌疑人已经锁定。

当警方找到他的时候,他就一边说"我认罪",一边说"我冤枉"。

讯问工作还没有开始,但是在抓获后立即捺印的指纹,已经被带回了专案组会议室。林涛从勘查包里拿出个马蹄镜,趴在会议桌上仔细看了10分钟,说:"就是他,没跑了。"

"那就奇怪了,他到底是认罪呢,还是觉得冤枉?"大宝说,"这人不会有精神分裂症吧?"

"别急,讯问结果很快不就来了吗?"我哈哈一笑,说道。

又等了一个小时,侦查员满头是汗地跑进了专案组会议室,陈述了这个名叫熊平的犯罪嫌疑人的供述。

熊平今年20岁,是个在校大学生,老家是云泰市农村的,距离抛尸地点很近。他经常利用业余时间勤工俭学,送送外卖来赚取生活费。根据侦查员对熊平的老师、同学的调查,只知道他性格内向,没有谈女朋友,平常在学校不引人注意,像是个透明人,但是绝对没有过前科劣迹。

据熊平自己的供述,事发当天,他和往常一样去利用下课时间送外卖。一直到晚上快8点的时候,他突然感到尿急,正好经过了文安大厦,他以前给这里二楼的销售部送过外卖,知道这里有厕所,而且门岗也不太管外来人员。所以他就停好车,直接上了二楼。殊不知,在"回"字形的大楼结构里,男女厕所在两个不同的方向。而熊平则凭借着印象,直接进了大楼北侧的厕所,其实这里是女厕所。

据熊平的解释,厕所门口并没有醒目的标识,他进去的时候还在奇怪,为什么这里的厕所不是男女两间呢。

进入厕所后,熊平直接拉开了一个厕位的门,结果当时一个年轻女性正蹲在里面。四目相对,熊平感到十分尴尬,连忙向厕所外面跑去。可是这位女性却以为遇见了色狼,于是在厕所里大声喊叫起来。熊平害怕被别人发现,万一告到了学校,自己的学籍不保，自己从农村走出来的愿望也就泡汤了。于是熊平又重新返回了女厕，而此时的梅梓已经从厕位跑了出来，连裤子还没有提上来。眼见熊平去而复返，她觉得这人肯定要欺负她了，于是一边大声喊叫，一边向内侧的窗户跑过去。为了不让她喊叫，熊平冲上去抓住她的双手，另一只手捂住了她的口唇。

这些约束行为都是在窗边进行的，窗台很低，窗户大开，加之梅梓是本能向后躲避，而熊平是下意识向前约束她，于是在这个过程中，一不小心，梅梓在窗边被掀翻出去，坠落了下去。

突发的事件让熊平方寸大乱，他连忙跑出大厦，想看看梅梓伤势如何。可未承想，他跑到大厦后面的时候，梅梓早已气息全无。

于是熊平观察了大厦监控，发现坠落点附近并没有监控，他连忙去大门口把电动车骑了过来，再用附近的蛇皮袋把尸体裹了起来，拆下外卖箱，把尸体像货物一样驮在电动车后座上，趁着夜色向郊区驶去。

他知道自己老家附近有一处荒地，一般没有人去，所以把尸体就抛在了那里。他认为，警察发现尸体后，只会对现场进行勘查，而绝对不会想到人是在别处高坠的。

侦查员讯问了几遍，熊平都是这样供述。侦查员觉得他可能有避重就轻的想法，于是来专案组求助。

"他没有说谎，根据监控显示，他的行为轨迹，和整个过程是相符的。"我淡淡地说道，"如果是偷窥、猥亵，不可能没有徘徊、踩点的过程。他确实是无意识进入女厕所，从而引发一系列惨剧的。"

"真是一步错、步步错啊。"侦查员也觉得我说的有道理，说，"如果第一时间解释清楚多好！"

"在那种紧急的情况下，熊平和梅梓都失去了正常思考的能力，就不可能正常交流了，这就让误会越来越深，最后一发不可收拾，铸成大错。"韩亮说。

"是啊，这也是一个课题。昨天小羽毛和段萌萌说，人生中会有很多挫折和坎坷。"我说，"确实，我们一辈子，会面临很多危急时刻，而在这种时刻的处置正确与否，很有可能决定了人生道路会不会发生改变。"

"嗯，对，确实是一个课题。"林涛说，"教育学家应该去研究研究如何培养青少年应对危机的能力，这真的有可能会挽救很多人。比如熊平，就是这样。"

"说到这儿，我觉得自己迫不及待地想去见段萌萌了。"陈诗羽低声说道。

"段萌萌？"大宝疑惑道，"这都哪儿跟哪儿啊？"

"我感觉，她就是心中有话，没有和我们说出来。"陈诗羽说，"受到这一起案件的启发，我一定得想办法，让她把心中的话说出来！"

法医秦明

VOICE OF THE DEAD

第六案

死后叹气

我既是旁观者清，亦是当局者迷。

——

《了不起的盖茨比》

1

我们的车还没回到龙番，就接到了师父的电话。

这一天，公安部盲测的试卷下来了。师父说，要搞案子，先把盲测做完才行，所以我们不得已，悻悻地回到了办公室。

所谓"盲测"，就是公安部每年对各省公安厅的刑事技术部门进行的考核。说具体点，就是公安部刑事技术管理部门，每年都会由各个专业的专家出几套题，寄给各个省的刑事技术部门，限期若干天对案件进行分析和判断，并且填写答题卡寄回公安部。这个工作是每个省刑事技术部门通过鉴定机构资质认定的必经考核，很重要。

对于法医来说，每年的盲测都要做两份题，一份是死因鉴定，就是公安部用某地的一个实际案例的案件资料，要求各地对死亡原因、死亡时间、致伤工具、致伤方式等问题进行分析推断。另一份是伤情鉴定，就是公安部会用一个疑难伤情鉴定的病历资料，要求各地完成具体的鉴定书。

听起来挺简单的，但部里出题还是很刁钻的，所以我们也是花了整整一天的时间，才把盲测的答案都基本拟定，还需要花三四天的时间来制作分析意见和鉴定书。

答案拟定后，大家的心也就放进了肚子里，陈诗羽再次提出，要面见段萌萌，搞清楚她欲言又止的事情，究竟是什么。

是啊，刑警就要有这种钻牛角尖的精神。于是，我同意了陈诗羽的所请，并刻意地安排林涛和她搭档，一方面是两人调查符合程序，另一方面，毕竟天黑了，林涛好歹能承担一个"护花使者"的角色，即便这朵"花"不太需要保护。

在张玉兰出事后，经过一番调查，段世骁的嫌疑彻底被排除。他积极地办理了张玉兰的后事，昨天上午在殡仪馆已经将尸体火化了。尸体火化后，段世骁带着段萌萌重新回到了家里居住。

死后叹气

回到家里后，父女俩就像往常一样，谁也没有先说话，只是默默地在一起吃饭，然后各干各的事情。段世骁几次欲言又止，把到了嘴边的话又咽了回去。

晚饭后，两人还是默默地各自回了自己的房间。女儿大了，当然不能和父亲同住一屋。虽然段萌萌心里肯定是有点害怕，但她最终还是回到了自己的小房间里居住。也许她认为，毕竟在这里死去的不是别人，而是爱自己的母亲。

然而，这一晚，似乎有点不太平静。

段萌萌在次卧里写作业写到晚上 9 点钟左右的时候，有点迷糊，想睡觉，但是作业没有写完，只能趴在写字台上打个盹儿。不知不觉，她真的睡着了，还做了个梦，梦见自己的妈妈回来了。

迷迷糊糊中，段萌萌不知道自己是听到了什么声音还是看到梦里的妈妈受了惊吓，总之她突然就清醒了过来。她下意识地抬起头，被眼前的景象惊呆了。

她写字台正前方拉好的蓝色窗帘上，居然有一个鬼影！

这个鬼影和她梦里的妈妈重叠在了一起，段萌萌怎么看，怎么都觉得那是张玉兰。但奇怪的是，这个鬼影有两人多高，张牙舞爪、披头散发，慢慢地向段萌萌这边扑过来，越来越高大，就像是要把段萌萌吞噬了。段萌萌慌忙掐了掐自己，意识到自己并不是在做梦，于是不自觉地就尖叫了起来。

可能是因为从来没有听过女儿如此尖叫，段世骁在第一时间就冲进了女儿的房间。可是，段世骁却什么都没有看见。段萌萌已经蜷缩在自己小床的被子里，面色煞白，瑟瑟发抖。段世骁很少见到段萌萌这样，于是坐在她的床边，把她搂进了怀里。

就在这时，林涛和陈诗羽登门造访，他们从段世骁那里得知了情况，也看到了段萌萌全身仍在像筛糠一样不停地颤抖。

我们在办公室里，听着林涛脸色发白地描述这个场景。

"是这个姑娘魔怔了吧？出现幻觉了？"大宝说，"哪有什么鬼啊？"

"是啊，我们找段世骁单独聊了聊，段世骁是觉得自己女儿的思想压力太大了，所以会出现这种说不清是清醒状态还是梦魇状态的情况。"陈诗羽说，"毕竟，张玉兰是进入段萌萌的房间后意外触电的，且母女二人最后的交谈还是争吵。所以，段萌萌无论怎么说，心里都还是存有愧疚的。"

"不，你们不能通过自己的猜测，就说人家是梦魇状态。"林涛争辩道。

"所以呢？"陈诗羽笑了一下，说，"所以你当时被吓成那样？"

"哪，哪，哪有？"林涛涨红了脸说。

我哈哈一笑，以我对林涛的了解，我知道陈诗羽这句话大概率是真的。

陈诗羽说，当时听完段世骁的描述，林涛立即就出现了恐惧的反应，他双目失神，甚至有些站立不稳，顺势扶住了身边的写字桌。

陈诗羽毕竟是侦查员，第一时间想到的是确认窗外是否有人。毕竟，身影被路灯投射到窗帘上，也可能形成这样的影像。于是，她立刻拉开大门，想要冲出去查看。

林涛见她要出去，也抬脚跟随，可是不知道是因为腿发软还是头晕，还没迈出去两步，就一个踉跄差点摔倒。陈诗羽立即又折返回来，一把扶住了林涛。

"警官，你这是身体不舒服吗？"段世骁也来帮忙。

此时的林涛，嘴唇发青、呼吸急促，正在全力支撑着自己的身体。

"你行吗？不行我一个人去看。"陈诗羽关心地问道。

"没事，没事。"林涛深呼吸几口，站直了身体喃喃道，"就是感觉和我小时候遇到的情况类似……"

在林涛调整好自己情绪之后，陈诗羽跟着他一起去勘查"鬼影"所在的地方。段萌萌家是住在整栋楼最东边的一楼，她的房间窗户前面是小区绿化带，绿化带外面就是小区的人行道，人行道另一侧就是电动车棚。小区的绿化带，是由一些灌木和杂草组成的，经常有人因为在人行道上避让电动车而踏进这些灌木里，所以林涛到了现场就发现，这片灌木长得横七竖八、凌乱不堪，是毫无勘查价值的。地面虽然是泥土，但是因为长时间没有下雨，所以土质很硬，更不可能留下足迹。

林涛和陈诗羽在窗户外面巡视了一圈，防盗窗上并没有什么异常，下方地面上也没有什么遗留的物品和痕迹，所以只能作罢，重新回到了段萌萌家里。

可能是有警察来了，段萌萌此时的恐惧症状减轻了不少，但她依旧躲在自己小床的床角，就像是要把自己的身体藏在缝隙里，她流着眼泪，却咬着嘴唇没有发声。

经历过这样一场大难，段萌萌似乎像是变了一个人。可能一个人压抑在心底的情绪突然宣泄，那股子叛逆的劲儿也就泄了。

既然是叛逆劲儿泄了，段萌萌的很多疑虑和抵触心理也就冰消瓦解。陈诗羽知道自己选择了一个很好的时机登门造访，所以趁热打铁，像聊家常一样，在不透露案件保密信息的前提下，把我们刚刚经历的这一起因误入厕所而导致的惨剧作为故事说了一遍，最后得出结论："萌萌你知道吗，及时沟通，有的时候是解决困境的最好办法。我希望你能再跟我讲讲，你那天没跟我们说出口的事。"

陈诗羽这时候的想法有二，一是想探出段萌萌上次欲言又止的事情是什么；二是陈诗羽想到了我们曾经办理过的那一起青少年雇凶杀死父母的案件①，有些担心，所以也想了解段萌萌和张玉兰之间的矛盾症结所在，从而排除那种黑暗案件再发的可能性。

这个关于"沟通"的故事，似乎对段萌萌很有用，她很认真地听完了陈诗羽的故事，然后低头思考了良久，才和陈诗羽说："姐姐，我第一次见你的时候，就觉得我们很相似，我想如果我把事情告诉你，你或许能理解我。"

随着段萌萌的描述，我们才知道，凌南的遭遇、张玉兰的遭遇，其实都源于一个误会。

故事要从九年级上学期的期末考试之后说起。

本来这个寒假疫情已经基本控制，大家可以欢欢喜喜过一个愉快的新年。加之国家的"双减"政策下达，学生们摆脱了补课的烦恼，更是可以过一个快乐的寒假。可是，很多本来就有焦虑症的家长，因为看不到孩子的具体排名、找不到课外补习机构，反而更加焦虑了。

焦虑的家长们四处奔走，一来是想方设法从学校、老师那里得知孩子的具体排名，从而制定最后一学期的学习策略；二来是互相沟通，获取一些偷偷进行寒假补习的老师的名单。

因为初中是学区制，所以学生们的居住地基本都在离学校不远的小区，生活区域也基本都在同一块地方。因为有了"同学家长"的关系，也促进了家长们之间的联系。比如段萌萌的学霸同桌梁婕的妈妈是开裁缝店的，家长们都会习惯去她的裁缝店修补、保养衣服，家长们得了安心和实惠，梁婕妈妈也收获了更多的生意。

为段萌萌补课的想法，就是母亲张玉兰从梁婕妈妈裁缝店那里起意的。

寒假刚开始的一天，张玉兰在裁缝店里巧遇凌南家的保姆小荷，从小荷的口中得知，凌南的妈妈辛万凤因为不知道凌南的学习成绩能不能够上一档高中而发愁，所以这些天一直在寻找老师给凌南补一补语文，初步的目标人选是班主任邱以深。

---

① 见法医秦明系列众生卷第一季《天谴者》"血色教育"一案。

邱老师说自己可以带学生补课，但是为了促进学生之间的竞争，所以他不带一对一的班，只能带一对二、一对三或者一对四的班。可是辛万凤除了参加家长会，和家长们交流甚少，倒是小荷和家长们混得很熟悉，所以辛万凤委托小荷看能不能找个愿意和凌南一起上课的同学。

这两个人一相遇，一拍即合，张玉兰就回家和段世骁商量去了。

联系好了邱老师，段萌萌一开始是拒绝的，还和母亲争执不下，最后还是段世骁出面，强压着让段萌萌屈服了。其实段萌萌之所以接受，还是因为了解到能跟凌南一起补课，所以所有的课程段萌萌一次不落地都乖乖去补了，连她母亲都感到惊讶。那段时间，家里出奇地和谐，父母慈眉善目，孩子顺从开心。

寒假结束后，学生们回学校上学的第一天，段萌萌就感觉到了身边有很多异样的眼光。后来她才知道，这些异样来自学校操场旁的留言板，于是就去那里看。这个留言板其实就是一个"树洞"，同学们有什么内心感悟，都喜欢写下来，匿名贴在留言板上，给其他同学观看，也算是学校为了做好心理疏导而做的一个小玩意儿。

可是这一天的留言板上的核心内容，居然是段萌萌和凌南的照片。

照片是从远处的一个角落里偷拍的。照片上，段萌萌和凌南并肩从一座建筑物里走出来，脸上充满笑意，段萌萌一只手还拧着凌南的耳朵，像是在说着什么。本来同学之间的打闹也没什么问题，但是这座建筑物的招牌豁然成为这张照片的重点——龙番市新竹宾馆。

两个15岁，正值青春期的少男少女，一起去宾馆做什么？这样的照片在刚刚性启蒙的学生们之间炸开了锅，学生们纷纷讨论、猜测，甚至有各种不堪入耳的谣言出现。

段萌萌看到了那张照片，哈哈一笑，就把照片从留言板上扯下来，直接撕毁了。她心里坦荡，并没有把这当成什么事。她和凌南一起进出宾馆，实际上是跟着邱老师上课去了。"双减"政策下来后，因为教育局的严查严控，所以有的老师偷偷补课，都是在自己的家里，或者去隐蔽的场所，比如说开个宾馆房间什么的。邱老师自然也知道自己被抓住是没什么好果子吃的，所以在学校附近的宾馆包了个房间，给学生们补课。

当然，既然是偷偷补课，段萌萌是不能害了邱老师的，所以她也不会去和同学们解释。主要她也认为，这并没有什么好解释的，清者自清，那些喜欢八卦的人，就让他们"自嗨"去好了，对她段萌萌来说，又不会少几斤肉。再说了，转学来这里两年，能说心里话的，就没几个人，所以她即便是想解释，也没人说去。

所以接下来的上课时间，即便流言依旧在凌南和段萌萌背后疯传着，但是段萌萌充耳不闻。

对于大大咧咧的段萌萌来说，这根本不算什么事儿，但是内向的凌南，却是如坐针毡。他的如坐针毡并不是为了自己"名声"，可能他觉得这种事儿，伤害的一般都是女孩。段萌萌说，那段时间，凌南明显状态不对，上课走神，下课沉默。某一天，凌南突然给段萌萌发了一条短信："你放心，我会让所有人都知道真正发生了什么的。"段萌萌当时正在因为开学期间是否继续补课而和母亲闹着别扭，心情很差，再说又不知道他这短信是什么意思，所以也未做理睬。当然，在段萌萌的心里，她根本没把这事儿当成一回事儿。

线上教学期结束后，开始恢复正常线下教学。段萌萌到了学校之后，突然听闻自己的班主任邱老师被开除了，被开除的原因，居然是利用节假日偷偷给学生补课，获取非法收益。这个消息让段萌萌惊呆了，她没有想到，只是给学生补个课而已，居然会有这么严重的处罚。在归校复课第一天上午，邱老师还专门来班上和同学们告了个别，说学校会在这周之内为他们重新选定班主任。这一次师生告别，凌南居然不在班上，而是借故离开了。

凌南的反常举动，立即让段萌萌联想起他曾经发的那条短信。段萌萌意识到，很有可能是凌南举报了邱老师，事儿一闹大，大家就都知道他俩进出宾馆是去补课而不是同学们所想的那样了。可是，自己的举报居然让邱老师被开除，这绝对也是凌南始料不及的，所以他心存愧疚，故意躲开了师生的告别。

这个事件，虽说段萌萌没有把它当回事，但是她着实因为凌南为了自己而去担当一切而感动了一把。只是没想到，那就是她见到凌南的最后一天。后来，听说了凌南死亡的噩耗，又看到了警方的调查通报，再加上视频流传而导致的谣言，这一切都让段萌萌完全理解，几乎彻底摧毁了她的心理防线。她知道警方的通报都是事实情况，邱老师不可能去害凌南，而凌南之所以会出事，正是因为愧对邱老师、躲避邱老师才踏上了死亡之旅。凌南的死，多多少少是和她有点关系的。

段萌萌曾经想把这些事和盘托出，但她真的不知道该把这些事情和谁倾吐，又有谁能安慰她。在班上，除了凌南，她没有几个朋友，回家里，父亲那一如既往的严厉让她望而却步。

凌南的事件成为舆论热点后，本已经沉寂的流言又被人挖出来传播，张玉兰也听见了流言。这让她如雷轰顶，如果只是成绩不好、爱玩的话，倒没有什么大错，但是这个年龄就和男孩开房间，是绝对不可以忍受的大错误。她当时都吓坏了，连忙颤颤巍巍地把这件事情告诉了段世骁。

其实，这对父母是知道段萌萌寒假期间补课的事情的，但是一来他们没有过问具体的补课地点，二来此时已经被焦虑和愤怒占领了所有的思绪，所以等段萌萌一回来，他们就劈头盖脸且含沙射影地质问段萌萌。

此时的段萌萌，因为凌南去世而心情极其糟糕，认为自己有责任的愧疚心理一直如影随形。此时听见父母的质问，立即明白了父母的用意，因此也对自己的父母如此不信任自己而绝望和愤怒。

这一次，段萌萌不仅和张玉兰发生了剧烈的争吵，还和后来加入"战斗"的段世骁也发生了剧烈的争吵。

最后，段萌萌抛下了那句："所以我要是像凌南一样死掉，是不是你们就满意了？"然后和以往一样，抱着篮球离家了。

当天晚上，张玉兰就出事了。

因为那一次争吵非常激烈，这也让后来的段萌萌悔青了肠子。但是为了保护段萌萌的"名声"，在我们之前对他们进行访问的时候，他们并没有把这一次剧烈争吵的真正原因告诉我们。

陈诗羽一边听着，一边在笔记本上唰唰地记着，心里却百感交集。她相信在场的所有听众，包括段世骁，都是这样的感受。因为，她看得见段世骁的眼中，闪着泪光。

"萌萌，我给你办理休学一年，不参加今年的中考了。我会去公司请个长假，我们一起回老家住一段时间。之后不管你是继续参加中考，还是去学习其他的技能，我们都利用这段休息的时间，好好思考，规划一下。你看如何？"段世骁用商量的语气，问段萌萌。

可能是很少听得见父亲用这种口气说话，段萌萌猛地抬起头，双眼立即就有了神采，眼神里尽是感激。

2

"希望他们父女的关系，能因为这一场劫难而转变。"我感叹了一声。

"是啊，这次还真的是不虚此行。"陈诗羽说，"一来搞清楚了凌南举报邱老师的真实动机，二来确认了邱老师不可能有作案的动机，三来也为一个不幸的家庭鼓了气。他们回老家去调整一段时间，确实挺好的。"

"这个事件的网络舆情，最近也基本平息下去了。"林涛说。

"官方不再发通报了吗？"我问。

"第一次通报就是事实与真相，没有任何瑕疵和纰漏，为什么还要发通报？"林涛说，"因为有一些网民不相信，就要不停通报？不相信的人，无论你出示多少证据，都是不会相信的。"

"说得也是。"我点了点头，说，"那行吧，二土坡的案子，我们也算是仁至义尽了，该做的工作都做了，该放下了。对了，张玉兰那案子，我让他们做电线上的DNA，他们做出来没？"

"没有。"大宝说，"市局的DNA实验室就一条检测线，每天排期都是满的，毕竟现在连个盗窃案都需要DNA来作为证据嘛，天天忙得要死。你这案子，虽然是非正常死亡，但是辖区刑警部门已经有了定论，你说的DNA检测，只是一个验证的手段，肯定往后排了，不着急，等等吧。"

"好吧。"我说，"那我们还是把盲测的答题文书都先认真处理好得了。"

接下来的几天，我们几个人全心全意地把盲测任务完成，然后按照师父的指令，一起去青乡市督导一起命案积案的侦破。

最近几年，因为命案发案数大幅度减少，破案率又一直能够保持100%，所以很多刑警部门的精力就转移到命案积案的侦破上。每年也都会有命案积案侦破的督导工作，说白了，也就是派员到各地，给正在追查的命案积案出出主意。

这一起案件的主要工作是我和大宝承担的，因为案件关键是死因问题。

犯罪嫌疑人杀完人后潜逃二十多年，最终被抓获。他的DNA和现场物证比对认定同一，他也交代了杀人经过，可是交代的杀人经过和当初的法医给出的死因鉴定不符，这样证据就会出现问题。事隔久远、时过境迁，受害者的尸体早已经火化很多年了，现在只能通过当时的解剖照片再进行一番推定。

这种工作不难，也很轻松，当年的死因鉴定也没有任何问题，可能是年代久远，嫌疑人对行凶过程记忆有误。在支持了当年的死因鉴定后，我让陈诗羽配合当地侦查部门，对嫌疑人进行新一轮审讯，说不定他还背着其他的命案，把杀人方式记混淆了。

在陈诗羽参与审讯的这一天，我们应该是可以在宾馆里休息休息了，可是省厅法医出差，一般都是"买一送多"，当地法医会抓住我们在的机会，将拿不准的伤情鉴定、非正常死亡案件也找出来和我们一起探讨。

这天也不例外，一大早，我就接到了青乡市公安局孙法医的电话说，一个小区里，有个高中生坠楼了。毕竟涉及学生，需要我们一同前往把关。

闲着也是闲着，尤其是身边有大宝这个工作狂，所以我也没有推托，直接和大宝、林涛、程子砚坐着韩亮的车，赶往现场。

事发现场是一个回迁的多层小区，小区内有十几栋6层的住宅，虽然是建成不足五年的小区，但是因为质量一般，外墙已经斑驳。每栋楼的周围都有一些绿化带，种植着灌木，但可能因为常年得不到照料，也是杂草疯长、凌乱不堪。

死者是在小区5栋的北侧面绿化带中被发现的。

程子砚在小区门口就下了车，去保安室调取监控资料。她觉得有点可惜，现在的高层住宅小区内，几乎都安装了高空抛物摄像头，一旦有高坠案件，大概率是能够看清楚高坠的情况的。可惜这是多层住宅，一般不会安装监控。

我们下了车，向楼北侧绿化带内的警戒带走去。警戒带外围围着很多人，这个点正好是上班高峰时期，大家都不顾迟到的风险，围观这一起高坠事件。

"尸源明确了吗？是这栋楼的居民吗？"我走到警戒带边，一边戴着手套，一边问孙法医。

"肯定不是这栋楼的居民，周围的居民都说没见过这个孩子。"孙法医走过来，说，"还好，这孩子有手机，已经送回去解锁了，很快就能明确身份。嗯，估计是搞清楚了。"

说完，孙法医脱下右手的手套，从裤子口袋里掏出正在振动的手机，接通了电话，不一会儿，他又挂断了电话，说："是距离这里一公里外另一个小区的居民，叫焦昊，18岁，高三男生，过不了多久就要高考了。我估计啊，是不是学习压力太大了？"

"跑一公里外的别的小区来跳楼？"我示意林涛进入居民楼，去楼顶看看是不是坠落点，接着说，"把死者的身份和体貌特征给程子砚，让她查一下小区大门的监控，看看是什么时候进来的，是不是一个人进来的。"

孙法医点了点头，安排技术员去把尸体照片交给保安室的程子砚。

"现场通道刚刚打开，我们的技术员正在周围寻找死者的痕迹。"孙法医说，"尸体，要不要先看看？"

"高坠案件中，尸表检验没那么重要，主要看起跳点是死者一个人的，还是有其他人的。"我一边说着，一边蹲在尸体旁边，按照尸表检验的顺序，先看尸体的尸斑、尸僵，再看眼睑、口鼻和颈部。

"怎么发现的啊？"我问道。

"清早 5 点钟，晨练的大爷听见'咚'的一声。"孙法医说，"当时他就觉得很奇怪，于是在小区里到处寻找，看哪里掉了东西，7 点钟不到的时候，发现了尸体。"

"现在是 8:10。"我说，"5 点钟死亡的话，尸僵尸斑都只是刚刚开始形成。可是，死者的尸僵已经挺明显的了，尸斑也出现大片状的了，而且再看角膜混浊的情况，也有点状混浊了，要是我靠经验推断，我觉得至少死亡了 6 个小时。"

"这个不准，3 个小时和 6 个小时，差不多。"大宝说，"个体差异是一件很头痛的事情，没法推断那么准。"

我见死者穿着松紧带的卫衣裤子，腰间似乎有点扭曲，于是让技术员拍完照，褪下了死者的裤子和内裤，把尸体温度计的探针插进肛门，过了一会儿，屏幕上显示是 31 摄氏度。

"你看，尸体温度下降 6 度，也应该是死亡 6 个小时。"我说。

"明明都到清明节了，可这天气还是挺冷的。"大宝说，"尤其是大清早，气温低，尸温下降也就快。"

我抬头看看大宝，说："那也不至于下降那么快吧？"

"不好。"孙法医叫了一声，说，"你们看看尸体头部的损伤。"

从尸体头部的损伤看，有一处挫裂创藏在枕部的头发里。死者的头发较长，所以不扒开头发是看不到的。由此可以看出，死者高坠是枕部着地的。

但是，这一处损伤之所以没那么容易被发现，是因为几乎没有多少血。尸体身下也没有血泊，头发也只是轻度血染。再看创口周围，居然看不出什么生活反应。

"这没有……"大宝脱口而出，被我立即制止了。

"现场围观人员多，少说话。"我说。

我把尸体翻过来，背部朝上，仔细看了看背部的皮肤。不看不知道，一看吓一跳。尸体的背部皮肤也有很多刮擦伤，是着地的时候，被灌木硬枝划伤的。问题是，这些划伤也都呈现出黄色，而不是应该有的淡红色。这说明，这些划伤也是没有生活反应的。

"我的天，今年的案子怎么就这么赶巧啊。"大宝压低声音说，"刚办了一个看似不可能高坠却恰恰是高坠的案子，这又来了一个看起来是高坠，恰恰又不是高坠的案子。"

我竖起食指放在唇边，让大宝别再说话了。

"行了，用物证袋保护起死者的手脚和头部，送殡仪馆准备解剖。"我直起身子说道。

"我看谁敢动我的儿子！"人群外响起了一声尖厉的呼号，接着传来号啕大哭的声音。

围观人群自觉地向两侧散开，让出了一条通道。一个略显肥胖的四十多岁女人，从通道中冲了过来，完全无视警戒带，冲进了现场。

"你们怎么不拉住她！"我对负责警戒的民警喊道。

"拉，拉不住。"两名民警扑过来想拽住女人，依旧没能拽住，女人一把扑在了尸体上，继续号啕大哭起来。

"一个人都拽不住，要你们干什么？现场破坏了，你们谁负责？"青乡市公安局刑警支队的刘支队此时也来到了现场，怒斥警戒民警。

"没事，慢慢来。"我让刘支队息怒，然后对女子说，"这位大姐，你的心情我们可以理解，但是我们警方办案，是要对现场进行封锁的，你不能这样进来。"

女子继续大哭，完全不理睬我。

"还有，我们得对尸体进行解剖，你别再碰尸体了，会毁灭证据。"大宝说。

"什么？解剖？我看你们谁敢？"女子紧抱着尸体，大声喊道。

围观人群开始议论纷纷，都在说警方为什么要解剖一个自杀的孩子。

"少说两句。"我低声对大宝说完，又对女子说，"大姐，你先到警车里坐一下，我们慢慢和你说。"

"不行，谁也不准碰我，不准碰我儿子！"女子继续扑在尸体上大哭。

"刘支队，这案子有问题，我们需要对尸体进行解剖，你安排人做工作吧，我们去保安室等你消息。"我说，"给林涛打电话，让他继续仔细勘查现场。"

大宝点了点头。

到了保安室，程子砚正在看着监控录像。

"怎么样？"我问。

"量比较大，需要时间。"程子砚说，"可惜了，现场周围没有监控，只有大门和几条主干道的监控，我们都已经拷贝了。这里电脑速度太慢，我准备回去看。"

"也行，我们一起回局里，等候这边的处置和调查、勘查的结果。"我说，"得等家属工作做好了，我们才能解剖尸体。"

说完，程子砚收拾好硬盘，和我们一起重新上车，回到了青乡市公安局。

等了一个多小时，刘支队满头大汗地回到了办公室，和我们握完手，立即严肃起来，说："家属死活不同意解剖尸体，还带了几个所谓的网络大 V，说要曝光我们。"

"我们做错什么了？"我一脸莫名其妙，"又要曝光什么？"

"说我们没有及时通知家属，就动尸体了，说我们想要包庇隐瞒什么。"刘支队无奈地摇摇头。

"我们什么都没说呢，隐瞒什么？"我更是莫名其妙，"再说了，我们要解剖尸体，不就是为了真相吗？"

"现在都是这样，用曝光来威胁公安。"刘支队说，"我估计啊，她自己心里觉得死者就是自杀，所以这样闹是为了让政府给一些补偿。"

"那怎么办？"我说，"刑诉法规定了，对于死因不明的尸体，公安机关有权决定解剖。你直接下决定，我们解剖完再说。"

"我来就是想问问你们，你们确定这是一起命案吗？"刘支队说，"如果解剖完了，发现不是命案，而我们又是强行解剖的，那这家人可就有理由闹了。要么说我们强行毁坏尸体，要么说我们搞不清情况就乱解剖，要么说我们隐瞒事实。比如说，都不是命案你解剖什么？要是命案，那就是你们为了包庇别人，故意不说。"

"你这是被舆论裹挟了吧？这么怕舆论？"我无奈地笑道，"不能因为有人在网上闹，就不依章办事啊！不解剖，我没办法给你保证什么的。但是我现在高度怀疑是死后高坠。"

"也不能排除是高坠死亡后，出于某种原因，形成了头部的死后损伤。"大宝说，"这都得解剖后才能知道。"

"这可为难啊。"刘支队说，"这样，外围调查，现在正在进行，一会儿会来和你们汇报。我继续组织相关人员去做家属工作，看能不能找到一个家属的突破口，让家属签字同意，这样解剖才比较妥当保险。"

说完，刘支队又急匆匆离开了，留下我们几个面面相觑。

"如果网络上的信息不严加管束，让谣言满天飞，让节奏那么好带，势必会影响到公安机关的正常工作。"大宝义愤填膺地说，"这些自以为'正义'的人，会把'正义'淹没的！"

"那我们现在是不是只能等结果了？"韩亮问。

"林涛那边勘查的结果，子砚那边视频的结果和侦查部门调查的结果，都是至少需要两个小时才能出来的，有这个时间，我们法医的尸检结果也都出来了，案件真相很快就能明确。"我也有些着急，"现在少了我们这边的尸检结果，即便查出来啥，等于还是一无所知，案件还是不能推进，如果真的是预谋杀人，会耽误破案的黄金时间的！"

大宝也跟着使劲点头。

韩亮看了一眼手机，说："少安毋躁，我看到小羽毛那边发来好消息了。"

"什么？什么好消息？"我和大宝都愣了一下。

"看群里，"韩亮扬了扬手机，说，"那个命案积案的嫌疑人，果然招了，他在外省还做过一起抢劫杀人案，杀了两个人，作案手法记混淆了。还真被你说中了，带破一起外省的命案积案，便宜他们省了。"

"你告诉小羽毛，让侦查部门继续深挖，说不定还能挖出其他的隐案。"我说，"但小羽毛得回来，帮我们做这个案子的工作。小羽毛有经验，又是女同志，好沟通。"

"行，我让小羽毛这就去家属那边。"韩亮说，"看她有没有本事让你们尽快解剖。"

"我这心里不停地打鼓啊。"我说，"看尸表的时间太短了，才开始就被家属干扰了，我现在想想，总觉得尸体是有窒息征象的，而且尸体脖子的皮肤看起来也不对劲，感觉有伤。"

"没能仔细看，这个可不怪你，是家属捣乱，我们有什么办法。"大宝说。

"所以，必须重新尸表检验，必须解剖！"我拍了拍桌子，喊道。

3

喊归喊，但毕竟我只是个法医，所以喊完之后的几个小时里，依旧一点消息都没有。中午在市局食堂吃了饭之后，我焦急的心情渐渐也就平静了下来。等到了下午时分，各路人马几乎都完成了工作，返回了市局。

最先返回的是林涛。

通过现场勘查，整个现场单元楼道里找不到什么明显的痕迹，林涛他们上了楼顶，却发现这个楼顶不像现在很多高层建筑的楼顶可以随意上去。因为这些多层建筑的楼顶架设了很多太阳能热水器，所以为了防止有人偷配件或者破坏，楼顶的小门是锁闭的，钥匙只有物业那里才有。

既然楼顶上不去，林涛觉得坠落点就只有可能是这个5栋2单元某户的窗户了。可是，死者既然不是这个小区的居民，那他是如何进入某户家里的呢？因为林涛也发现了疑点，所以他就组织了力量对着落点附近进行了勘查。

很快，他就发现了问题。

在死者坠落点附近，有一根排水管，其作用就是让屋顶的积水可以排下来顺便灌溉绿化带。这根排水管直径大约30厘米，管子上有固定的铁条。排水管的两侧，就是每层楼房间窗户下的空调架了。这样的管子、铁条和空调架，就形成了一个室外通道，只要有一定的攀爬能力的人，就可以顺着管子向上攀爬，直达目标窗户的。

好在现在经过公安机关的严厉打击，入室盗窃的案件少了很多，否则这样的排水管结构，就是盗窃分子的天然梯子，对这些没有安装防盗窗的住家，盗窃分子是可以随意进出的。

而林涛的发现，就在这条排水管上。从管子上的擦蹭痕迹来看，符合一个人不久前从这个管子向上攀爬的特征。林涛让物业在管子旁边搭了梯子，自己则一点点向上勘查。经过勘查，在多处管壁上发现了死者的指纹，在二楼空调架上也发现了和死者鞋底花纹一样的足迹。

因为梯子长度有限，林涛只能看到攀爬痕迹继续向三楼延伸，而无法具体确定痕迹抵达了几楼。不过这一发现让林涛心里有了底，可以说明死者生前是顺着这根管子往上爬的，爬到了三楼或三楼以上，可能就坠落了。具体他为什么要爬管子，为什么会突然坠落，林涛知道这不是痕检能解释的了。

紧接着，侦查部门也传回了调查结果。

焦昊，是青乡市三中高三学生，学习成绩一般，但是品行没有什么问题，普普通通的一个高中生，性格不算外向也不内向，除了长得很帅之外，没有什么特别突出的点。焦昊的父母很早就离婚了，母亲带着他生活，还要赚钱，所以对他管束不多，但他本人还算自觉，没有让母亲操过什么心。

焦昊昨天一天都在学校上课，下午按点下课回家，没有什么异常情况。

明确了死者身份，就比较方便调查他为什么会出现在这个小区里。通过对事发小区 5 栋 2 单元 3 楼及以上住户的调查发现，4 楼 04 户也是一个单亲家庭，女孩跟着父亲生活。而这个女孩和焦昊是同一所学校同一年级不同班的同学。

女孩叫张雅倩，18 岁，高三学生，学习成绩在班上靠后，但是品行还是不错的，为人也乖巧。她的父亲叫张强，是银行信贷部经理，三年前因车祸丧妻之后，没有再娶，而是一个人带着女儿。其社会关系简单，主要精力都在工作上，没有什么前科劣迹。

调查结果出来后，同年级的男生和女生，自然会让大家想到恋爱这方面了。所以刘支队立即向局领导进行了汇报，获取了对张雅倩家搜查的手续，并准备请张雅倩和张强到派出所询问。

张雅倩和她的班主任，从学校被两名便衣女警请到了派出所，而张强却神秘失踪了。根据调查，张强是乘坐早上 8 点的高铁去了北京。青乡警方立即通过省厅联系了北京警方，希望他们可以配合先将张强控制住，同时青乡警方急派一组人前往北京把张强带回。

接到通知的林涛，还没有回到局里，就重返了现场，对张雅倩家里进行了搜查。毕竟跟着我们一起勘查现场这么多年，对于法医勘查的要点，林涛也是熟记在胸。对张雅倩的床单进行勘查后，林涛用生物发现提取仪发现了多处可疑斑迹，初步怀疑是精斑。同时，林涛还发现了少量血渍。林涛一方面将床单上的可疑斑迹处用红笔圈了出来，再将床单整体提取送到了市局的 DNA 检验室，另一方面告诉派出所同志，让他们带张雅倩去医院进行一次妇科检查。

经过妇科检查，确定张雅倩是处女膜新鲜破裂，对其会阴部擦拭物和床单斑迹的初步检验，检出人精斑阳性。DNA 检验正在进一步进行中。

但是有了这些线索，对于事件的大概经过，大家心里似乎都有了一些底。

程子砚那边却收获甚微。从小区门口的监控可以看到死者焦昊昨天晚上 11 点钟独自进入小区，直接朝 5 号楼的方向走去，没有人尾随或者伴随，至此就再也没有出现过。通过对小区各个主干道监控的观察，没有看到什么可疑监控，也看不到焦昊的身影。

"所以，坠落点，你找到了？"我盯着林涛问。

林涛咕咚咕咚地喝了几大口水，说："没有，家里很干净，不可能穿鞋进入，张雅倩的窗台上找不到任何痕迹。"

"所以，还是得等尸体解剖结束，才能知道结果啊。"我说。

"我们现在都在分析过程应该是这样的。"林涛说，"男孩子和女孩子谈恋爱，学那些言情剧、童话里的故事，男的爬窗户来到4楼张雅倩的窗户外，进入女孩子房间，两人发生了关系之后，男孩子还想从排水管爬管子离开，结果不慎坠落。女孩知道这一切，但是因为害怕，所以什么都不敢说。"

"为什么不走大门离开？"我问。

"张强是早晨8点的高铁离开的，估计7点钟才会从家里出发。"林涛说，"在此之前，张强一直在家里，男孩子是来'偷情'的，怎么从大门离开？"

"现在我们揪心的是，男孩子脖子上有非高坠形成的损伤，有窒息征象。"大宝说，"而且高坠形成的枕部挫裂口，没有生活反应，我们怕是死后高坠。"

"啊？是命案啊？"林涛瞪大了眼睛，想了想，说，"这也能解释。男孩子爬管子来强奸女孩子，被她爸发现了，她爸掐死了男孩子，然后扔下楼。"

"强奸？"我摇摇头，说，"女孩父亲和他们就隔了一道门，女孩子发出声音大一点，她父亲也能听见的。"

"那就不是强奸，还是偷情。"林涛说，"偷情完了，被女孩父亲看见，一气之下，也有可能掐死。毕竟，他们都还只是18岁的孩子。我设身处地地想一想，如果我是女孩的父亲，我也有可能去掐死那小兔崽子。你还记得那继父想要抓住性侵自己女儿的男孩的案子[①]吗？"

"为什么不能是女孩子干的？"大宝说，"假如这俩人谈恋爱，有了第一次，结果男孩又想要分手，女孩子一怒之下，趁他睡着的时候，掐死了他。男孩子也瘦瘦弱弱的，被掐死估计也不难。"

"你们推断的都有可能。"我说，"但这都得等到尸体解剖工作能够正常进行之后再说，到时候究竟是怎么回事，就一目了然了。"

"小羽毛正在做工作呢。"林涛说，"其他侦查部门的同事也都扑下去了，围绕两个孩子在学校的生活情况进行全面调查。"

"不尸检，光调查也没用啊，就算问出了什么，也没有证据支撑啊。"我叹了口气，说道。

---

① 见法医秦明系列众生卷第三季《玩偶》"继父之爱"一案。

直到天色已黑，晚饭时间已过，陈诗羽那边还是没有传来消息，我的情绪也是越来越焦躁。

侦查部门正在不断地传回消息，调查情况逐渐明朗了起来。

根据学生们的反映，焦昊和张雅倩确实是恋人关系，两人经常会在学校课间偷偷约会，放学也会一起离开。但是焦昊因为长得比较帅，最近有其他女生主动在追焦昊，而焦昊也表现得有些暧昧。张雅倩的同桌反映，张雅倩最近情绪有一些低落，但是没有和别人吐露心声。

事发当天，两人都是正常上学、一起放学，然后也是各自回家，并没有任何异常的表现。而焦昊的手机密码被破解后，我们看到了他和张雅倩的聊天记录。聊天记录应该被删除过，留下的信息不多，但是可以看出在事发当晚，两人是约好的在张雅倩家里见面。

"感情纠纷，那张雅倩的嫌疑可就提升了。"大宝说。

"如果是张雅倩干的，张强为什么要跑？"林涛问。

"也许是故意跑的，一来试探警方的调查情况，二来即便警方发现了真相，他也可以为自己的女儿顶罪。"大宝解释道。

"那张雅倩本人怎么说？不是被带去派出所询问了很久吗？"我问。

一名侦查员说："她情绪崩溃了，在派出所一直哭，全身都在发抖，我们很担心她的身体受不了，现在是一名女警和一名医生陪着她，但是她一个字都没说。"

"情绪崩了，肯定是有问题的。"我沉吟道，"唉，关键还是尸检啊。"

话音刚落，陈诗羽满头大汗跑进了会议室。

"怎么？工作做通了？"我立即站了起来。

"嗯。"陈诗羽点了点头，说，"我的天，这家人，可真是难缠，好话歹话说了一大箩筐，就是各种绕。说白了，她可能觉得自己孩子是自杀的，怕我们查清之后，就不管了。焦昊的亲戚给他妈出主意，现在就要开始闹，政府怕舆情，多多少少会赔一些钱，所以他们才这样闹的。"

"这，都是什么逻辑！"我感叹了一声，说，"她自己作为监护人，不负责？"

"焦昊的母亲是护士，昨晚夜班，家里没人。"陈诗羽说，"这也怪不到她，一个女人，拉扯一个孩子，不容易。"

"所以，你是怎么说服她的？"我问。

陈诗羽抬起头，一脸疑惑地问："案子都破了，你们不知道？"

"案子破了？"我更是诧异，"什么叫案子破了？"

"张强在北京落网，到了当地的派出所，就交代了，现在正在办移交手续，明早带回来。"陈诗羽说，"张强说，他早晨5点钟去叫女儿起床，看见女儿在哭，旁边睡着一个男子。他勃然大怒，就顺手拿了一根手机充电线，一把绕在男人的脖子上，使劲勒。勒死之后，他把尸体从楼上扔了下去。就这么简单。"

突如其来的消息，让我思绪如麻，我重新坐下来，整理着脑海里的各种线索。

"因为是命案，焦昊的母亲这不就有追究的目标了嘛，所以同意解剖了。"陈诗羽说，"毕竟她也清楚得很，既然是命案，如果因为她干扰了办案，吃亏的还是她自己。"

"好嘛，要么就是不让我们解剖。让我们解剖的时候，就已经破案了。这太没存在感了，太没存在感了。"大宝摊开双手说。

我摇着头，说："不，有问题啊。"

大家一起抬着头看我。

我清了清嗓子，说："死者头枕部的那一处没有生活反应的高坠伤口，倒是可以解释了，但是，颈部没有索沟①啊。"

"你不是说颈部皮肤有些不正常吗？"林涛说。

"不，我说的不正常，是指可能存在皮下出血。"我说，"如果是压、扼、掐，是有可能形成这样的损伤的。但是用绳子勒，可就不一样了。如果不在颈部皮肤上留下索沟，怎么可能压闭气管呢？别说用充电线这种细绳索勒了，就是用丝巾这种粗的绳索勒，能勒死人的话，就一定会留下索沟。"

"嗯，接触面积小，压强大。"林涛说。

"所以，这个张强的证词肯定是有问题的。"我接着说，"还有，死亡时间也是对不上的。我之前在现场对尸体温度进行了测量，对尸体现象也进行了观察，我总觉得应该是夜里2点钟左右死亡的。但是张强说是5点多杀人的，感觉也有问题。"

"他都交代了杀人的过程，还有必要和我们隐瞒什么吗？"陈诗羽好奇道，"毕竟尸体还没有检验，会不会检验以后，就知道症结所在了？"

"隐瞒也是有可能的，刚才大宝提醒了我。"我说，"如果真的是张雅倩杀死了

---

① 索沟：人体软组织被绳索勒、缢后，皮肤表面受损，死后会形成局部皮肤凹陷、表面皮革样化，会完整地保存下被绳索勒、缢时的痕迹。这条痕迹被称为索沟。

焦昊，那么张强就有可能为自己的女儿顶罪啊！"

"可是他要是为女儿顶罪的话，也肯定得按照女儿说的死亡时间和杀人方式来招供啊。"陈诗羽说。

"你刚才也说了，张雅倩去了派出所之后，一直在哭，一直在发抖。"我说，"那她在学校的表现如何？"

"这个也问了。今早去了学校，张雅倩就一直趴在座位上，大家以为她来例假，所以没去过问。"陈诗羽说。

"就是啊。"我说，"如果真的是这个张雅倩杀人，那对她的心理冲击是不言而喻的。很有可能张强只是发现了焦昊的尸体，而张雅倩因为过度恐惧，无法把过程和自己父亲描述清楚，所以张强就只能根据自己的想象来了。如果我是张强，看到这一幕，又看到死者颈部的损伤，他肯定认定是女儿勒死了死者。只是，他不懂什么是颈部擦挫伤，什么是索沟。我相信，把尸体抛下楼，应该是张强干的，因为张雅倩搬不动尸体。然后张强故意逃离青乡，就是为了吸引警方的注意力。"

"一个小女孩，刚刚和男朋友那啥，而且她还是第一次。过后，就去把他掐死，这个，不合常理啊。"陈诗羽百思不得其解，说，"不管怎么说，就算是有疑点，也是可以通过尸检来解决的吧？"

"希望可以解决。"我说，"不要紧，等我们尸检结束，一切就水落石出了。对了，现在已经晚上 8 点了，解剖室的照明没有问题吧？"

"虽然是老解剖室，但照明还是勉强可以的。"孙法医挠了挠脑袋说，"不行的话，我就用强光手电辅助照明。"

"嗯，好，还是你了解我。"我说，"毕竟人命关天，等到明天再解剖，我是等不及的，走，我们出发。"

4

青乡市殡仪馆内的解剖室还真是有一些年头了。照明全靠屋顶的那几根日光灯管，有的灯管还不能常亮，更别提什么无影灯了。

这大晚上的，一进解剖室，就像是进了恐怖片现场，周围一片漆黑死寂，唯独这一间小房子亮着，还忽闪忽闪的。大老远的，林涛就开始念叨起来，说灯管坏了，怎么也不修一下，这样的地方不适合夜间工作什么的。

大家都暗自笑着，没有接话。

尸体已经被停放在解剖台上了，依旧呈现出在现场那样半侧卧位的姿势，但是尸僵已经形成，所以显得姿势很奇怪。

我穿戴好解剖装备，见林涛已把尸体的原始姿态照相录像完毕了，于是开始检验尸体的衣着。

"死者的内裤是扭曲的，卫衣裤子的裤腰也没有整理好，显然不是正常衣着姿态。"我说，"这种衣着情况，不可能在高坠的时候形成，所以他死亡的时候，可能是全身赤裸的，只是有人给尸体穿好了衣服。"

"结合张强交代的，应该是他抛尸之前穿的。"大宝说。

我点了点头，说："大宝，你把尸体的尸僵破坏，摆正了，然后林涛给尸体照正面照。"

说完，我开始挨个剪下死者的指甲。虽然我知道，死者和张雅倩发生了性关系，指甲内当然能检出张雅倩的 DNA，但这也是尸检的必须流程，要照做。

而对尸体的照相也是有规范流程的，那就是对死者的正面、两个侧面、背面、头顶、脚底和面部正面都要进行拍照。这些拍照完成之后，才会对尸体的重点部位，比如眼睑、口鼻、颈部进行特写拍照。

大宝费力地把尸体摆正，然后破坏他屈曲的颈部的尸僵，想让尸体把头"抬"起来，让林涛可以拍摄清晰的正面照。林涛则端着个相机，站在拍摄凳上，把镜头对着尸体的面部。

我正在专心致志地剪死者的指甲，突然听到林涛"啊"的一声惨叫，拍摄凳突然倒了，林涛一屁股坐在了地上。好在凳子高度只有 40 厘米，他摔下来也只是屁股着地，看起来并没有受伤。

"怎么了？凳子坏了？你不是天天嘲笑我的体重吗？你也有压坏凳子的经历了吧？"我笑嘻嘻地把前臂伸过去，想让林涛扶着我站起来。

可是林涛半天没有动弹，坐在地上，抱着相机依旧在瑟瑟发抖。和之前小羽毛描述的一样，嘴唇发青、呼吸急促。

我意识到林涛这表现显然不太对劲，连忙脱下手套，蹲在林涛身边说："怎么了？没事吧？哪里不舒服吗？"

"他，他，他没死。"林涛指着尸体说道。

"怎么可能没死？"我说，"尸斑尸僵都出现了，确证死亡了。"

"那，那就是诈尸。"林涛依旧哆哆嗦嗦地说道。

"你瞎说什么呢？"我笑了起来，我知道林涛能这样害怕，就是身体没大事儿。

"他，他刚刚，刚刚叹气了！叹气了！"林涛说道。

我一把把林涛拉了起来，问大宝："真的？"

大宝几乎没有理睬林涛的摔倒，而是用两支止血钳夹起死者的眼睑，正在仔细观察。见我问他，于是回答道："少见多怪，死后叹气而已。啊，不过死后叹气的确很少见。就连我和老秦都见得少，林涛你是第一次见到吧？"

"啊？死后，还能叹气？"林涛这才停止了发抖，怯生生地问道。

"是真的死后叹气？"我的脸色倒是严肃了起来。

"是的，死后叹气，就刚才。"大宝说道，"你看，他的双侧眼睑球结合膜都有出血点，窒息征象还是很明显的呢。"

"可是，问题就来了。"我看了看一脸茫然却又忍俊不禁的陈诗羽和程子砚，说，"死后叹气，一般多见于缢死或者勒死。因为这种死亡的尸体，颈部呼吸道被锁闭，所以胃内因为尸体轻度腐败而产生的气体，无法通过呼吸道自然排出，当法医把颈部绳索一打开，气道瞬间通畅，挤压在体腔内的气体就会喷涌而出，而尸体就会发出叹气的声音。这就叫作'死后叹气'，是颈部受压致死死者容易发生的一种现象。听起来挺吓人的，但是见多了，也就没什么了。"

"难道，死者还真是被张强用充电线勒死的？"陈诗羽问道。

"不会。"我说，"我说了，勒死得有索沟，他颈部明显是没有索沟的。连索沟都没有，何来闭塞的呼吸道？所以，我觉得你们不太可能听得见死后叹气。"

"真的有！真的叹气了！"林涛听我这么一说，立即又紧张了起来。

"是的，叹了。"大宝也抬起头，看着我，确定地说道。

"那我就不知道怎么回事了。"我心存疑虑地说道。

"DNA那边传来了消息，张雅倩体内提取的擦拭物和现场床单上，都检出死者焦昊的精斑，床单上的血迹是张雅倩的，这和我们预估的一样。"陈诗羽看了看手机，说道。

"好的，死者焦昊的生殖器擦拭物也要送检。"我和大宝合力脱下死者的衣物，对尸体进行了简单的尸表检验，然后把检验重点放在了死者的颈部。

"酒精魔法！"大宝喊了一声，用酒精棉球开始擦拭死者的颈部皮肤。

经过几轮擦拭，死者颈部的一条条红色印记就显现了出来。

"看，死者的颈部皮肤多处擦挫伤，现在很明显了吧。"大宝一脸成就感地说，"喏，这儿还有新月形的表皮剥脱，很明显是指甲印啊。"

"嚯，还真是被掐死的。"陈诗羽说，"结合我们办的命案积案，我现在更能感受到法医的重要性了。命案积案，因为凶手的交代和法医的检验不符，挖出了隐案。这案子，张强的交代和你们的检验不符，说不定能破解一个父亲为女儿顶罪的真相。"

"别急。"我说，"我来量一下。"

说完，我用比例尺测量了一下死者颈部皮肤上新月形的表皮剥脱，说："这个指甲印的弧度比较平，应该是拇指的指甲印，我量了一下，弧边长 1.8 厘米。咱们这儿有男有女，你们自己量一下自己的，哪儿有女性的拇指弧边有这么长的？"

大家都纷纷用比例尺量了量自己的。

"我只有 1.3 厘米。"陈诗羽说。

"所以从这个指甲印的弧度和长度看，怎么看都是男子的手指形成的。"我说。

"啊？还真是张强干的啊？"大宝说，"这家里，不会进来别人了。"

"是啊，那要真是张强干的，他为什么要在杀人方式上撒谎？"陈诗羽追问道。

"这，我也不知道。"我说，"不要紧，解剖尸体，寻找答案，法医工作的魅力就在于此了吧。"

尸体上唯一的损伤是在头部，所以我决定我来解剖头部，而孙法医和大宝一起对胸腹部同时进行解剖，算是加快解剖进度。

在我剃除死者头发、切开死者头皮、锯开颅骨之后，大宝他们也打开了尸体的体腔。

"死者头部的这一处损伤，很明显是死后伤，头皮下都没有出血。"我说，"颅骨也没有骨折，颅内没出血和损伤。男性的颅骨通常比女性的厚实，高坠的那个白领是从 2 楼摔下来的，头部损伤非常重。而他是从 4 楼下来的，颅骨都没骨折。"

"不一样。"大宝说，"那个白领的案子，摔在水泥地上，他是摔在土地上。而且白领那案子的现场是办公楼，因为 1 楼挑高了，所以 2 楼和这个民宅的 4 楼其实差不多高。"

"说得也是。"我又仔细检查了一遍死者的头部，除了脑组织血管淤血之外，没有其他损伤和可疑现象了。我取下了脑组织，看了看颞骨岩部，很明显有出血征象。

"死者的内脏器官淤血，心血不凝，很明显，是机械性窒息致死。"大宝说道。

"嗯，颞骨岩部出血也明显，死因是窒息应该是没问题的。"我示意林涛照相，然后把死者的大脑放回脑壳内，开始缝合头皮。

"胃内，有一些食物残渣，但是不多，残渣成形，几乎没有什么消化程度。说明死者在死亡前不久，还吃了一些零食。"大宝从死者的胃内，舀出一些米汤一样的东西，用手捏了捏，说，"感觉脆脆的，像是膨化食品。"

"死者的肝脏撕裂，是震荡伤，但是毫无生活反应。"孙法医说道。

"这个损伤，和白领那个很像。"我说，"都没有什么出血，但是这个死后坠落导致的肝脏破裂口处没有生活反应，而白领那个破裂口处还是有充血发红的情况的。"

"看来尸检也就这样了，没什么其他发现了。"大宝说。

"颈部不是还没看吗？"我把手套上的血迹清洗干净，拿起手术刀走到了尸体颈部旁边。

"颈部损伤从体表就能看出来啊。"大宝说。

我没理睬大宝，用手术刀划开了颈部皮肤。皮肤下面的暗红色肌肉色泽均匀、条理清晰，没有任何损伤迹象。

"不对啊。"我说，"扼颈导致死亡，怎么可能不伤及肌肉？"

"皮肤损伤就很轻，会不会是有什么东西衬垫啊？"大宝也奇怪道。

"有东西衬垫，怎么可能留下指甲痕？"我说，"这样的损伤只能用'抓挠'来解释。因为抓挠可以形成颈部皮肤的损伤，但是形成不了皮下肌肉层的损伤。"

"可是抓挠，不至于机械性窒息啊。"孙法医也急了。

"是啊。"我沉默了，脑子里又是一团乱麻。

我用最快的速度逐层分离了颈部的肌肉，暴露出了气管。可是，整个颈部的肌肉，都没有任何损伤出血的迹象。

颈部只有皮肤损伤，没有肌肉损伤，死因却是机械性窒息，而且还有死后叹气的现象。这些疑点该怎么用一种方式来解释呢？

突然我灵光一闪。

"来吧，掏舌头，看看喉部的情况。"我说，"我现在很是担心，我们抓错人了。"

"抓错人了？"陈诗羽连忙问道。

"别急。"我拿起手术刀，沿着死者的下颌下，切开肌肉。

"你是怀疑，他是意外哽死？"大宝说，"那是不是太不合理了？毕竟张强抛尸还认罪了。"

"合不合理，得眼见为实。"我切开了下颌下的肌肉，把手指伸进尸体的口腔，拽住舌头，从下颌下掏了出来。

当我把尸体的整个喉部取出来、切开之后，并没有发现气管或者食道内有任何可以阻塞气道的异物。

"你看，我就说不可能嘛。"大宝说，"哪有东西。"

我看了看手中的尸体喉部，又看了看大宝，说："难道，你还看不出问题所在吗？"

"什么问题？"大宝又伸过头来看了看，说，"喉头有充血？"

"死者的喉头部位明显增大、发红，你再看看呼吸道。"我把喉头内侧翻过来给大宝看，几乎看不到什么缝隙。

"喉头水肿？"大宝瞪大了眼睛说，"你说他是喉头水肿死的？"

"是的，他不是被掐死的，也不是被哽死的，而是因为喉头水肿，堵塞了呼吸道，导致无法呼吸而窒息死亡的。"我说。

"我们以前倒是遇见过一个案件，一对新人结婚，新娘当天重感冒，走完结婚仪式、闹完洞房后非常疲劳，晚上重感冒进一步加重，因喉头水肿而窒息死亡了。"大宝说，"他也感冒了？"

"没有。"陈诗羽肯定地说道。

"喉头水肿经常见于过敏。之前的死后叹气，就是因为喉头水肿导致呼吸道闭塞，体内的气体出不来。在我们破坏尸僵后，调整死者的颈部位置，让喉头出现了一些缝隙，气体就排出来了。"我说，"感冒的时候造成喉头水肿，也是因为过敏症状。所以一旦感到喉头堵塞呼吸困难，是要及时就医的。"

"过敏？"陈诗羽沉吟着。

"不会错的。"我自信地说，"林涛，你在对张雅倩家进行搜查的时候，是不是在房间里，找到了零食袋子？"

"哦，是的，好像是有一个虾条的包装袋。"林涛见我对死后叹气有了解释，也就不那么害怕了。

"小羽毛，你去查查，死者的母亲应该是心里有数的，死者对虾子过敏。"我说。

"那张强为什么会承认杀人？"陈诗羽疑虑未解。

"这个，你只需要好好询问张强和张雅倩，一定会找到他冒认杀人的真实动机的。"我说，"我看啊，又多半是一个不恰当的'父爱如山'。"

"也就是说，你要定这是个意外！"孙法医说，"我们怎么和焦昊家属交代？他们会信吗？"

"我们只要尊重事实真相，别人信不信不是我们能左右得了的。"我说，"刚才提取的几管心血，送一管去医院，进行 IgE 检验。根据 IgE 的数值，可以证实死者就是死于因过敏引起的喉头水肿，造成呼吸道堵塞从而机械性窒息死亡。"

"那他颈部的损伤呢？"大宝问。

"那是他自己形成的。"我说，"你测量一下他拇指的弧长，1.8 厘米。他呼吸困难，痛苦万分，用手抓挠颈部，是下意识反应。"

说完，所有的疑点似乎都有了解释，大家都沉默了，好像都不太能接受这样的结果。

我脱下了解剖服，洗完手，拍了拍陈诗羽和孙法医的肩膀，说："你们受累，一方面好好问问张强和张雅倩，另一方面，好好给家属进行解释。拜托了。"

5

心底的疑虑放下了，我这一觉睡得格外香甜。蒙眬中，我能感受到同屋的林涛一晚上都在辗转反侧，也许是因为对我们的结论不放心吧。

这样出乎意料的结果，更是让陈诗羽无法入眠，直到第二天一早，我们才知道陈诗羽是彻夜未眠参与了调查工作。

陈诗羽最先是和焦昊的母亲又谈了一次，他母亲坦言，从焦昊很小的时候，就发现他对虾子过敏，过敏症状是打喷嚏、流鼻涕之类的。因为他母亲本身就是医护人员，对这一方面很重视，所以之后就一直杜绝他吃虾子，他自己也慢慢形成了习惯。拿到这份口供对于整个案件证据链的组成非常重要，因为之后他母亲听说有可能是过敏致死后，立即改了口供，说并没有对虾子过敏这回事。但此时改口供已经来不及了，因为白纸黑字红手印，加上医院的 IgE 检测结果，可以明确焦昊确实是死于过敏引发的窒息。

对张雅倩的询问也慢慢地顺利起来。时间是良药，过了一整天的时间，张雅倩开始克服了自己的恐惧心理，思维也渐渐清晰起来。在陈诗羽的细心劝说和询问之下，她也把事情的经过断断续续都陈述了出来。

其实这一晚的事件，源于张雅倩的吃醋。

从高二时候开始，张雅倩和焦昊就确立了恋爱关系，本来两人可以在一起互相促进学习，倒也不是坏事。可是上了高三后，焦昊似乎和其他几个女生也有了一些暧昧的关系，这让张雅倩坐立不安。到了事发前几天，焦昊和他们班的一个女生在学校小树林里接吻，被张雅倩看到了。张雅倩此时并不是想着如何分手，而是想着如何把焦昊从那个女生的手里夺回来。于是，她想到了焦昊曾经向她提出的性需求。张雅倩在事发当天中午找到了焦昊，告诉他如果能回到她身边，就可以满足他的需求，焦昊兴高采烈地同意了。

按照约定的时间，焦昊抵达了张雅倩家的小区。可是原本应该去北京出差的张强，因单位有事儿延误了一天去北京，此时也在家中。但焦昊根本无法再等一天，于是决定从水管上爬去张雅倩家里。水管的结构特殊，这个年轻的小伙子无惊无险地顺着水管进到了张雅倩的房间。张雅倩也被焦昊这种"冒险"精神而感动，如约和他发生了关系。

完事后，大约凌晨 1 点钟，睡在张雅倩身边的焦昊说自己肚子饿了。张雅倩就说床头柜上有零食，自己拿着吃。为了不引起张强注意，他们在房间里没有开灯，所以焦昊摸黑拿了一袋零食，一会儿就全部吃完了。吃完后，焦昊又来了精神，再次提出需求。张雅倩虽然感到很疼，但还是勉强同意了。

在发生关系的时候，张雅倩因为疼痛，而下意识地掐住了焦昊的脖子，可是就在此时，焦昊突然倒了下去，双手在自己的脖子上抓挠，说不出话。这突如其来的变故，把张雅倩吓坏了，她连忙学着电视里的样子，给焦昊进行心肺复苏。可是越压焦昊的胸，他挣扎得越剧烈，最终惊动了张强。

张强进入房间的时候，焦昊已经没有了呼吸心跳。

张雅倩此时大脑一片空白，几乎说不出话来。张强急问这是怎么回事，张雅倩只是断断续续地说自己"勒"死了焦昊。张强也瞬间就崩溃了，他坐在张雅倩的房间，看着一直在哭泣、颤抖的女儿看了一个多小时，决定伪造现场。他给尸体穿好衣服，从窗口把尸体扔了下去，然后对女儿说，警方如果找到她，就什么都别说，一个字也不能说，由他这个父亲来应付警方。

对张强的讯问，也基本上证实了这件事情。事情发生后，张强是想两步走，第一步就是看能否误导警方认为这是一起普通的高坠自杀案件，如果不可以，警方也有可能会怀疑焦昊是攀爬水管不慎跌落的。第二步就是如果警方已经掌握了焦昊是被"勒死"的信息，那么最有可能怀疑到"脱逃"到北京的张强。

也就是说，从那一刻起，张强已经做好了为自己女儿顶罪的准备。这才有了后来的不实口供。

"我知道了，老百姓对于'掐''扼''勒''缢'这些特定的动作名词是没有辨识度的。"大宝说，"当时张雅倩想和张强说的是，自己掐死了焦昊，却说成了'勒死'，这就给张强造成了一个误解，是用绳子勒的，才会编出那样一个谎话。"

"真的是顶罪啊，这就是所谓的'父爱如山'？"陈诗羽说，"这小丫头也真是可悲，是不是自己弄死的，心里一点数都没有吗？"

"毕竟还是个孩子。"我说，"当时的状况，本身就是冒天下之大不韪来偷情的，这种事情是绝对不能给自己父亲知道的。出了事之后，她的心理肯定是瞬间崩塌了，而焦昊发病又恰恰是张雅倩掐住他脖子的时候，所以她就会认为是自己害死了焦昊。"

"还做 CPR 呢，其实啊，真的有很多都知道 CPR 怎么做，但是并不知道什么时候做。"大宝说，"当时的焦昊有意识、有心跳，只是呼吸困难，做什么心外按压啊？如果及时通知 120，能及时打开气管通道，这个焦昊是有救的。"

"慌乱的时候，是无法正常思考的。"我说，"有些事吧，就是那么凑巧。比如过敏这件事，他以前吃了虾子，也不过就是打喷嚏、鼻塞而已，这次只是吃了虾子含量很少的虾条，为什么会致死？"

"我知道。"大宝举了举手，说，"一来是空腹，吸收程度高；二来是因为爬管子、熬夜加上做那事儿，过度疲劳导致抵抗力严重下降；三来是虾条吃得太多，虾子含量再少，也足以引发过敏。"

"是的，可能是有这些原因。"我说，"个体有很大的差异，即便是同一个体，在不同的时间对某种同样的事物的反应也可以天差地别。"

"通过各方面的调查取证，撤销这一起杀人案件是证据确凿的。"陈诗羽说，"但是侦查部门也在就张强涉嫌侮辱尸体罪进行调查。"

"是啊，证据确凿，各个证据可以组成完整的证据链，说服力很强。"我说。

"那只是说服侦查部门。"陈诗羽扑哧一笑，说，"可是焦昊的母亲完全不理解这个结论，先是推翻了自己之前说焦昊对虾子过敏的证词，后来又提出了各种质疑。"

"可以理解，毕竟一开始警方告诉她是命案，现在又说是意外，她肯定不会善罢甘休的。"我说。

"你们法医的工作不容易啊，估计又得质疑你们的鉴定结果。"韩亮笑着说，"师父又得找你们了。"

"法医专业内容多且深，有很多民众不理解的地方。"我说。

"张强的态度倒是很诚恳的。"陈诗羽说，"他对自己侮辱尸体的犯罪行为供认不讳，也主动提出，会倾尽家产，对焦昊家里进行赔偿。只可惜，焦昊的母亲并不买账，坚持要求公安机关以故意杀人罪惩处张强。"

"没关系，我相信孙法医他们会耐心解释好的。"我说，"毕竟焦昊母亲是学医的，能说明白医学问题。"

"是啊，还有张雅倩的心理辅导也得跟上。"陈诗羽说，"我和派出所说了，他们会找心理医生，对她进行心理辅导。"

"好嘛，人家都说公安就是这个社会的'兜底'职业，这明明不是警务工作，咱们倒还真是考虑细致得很。"韩亮微微一笑，说道。

"怎么了？救人一命胜造七级浮屠，救人于心理障碍之中，那也是积德。"陈诗羽说。

"恐惧来源于自己内心的心结，只有及时解开心结，才不会留下心理障碍。"我看了一眼林涛，说，"你说是吧？"

林涛抬起头茫然地看看我，说："啥意思？"

"有些人啊，因为拔过一次牙，很疼，所以以后一到牙科诊所就会恐惧。其实啊，并不是因为口腔治疗有多恐惧，而是这个人的心结让他恐惧。"我说，"怕鬼也一样，其实怕鬼的人，多半是因为某种心结，或者模糊的记忆，让自己对所谓的'鬼'念念不忘。"

"哪有鬼？要是有鬼就好了，我直接问他，你是谁杀的？那我就成神探了。"大宝哈哈笑着说，"我阅尸无数，从来没见过灵异事件。"

"那是因为你们法医身上煞气重，小鬼不敢靠近。"林涛说，"而且古代的时候，仵作都有很多干儿子干女儿。那是因为很多小孩中邪了，就要找仵作当干爹，这样仵作身上的煞气就可以帮小孩驱邪了。"

"那是迷信！"大宝说。

"是啊，古籍中，确实有这样的记载，不过那都是人们不信科学信鬼神而找出的一些话头罢了。"我说。

陈诗羽说："没有任何嘲讽的意思啊，我就是想问，林涛你的心结真的解不开吗？"

林涛低着头，身体随着车辆的摇晃而摇晃着，一言不发。

"就是啊，你以前说过，不就是小时候去古墓里面'探险'，看到什么什么白影了吗？"大宝说，"有必要记挂一辈子吗？"

林涛曾经和我们说过，他小的时候和几个玩伴一起到一个山洞里面探险。那个山洞里，有一口棺材，在靠近棺材的时候，几个小伙伴似乎一起看到了有"人形白影"从眼前飘过。后来我们也讨论过，既然几个小伙伴都看见了，那也就不是幻觉了。很有可能是某种光的折射，造成了这样的现象，让并不懂事的孩子们心惊肉跳。也正是因为这一次的经历，让我们的痕检员林涛同志，总是不敢一个人去黑暗的现场，或者在出现场的时候经常会一惊一乍。

"是啊，你们说的心结的问题，我也在思考。"林涛低着头默默地说着。

"行了，没什么大不了的。"我拍了拍林涛的后背，说，"这么多年了，咱们几个谁不是知根知底啊？以后去黑暗的现场，这不是有我们陪着你嘛。"

"就是，下次我给你开路。"大宝说。

"你那普通话能不能标准点？"韩亮笑着说，"我还以为你要给他开颅呢。"

笑声在勘查车里回荡着。

法医秦明

VOICE OF THE DEAD

第七案

囚鸟

愿你陷入一夜无梦的沉睡。

——

《西部世界》

1

两天之后，师父把我叫到办公室，告诉我一个好消息和一个坏消息。

好消息是焦昊的母亲最终接受了孙法医他们的解释，也接受了张强卖了自己房子而提供的赔偿，检察机关则根据案件情节和焦昊母亲的谅解书，决定免于对张强刑事处罚。此事算是有了个了结。张雅倩也正在接受心理医生的帮助。

坏消息是，凌南的母亲辛万凤接受了龙番本地一家自媒体的采访，采访以《二土坡命案当事者母亲卧病在床》为题发布了一篇公众号文章。文章里面配了两张采访时拍摄的照片，照片中的辛万凤和之前视频里的判若两人。她如今更加消瘦和憔悴，斜靠在家中宽阔的大床之上，身边放着凌南的黑白遗像。看上去，辛万凤已经被悲痛摧毁了灵魂，仿佛命不久矣。文章内容的主要篇幅是在描述辛万凤现在的惨状，称她现在几乎没有能力离开那张床，每日每夜地抱着凌南的遗像以泪洗面。报道中还引用了桑荷的话，说辛万凤现在身体很弱，前两天开窗透了一次气，就感冒了。桑荷说她好像是腰椎不好，现在坐起来都费劲。辛万凤每天晚上都难以入睡，完全是靠着安眠药来维持最起码的睡眠。

虽然关注此事的网民人数大幅减少，但是这篇文章依旧收获了"10万＋"的阅读量。文章内容光是渲染了辛万凤的悲痛，对警方公布的调查情况却只字未提，评论区里精选的也全是吐槽警方的言论，对警方形象和公信力造成了较大的影响。

"他们什么都没说。"我说，"又好像什么都说了。"

"这就是春秋笔法，这就是流量密码。"林涛说。

"是啊，其实短视频平台的情况更严重。我听说只要在短视频平台有足够的粉丝，随随便便带货都能赚钱。要是粉丝量足够多，还相当能挣钱。即便不自己带货，转卖账号也能有一笔不菲的收入。"陈诗羽说，"所以，一有热点就蹭，已经成了当下的一种普遍现象了。"

"这些事儿，有关部门不管的吗？任由这样发展，后果不堪设想吧。"我说。

"哎哎哎。"师父敲了敲桌子，说，"我是来找你们商量如何管理网络平台的吗？"

我们连忙收住了话头。

"上个案子，青乡的小孙，都能把那么心怀抵触的死者母亲说服，把道理说透，你们为什么不可以？"师父盯着我们说道。

"啊？师父你是让我们去找辛万凤？"我瞪大了眼睛。

"从这篇含沙射影的报道来看，辛万凤心里是不接受我们的结论的。如果辛万凤完全信服了，就不会接受这一次采访。解铃还须系铃人啊。"师父说。

"可我们是法医！是刑事技术人员！这事儿也在我们的工作范畴之内吗？"我说。

"法医也是警察，维护社会治安稳定，不也是你们的工作范畴吗？"师父说。

"可是，辖区公安机关不都已经把所有的案情通报给辛万凤了吗？我们还能说什么？"我问。

"凌南的尸检是你们做的，你们作为鉴定人，应该去和当事人接触一次。"师父说。

"师父的意思就是你和大宝去就行了，你俩是鉴定人。我们又没有出鉴定报告，我们不需要去。"林涛坏笑了一下。

"刑事技术这么多专业，只有我们法医是和群众直接打交道的。"大宝指了指我，说，"不过，第一鉴定人去就行了。"

我无奈地看着大宝。

"我和你一起去。"陈诗羽说，"多大点儿事儿啊。"

说到做到，5分钟后，我和陈诗羽就坐在了韩亮的车上。

"这帮人，只知道干活儿，不知道吆喝，效果不一定好。"陈诗羽说，"一说到见家属，都往后缩，心想只要问心无愧干活儿就行了。"

"是啊，行百里者半九十，这最后让家属认同的一步，有的时候才是最重要的。"我无奈地说，"可是，并不是所有人都能理解、接受我们的结论。"

凌南的家果真是挺豪华的，这座别墅外形并不宏伟，里面却很别致，看得出内部装修花费了不少心思，走进别墅，就像走进了宫殿一般。

保姆小荷在门口接待了我们。

"辛姐不能受风，不方便下床，要不，你们跟我去楼上主卧里？"小荷征询我们的意见。

毕竟初次到访就进别人家卧室，是不礼貌的行为。但是师父交代的任务又得完成，我和陈诗羽交换了一下眼神，决定还是去。

小荷引着我们绕上旋转楼梯，到了二楼，然后走过十几米长的走廊，到了最末一间房间，敲了敲门。

"辛姐，他们来了。"小荷在门外轻声说道。

"嗯。"辛万凤在里面发出一丝若有若无的声音。

小荷推开门，带着我们走进去，把卧室的两张小沙发挪到了床边，说："我去沏茶。"

"不用了，马上就走。"我礼貌地向小荷笑了笑。

眼前的辛万凤甚至比照片里还要苍老，也不知道是不是我们的心理作用，我总觉得她那染成栗色的头发已经花白了，她眼角后面的皱纹也更明显了。她用胳膊肘支撑着床，想要靠到床头，不知道是不是因为腰疼，瞬间露出一脸痛苦的表情。陈诗羽连忙走上前去，把她扶着半坐了起来。

我盯着她眉间那条纵行的深深的皮肤皱褶，蜡黄色的脸和惨白的嘴唇，感觉她像是一个重病在床的病号。

"辛女士，您好。"我说，"对于这案子的处理，您对我们警方的结论有什么意见吗？"

辛万凤低下头去，不置可否。

"有意见的话，您可以提出来啊。不知道我们的办案人员有没有把我们认定结论的依据告诉您，如果您不介意的话，我可以再和您复述一遍。此案我们花费了很大的精力，可以说是事实清楚、证据确凿。"

"这话我听过一百遍了。"辛万凤有气无力地说道。

"您要是有哪里不相信或是不理解，可以向我们提出疑问，我们可以为您解释清楚，这样也可以解开您的心结。"陈诗羽温和地说道。

"解释有什么用？我的南南已经没了。"辛万凤哽咽了起来，说。

"您……节哀。"我本来准备了很多解释破案经过的话语，受到辛万凤的情绪感染，一下子什么也说不出来。这时候我才意识到卧室的空间似乎过于空旷了，少了一些人气，凉飕飕的都是悲伤的气味。

辛万凤哽咽着说："你们都不知道，我的南南有多听话。他是天底下最乖、最听话的孩子！他在学校名列前茅，没有哪个老师不喜欢他。在家里，我们说什么他就听什么，亲戚们都羡慕我有个这么乖的儿子……这么好的孩子，为什么是他死了？你们告诉我，为什么是他？"

"这是一起意外。"我说，"没人愿意看到这样的结果。"

"培养一个孩子多不容易啊……他是我们集团下一代的希望，我们家辛辛苦培养他，这份家业将来还不是要他来继承？我的南南啊……"辛万凤说，"他这么优秀的一个孩子，让妈妈这么骄傲的好孩子……可是为什么？这都是为什么？"

"我们完全理解你的心情。"陈诗羽缓缓地说，"但是公安机关的职责是还原事实，我们不会放过一个犯罪分子，也不能冤枉一个好人。"

辛万凤的肩头似乎颤动了一下，嘴唇有些发抖，说："好人？你说谁是好人？"

"没有。"我连忙说，"我们没有特指谁，只是想向您表达，我们办案都是出于一片公心。而且这个案子也是证据确凿的。"

"……南南是不会离家出走的。"

"没人说他是离家出走啊。"

"……南南除了有画画的恶习，没有任何不良行为了。"辛万凤自顾自地说道。

"画画不是恶习啊。"陈诗羽有些迷惑。

"不！画画会影响学习！你看看那些画画的人，都是些什么人！"辛万凤的情绪顿时变得很激动，声音从喉咙里挤了出来，尖锐刺耳。

我被她的反应吓了一跳，问道："绘画可以是爱好，也可以是专业，为什么画画的人不好？"

"要不是被同学带坏了，他怎么会去画画？怎么会因为这件事和我总闹别扭？"辛万凤说完，开始剧烈咳嗽。

咳嗽着，辛万凤又哭了起来。好一会儿，辛万凤才抬起头来，说："你们来得正好，最近几天我还听说，有人造谣说凌南和女同学开房？真是恶毒！我家南南那么单纯，而且才15岁！这些人不怕遭天谴吗？你们警察应该管这事儿吧？造谣的人要抓出来枪毙的吧？"

"嗯，这个事情，我们也是刚听说，确实是个谣言！我们会调查谣言的源头。"我说，"会给孩子一个清白的。"

"算了，也不指望你们能查到。"辛万凤咬了咬嘴唇，低声说道。

"查出造谣者这件事，我们会去落实。但是对于案件的性质问题，也请您能仔细想一想。我们警方已经穷尽所能，把细枝末节都调查过了。"我说，"如果您觉得哪些人在这个事件中可能存在民事责任，您也可以去法院寻求法律渠道来解决问题。"

辛万凤低下蜡黄的面庞，不搭理我们。

"总之，大姐，您还是得保重身体。"陈诗羽说。

辛万凤艰难地挪动着身体，又重新钻进了被窝，拿自己的脊梁对着我们。我知道，这位憔悴无比的母亲是在对我们下逐客令了。

我给陈诗羽使了个眼色，说："辛女士，我们就告辞了，如果您有什么解不开的心结，可以随时找我们，我们都会给您解释清楚。"

辛万凤没说话，把身边的遗像紧紧搂进了怀里。

下楼梯的时候，正好碰见保姆小荷端着两杯茶上楼。

"这就走了？"小荷连忙下楼，把茶杯放在鞋柜上，给我们开门。

"不打扰了，如果有机会，你还是要做做她的工作。"我说，"悲伤过度是很伤身体的，毕竟生活还要继续。"

"唉，是啊，辛姐真可怜。"小荷也哽咽了，低声说道，"男人不疼，唯一的希望还走了。"

我见小荷话中有话，于是问道："对了，你们家男主人呢？怎么从来没见过？"

小荷做了个手势，把我们请出了门外，然后跟了出来，关上门，低声说道："凌总根本不关心辛姐，也不关心南南。"

"为什么？"我问。

"因为他有外遇。"小荷说。

"外遇？什么时候的事情？"我从包里掏出了笔记本。

"两年前了。"小荷说，"我也是躲在房间里偷听到的，南南在上学，夫妻两人在家里大吵了一架。大概意思，就是凌总和一个女画家开房了，被辛姐抓了现行。那次吵架完之后，凌总就很少回家了。"

"这事儿，凌南知道吗？"

"不知道。"小荷说，"辛姐告诉南南的理由就是公司经营状况不好，凌总住公司，方便加班。"

"哦。"我这下终于明白为什么辛万凤对凌南喜欢画画这么深恶痛绝了。原来是恨屋及乌啊。

不过这件事情，对于整个案件，似乎并没有任何影响。

"这么好的家庭条件，这么乖的儿子，还要外遇。"陈诗羽冷笑了一声。

"那他们在凌南出事后，见过几次面？"我追问道。

"哦，你别说，最近这些天，他们经常见面。"小荷说，"不过，说起来也真寒心。凌总那么个温文尔雅的人，出了事就看出本性了。"

"什么意思？"

"他儿子死了，他居然就想着钱。"小荷说，"我听他们夫妻俩争吵，在说什么意外保险和人寿保险，好像是南南刚出生的时候，他们就给他买了保险。现在出事了，这笔保险金可以领取了，但是需要辛姐签字。说什么虽然是刑事案件，但是南南确实属于意外死亡，所以可以拿到一大笔保险金。辛姐认为她不能签字，因为她还是怀疑这是一起谋杀。凌总好像是要等着这笔保险金来救公司，两个人就有争吵了。"

"谢谢你。"我合上笔记本，对小荷笑着说。

"唉，世界对我们女人，就是这么不公平！"小荷叹了口气，说，"没了南南，辛姐就什么都没了。不像凌总，再找个年轻的，还能再生。"

回程的路上，我沉默着。

"没问题啊。"我小声嘀咕着。

"什么没问题？"陈诗羽回头问。

"这个保险金的问题，引起了我的警惕。"我说，"不过我把凌南的事情从头到尾过了一遍，觉得我们办得没有问题啊。"

"能有什么问题呢？"

"怀疑是杀子骗保呗。"我说，"虽然以前有这样的案件，但这一起肯定不是。案件性质的判断，取决于现场和尸体。这案子，没什么问题。"

"对嘛，就该有这样的自信！"陈诗羽笑着说，"从调查初期，保险的事情我们就注意过了。但其实，保险金数额也不大，估计是凌三全的公司快完蛋了，所以他才急于拿到这笔保险金。不过我觉得啊，可能也是杯水车薪。"

"但是凌三全对这笔保险金的渴求，确实会更加刺痛辛万凤，引发她的逆反心理。"我说，"慢慢地，就会演变成辛万凤觉得全世界都在针对她、欺骗她。不利于事件后期的妥善处置。"

"那我们也不好去找凌三全，让他别急着拿钱吧？"陈诗羽说。

回到省厅，我们把从小荷那里问来的情况告诉了龙番市公安局刑警支队，希望他们查实一下。

支队对这个行为很不理解，案件都已经结了，这些事情和案件又毫无干系，为什么我们对这个家庭的八卦那么感兴趣呢？

但支队还是很快把这件事摸清了。

在调查中，侦查员发现凌三全和辛万凤原本感情还不错，但是在两年前突然发生了变故，凌三全一直住在公司，不愿意回家。究其原因，果然是如同小荷说的一样，凌三全在一次酒后和一名女子发生了关系，结果被辛万凤发现，两人关系从此处于决裂的边缘。辛万凤不允许凌三全回家，凌三全就只能在公司长住，偶尔回家看看儿子了。

而凌三全出轨的这名女子，就是原来辛氏集团下属一家艺术培训学校的绘画老师，也是一名小有名气的画家。这果然是辛万凤这么反感凌南画画的原因。

侦查部门本着"既然查了，就深入地去查"的宗旨，对这条婚外恋的线索进行了调查，可是反复调查并没有发现任何异样。这名女画家和凌三全的关系也就仅限于那一个不冷静的晚上，之后就没有其他瓜葛了。女画家也因为此事，从辛氏集团的下属公司辞职，现在是在一个画廊里卖画为生。

"丈夫出轨，受到惩罚的应该是丈夫，为什么连孩子也要迁怒呢？因为大人的感情纠葛，孩子单纯的爱好也被迁怒，凌南多无辜啊。如果他母亲没有这么极端地对待他画画的事情，是不是那天他就不会那么冲动交白卷离校了呢？"陈诗羽惋惜地感慨着。

"这案子吧，虽然刚开始扑朔迷离的，但是经过调查，水落石出了。"我说，"不过，如果不做后续的工作，又怎么能把来龙去脉摸得这么清楚呢？"

"摸清楚了也没啥用，案子的事实就摆在那里。"

"不，摸清楚了，对辛万凤的工作也可以做到有的放矢啊。"我说，"只要她愿意相信事实真相，也就不存在什么媒体炒作了。对了，我们去市局一趟。"

"去市局？"韩亮问。

"是啊，上次让他们调查谣言的情况，他们这次没有给我们一并反馈。"我说，"还有，我还得去DNA实验室问问，排了这么久的队，电线上的DNA做出来没有。"

到了龙番市局，陈诗羽直接去了刑警支队长那里，询问谣言源头调查的情况。可是，经过侦查人员的调查，确实有一些同学看到了那张照片，但是那张照片已经被段萌萌毁了，究竟是什么样子，谁也不知道，更不知道那张照片是谁贴上去的。

我则直接去了 DNA 实验室，询问张玉兰家提取的裸露电线上，是否检出了张玉兰的 DNA。

出乎意料的是，电线上，没有检出任何人的 DNA。

"不太可能吧？"我说，"触电的时候产生焦耳热，肯定会留下死者的皮屑啊！"

"你干了这么久法医，这些原理应该知道啊。"DNA 室的郑大姐对我说，"DNA 检验的思维，不是说哪里应该检出 DNA，而是说有没有检出 DNA。不应该是推导论，而是结果论。检出了，就说明当事人碰到检材了；检不出，就说明不了什么。"

"这个我懂，不该用我们的推理，来确定 DNA 检验的实际结果。"我说，"但是，我总觉得按医学常理，应该留下 DNA 啊。"

"我猜，有没有可能是因为留下的脱落细胞并不多，因为高温作用，细胞坏死，也就检不出来了。"郑大姐说。

"是有这样的可能，但是概率很小啊。"我说。

"概率小，不代表没可能。"郑大姐说，"这案子我看了，一个封闭现场，死者独自进入现场，又在裸露电线旁边，又确定是触电死亡。你说，还能有什么意外情况吗？"

"听起来确实不可能有意外情况，但我还是放心不下啊。"我说，"没事，您辛苦了，我再回去想想。"

2

回去和林涛、大宝他们述说了本次工作的结果后，林涛和大宝并没有对这个 DNA 的异常情况有多少关注。因为案件的事实从多方面都得以印证，一个 DNA 结果异常也不能说明什么问题。毕竟，DNA 证据也不是证据之王。

我的心里却总是有那么个疙瘩。从常理来看，案件确实没有问题，但是怕就怕在极端的巧合。在我的工作经历中，极端的巧合往往会导致工作的失误。比如多年前发生的一起意外高坠案件，因为案件调查、现场勘查的极端巧合，加之尸体损伤的极端巧合，就让我误判成一起伤害致死的案件，浪费了不少警力。[①]所以，在以

———————————

① 这里讲的是法医秦明系列万象卷第二季《无声的证词》"致命失误"一案。

后的工作中，哪怕可以 99.99% 确定的案件，只要有 0.01% 的异常，我都过不了自己心里的关。就是因为还有极端巧合的可能性存在。

可是，如果张玉兰死亡的案子真的有什么问题的话，那么极端巧合会在哪里呢？我一时也想不明白，所以就在这种焦虑思考的过程中度过了难熬的好几天。

终于，又来了指令电话。

从我以往的经验来看，办案子是缓解焦虑的最好办法。每次当我自己出现焦虑症状时，一旦出现案件，我就会全神贯注地投入到案件侦办中去，焦虑症也就不治而愈了。

但是这一次，指令内容一点也不吸引人，是一起看起来明显是意外的案件。但因为网络上有了相关的信息，为了防止舆情发酵，指挥中心才指派我们前往现场进行指导。

"什么情况啊？"大宝坐在车上，问道。

"说是老夫妻二人，在家中因为油漆中毒，死亡了。"我说。

"啊？这种清楚的案子，也要我们去，那每年全省几千起非正常死亡，我们怎么跑得过来？"林涛坐在后座上，一边清点着勘查装备，一边说着。

"闲着也是闲着，看上去虽然是个意外事件，这不就怕有什么意外嘛。"大宝说。

"嗯，主要还是有人在网上透露了这个案子的信息，网友们对油漆也能毒死人表示质疑。"我说。

"那有什么好奇怪的，油漆里有苯、甲醛，不都是有毒物品吗？"大宝说，"前不久，我们不还办了一起因在油罐车内清洗空的油罐而发生的苯中毒死亡事件①嘛。"

"抛开剂量说结果，都是耍流氓。"我说，"我挺好奇的，现场是有多少油漆，居然能毒死人。"

"师父说，案件刚刚报案，结果存疑呢。"林涛说。

"说是这个家庭情况也很特殊。"我说，"家里很穷。具体的，等到了就知道了。"

案发现场是在丽桥市的郊区，距离高速口不远，所以没花多少时间，我们就抵达了现场。

丽桥市公安局分管刑侦的强局长早已等候在现场外面，见我们的勘查车里跳下

①见法医秦明系列众生卷第三季《玩偶》"蜂箱人头"一案。

来这么多人，吓了一跳。

他笑着过来和我握手，说："不至于吧，这个简单的事件，你们这么兴师动众。"

"人民群众的事，无小事。"我也笑着回答，说，"你这么大领导，不也亲临现场了吗？"

"嗯，就是觉得这家子挺惨的。"强局长说，"看现场之前，我先把背景资料向你们汇报一下。"

站在现场警戒带外，强局长把死者的情况和发案的情况和我们先介绍了一遍。

死者是夫妻二人，男的叫焦根正，58岁；女的叫崔兰花，49岁。这一对夫妻都是残疾人。焦根正19岁的时候，因为被工地脚手架砸伤，导致双眼角膜云翳，全盲了，双腿也因为这次事故留下了残疾，走路不利索。残疾之后，一直相不到对象，后来在40岁时，经人介绍，和同村一个智力低下的女子崔兰花结婚。崔兰花是自幼智力发育迟滞，基本没有生活自理能力。两人结婚后一年，生下一女儿焦宝宝，两年后又生下一儿子焦成才。

17岁的焦宝宝很健康，目前是丽桥市郊区中学高三的学生，据说学习成绩不错，为人处世也很好，和班上同学们关系不错。15岁的焦成才和他母亲一样，智力发育迟滞，目前也只有4岁孩童的智商。

一家四口人，三个残疾人，生活的重担就全部落在了焦宝宝的身上。

虽然政府的扶持和补助能解决焦家四口的温饱问题，但是想要生活更加好一点的焦宝宝，一边上学，一边在附近的工厂打钟点工，回到家里还要照顾父亲、母亲和弟弟的饮食起居，可以说是每天都忙到脚后跟打后脑勺。焦宝宝10岁时，焦根正的腿疾更加严重，也几乎丧失了生活自理能力，从那个时候起，焦宝宝就承担了家庭的所有重任。

一晃过去了七八年，焦宝宝多年如一日，尽心尽力地照顾着自己的亲人，她的孝顺行为，是全村人的楷模，大家一说到她，都会不由自主地竖起大拇指。因为每个人把自己代入这个悲惨的家庭，都会觉得自己绝对不可能做到焦宝宝这样。

案发当天，焦宝宝和往常一样，早晨7点钟离开家，去学校上学。中午下课后，于12点多回到了家，准备给父母和弟弟烧饭，可是推开父母的房门后，突然闻到一股浓烈的油漆气味，而此时，父母分别躺在窗边地上和床上，纹丝不动。

吓坏了的焦宝宝连忙去隔壁邻居家打电话报警，120和派出所民警抵达后，120医生进入了现场，因为整个房间仍有不少油漆味，医生连忙将焦根正夫妇拖出了房间，可是此时两人均已经没有了生命体征。

现场房间狭小，医生考虑是地面上被打翻的一桶劣质油漆所致。劣质油漆本身甲醛和苯含量超标，加之被泼洒到地面，更大程度挥发，使得空气中甲醛和苯浓度超高，从而导致两人气体中毒。支持这一依据的，还有市局法医的初步尸表检验，法医未发现任何损伤，排除了两名死者曾遭受过外界暴力，排除了机械性损伤致死的可能性，也排除了颈部或者口鼻受压导致机械性窒息死亡的可能性。

两名死者都有窒息征象，但是气体中毒或者突发疾病也可以造成尸体出现窒息征象。而不可能那么巧，两人同时突发疾病而死亡，所以市局认为，医生判断的急性气体中毒致死的可能性大。

一切看起来，都顺理成章，没有丝毫疑点。

"焦根正是盲人，我们分析他下床的时候，一脚踢翻了床旁边的油漆桶。"强局长说，"他的脚底、裤腿都沾染了油漆，地面也有大量油漆拖擦痕迹和油漆赤足迹。一桶油漆都泼出来，挥发确实会加快。"

"即便是劣质油漆，也不至于有那么多有毒气体吧？"我依旧不太相信，一边穿戴好勘查装备，一边走到了警戒带旁边。警戒带把面积不大的两座小房子全部围了起来，警戒带外坐着一个年轻的女孩，她的身边坐着一个看上去面容呆滞的男孩，她紧紧牵着男孩的手。

我知道她就是焦宝宝，于是蹲在她身边问道："你们在这里住了多久了？"

女孩抬起她稚嫩的脸庞，说："从我记事起，就在这里住了。"

"为什么家里会有油漆？"

"这，我不知道。"女孩有些惶恐地说道。

"那这桶油漆，应该是你爸爸买的了？"我问。

"不知道，是这桶油漆把爸妈害死的吗？"女孩哭了起来，她一哭，身边的小男孩也跟着哭了起来。

"现在还不清楚，你们别着急。"林涛连忙说。

我和林涛一边进入现场，一边问身边的派出所民警，说："卖假冒伪劣油漆的商家，你们不准备调查一下吗？"

"调查了，人已经控制了。"民警说。

说是一个小院，其实只有几平方米大小。两间小平房面对面，平房边缘有围墙相连，圈出了这个院子。

囚鸟

根据派出所民警的介绍，这两间小平房，比较大的那一间，是焦根正夫妇居住的房间，而另一间较小的，是焦宝宝和焦成才两人居住的房间。因为院落空间狭小，放不下厨房、卫生间，所以他们只能在较大的平房内安装了炉灶，用瓶装液化气来提供火源做饭。而卫生间则实在没有地方安下，所以平时是使用痰盂，而洗澡则只能用大盆。

这个时代，还过这样不方便的日子，总让人觉得很是恻隐。

"据焦宝宝说，她早晨起来上学，因为比较早，就没进父母房间。"民警说，"弟弟也是每天睡到中午才起床。但今天，她中午回来，就发现不对劲了。"

我走进了较大的房间，果然闻见了一股淡淡的油漆味。正对着大门的，就是一张床，床后的柜子上，一台破旧的台式风扇正在嗡嗡地转动着。

"这天还不至于吹电风扇吧？"我说。

"没有，是我们进入现场的勘查员觉得油漆气味太重了，正好看见里面柜子上有电风扇，所以打开吹到现在，加强通风，也安全些。"民警说。

我点头认可，这是最简单的保护现场勘查员的方法了。

虽然房间很小，很破旧，只有十几平方米，但是房间收拾得干净整洁，床单被褥都很干净，说明这个家里的唯一劳动力焦宝宝是个很勤快的姑娘。房间摆设很简单，只有一张床和床后方的一个柜子。柜子上摆着一台电风扇和一张全家福，虽然全家福上的母子二人都没有看向镜头，父亲的双眼都是白眼珠，但这并不影响全家福体现出的那种亲情温暖。房间的东北角，用布帘圈起来一个只有两三平方米的区域，里面是一个破旧但很干净的双灶燃气灶，灶台下方放着三瓶液化气，其中一瓶连接到了燃气灶，另两瓶应该是备用的。燃气灶上放着一口黑锅和一个不锈钢水壶，都打理得很干净。

除了电灯和电风扇，这个房间就没有其他电器了，甚至连电视机都没有。当然，这家里唯一有可能看电视的，只有焦宝宝，可是她没有时间看。

房子的地面是水泥地面，地面上有成片的清水漆，旁边有一个倒伏的油漆桶。

我蹲了下来，向床底看去，毕竟只有床底是一进门不能一目了然的地方。我看见床底下有一个类似木头架子的东西，就拖出来一点看看。原来这是一个大约半米长的，手工做的类似东方明珠塔似的东西。从手工来看，做得不错，但仍是木质的手感，没有刷过油漆。

我顿时就明白了这桶油漆的意义所在。

　　"油漆是很好的固定鞋印的东西，地面上也确实有很多鞋印，只是有一部分被拖拽尸体出屋时形成的痕迹盖住了。"林涛说，"不过，我可以仔细分析一下地面的鞋印，排除焦宝宝和120医生的，看有没有其他人的。"

　　我点了点头，走到了房屋西侧的窗户边，这也是这间小房子唯一的一扇窗户。窗户是不锈钢推拉窗，半扇固定、半扇可推拉打开或闭合。据说是为了乡村建设，村委会给每户人家都换了这种密封性很好的窗户来加强保暖性。窗户的锁扣是打开的，但窗子是密闭的。窗户外面，有用作防盗、刷着红色油漆的铁质栏杆，让这个小房间看起来就像牢房一样，但也同时达到了很好的防盗效果。

　　"焦宝宝是怎么描述案发当时情况的？"我问民警。

　　民警说："焦宝宝是中午12点多到家的，当时弟弟在对面房子里玩，她就推了一下这间房子的房门，发现房门是从里面锁着的，于是敲门，敲了几分钟，没人应，她就很害怕。因为父母都是残疾人，所以这个房间的门钥匙她房间里有，于是她去了自己房间找出了钥匙，打开了门，结果发现焦根正躺在西侧窗户下面，崔兰花躺在床上。两人都是睡觉时候的衣着，穿着棉毛衫，但是都没有知觉了。"

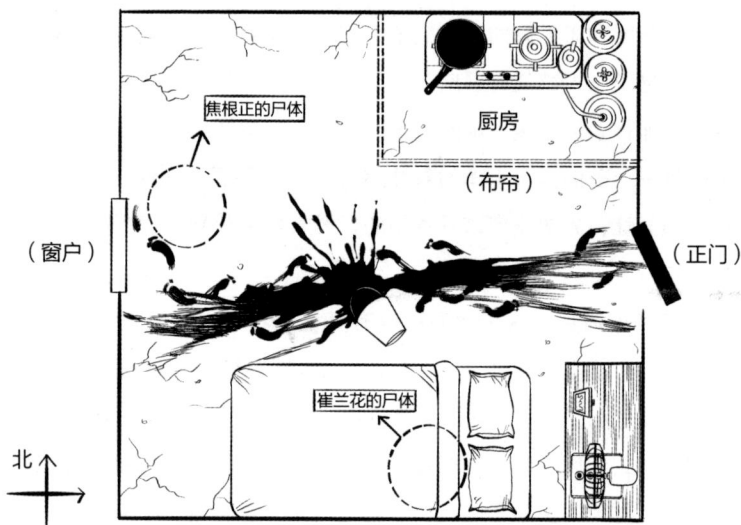

"囚鸟"案发现场示意图

囚鸟

"嗯，从油漆的走向看，确实是有人从床边踢翻了油漆桶，然后摔倒了，油漆有向大门和西侧窗边方向拖擦挪移的痕迹。"林涛说。

"应该是焦根正和崔兰花在油漆桶边睡了一夜，已经有了中毒迹象，焦根正挣扎着下床，可是他腿脚不利索，加上中毒，踢倒油漆桶后，就在地面上爬行到了窗边。"一名正在勘查现场的技术员说道，"窗边有赤足印，说明他扶着墙站起来了，可是还没来得及打开窗户，就晕过去了。120医生来后，把他拖出房间，所以油漆又有向门口延伸的痕迹。"

"听起来很合理，但是他为什么不选择往门那边爬呢？开门不就逃离了？"我问。

"有窒息征象，第一时间找窗户或者第一时间找门逃离，都是有可能的。"大宝说，"我不觉得有什么问题。毕竟，他也不知道自己是不是气体中毒，只是喘不过气罢了，他还得考虑到他老婆没起床呢。说不定，他认为开窗透气，就不憋气了。"

"嗯，也有道理。"我点点头，走到房间的大门，看了看门锁。

门锁就是普通的暗锁，从外面可以用钥匙打开。门的外侧，还装着一把明锁，估计是焦宝宝认为一把普通的暗锁不安全，所以出门的时候再加一把明锁。

暗锁看起来没有任何撬压的痕迹，也没有损坏，加之唯一的窗户外侧还是有防盗窗的，所以可以说这是一个封闭的现场。

"如果足迹可以做相应排除，就可以确定没有外人侵入了。"我说。

林涛则在一边说："初步看完了，只有赤足迹一种，鞋底花纹三种。我估计啊，赤足迹就是焦根正的，鞋底花纹分别属于焦宝宝和两个医生。这个，过一会儿做排除就行。"

"案件确实很简单，很明了。"陈诗羽一直在门口听我们说话，"家属对死因有异议吗？"

"没有异议，希望尽快办后事，希望政府能给一些补助。"民警说，"这个不是焦宝宝提出来的，是焦根正的弟弟提出来的。这个弟弟啊，之前从来不管他哥哥家任何事，此时跳出来了，估计想从政府补助里抠一些甜头吧。"

"行了，那我们去看看尸体。"我说，"林涛你把地面痕迹研究明白，再仔细看看窗户，咱们估计今晚就能回家了。"

"尸体在哪里？"大宝摩拳擦掌地问道。

"我听吴法医他们说，要把尸体拉去做什么虚拟什么的。"民警说。

"虚拟解剖？"大宝说，"可以啊！相当有意识！"

我也赞许地点了点头。

现在对于一些重大、疑难的非正常死亡事件，尤其是家属不同意解剖的，即便尸表检验完毕没有发现问题，为了确保案件不出现问题，法医会要求对尸体进行"虚拟解剖"。但是，之前也提到过，因为公安机关一般无法配备 CT 设备，所以得依靠当地医院。有些地方医院配合度高，虚拟解剖的例数就多，比如丽桥市。

"在市人民医院？"我说，"那我们过去吧。"

3

我们赶到医院的时候，CT 已经做完了，内脏并没有损伤或者异常。

"要不加做一个能谱 CT。"我说，"龙番市公安局最近研究了一个创新课题，就是利用能谱 CT 对尸体进行扫描，看看死者有没有可能死于中毒。"

"还有这么先进的？"吴法医瞪大了眼睛，说，"能谱 CT……据说我们人民医院是有这个设备的，但是这也能看出有没有中毒？太厉害了吧？我刚刚还在说我们抽完心血，理化检验要到半夜才能出结果呢。"

"不是所有的中毒都能看出来的，不过甲醛和苯是大分子，通过能谱 CT 的扫描，可以看出死者的体腔内有没有异常的能谱曲线。"我说，"试试吧。"

一座小城市里的医院，虽然有能谱 CT，但是去做的人很少，所以我们也不用从下午等到晚上再偷偷摸摸地去。很快，检测结果就出来了，我把数据发到了龙番市局，请他们的法医研究人员对数据进行一个评判，而我们则推着尸体来到了医院的太平间，准备对尸体再次进行尸表检验。

从尸体的外貌看，崔兰花看不出是残疾人，焦根正倒是很容易看出来。他的角膜已经完全变性了，扒开眼睑只能看到白眼珠，而没有黑眼珠，双腿的肌肉也明显萎缩了。

除了吴法医抽取心血的时候在他们胸口留下的针眼，尸体上看不到其他的损伤。

"结合现场是个封闭现场，又没有任何打斗的痕迹，案件性质还是很清楚的。"大宝伸了个懒腰，显然是对案件的难度不太满意。

"可是尸体上的窒息征象也太明显了。"我说，"口唇和尸斑都是青紫色的，指甲也都是乌黑的，眼睑出血也很明显。如果是中毒，不会有这么严重的窒息征象啊。"

"也许是个体差异。"吴法医说。

“可这两具尸体的征象都是一样的啊。”我检查了一下焦根正的手部，说，“死者的尸僵很强硬，现在是下午 4 点，死者的死亡时间大概是昨天深夜到今天凌晨。”

“是哦，尸体的手指都掰不开。”大宝说，“哎？手指之间这是什么东西？”

我抬头看了看，尸体右手的皮肤皱褶里果真是有一些细碎的红色颗粒。

“你用棉签蘸生理盐水把这些颗粒提取一下，送理化部门检验。”我说，“我来微信了，我先脱手套看看。”

脱了手套，我打开手机，是龙番市局周法医发来的，他们经过能谱曲线的对比，认为死者体内应该没有苯和甲醛的分子。

“我就说嘛，那么点油漆，不太可能毒死两个人。”我说，“走，我们还得回现场看看，之前的推测可能是错误的。”

这么一说，把吴法医吓了一跳，连忙开车带着我和大宝重新回到了现场。

现场，林涛和程子砚正趴在地上对一个个足迹进行排除比对，而其他的市局技术人员认为工作已经完成了，在现场大门口和韩亮聊着天。

在赶去现场的路上，我的脑海里已经似乎有了答案，所以到了现场，我直接走进了房间，掀开了布帘，去看燃气灶。

“不出所料！”我说，“你们看，水壶下面的旋钮，是开着的，而且开到了最大！”

“啊？”听我这么一说，现场几个人异口同声地喊道，然后凑过来看。

“这就是常见的燃气中毒的现象。”我说，“在家里烧水，忘记了，结果水开后，水泼出来了，把火扑灭了，燃气却仍不停地向外泄漏。”

“嗯，现在很多燃气灶都有了安全保护的功能，火一灭，燃气也自动停。”闻讯而来的韩亮说道，“可惜这个燃气灶，怕是有十几年的历史了，没有这功能。”

“你是说，焦根正晚上起来烧水？”大宝提醒了我一下。

我还没来得及思考这个问题，林涛说道：“以前的燃气是一氧化碳，所以可能会导致人中毒死亡。但是现在都是液化气，又不是一氧化碳，怎么会导致人中毒啊？”

“是啊，液化气都是丙烷、丁烷、戊烯之类的烷类和烯类，这些东西对人来说，应该是没有多大的毒性的吧？”韩亮说。

“是，成分你都答对了，但是你们理解错了。”我说，“气体导致人死亡，除了中毒之外，还有一种方式就是窒息。”

“窒息？”林涛好奇道。

“你们想一想，这些气体虽然不能迅速把人毒死，但是因为它们的比重比较重，所以当它们被喷射出来之后，就会迅速挤占房间的空间，把空气给挤出去。"我尽可能地用最浅显易懂的方式来表达，"当一个较为密闭的空间内，含氧的空气被挤出了空间，剩下的尽是不含氧气的气体，就会造成人的窒息。外界环境导致人死亡，也是机械性窒息的一种，叫作'闷死'。"

"有的时候天气不好气压低，或者在密闭而人多的高铁、大巴里，人也会面色潮红、昏昏欲睡，这就是因为空气中的氧气含量低了，我们的大脑处于一种缺氧的状态。"大宝补充道。

"你们看看，这个房间这么小，房顶这么低，如果再有大量液化气充斥进来，人当然会慢慢出现缺氧状态，直至窒息死亡。"我说，"这就是为什么两具尸体都呈现出严重的窒息征象。我们以前说过的，人的窒息过程越长，窒息征象就会越重。"

"缓慢地窒息死，也怪痛苦的。"程子砚小声地说。

"而且，如果是气体中毒，人在中毒后的活动能力是很有限的。"我说，"但如果是慢慢窒息，人在缺氧后的活动能力还是存在的。这就是焦根正还能从床上下来，然后走到窗户边的原因。"

"所以，他们的死因是，因为液化气泄漏导致的空间缺氧而机械性窒息死亡。"大宝点着头，认可地说道。

"还好，还好。"吴法医擦了擦额头上的汗珠说，"死因虽然不同，但是都是有害气体导致的意外死亡，案件性质没错就好。"

"等等，路上你就说了，不管什么中毒，抛开剂量谈结果就是要流氓。你觉得，一瓶液化气，能把这个房间都充满？"林涛问。

被这么一问，我顿时也愣住了，林涛确实说出了问题所在。因为物理、化学知识的缺乏，我确实难以确定这么一瓶液化气罐子喷射出的气体能占用多大的体积。但是另外两瓶备用液化气很快吸引了我的视线。

"不，你们看，如果是三瓶气，我觉得是可以把房间充满的。至少把房间的下半部分充满。"我说，"林涛，你先看看，这些液化气的阀门上有没有指纹。"

林涛拿过多波段光源，戴上滤光眼镜，把光线照射在液化气罐的阀门上，看了一会儿，说："没有，似乎有衣服纤维擦蹭的痕迹，但是没有新鲜指纹。"

"那好。"我检查了一下手上的手套，然后逆时针旋转了一下阀门，没转动。

"果然如此，这两瓶液化气的阀门，也都是开启状态的！"我说。

液化气阀门一般都是顺时针旋转紧后关闭，像现场液化气罐这样，逆时针转不动，就说明两瓶液化气的阀门都打开到了最大程度。

"这，会影响案件性质吗？"吴法医心存侥幸地问。

"影响。"我说，"如果只是连接燃气灶的液化气瓶泄漏，则应该是意外。可是如果是三瓶全部打开了，那就不可能是意外了，因为没人会主动去打开备用液化气罐的阀门。所以，这案子就有可能是自杀了。"

听我说完，吴法医的脸上似乎出现了如释重负的表情。

"当然，也有可能是他杀。"我说。

吴法医又紧张了起来。

"一般用这种手法杀人，是很难实现的，因为大多数人出现窒息感受后，就会自救。即便是睡眠状态也是这样。比如你睡觉的时候压住了口鼻，你会清醒过来，转身自救。"我说，"我刚才也说了，这种窒息是需要时间的，所以死者必然有足够的时间自救。可是，两名死者都是残疾人，一个不具备自救的认知，一个盲目加行走不便，那么利用这种手法杀人的可能性就不能排除了。"

"现场没有外人进入的痕迹。"林涛说，"这个我们可以确定。"

"所以，我也倾向于自杀。"我说，"残疾人，生活质量差，产生轻生念头也是有可能的。而且刚才我就很奇怪，死者的死亡时间应该是凌晨时分，哪有这个时间起来烧水的？现在看，就比较能解释了。焦根正半夜时分起床，摸索着要打开液化气，一脚踢翻了油漆桶，还摔跤了。打开液化气后，他又去窗户那里关闭了窗户，导致二人死亡。"

"这个观点我赞同。"林涛说，"刚才我看见，窗户的玻璃、边框和锁扣上，都有大量焦根正的新鲜指纹。我当时就在想啊，他明明打开了锁扣，又不停地扒拉窗户，才会留下这样的痕迹。既然能打开锁扣、又扒拉了窗户，肯定能打开窗户啊，为什么窗户还是关着的？所以你刚才这么一说，我觉得他可能就是去关窗的，而不是去开窗的。"

"是啊，顺理成章。"吴法医拍了一下手，说，"我们看焦根正移动，还以为他是在自救，其实他是在自绝后路。"

"结案。"大宝高兴地说道。

回到宾馆房间后，住一屋的我和林涛，不约而同地打开了笔记本电脑，看起了现场的照片。尽管刚才大家的推测都很顺理成章，但也许他和我一样，也觉得这案子哪里不太对劲。没解决心中疑惑之前，我们俩甚至都没对话。

两个小时后，我抬头问林涛："为什么油漆足迹没有延伸到液化气罐的位置？"

"他们认为是焦根正打开液化气之后，往回走的时候，不小心踢翻了油漆桶。"

"液化气的阀门上是刷着漆的，很光滑，载体很好，为什么转开阀门，会不留下指纹？"我接着问。

"我也是这么想的。"林涛说，"关键物品上太干净了，就反而不正常了。我之前看到阀门上有衣服纤维的痕迹，没在意，再仔细想想，如果不是衣服纤维呢？"

"你说的是手套的纤维？"我心中一惊。

林涛缓缓点了点头，说："我怕的就是这个，如果有人在这个天气戴着手套去开液化气阀门，那是怎么回事，可想而知。"

我陷入了沉思。

林涛接着说："还有，你看这张照片。"

照片中是一个标号为"23"的物证牌，物证牌的附近是一片拖擦状的油漆印记，我记得这是从窗户到大门之间的水泥过道上的油漆拖擦痕。

"表面上看，就是普通的油漆痕迹，之前说是尸体被医生从室内移到室外而留下的。可是，仔细观察这些拖擦痕迹，下方其实是有赤足迹的。"

说完，林涛用红圈在照片上标识了出来，红圈内，隐约可见脚趾的形状。

"我看了这些隐约不清的足迹走向，有从门到窗的，也有从窗到门的。"林涛说，"如果是自杀，他只需要去床上躺好等死就行了，为什么要在窗户和门之间来回走动？如果是简单的关窗动作，为什么又在窗户玻璃、窗框上留下那么多痕迹？"

林涛说完后，我们都沉默了，继续各自看着照片。

我打开了死者虚拟解剖的 CT 片电子档，一张张看着。突然，我看到了死者的右手软组织似乎有点肿胀，放大细看，他的右手第五掌骨基底部有骨折，而且是新鲜性的骨折。骨折的断端，互相有嵌顿状①的改变，这用我们法医的话来说，这是一处"攻击性损伤"。我们的掌骨是一条长形的骨头，如果力的作用方向是和骨头的长轴平行的话，造成的骨折断端才会有嵌顿。简而言之，这种损伤，一般是在用拳头拳击人或硬物的时候，攻击者的拳头的支撑骨骼承受了较大作用力而发生骨折。

当然，现场没有搏斗的痕迹，最大的可能是焦根正自己拳击墙壁或者其他硬物

---

① 嵌顿状：断端互相嵌入的状态。

而形成的。

与此同时，林涛也发现了一些问题，说："来，再看这张照片。"

照片里是对现场大门门锁的拍摄，大门的门锁倒是没有什么疑点，但是林涛在暗锁旁边的明锁锁扣上，发现了有油漆被新鲜刮脱的痕迹。

"这确实是一个封闭的现场。"林涛说，"但如果有人在门外，把这个锁扣挂上明锁，房间里面的人就打不开门了，这是一个人造的封闭现场。"

"里面的人打开暗锁，反复推门，就会造成锁扣和挂锁的摩擦，从而形成这样的摩擦痕迹！"我惊喜道，"可是，如果是他杀的话，那么凶手应该想到，焦根正是可以打开窗户的啊！"

"走，去现场！"我和林涛异口同声地说道。

被我们叫起来的韩亮睡眼惺忪，也没追问我们要干吗，就开车带着我们赶到了现场。

负责现场保护的民警已经在车里睡着了，毕竟他们不认为这是一起命案。

我们穿戴好勘查装备，打着手电筒跨进了警戒带，直接到了房屋侧面的窗户外面。

窗户外面是一条水泥小路，小路边的土壤里长着稀疏的小草。我蹲在窗户下面，用手扒拉着小草，而林涛则用电筒照射着窗户外面的铁栅栏和窗框外侧。

"看！断了的树枝！还是新鲜断裂！"我小心翼翼地从地面上捡起一根拇指粗的树枝，树枝已经折了，但是没有离断，断面还是新鲜的木质颜色。

"知道了！凶手防止被害人从窗户透气，用的办法，就是用树枝顶住窗户！"林涛说。

顺着林涛的手指看去，窗户外的其中一根红色铁栅栏上，有油漆被蹭掉的新鲜痕迹。而对应位置的窗框外侧边缘上，还有树枝的纤维扎在里面。

用这根树枝一头顶住铁栅栏，一头顶住窗框边缘，窗户从里面就打不开了。

"树枝送去进行DNA检验，有望提取到凶手的DNA！"我说，"凶手会戴手套开阀门，但不一定想得到戴手套顶树枝。"

"我有个问题。"林涛说，"既然树枝断了，窗户就能打开了，为什么现场还是关窗的状态？"

"也许是凶手事后来取掉树枝，防止被我们发现，结果顶得太紧了，在撤掉树枝的时候，弄断了。"我说，"不过，即便是这样，也应该把树枝带走啊。"

"不重要，这肯定是一起命案了。"林涛说。

"把他们喊起来，连夜开展解剖检验！"我说。

4

既然公安机关发现疑点，就有权决定对尸体进行解剖。据说解剖通知书送到焦根正女儿和弟弟手中的时候，焦宝宝倒是没说什么，焦根正的弟弟反应很激烈，说是如果没发现什么，那么政府就要给予家属精神补偿。

不管他怎么闹，虽然是深夜，解剖还是要进行的。

在进行解剖准备的时候，我和林涛就把我们的发现告诉了大家。除了跟着侦查员们还在走访调查的陈诗羽外，其他人都表示很惊讶，也都在纷纷猜测焦根正的弟弟有没有可能杀害他的哥哥。毕竟，焦根正死亡，他弟弟能不能拿到好处是不一定的。

其实在没有解剖前，死因就已经基本明确了，这次解剖要查的，并不是死因，而是看有没有其他的发现。

大宝和吴法医在对尸体进行系统解剖的时候，我则一直在检查焦根正的双手和双脚。

焦根正的右手掌骨基底部骨折，这个在 CT 片上已经看得到了。为了更仔细地检查双手，我从腕部割断了焦根正的双手肌腱，彻底破坏了尸体的尸僵，让尸体的双手从紧紧握拳的状态变成了平伸的状态。双手这么一平伸，就可以发现他的手掌皮肤皱褶里，也有大量红色的颗粒。

"老秦，理化结果出来了。"程子砚从解剖室外走了进来。

"说。"我一边在红色颗粒中挑选一些较大的来观察，一边说道。

"两名死者血液内都检出烷类和烯类物质，哦，还有一点酒精。"程子砚说，"还有，经过检验，焦根正手部的红色颗粒是油漆。"

"我听他们调查，这人平时不太喝酒啊。"韩亮插了一句。

我的心一沉，因为到了此时，我的心中对案件的整个过程，已经有了自己的预判。

"胃打开了。"大宝说，"基本排空，还有一些残渣。"

"我们下午 4 点看到尸体，尸僵最硬。"我说，"死亡时间应该是前一天晚上 12

点多到凌晨 2 点这个时间段里。"

"晚上七八点吃饭，时间差不多。"大宝说，"胃 6 小时排空嘛。"

"残渣用水筛了吗？是什么东西？"我问。

"基本都是肉类，还有红皮烤鸭。"大宝呵呵一笑，说，"看到这个，我突然想到你写的那本《燃烧的蜂鸟》了，用烤鸭找尸源。只可惜，在我们这个年代，没有意义。"

"不，还是有意义的。"我说，"崔兰花的尸体给我们提供的信息会很少，你们辛苦一下，按规范做完。"

说完，我开始脱解剖服。

"你去哪儿？"大宝问。

"我和林涛去市局，监督他们尽快对树枝进行 DNA 检验。"我说。

被我和林涛这么一"闹"，整个市公安局大楼灯火通明。"命案必破"已经刻进了每个公安的骨髓里，只要一听说是命案，大家也都没有睡觉的心思了。

"你心里已经有判断了对吧？"林涛坐在 DNA 室外面和我说道。

"和你一样，我也希望我的判断是错的。"我叹了口气，说。

"怎么样，怎么样？"陈诗羽突然出现在楼道里，满头大汗地问道。

从我们勘查现场开始，她就和侦查员一起，去对死者全家进行外围调查了，看来到现在也一直没有休息。

"什么怎么样？"林涛笑道。

"我听说，你们判断是命案对吗？"陈诗羽问。

林涛点了点头。

陈诗羽低头沉思了一会儿，说："我也查出了一点问题，但是我不愿意相信这是真的，肯定有什么其他问题在里面。"

"你说说看。"林涛拉着陈诗羽让她坐下，说道。

"我们对焦宝宝当天的活动情况进行了调查，发现一个问题。"陈诗羽说，"事发当天，也就是昨天上午，焦宝宝最后一节课是体育课，但是她缺席了，理由是来例假。但是我们问了所有人，这节课没有人看到她，是不是在教室也不清楚。我们调取了学校的监控视频，发现她上午 11 点整，从学校离开了。"

"也就是说，她是 11 点就回家了，到家也就 11 点过十几分，却在 12 点多才报警。"我沉吟道，"她中午回家肯定是要做饭的，而厨房在现场里面，所以不存在忙着做饭没注意父母的可能性。"

"会不会是中间有什么问题？比如她去买菜了？"陈诗羽问。

我缓缓摇了摇头，对林涛说："对了，你笔记本带了吧？把现场电风扇的照片打开给我看看！"

林涛显然是理解了我的意思，连忙打开电脑，调出了现场照片。

标号为"37"的物证牌旁，是现场的电风扇。林涛把电风扇的操作台逐渐放大，看了看，说："是的，和你想的一样。"

"你俩在打什么哑谜？"陈诗羽看了看电脑，又看了看我们。

"你看啊。"我指了指照片上电风扇的开关按键，说，"这些按键太干净了。就和液化气阀门一样，太干净了反而不正常。"

"哪里不正常？"

"电风扇放在柜子上，柜子上面都有薄薄的灰尘，而电风扇的按键上却干干净净，这怎么可能？"我说，"只有一种可能，就是电风扇原来是被塑料袋套住的，所以不会沾染灰尘。可是，为什么我们到现场的时候，并没有塑料袋呢？"

"现场勘查人员都知道打开电风扇来让室内通气，凶手也知道。"林涛补充道，"凶手知道室内缺氧，所以开门、开电风扇。电风扇正对着门，只要开一会儿，室内的液化气就全部被吹出去了。但是凶手为了保险，居然开了一个小时，才把电风扇关上。"

"这就是焦宝宝这一个小时空白时间的所作所为，是吧。"陈诗羽的情绪立即低落了下来。

"我们也不相信这个结果，可是事实摆在眼前。"我说，"没有人能在现场，尤其是焦宝宝还在家里的时候实施作案，也没有人能够在事后做到这些干扰警方。只有她作案，才能解释一切现场现象。"

"等 DNA 结果，验证最后信息。"林涛说道。

又等了一会儿，DNA 实验室的大门终于打开了。

"树枝上检出一名女性 DNA，和焦根正、崔兰花有亲缘关系。"DNA 实验室负责人说，"除非这夫妻俩有其他的女儿，不然，就是焦宝宝无疑了。"

"真的是她！"陈诗羽叹了一声，说，"可是她平时那么尽心地照料父母，为什么又要杀死他们呢？"

"这，只有去问她了。"我说。

"她还那么年轻，那么稚嫩，我感觉我没法开口审她。"陈诗羽低着头说。

"没关系，这案子，我陪你一起审，肯定是可以审下来的。"我率先走进了电梯。

丽桥市公安局刑警支队办案中心。

焦宝宝坐在审讯室中央的审讯椅上，在陈诗羽的要求下，她的双手没有被铐住。

她双手紧紧握拳，坐在椅子上瑟瑟发抖，对于侦查员询问的问题，一概不予回答。

"她这样对抗，对她自己来说，一点好处都没有啊。"陈诗羽在审讯室隔壁的观察间里，有些着急地说道。

"我去吧，反正师父不是要求我们跟踪案件的后期情况嘛。"我走出了观察间，走进审讯室，拿了把椅子，坐在了焦宝宝的身边。

"我是法医，我现在把你的作案过程给你叙述一遍吧。"我说，"这件事，你策划了很久，特地选了前天作案，是因为昨天中午前你有体育课，容易请假且不会被质疑。前天晚上，你买了酒和各种卤菜熟食，不知道找了什么借口，一家四口好好吃了一顿晚餐。可是你父母不知道，这是你给他们准备的断头饭。以你们的生活条件，这些菜，都是平时吃不起的，你父亲更不是经常喝酒，所以这顿饭就很可疑。别说是你父亲准备的，因为家里的伙食一直都是你在负责，不是你准备还能是谁准备呢？"

焦宝宝依旧面无表情。

"饭后，等到你父母睡着了，你戴着手套偷偷进入了他们的房间。这对你来说很方便，因为他们房门的钥匙就在你手上。"我接着说，"打开三瓶液化气罐之后，你退出了房间，把房门用明锁从外面锁上了，然后绕到窗户外，用树枝顶住窗户。做完这一切后，你就在房间静待结果了。昨天早晨，你就已经在窗外确定了自己父母的死亡，但是为了尽可能延发案件，防止有意外发生，比如你父母被救活，你没有直接报警。当时你是准备把顶窗户的树枝撤走的，可是你发现树枝不见了。因为你 7 点就要上学，当时天色还很暗，所以你没能在草丛里找到树枝，就直接去上学了。我现在可以告诉你，这根树枝现在在我们手上，树枝上有你的 DNA。最后一节课体育课，你请假了，回到家后，你掀掉了盖在几个月没使用的电风扇上的塑料袋，用电风扇把室内的液化气吹散之后，这才报了警。现场的油漆，是你没有想到的，你父亲无意中踏翻的油漆，差点干扰了警方的视线。"

焦宝宝略有一些发抖。

我依旧心平气和地说道："当然，我们不可能因为树枝上有你的DNA，就怀疑是你做的。因为在DNA结果出来之前，我就知道是你做的了。道理很简单，因为窒息，你父亲进行过自救、挣扎，他连滚带爬地挣扎到了门边，可是发现门却打不开，于是他用拳头捶门，想要求救。手都捶骨折了，你却没有听见，不要用你睡觉太熟听不见做借口。好了，你再回头想想，这样的毒气现场制造和事后毒气的吹散，除了你，还有谁能够做到？"

从面部表情来看，焦宝宝的心理防线已经彻底崩溃了，不过她依旧一言不发，忍住即将夺眶而出的泪水，一声不吭。

"不过，你父母最后死亡的结果，不是你造成的，而是他自己造成的。"

我突然说。

焦宝宝显然不理解我说什么，抬头看了看我。

"刚才我说到了树枝，对吧？这根树枝，不是别人去掉的，也不是自行脱落的。"我说，"树枝断了，是因为你父亲开窗求救的时候，用力很猛，才把树枝折断的。既然树枝折断了，窗户也就自然可以打开了。可以证明这一点的是，你父亲双手沾了很多油漆颗粒，也就是你家窗户外面防盗窗上的油漆。他只有打开窗户，才能双手抓握住外面的防盗窗，才能把油漆颗粒沾在手上。也就是说，他确实打开了窗户，并且双手抓住了栅栏，想要掰开栅栏逃离，可惜，那是铁的，纹丝不动。你也知道，实际上，只要窗户被打开，新鲜空气进来了，他就不会死了，即便逃不出去，也不至于死。可是，为什么你第二天早晨去看的时候，窗户又是关着的呢？你想想？"

焦宝宝愣住了。

"为了节约时间，我告诉你吧。"我说，"因为他在求救的过程中，突然意识到了一个问题。大晚上的，你不可能不在家，也不可能听不到他的求救，他的门更不可能从外面被别人锁上，更不会有别人能潜入他的房间放毒。所以，他意识到了——放毒、锁门、锁窗的人，不是别人，是你。既然是你，为什么要杀死他们夫妻俩呢？因为你累了，你想甩掉这两个累赘。当一个人被自己的孩子视为累赘的时候，多半都是不想再活下去的。所以，当他意识到这一点时，他选择了放弃呼救，而是重新关闭了窗户。这个行为，无异于自杀。只可惜，即便他自己选择了去死，也不能为你减轻罪行。"

我说的每个字，都在焦宝宝的脸上投下了不亚于重磅炸弹的效果。

她的脸色变了又变，终于崩溃了，号啕大哭起来。

"以前，你是个好孩子，你承担了这个年纪的孩子不能承受之重，你做得很好，是全村人的楷模。但是，这些赞美无法解决你的问题，你太累了，你不知道这样的日子什么时候是尽头。于是，在日积月累的疲劳冲刷下，你的内心最终还是被魔鬼所占据。"我说，"我们小队的人，全都不愿意相信这件事情是你做的，所以我们很慎重，我们甚至调查了更多关于你的情况。根据调查，你们学校前几天开展了一次安全教育，而这次教育课里有一个内容就是告诉大家液化气的危险性。没想到，这次安全教育却成了你作案的契机。当然，魔鬼早已经盘踞在你的内心，而不是安全教育才孕育出来的。当一个人的内心怀了恶，外界什么因素都有可能变成他犯罪的理由或方法。恶不在于别人，而在于本心。"

焦宝宝的哭声更大了，我从她的哭声中听出了悔恨。

"还有，在现场的时候，我问过你，你家为什么有油漆。"我说，"我猜，是不是你曾向他们表露过，你想去上海东方明珠玩啊？"

焦宝宝有些疑惑地看向我，连哭声都暂停了下来。

我叹了一口气，说："你很奇怪，我是怎么知道的，对吧？我告诉你，是你父亲'告诉'我的。他在床底下藏了一个礼物，你应该不知道吧？他知道，因为他们，你不能去魂牵梦萦的上海游玩，所以他准备亲手做一个东方明珠的模型来送给你，作为补偿。那些油漆就是用来刷他的手工作品的。我想，他把礼物藏在床底，大概是想给你一个惊喜吧。"

焦宝宝彻底崩溃了。

良久，我才慢慢地说道："好吧，把你心里是怎么想的，都告诉我们吧。"

焦宝宝说，自己是一个没有童年的人。

从她记事开始，她就承担着家里的一切。当时焦根正还能较正常地行走，虽然什么都看不见，但好歹也能帮忙照顾崔兰花和焦成才。可是从七年前开始，焦根正的腿疾突然严重了，走路都只能慢慢挪移，就根本无法帮助照顾家人了，所以大部分时间都只能卧床不起。

而崔兰花是智力低下，其精神状态也不太正常。尤其是焦根正腿疾加重后，她的精神状态更差了，经常会殴打、谩骂干家务活的女儿。而那时候的焦宝宝只有10岁。

　　七年来，焦宝宝牺牲了自己所有的业余时间，尽心尽力地照顾家里，可是从来没有得到过一句心疼或者夸赞的话，一家人似乎都理所当然地接受着焦宝宝的照料。当然，早已习以为常的焦宝宝也并没有过多的怨言。

　　直到前不久，也就是这学期刚开始，同学们就在热烈地议论着六月份高考结束后的行程安排了。甚至有同学们开始组织，高考结束后，大家结伴去上海游玩几天。这个提议就像是撩动了焦宝宝的心弦，从小到大，她从来都没有走出过丽桥市，就连距离自己村子比较远的大市场都没去过几次。

　　是啊，肩负家庭重任的她，怎么可能离开家呢？

　　这次也一样，自己去上海玩几天，父母弟弟在家里，吃什么？喝什么？谁来照顾起居呢？显然，她没有选择。

　　可是心中的不甘不断冲击着她的心扉，于是恶魔趁机而入，在她的心里扎下了根。从那时候起，她天天夜不能寐，不断地想把邪念甩出去，却一直挥之不去。直到那次安全教育课，她知道了液化气也是可以憋死人的，恶意的齿轮就开始在她心中转动了。

　　每年液化气泄漏都会导致人员伤亡，那么如果自己的父母死于液化气中毒呢？他们都是残疾人，不慎造成这样的后果，谁都可以理解的吧。

　　因为疫情影响，经济不景气，焦宝宝就被打钟点工的工厂辞退了，少了这一份收入，家里的开支捉襟见肘。如果少了两张吃饭的嘴巴，自己和弟弟的生活是不是会更好一些呢？

　　终于在前天晚上，焦宝宝心中的恶魔占了上风，她全程含着泪做了一切。

　　听着父亲捶门的声音，她咬住嘴唇无声地痛哭着，这时候的痛苦甚至超越了她此前受过的所有的苦。

　　她也想过要放弃行动，但是她心中的恶魔一遍一遍地告诉她，坚持住，忍过这一时，就是广阔的蓝天，就是春暖花开，就是东方明珠、游乐场、海洋馆……

　　走出了办案中心，陈诗羽和程子砚都是眼圈红红的，其他男同志的情绪也十分低落。

　　我们在心中试着去评价焦宝宝这个人，却找不出一个合适的词语。

　　也许所有人都是一个复杂的矛盾体，我们不能去评价身处不幸之中的人的所作所为，可是法律如同红线，不接受任何理由，不可触碰。

在大家为焦家的悲剧长吁短叹的时候，我却想到了另一个问题。

张玉兰死亡事件中，嫌疑电线上并没有提取到张玉兰的DNA，我总觉得如果是这根电线致死，不太可能不留下她的DNA。之前一直想不明白有没有其他的可能性，但是通过焦根正的案件，我们勘查了现场的防盗窗，才突然想到，我经常会忽视窗外防盗窗的勘查，而张玉兰家的窗户外面，也是有防盗窗的。

会不会是……

越想越担心，我拒绝了大宝提出的上午睡一觉再打道回府的请求，让韩亮辛苦点，立即开车赶回龙番。虽然我们一夜没睡，但在车上睡两个小时，我想也就足够了吧。

毕竟我现在更急切的事情，就是去勘查张玉兰家的防盗窗。

法医秦明

VOICE OF THE DEAD

第八案

钉子

一个人长大意味着走出恐惧、羞辱以及童年时期不被爱的阴影。

——

爱德华·赛义德

1

在赶回龙番的车上，一夜没有怎么睡觉的大家，很快都进入了梦乡。只有我，保持清醒。我倒不是不困，而是师父刚才给我发来的消息，让我大吃一惊、思绪万千，完全没有了睡觉的心思。

师父的消息只有一句话："邱以深被杀，回来后，直接赶赴现场。"

还有一个定位。

这一惊，让我睡意全无，可是看到大家疲惫的睡姿，我也不忍心吵醒他们。让他们休息一会儿吧，接下来的，可能就是一场硬仗了。

凌南、张玉兰、邱以深相继死亡，这绝对不是一个巧合。凡事反常必有妖，凡事过于巧合也绝对不仅仅是巧合了。凌南的死亡可以说是事实清楚、证据确凿，但是张玉兰的死亡，却总让人感觉有些疑点。此时，邱以深突然又死了，而且师父的措辞很坚定，是他杀。这起案件，更加强了我对张玉兰死亡的疑惑，这里有个结没有解开。

我在脑海里重新梳理了一下，凌南死亡后，他的"绯闻女友"段萌萌的妈妈和他的老师也相继死亡了，这很难不让人怀疑是针对凌南死亡事件的报复行为。毕竟，凌南出事，多多少少和邱老师违规补课有一定的关系，也多多少少和之前传播的绯闻有一定的关系。绯闻的传播，到现在还没有查出个所以然，但补课的事实倒是非常清楚。会是凌三全夫妇在暗中报复吗？

心事重重之中，时间就过得特别快，我们很快就抵达了被警察们团团围住的现场。

"哎？这是哪儿？"林涛是被警灯闪醒的，揉着眼睛说，"不是回家了吗？我这是在做梦？"

"没有，邱以深被杀了。"我跳下车，拎下来沉重的勘查箱。

"啊？被杀了？"林涛喊了一句，把其他几位都惊醒了过来。

钉子

我拎着勘查箱走到了警戒带旁，警戒带的外面，董剑局长正背着手站着，凝视着屋内。见我走了过来，他表情依旧凝重地说："看来这案子比我们想象中要复杂啊。我在这儿站了两个小时，脑子里一直在想着，之前的案子有没有哪里出现纰漏。"

我打开勘查箱，穿戴着勘查装备，说："凌南的案子没有问题，张玉兰的案子可能有问题。"

"什么问题？"董局长问。

"电线上没有张玉兰的DNA，实验室说是有可能高温导致组织变性，我觉得这不合理，说不定有极端巧合存在。"我说。

"他们没有向我汇报。"董局长说。

"巧合在哪里，我还没有想明白。"我说，"先看完这个再说。"

董局长满怀心事地点了点头。

据辖区派出所民警的介绍，警戒带围着的这个二层小楼就是邱以深老师的家了。邱以深老师在被龙番市第二十一中学劝退之后，因为保留了教师资格，所以可以求职教师岗位。最近这一段时间，他一直在通过身边的同事、朋友，寻找合适的工作岗位。

毕竟是市级示范中学的班主任老师，也是曾经的"卷王"，邱老师的实力还是有目共睹的。事发前几天，在一个教师朋友的帮助下，邱老师去龙番市一所比较有名的私立中学应聘，在众多竞争者中，脱颖而出，被这所私立中学录取。

本来是一件大喜事，这位教师朋友还准备在邱老师去学校报到之后，组织同学朋友一起来给邱老师庆贺一下。可是这位也在私立中学工作的老师，今早等了好久，还没能见到邱老师的身影。按理说，这份工资报酬不错的工作，邱老师不会放弃。即便是邱老师录取后反悔了，至少也得给他这位介绍人说一声啊。

这位教师朋友是邱老师的发小，对邱老师的为人处世还是很了解的。今天第一天没来报到，是一件十分反常的事情。于是他立即向校长说明了情况，请了假，来邱老师家里寻找。到了他家门口，发现他家一楼的卷闸门是半开的，躬身一看，就看见了躺在一楼大厅中央的人形躯体，还有大片的血迹，于是立即报了警。

邱老师的家住在龙番市的郊区，第二十一中学附近不远的地方。这个位置地处龙番河畔，是一块比较复杂的区域。之前的调查中我们就知道，第二十一中学这个区域，位处城乡接合部，本身就非常复杂。最近几年，随着龙番市的外围扩张，不少开发商选择在这远离市中心、远离交通拥堵且又风景秀丽的地方开发一些豪宅，不少生活条件优越的人士搬到了这一片区域，也促进了这一片区域的商业发展，几所著名的中学、医院都在附近设立了相关的配套。因此龙番市这块区域就形成了特殊的现象：一条马路之隔，路北边是豪华的别墅区，而路南边则是郊区原住民的老房子。

邱老师就是郊区的原住民，他的房子是父亲留下来的，父亲去世后，母亲回了老家，尚未成家的邱老师则一直一个人居住在这栋二层小楼里。和大多数村镇的房屋一样，邱老师家也是那种十几户联排的二层小楼，他家是联排房屋的最东头一间。因为靠近大路，大多数联排房屋的一楼也都开了门面，有的是小超市，有的是理发店，也算是为这片区域的繁荣经济贡献了一份力量。但是邱老师独居，没有多余的精力去开商店，所以一楼就算是他家的客厅。不同的是，为了联排房屋的整体效果，所有房屋的一楼都安装了卷闸门，所以让邱老师家这个住宅怎么看都像是一个商铺。

我和大宝俯身钻过了警戒带，走到了尸体的旁边。

因为之前调查过邱以深，所以我们一眼就认出了死者就是邱以深无疑。此时的邱以深穿着睡衣睡裤，躺在一摊血泊之中，面部和头发都被血迹浸染，颈部的一个巨大创口触目惊心。

"颈部巨大砍创，气管、食管和双侧颈动静脉都完全离断了，颈椎前面还可以隐约看到砍痕。"市局的韩法医一边检验着尸体的颈部，一边说道。

"死亡时间呢？"我问道。毕竟这是一片联排的房子，如果发生侵入事件，并且有打斗杀人的行为，很难不被隔壁邻居听见声音。

"尸温我们刚才测了，27 摄氏度，下降了 9 摄氏度，大约死亡了 9 个小时，现在是 10 点多，那死亡应该是凌晨一两点的事情。"韩法医说道。

这也就解决了为什么侦查员们没有从邻居口中听到异常情况的问题了，这个时间，是大家都熟睡的时间。

"现场尸表检验已经基本差不多了，得抓紧时间解剖。"韩法医站起身，看着我说道。

"好的，你们先去殡仪馆，我随后就到。"我说。

我和刚刚进入现场的林涛一起，巡视了一番现场。

现场的一楼就是一个开阔的客厅，后侧有两个隔间，分别是一个厨房和一个卫生间。卫生间的门口有一个向上延伸的楼梯，顺着楼梯上去，二楼是两间卧室。一楼客厅的柜子和二楼的床头柜、衣橱都被翻乱了，看起来是一个抢劫杀人案件的现场。

"楼下的柜子上，还有这个床头柜边缘，都有血迹。"林涛指了指床头柜和我说，"不过，凶手抢劫杀人的时候戴了粗纱手套，血迹中间可以明确看得见粗纱纤维痕迹。"

"所以，你觉得是抢劫杀人？"我问。

"我觉得可能性挺大吧。"林涛说，"如果只是伪装现场，把一楼翻乱就行了，还来二楼翻乱作伪，没必要吧？"

"现在都是什么年代了，哪家能找到现金？"我说，"一个穷教师，也不可能有什么值钱的物件啊。有这工夫，马路对面，就是别墅区。"

"那边有物业有保安，不好下手呗。"林涛嘟囔着。

"存疑。"我说，"足迹呢，足迹怎么样？"

"我听他们市局的勘查员说，地面上有血，也有血足迹，可是最多只能看到鞋子边缘的弧形，没有找到一个可以反映出鞋底花纹的痕迹，更没有完整的血足迹。"林涛说，"而且这个水泥地面，灰尘足迹能被发现的可能性也极低。"

"现场可是不少血啊。"我说，"凶手居然有时间专门绕过所有的血迹，不留下完整血足迹？"

"也许是巧合呢？凶手运气好？"

"那运气也太好了，我同样存疑。"我说。

"所以你到底想说什么？"林涛问。

"不想说什么。"我说，"走，去楼下，看看中心现场的血迹情况后，我就去尸检了。"

回到一楼，尸体已经被运走，尸体原始的位置，被勘查员用粉笔画出一个人形的圈。我蹲在白圈的周围，看着地面上的血迹。

白圈是脚朝大门，头朝内侧隔间，头北脚南的位置。颈部开始，有向北侧喷射的喷溅状血迹，这和死者颈部被割开是符合的。喷溅状血迹呈现出一个扇形，但是在白圈的颈部右侧可以看到明显的空白区，这说明凶手当时就蹲在死者的右侧，用刀砍开了他的脖子，血迹喷出来后，喷溅在凶手的身上，而没有落在地上，所以形成了这样的空白区。

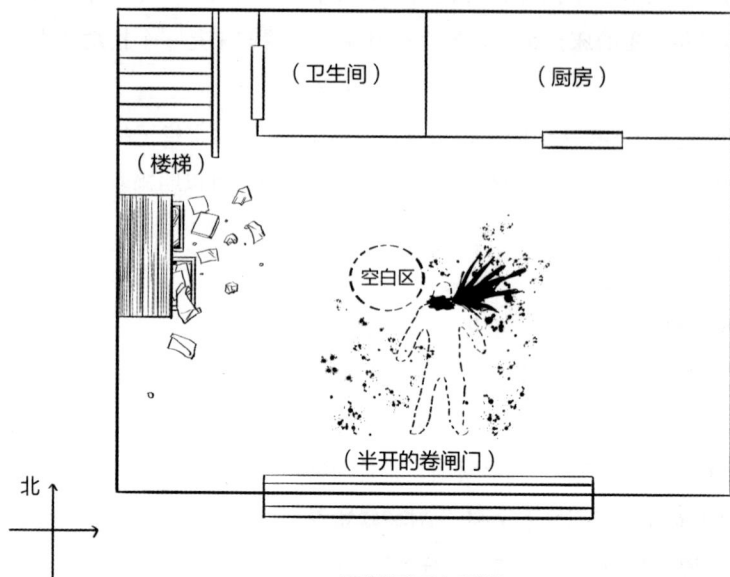

（卫生间）　　　　　（厨房）

（楼梯）

空白区

（半开的卷闸门）

北

邱以深死亡现场

除了这一片喷溅血迹之外，白圈下方有一摊大约脸盆大小的血泊。白圈周围，可以看到零星的滴落状血迹，除此之外，就没有其他的血迹分布了。

看着这样的血迹形态，我陷入了沉思。

"看完了没？"大宝在一旁等不及了，说，"子砚说去找附近的监控，小羽毛跟着侦查部门去调查了，你还不去尸检吗？"

"哦，好的。"我心事重重地站起身来，说，"走吧，他们估计也做好准备了，我们赶过去，刚好开始检验。"

现场距离殡仪馆挺远的，在韩亮开着车带着我们的路上，大宝又睡了一觉。到达后，我让韩亮在车上抓紧时间补觉，自己则和哈欠连天的大宝走进了解剖室。

市局法医们对尸体的尸表检验已经开始了，在按规范提取了死者的体表相关检材之后，韩法医正拿起死者的手部在观察。

"尸僵还没有完全形成吧？"我一边问道，一边穿着解剖服。

"没有，而且双手都形成不了了。"韩法医说，"严重的抵抗伤，双手都被砍烂了。"

我连忙凑过去看，在现场的时候没有注意到，原来死者的双手都是横七竖八的创口，有的创口下面的骨头都完全离断了。

"抵抗伤，一般在手上和前臂，但是前臂一点儿没有，在手上有这么多抵抗伤，倒还是挺少见的。"我说。

"会不会是死者死死地抓住了凶手的刀，导致多处被割伤？"韩法医问。

"抓住了刀刃，被凶手挣脱，再抓住刀刃，再被挣脱？"我说，"哪有这样的打斗过程？反正我是没见过这样的抵抗伤。"

"那你是什么意思？"韩法医问。

我摇了摇头，又把注意力放在了尸体的颈部。

"全身未发现其他损伤。"市局的周法医说，"只有颈部巨大创口和手部严重的抵抗伤。死因应该是颈部大血管破裂导致急性大失血死亡。"

"我们法医不仅仅要看死因，更得考虑损伤方式。"我说，"你说，什么情况下，才能形成这样的损伤？有这么多抵抗伤，还能一刀毙命？"

"也许……"大宝说。

"没有也许。"我打断了大宝的话，说，"你想想现场的血迹形态再说。"

大宝吐了吐舌头，开始思考。

尸表检验结束，开始尸体解剖。因为死者的损伤并不复杂，所以解剖进展也很快。韩法医和我一起局部解剖了颈部，找出了双侧颈动静脉的断端，算是明确了死因，又解剖了头部，没有发现任何损伤。

周法医和大宝解剖了胸腹部，在心脏的位置抽取了好几管心血备检，又打开了胃部，见胃内容物已经基本排空，大致死亡时间是末次进餐后6个小时，结合死者晚上7点吃饭的习惯，计算出的时间也是凌晨一两点钟。

解剖完毕，在对尸体进行缝合的时候，大宝突然想明白了什么似的，说："我知道了！死者是躺在地上被砍颈部的！因为喷溅状的血迹是从地面低位喷射的。"

"对。"我说，"可是死者身上没有任何约束伤，凶手是怎么做到的呢？"

"可以是死者双手多次抓住刀刃，一不小心摔跤了，凶手趁机一刀下去。"周法医说。

"听上去，只是理论上的可能。死者是个年轻力壮的青年人，不可能反抗能力这么弱。还有，你没有注意到吗？现场没有任何血迹凌乱的迹象。即便是双手被割破那么大、那么多的口子，也会流不少血啊。"我说，"没有凌乱的血迹，说明没有打斗的过程，不然只要流了血，就会被踩得到处都是。而且，现场甚至连一个完整的血足迹都没有，给我的感觉，凶手是故意绕开了血迹行走的。"

"老秦的感受和我一样。"韩法医说，"我也觉得有问题。"

"什么问题？"大宝连忙问道。

"我总感觉，血少了。"韩法医说，"现场喷溅状的血迹只局限于那个扇形，身下的血泊量也很少，甚至我们在对心脏进行抽血的时候，还能抽出来四五管血。这显然不是双侧颈动、静脉被完全砍断后尸体的状态。"

"你说死后形成啊？"大宝说，"那不可能！死者的颈部创口是有明显生活反应的。"

"但如果是濒死期就砍颈部、砍手，软组织生活反应很明显，但是出血量就不大了。"我说。

"濒死期？"大宝说，"你是说，死者被砍的时候已经昏迷了？"

"不仅仅是昏迷，而是快死了。"韩法医说。

"你是说，还有联合死因啊？"大宝问。

法医学上，如果发现两种致死原因都可以致死的话，就会下达联合死因，从而明确施暴人的责任。

"也许是我们没有发现真正死因而已。"韩法医低声说道。

"头部没有损伤，不可能是颅脑损伤，颈部舌骨和甲状软骨除了刀砍伤外没有其他骨折，尸体上也没有窒息征象，不可能是窒息。"大宝说，"那按理说，就只有中毒了。"

"是的，我们不能排除这种可能性。"我说，"好在心血提取得足够多，希望理化部门可以把常规毒物、非常规毒物等都尽可能地做一做，说不定能有发现。"

"这个我去安排。"韩法医说。

"等毒化结果出来，尸体还得再好好研究一下。"我说，"防止有一些小的问题，被我们漏掉了。"

"如果要做常规毒物和非常规毒物，毒化结果会比较长。"韩法医说，"尸体先冷冻，我们也回去好好研究一下解剖照片。"

"好的。"我叹了口气说，"小羽毛和子砚那边都没有消息过来，估计也没有能够发现什么问题。"

话音刚落，韩亮突然冲进了解剖室，说："师父知道你们在解剖，给我打电话了。"

"又有事儿？"我一惊。

"是啊，大事儿！"韩亮说，"矿井爆炸，有人伤亡！"

"那不是应急管理厅的事儿吗？"我问，"安全生产事故？"

"不知道，在青乡，师父让我们立即赶过去。"韩亮说。

我连忙一边脱解剖服，一边对韩法医说："我觉得这件事儿有蹊跷，简而言之，我现在怀疑凌氏夫妇，尤其是凌三全。你回去汇报一下，看能不能申请侦查部门对这两个人进行布控。"

"为什么怀疑他们？"韩法医问。

"你别忘了，凌南死后，头颅被螺旋桨砍掉了。"我说，"这也许就是邱以深被砍颈部的原因。"

2

矿井事故，在我的职业生涯中从来没有遇见过。虽然爆炸案件我办过几起，但是在矿井下方爆炸，其性质就完全不同了。二土坡案件之后，又出现了意外的情况，按理说我的心思应该全部放在这一起案件之上的，但是刚发生的这一起爆炸案件更急、影响面会更大，所以我不得不立即从二土坡案件上抽出心思，全心全意地办好这一起矿井爆炸案。

从解剖室里走出来，我给林涛、陈诗羽和程子砚打了电话，约好了碰头地点，准备驱车赶往青乡。

下午2点整，我们5个人又重新坐上了韩亮开的勘查车。毕竟没有好好休息，我和大宝要求韩亮不能疲劳驾驶，大家可以轮换着开车，可是韩亮则说自己在解剖室外一觉睡得特别好，开车没有问题。他还说自己从来没睡过那么好，看来殡仪馆很适合睡觉。

其他3个人在车上分享了自己这两三个小时的工作情况，几乎全都是坏消息。

林涛说现场进行复勘，确定没有找到任何一枚血足迹。因为邱以深在现场是赤足的，却没有能够找到血赤足迹，这和我们分析邱以深是倒地昏迷后再被形成开放性创口的结论是一致的。没有足迹、凶手戴手套，看来现场提取到关键证据的可能性就不大了。

程子砚则依旧在现场附近进行寻访，拷贝回来几百个 G（千兆字节）的监控资料，自己还没来得及看，不过已经安排了市局视频侦查部门的同事去看了。但是大多数监控都不是红外线的，夜间呈现效果怎么样，很不好说。

陈诗羽则更是没有收获，他们走访了所有邻居，大家对今天凌晨发生的事情都没有任何反应，没人听见什么异常的动静，也没人看见异常的人。邱以深是独居，所以他家里究竟有没有贵重物品，不得而知。邱以深一直没有谈恋爱，也不存在情杀的可能性。最近一段时间，他一直在找工作，所以也没有心思做其他事情，就没有机会得罪什么人，仇杀的可能性也不大。总之，调查结果就是本案陷入了泥潭。

我把自己的怀疑说出来后，陈诗羽最先发话："我觉得你怀疑凌三全可以，但是怀疑辛万凤就不太合理了，咱们去过她家，辛万凤的身体那么弱，咱们都是看到的。别说控制一个大男人，就是拿刀砍断一个不会动的人的脖子，也比较困难吧。"

"是啊，我优先考虑的也是凌三全，已经让市局去布控了。"我说。

"对了，他家挺有钱的，可能也会雇凶，得查联络人。"陈诗羽补充道。

"嗯，有道理。"我说，"但即便是雇凶，辛万凤的可能性也不大。因为我们找她的时候，她和我们毫不掩饰地表露了自己对邱以深的仇恨。如果她想杀人，就不会向我们表明心迹了。"

"有道理。"林涛也表示赞同，"凌三全的可能性还是比较大的。"

"关键，他是怎么弄得邱以深没有抵抗能力呢？"大宝插话道。

大宝的话像是一道光在我的脑海里闪了一下，我想了想，说："可惜，这次准备申请对张玉兰家里进行再次勘查的，又没有时间了。"

"没事的，她家的现场已经再次保护起来了，我也让市局同事申请搜查令了。"陈诗羽说，"这个矿井爆炸案结束后，我们回来就能再次勘查。"

"好。"我稍微放了点心，靠在椅背上睡着了。

韩亮按照青乡市公安局的孙法医发的定位，驱车安全抵达。本来我还担心他连续"作战"的能力，但也因为太困，没能在路上全程和他聊天提神。

"你赶紧休息一下吧。"我和韩亮说完，就下车和孙法医一起走到了矿井的电梯旁。

报警的是矿务局负责巡查的邵主任。

今天中午，邵主任和往常一样，带人在矿区周围巡查，突然听到一声闷响，大地似乎都震动了一下。经验丰富的邵主任立即明白，只有足够量的炸药在井底爆炸，才会导致这样的效果。可是，此时是中午，而且并没有爆破计划，邵主任立即向上级汇报,通过矿井下的监控和对讲机,和此时正在作业的几个矿井井下进行联系。可是,所有的矿井都汇报正常,并没有发生什么意外事故。

正感到奇怪的时候,突然有巡查人员发现8号矿井的井口有烟尘升起的迹象。

8号矿井是个半闲置的矿井,最近几个月都没有作业任务了,估计下一次作业任务得等到半年之后。按理说,这个矿井的井下是不应该有人的,更不应该发生爆炸。

现在的矿井管理都很规范和严格,即便是半闲置的矿井,也只是掐断了照明和监控的电源,矿井内的空气流通装置是不会随意关闭的。因为长时间空气不流通,就会导致矿井内的瓦斯堆积,有可能会引发爆炸的事故。

在发现8号矿井有问题之后,矿务局立即打开了井下的监控,发现井道内烟雾弥漫,什么都看不见,这才确定了就是这个矿井井下发生了爆炸。可是,空气流通装置是正常的,瓦斯监控装置也是正常的,根本不可能自己发生爆炸啊。

对于爆破管理这一块,矿务局一直都非常严格,不仅有严格的登记制度,而且管理炸药有专门的药工,而管理雷管有专门的爆破工,这两个工种是分别管理的,一般连下矿都不会一起行进。

井下有专门的炸药储存柜,根据8号矿井的登记记录,确实有20公斤硝铵炸药没有按规定由药工带回,而是图省事儿在储存柜里存放。不过,一来,铁质的储存柜是上锁的,这个锁不是一般人能打开的;二来,光有炸药并不会爆炸,而是需要雷管引爆。

既然柜子内的炸药不会自己爆炸,那么这次爆炸就一定是有人下去进行了引爆。而如果引爆这么多炸药,造成这么严重的后果,引爆者生还的可能性就不大了。

经过青乡市公安局和矿务局的分析,确定这个半闲置的矿井,虽然空气流通装置没有关闭,但是没有严格管制电梯,这也是他们的疏漏。只要是矿区内的人,都能操纵电梯、进入井下。事实证明,矿务局第一个抵达的同志发现,原本应该是关闭状态的电梯,实际上是开启状态的。不过,并不是矿区内的人都能接触到雷管去引爆炸药,也不是矿区内的人都能获取8号矿井的炸药柜钥匙。

这样,可以造成爆炸的人的范围就很小了,青乡市公安局立即组织力量对范围内的人进行排查。

在我们的车刚刚下高速的时候,他们就已经明确了一个目标,是一个叫万永福的爆破工。虽然暂时并没有查出他这个人有什么问题,但是他确实在这个工作时间,突然失联了,这是一个很明显的异常情况。

从矿务局领导这边得来的消息，万永福今年35岁，已婚，有一个10岁的儿子，妻子在青乡市区开一个小服装店。万永福的父母都是矿业集团的退休工人，而万永福中专毕业后，就一直在青乡矿业工作，从事爆破工种。而且最近十年来，都是在8号矿井工作。这么多年来，他一直也没出现过什么差错，算是一个并不特别优秀，但也没有污点的正常人。爆破工是特殊人群，所以经常会被关注和调查，但万永福没有任何不良嗜好，更谈不上有什么恶习。矿工一般都非常繁忙，虽然工薪待遇不错，但是几乎没有多少业余时间，所以也不存在和社会不良人士勾结的可能性。

他为什么会去一个目前闲置的矿井内引爆炸药，这让人百思不得其解。所以公安局目前兵分两路，一路去调查万永福的生活、工作近况，而另一路则去了药工那里，看看炸药柜的钥匙的情况。

孙法医和几名勘查员此时已经穿戴好了下井的装备，准备下井勘查。虽然矿务局确定井下并没有空气流通的问题，但是其实谁都知道，井下还是存在很大的风险的。炸药是不是已经爆炸完了？有没有再次发生爆炸的可能？矿井内部的结构有没有损坏？这些我们都是不得而知的。

但是，既然井下存在人身伤亡的可能性，这些现场勘查员就必须要下井勘查。

我也很害怕，但也不得不拿起安全帽和矿灯，往自己的脑袋上戴。我一边戴，一边跟小组成员们说："刚才他们说了，井下视频监控没有开启，所以子砚你下去没用。下面主要是现场勘查的活儿，所以小羽毛你下去也没用，你们两名女同志就配合市局同志对外围进行调查吧。"

陈诗羽不以为然地说："不，我们都得下去！"

一边说着，还一边给程子砚也递了一套装备。

我知道陈诗羽的脾气，此时说什么也没用，只能让她们俩和我们一起下去冒险了。

在穿戴好安全装备后，我们走进了牢笼似的电梯。

我算是一个恐高症患者，可是林涛比我恐得更厉害，虽然站在电梯上根本看不见下方的高度，但是随着电梯的轰鸣和摇摆，我的心都提到了嗓子眼，而林涛则一直死死抓着陈诗羽的衣摆。

电梯运行了两分多钟，终于在一声轰鸣中，停止了运行。

"好了，我们到了，大家注意安全。"矿务局负责引路的同志显然对这个矿井轻车熟路，丝毫没有恐惧的表情。

而第一次下井的我们，都是战战兢兢。好在现在的矿井和我们想象中的那种土矿井是完全不同的。现在的井下，四周都是水泥砌的墙壁，四通八达，就像是站在一个迷宫里。此时尘埃都已经落定，矿井内灯火通明，只是地面上有比较厚的积灰，这就更和我们想象中大相径庭了。总的感觉，并不是进入了矿井，而是进入了一个有很多岔路口的隧道一样。

"我们在地下 300 米左右。"矿务局的同志说，"根据登记，往前走 100 米，左拐，再走 100 米，就应该是存放炸药的硐室了。"

所谓"硐室"，是矿井的干道两侧墙壁凹进去的弧顶的无门小房间，这些空间是用来储存各种工具设备的。有的时候，在实施爆破作业的时候，人们可以躲在硐室里，确保安全。

"不远啊，走。"大宝率先走了过去，一边感叹道，"真不敢相信，我们居然在地底下这么深的位置，要不是刚才坐了电梯，还真的不敢相信有这么深。"

"那是因为照明设备好。"矿务局的同志说，"如果是没有开灯的情况下，那这下面可真的叫作'伸手不见五指'啊。"

没一会儿，我们左拐了，又走了几十米，我们就见到远处一个硐室的门口地面和墙面上有明显的颜色变化。

我的心里一沉，说："确实有人死了。"

"这也看得出来？我只感觉到气味不对劲。"大宝快走了几步，到了硐室的门口。

一走近，我们也都闻到了血腥味和炸药味交杂的复杂气味，令人作呕。

"哪有人？"大宝左右看看墙壁上和地面上成片的又像血迹又像凝血块似的东西，说道。

"这就是人。"我说，"那么多炸药，在炸药旁边的人是不可能留下尸体的。"

我这么一说，给我们引路的矿务局的同志顿时没了一开始的冷静，瑟瑟发抖起来。大宝"啊"了一声，脸上也显现出了肃穆的表情。书本上的知识照进了现实，一下子变得异常残酷。

"不可能留全尸？"陈诗羽也很凝重地问。

"不可能留尸体。"我说，"中心爆点的超高温度，可以让人体在瞬间气化。"

"什么都不剩？"程子砚也瞪大了眼睛问。

我蹲下身，从地面上捡起一个小小的金属片，说："这个金属片不知道是什么东西上的，连金属都只能剩下这么小一点点，何况是人体啊。"

"尸体都没了，那我们看什么？"大宝问。

"确实，没什么好看的。"我说。

"都看完了，炸药都没了，现在这里没有危险。"林涛说。

林涛还是有经验，在我们说话间，他就排除了现场隐患。或许把注意力转移到工作上，就能减少他在地底的恐惧感。

"柜子上能看出什么吗？"我问。

"柜子表面受热熔化，完全变形了，什么都看不出来了。"林涛说。

"现在，我们把现场画成多个网格状，每个网格里提取一份检材，回去进行DNA检验。"我说，"如果所有检材都是一个人的，而没有第二个人或者混合的DNA，那么就可以判断这是一起自杀案件了。"

"自杀？"大宝说，"你怎么看出来的？"

我微微一笑，拉着大宝走进了硐室，指着硐室的地面和墙壁说："你看，硐室内侧的墙壁和天花板血迹少，而两侧和穹顶门黏附的血迹多，还有大量血迹从内向外喷射到矿井主干道上，这说明人体和炸药是个什么相对位置？"

大宝想了想，说："哦，是有人抱着炸药，面对硐室内侧爆炸，爆炸把人体的大部分组织瞬间气化，残余的部分向左、右、后、下方喷射出去，而上方和前方就比较少。"

"甚至都可以判断死者是抱着炸药，坐在地上引爆的，地面上才会有这么多血迹。"我说，"而且，选择在硐室里爆炸的目的是什么？"

"炸药在硐室里啊，就近呗。"林涛插话道。

"不，我觉得他是为了不造成矿井主要结构的损伤。"我说，"在主干道上引爆，多多少少会造成内部设备的损坏。但是在这里引爆，摧毁的就只有他自己和那个炸药柜。如果这些DNA是一个人的，又不是下来搞破坏的，你说不是自杀是什么？"

"是啊，抱着炸药坐在地上，也不可能是意外事件。"林涛点头认可道。

"所以，现在最重要的，就是用DNA检测来确定这些血迹是一个人的了。"我说，"当然，估计我们上去之后，侦查部门也就能调查出死者的自杀动机了。对了，死者是那个万永福的可能性非常大。一来，他具备到这里来的条件；二来，之前对他进行的调查和管理，并不涉及他的内心思想状态，有可能会忽视他的心理异常；三来，他以前就在这个矿井工作了很多年，对这个矿井有感情，自杀时才会选择这里，且又不想破坏矿井。"

"不，我们这里的爆破工都是必须要进行定期心理咨询的。"矿务局的同志反驳说，但随后又无奈道，"这是制度规定。只不过，很多矿组，都把这件事情当成'形式主义'，没有真正落实，只是走形式地填几张表罢了。"

"是啊，不掌握他的心理变化，就有可能发生这样的事件。"我说完，开始蹲在地上，用棉签采起血来。

大约采了半个小时，大部分血迹都已经取样完毕，我正准备直起身伸个懒腰，突然听见远处传来了一声尖叫，听起来是程子砚的声音。

这时候我才发现，程子砚不知道什么时候已经不在我们的身边了。

3

循着声音，我们向电梯口跑去，很快就见到了在矿井主干道中段的程子砚，看上去，她还是惊魂未定，而先一步赶到的陈诗羽正在抚着她的后背。

顺着两人的目光，我们向前看去，这是矿井下电梯后的第一个碉室。因为碉室里没有灯光，矿道的灯光照射进去，可以看到在碉室的角落里，似乎有一双眼睛。

我也吓了一跳，连忙走近去看。

走近了，这才发现那不是一双孤零零的眼睛，而是因为它的主人被爆炸扬起的灰尘覆盖得不那么明显罢了。

"是一个人啊！"我心中一惊，三步并成两步跑进了这间漆黑的碉室，走到了那人的身边，用手指探了探他的颈动脉。

从体型看上去，他应该是个孩子，瘦瘦弱弱的，此时已经没有了生命体征。

我拿起死者的手腕弯了弯，说："尸僵刚刚开始形成，尸体温度尚存，估计也就是死亡三四个小时吧。"

"现在是下午4点多，你的意思是，他也是爆炸死亡的？"大宝看了看手表，惊讶道，"不都是说这种碉室有保护的作用吗？爆炸冲击波一般波及不到这种相隔了很远、转了好几个弯的碉室里，这也能死人？"

"我关心的是，一个孩子，怎么会到矿井下面来？"我说完，打亮了手中的电筒，在碉室里照射了一圈。

这一间碉室比爆炸发生的碉室要小，但是里面没有炸药柜和采矿工具，是一间完全空置的碉室。只有另一侧角落里，散落着几根十几厘米长的、表面涂有蓝色油漆的洋钉子，听说是井下常用的钉子类型。钉子的旁边放着一个书包。

受到爆炸的扬尘影响，眼前这间硐室里的地面和洋钉子、书包以及尸体上都覆盖了薄薄的灰尘。

我拉开了被薄尘覆盖的书包，里面有一些初二年级的课本，上面写的字直接就明确了死者的身份。

"青乡二中，吕成功。"我说，"这个是矿上的中学吗？"

"不是。"孙法医说，"这个中学是矿区外面的，主要还是附近的农村居民，也有矿上工人的孩子在这个中学读书的。具体的，还得让侦查部门调查一下身份。"

"嗯，也要查一查和那个万永福的关系。"我说。

"你刚才不是说万永福应该是自杀的？"大宝说，"哦，你是说自产自销①？那我就想不通了，万永福都能弄到炸药，为什么不和孩子一起被炸死，要费这么大劲先弄死孩子，再去自杀？而且死亡时间那么相近？"

"你现在的发散思维真的很值得表扬。"我笑了笑，说，"我只是让查一查，你就衍生出这么多想法。"

大宝挠了挠后脑勺，说："这孩子才初二，只有十四五岁啊，可惜了。"

"林涛，你去万永福的家里和一些关联现场进行勘查。"我说，"子砚去把这么多DNA检材送检，务必在今天把大致的数据做出来。现在，一次性可以做32份检材，就很有代表性了。小羽毛，你去查万永福和孩子的背景资料。我和大宝去殡仪馆尸检。"

"我还以为这种爆炸案没尸体呢，这居然多出来一个。"大宝嘟嘟囔囔地说。

"都是你的乌鸦嘴。"我说。

我们重新乘坐矿井的电梯，轰隆隆地上行了2分钟，耳朵的鼓膜都因为压力的变化而产生了闭气的反应。不过，这种不舒服的感觉，倒是让我灵光一现。

韩亮开着勘查车，载我们赶往殡仪馆的途中，绕路去了一趟青乡市人民医院。

我刚才在矿井电梯里萌生的想法，就是去医院借一个耳鼻喉科的便携式耳镜。

几年前，我们来青乡市办那个"消失的凶器"②的案件的时候，就让大宝去人

---

① 自产自销：是警方内部常用的俚语，意思就是杀完人，然后自杀。
② 见法医秦明系列众生卷第一季《天谴者》"消失的凶器"一案。

民医院借了简易耳镜，因为是给尸体用的，所以之后也没有还回去。有道是"好借好还，再借不难"，上次既然没还，这次就不好借了。大宝去耳鼻喉科好说歹说，直到快下班的时间，才终于又"顺"回来一个简易式耳镜。

"上次都有教训了，你们弄丢了之前的，还不买新的。"大宝对孙法医表达自己的不满。

"这种小众的设备，谁会去买啊。"孙法医笑着说，"你打报告领导都不一定批。"

"那也不能每次都让我去医院'顺'吧？"大宝说，"下次我再去市人民医院，人家得把我当贼防了。"

"没事，下次换我去'顺'。"孙法医说。

"你们这是在坏我们公安机关的名声。"我笑着说，"这一次，你们知道我要简易耳镜有什么用了吧？"

"涉及爆炸案件，就要考虑现场的冲击波，看死者的鼓膜，就能分析出爆炸发生时他的位置和状态。"大宝说。

"对。"我赞许道。

我们赶到殡仪馆的时候，天已经黑了，尸体已经先一步运送过来，并且放在了解剖台上。

在灰蒙蒙的矿井里没有什么感觉，但是尸体一放在整洁的解剖台上，就显得很脏了。男孩的全身都被灰尘覆盖，只有一双半睁的眼睛依旧是透彻明亮的。整具尸体都是灰尘的颜色，只有头顶部似乎还能看得见黑色的头发，就像是掉进了泥潭一样。

"身体上覆盖灰尘，只能说明爆炸的时候，他在矿井里，而不能证明那个时候他死没死。"我说，"而这一点很重要，很有可能决定了万永福和吕成功之间的关系。"

"关系交给他们侦查部门去调查吧。"大宝说完，从口袋里掏出简易耳镜，把尖端插进尸体的耳朵里，自己凑过脸去从另一端的目镜里观察着。

"怎么样？"我见大宝磨磨唧唧的，有些着急。

"没，好像没穿孔。"大宝直起身来把耳镜递给我。

我用耳镜观察了尸体另一侧的耳朵，说："确实，没有穿孔，但是鼓膜有充血。"

"鼓膜充血说明对鼓膜造成的气压不够大，刺激了鼓膜但是没有导致它的破裂。"大宝说。

"而且，充血是生活反应。"我说，"结合现场情况，因为尸体所在的现场和爆炸现场隔了一段距离，且有几个拐弯，因此冲击波力度得到了极大的缓解。"

"结论就是，爆炸发生的时候，吕成功这孩子就在他所在的硐室里，而且还活着。"大宝说。

"那么，问题来了。"我说，"既然冲击波都没有击碎他的鼓膜，那就更不可能击碎内脏了。他既然不是死于爆炸，又为什么会在爆炸发生后死亡呢？"

"吓死的？"大宝拿起死者的双手看了看，说，"没有约束伤和抵抗伤，身体上也没有其他损伤，更没有窒息征象。"

"吓死，一般都是有潜在心脏疾病的人。"孙法医说。

"嗯，以前我们办过一个'迷巷鬼影'①案，那是凶手知道被害人有潜在心脏疾病。"大宝说，"但如果这个吕成功没有先天性心脏病，这个年纪，不应该有什么多大的身体健康问题啊。"

"不过，从尸表来看，这也是最大的可能了。"我说，"拍照固定，然后清洗尸体，准备解剖。"

因为在解剖现场拍照的民警通常是照相专业或者痕迹检验专业的民警，他们不懂法医，所以会有个习惯，就是拍完了以后把显示屏上的照片给法医看一眼，确定需要的内容拍摄清楚了才好。

现场拍摄的小伙子在拍完尸表后，举起相机，让我看相机显示屏。在看到头顶部的时候，我突然发现头顶部的灰尘似乎比其他部位少很多。因为光线的问题，看尸体看不清楚，看照片却显得很不自然。

"头部先不清洗，你们先做常规解剖，我来看头部。"我制止了正准备冲洗死者头面部的大宝，说道。

我走到解剖台的一端，细细端详着尸体的头顶部。因为灰尘覆盖，黑色的头发似乎变成了灰白色，但是在头顶正中的部位，头发确实显得更加黑一些。

我伸手摸了摸尸体头顶的头发，一丝异样的触感透过乳胶手套传递到我的感觉神经。头顶的发丝似乎比周围的头发要更加坚硬，就像是摸在一条尼龙绳上。我知道，正常的头发是柔软的，只有头发上黏附了血液等液体，多根头发黏附在一起，风干后才会形成这样的状况。

在对尸体头顶部进行细目拍照后，我又观察了一会儿，可能是灰尘的污染，确实也看不出什么异常。没有办法，我只能把尸体的头发剃除。

---

① 见法医秦明系列万象卷第三季《第十一根手指》"迷巷鬼影"一案。

钉子

用手术刀剃除尸体的头发，是法医的"绝活儿"，我们可以用手术刀把尸体的头发剃得干干净净，连毛桩都不剩，而且头皮还不被刀片刮破。

当我的手术刀刮到尸体头顶部位的时候，那种异常的感觉又顺着刀片传递到了我的手上。

"不对，头顶肯定有问题！"我说。

此时，大宝已经按流程清洗好了尸体，提取了尸体指甲等必须要提取的物证检材，正准备切开尸体胸腹的皮肤。他听我这么一说，连忙说："你不是说先天性心脏病可能性大？"

"不，尸体的头顶有问题。"我说。

"头顶没看到创口啊。"大宝说。

"没事，我就快看到了，你们继续解剖，别耽搁。"我一边说着，一边操纵着手术刀在尸体头皮上刮动。

当手术刀的刀刃第一次经过尸体头顶正中的时候，突然发出了"吱呀"一声异响，像是金属互相刮擦而产生的刺耳声音。随着顶部的头发完全被刮落，头顶部青色的头皮完全被暴露了出来。

眼前的一切就像是一根针，深深地插进了我的心里。

我的心脏猛然一阵收缩，让我一口气没能端上来。因为心脏的强烈收缩，血液突然冲进了我的大脑，我能真切地感觉到大脑里一阵嗡嗡作响，眼前的视野都模糊了。

大宝和孙法医还没有意识到我的异常，仍在按部就班进行解剖。我在尸体的头顶位置蹲了3分钟没动弹，他们也没注意到。大宝已经取出了尸体的心脏，并且按照血流的方向剪开，说："心脏看上去还好啊，不像有什么先天性心脏病的心脏啊。"

说完，见我没有回应，大宝这才注意到了我面部极其狰狞的表情。

"你怎么了？"

大宝放下心脏，顺着我的目光看去，紧接着，就爆出了一声惊呼。

"畜生吧？这就是畜生啊！"

原来，吕成功头顶乌青色的头皮中间，除了有一片紫色的皮下出血之外，还镶嵌着一个圆形的蓝色铁片——也就是刚才解剖刀划出异响的来源。

这东西对我们来说并不陌生，刚才在现场，我们就看到过这种涂着蓝色油漆的洋钉，既然头皮上露出的是钉子的尾端，那就意味着长达十几厘米的整根钉子已经深深插入了尸体的头颅。

我和大宝小时候都看过一部电视剧，里面的凶手用砖头把一枚钉子钉进了醉汉的头颅，杀死了对方。这个令人发指的画面，是我们共同的童年阴影，我们怎么都想不到，这个童年阴影今天真的出现在了我们的面前，让我们不寒而栗。

"这可是一个孩子啊！怎么下得了手？"大宝比我更震惊、更气愤，他的拳头攥得紧紧的，手上的乳胶手套都嘎嘎作响。

此时的我已经从震撼中缓回了几分，思忖了一番，说："别急，别急，我们冷静地想一想。孩子身上没有任何抵抗伤和约束伤，而把一枚钉子完全钉进颅骨，不可能一次外力就能做到。"

"你是说，需要锤击多下，才能把钉子完全钉进去？但是在锤击的过程中，死者不可能不反抗、不躲避，对吧？"孙法医也盯着那枚钉子问。

"对。"我说，"我们往墙上钉钉子都有经验，如果这面墙在不断移动，是不可能把钉子钉进去的。而钉眼的周围，也不可能没有任何损伤。"

"那你是什么意思？"大宝联想了一下之前的推断结论，问，"是爆炸后，这孩子昏迷了，然后有人趁他昏迷，往他颅内钉进去了钉子？"

"昏迷的原因呢？惊吓吗？"我问，"而且，死者的眼睛是半睁的。我们的经验告诉我们，在排除了体位移动后形成尸僵，或者尸体痉挛①而造成的'死不瞑目'以外，大多数的'死不瞑目'其实是因为死亡前脑组织先受到了损伤，这种损伤让眼周围的肌肉接收不到信号了，就停留在原始的睁眼状态。这说明死者在受到脑损伤的时候，其实是睁着眼睛的，不太可能是昏迷的状态。"

"那睁眼状态，怎么可能让别人钉进去钉子？"大宝说，"可惜了，因为爆炸导致的扬尘，直接破坏了现场，让现场没法看足迹了。"

"别着急，我觉得咱们的尸检结果，还得结合调查情况，才能得出综合的结论。"我说，"你们继续完成胸腹腔的解剖检验，我来开颅。"

说完，我用手术刀划开了死者的头皮，然后拿起开颅锯开始开颅。

当颅骨完全被锯开后，我小心翼翼地将带有蓝色洋钉的头盖骨取了下来。测量的结果不出意外，确实和现场发现的多枚洋钉的形态是一致的，整根钉子足足有 18

---

① 尸体痉挛：也是一种尸体现象，一旦出现，就会保存下死者死亡瞬间的动作。后文会有详细的释义。

厘米长。洋钉穿破了颅盖骨和硬脑膜，直接插入了双侧大脑半球中间的大脑镰，然后穿透了小脑幕，抵达了脑干部位。整个创道周围都有出血，说明是生前钉入的洋钉。而这种直接伤到脑干的损伤，是可以导致人立即死亡的。

"只有钉子戳到了脑干，才会立即死亡。"我说，"但是钉子戳到脑干的这个过程，是需要多次外力才可以做到的。"

"太残忍了。"大宝一边说，一边打开了死者的胃，说："胃内基本空虚，还有极少量食糜颗粒，距离末次进餐后6个小时左右。"

"爆炸是12点多发生的，这么大的孩子一般早上7点多吃早饭，那也就是说，爆炸后不久，这孩子就死亡了。"孙法医说，"我们的解剖差不多结束了，颅腔里，也看不出什么了吧。"

我微微点了点头，重新走到尸体的侧面，拿起他的双手仔细看着，说："尸体你们都清洗了吗？"

"洗了。"大宝说。

我说："可是，为什么我觉得死者的双手掌中间有点泛蓝光？"

"没有啊，你眼花了吧？"大宝问。

我摇摇头，拿出几根棉签蘸了生理盐水，说："你们提取死者的心血和胃壁，加上我这几根棉签一起送去市局理化实验室。前两者做毒物化验，后者做微量物证检验。"

说完，我用力把棉签按压在死者的手掌中心，重重地摩擦着。

"你有想法了？"孙法医问道。

"没有，天色已晚，我们赶去市局，听听其他同志工作的情况再说吧。"我把棉签放进了试管里，说道。

4

专案会在市局会议室里正开着，大家心情似乎普遍比较好。

"调查情况，能给我们补习一下吗？"我见我们迟到了，于是问道。

"哦，调查情况很清楚，死者万永福应属自杀。"王杰副局长说道。

根据王局长的综合叙述，侦查员在万永福的住处找到了他留下的遗书。遗书写得很长，主要是叙述自己的生活窘境。万永福描述说自己婚后一直不幸福，自己所有的工资都被妻子把控，每个月只有数百元的生活费，也只够在矿区吃饭，连水果都买不起。前两年，在他患上抑郁症之后，妻子不但继续对他不管不顾，还经常拿抑郁症来取笑他。一个月前，自己的母亲得了癌症，虽然经过医院的治疗有明显的好转，但医疗的费用让原本不富裕的父母家里更是雪上加霜，于是万永福向妻子提出拿一点存款接济父母。没有想到他的妻子一口就回绝了，说家里没有什么存款，因为孩子还小，需要花钱的地方很多，最近又买了房子，更是没有钱了。其实万永福作为爆破工的工资还是挺高的，大约是普通公务员的两倍，结婚十年说没有存款，这个肯定是说不过去的。几次沟通无果，妻子不仅没有回心转意，更是提出要离婚，说万永福一下矿就几个月住在矿区不回家，家里跟没这个人似的，把所有的离婚责任都推到了万永福的身上。

本身就患有抑郁症的万永福万念俱灰，决定走上绝路。以他遗书里的说法，他一辈子在矿井下工作，所以也选择在矿井下离开人世。他想过很多种办法，但是因为没有勇气，所以都放弃了，直到他发现井下可能有炸药。他相信，瞬间的灰飞烟灭，也许没有痛苦吧。于是，他找理由结识了药工李某，并哄骗他和自己喝酒。昨夜，他将其灌醉后，以送李某回宿舍的理由进入李某的宿舍，并在李某的床头柜里盗取了炸药柜的钥匙。

在家里犹豫了一夜和一上午的万永福，终于在中午时分，鼓足了勇气，来到了停工的矿井下，在内段矿井的硐室中取出炸药，安装上自己保管的雷管后引爆，导致他当场就被炸死。

能够证明上述结论的，不仅有林涛在万永福家里找到的遗书、日记等材料，还有林涛赶赴药工家中提取到的宿舍监控、床头柜内侧的万永福的指纹等证据。DNA实验室那边，也在第一时间，进行了矿井下的血迹检测，所出的结果全部都是万永福本人的，没有其他人的DNA了。陈诗羽他们侦查部门对万永福的背景调查，也证实了万永福遗书里记载的事实基本都是属实的，而且他们还调取了万永福两年前就诊于精神病医院的病历，诊断其为重度抑郁、中度焦虑状态，建议其住院治疗，可是他并没有进行正规治疗。

之所以大家的表情都比较轻松，是因为这个棘手的案子，目前至少已经查清了一半，担子也就卸掉了一半。

"据我们了解，万永福这个人平时口碑还是很好的。你看他选择自杀都选择了一个最'人畜无害'的位置，矿井都没有被破坏。"王局长说，"所以，他不太可能杀死吕成功啊，这样的人不可能临走前还带走一个人，即便要带走，按照矛盾关系来说，也是会选择带走他的妻子吧？"

"目前的调查，还没有发现万永福和吕成功之间存在什么关系。"陈诗羽说，"要是让我说得绝对些，这两人压根就不认识。"

经过调查，吕成功不是矿上的子弟，只是在青乡二中上学罢了。实际上，他是住在不远处的村里的，父母都在外面打工，平时和爷爷奶奶生活。吕成功已经到了青春叛逆期，什么事也不跟爷爷奶奶说，老人也很难管教他，只知道他的学习成绩一直很差，虽然有时候会夜不归宿和同学一起去网吧打游戏，但是不至于和刑事案件扯上什么关系。

"是的，万永福自杀的时候，吕成功还活着躲在另一间硐室里。在爆炸发生后，他才死亡。"我一边把捺印下来的吕成功的指纹卡递给林涛，一边把全部尸检过程说了一遍。

当听到吕成功头顶的洋钉的时候，在座所有人都露出了惊讶和愤怒的表情。

"因为死亡时间不能精确到分钟，所以我们不知道是爆炸后，有人下井，发现了吕成功，还是本身井下就有第三个人。"林涛说，"而且，现场被爆炸后产生的灰尘覆盖，也没有发现足迹的希望了。"

"矿井周围我也都看了，只有一公里外的几个路口还有正在运行的监控，根本照射不到矿井的井口。"程子砚说道。

"而且这个矿井，不是所有人都知道具体情况的，也不是所有人都能操纵电梯下井的。"林涛沉吟了一会儿，说，"我还想去矿井看看。"

"不错啊，林涛，果真克服了下井的恐惧了？不怕黑？不怕鬼了？"大宝小声说道。

"你说你白天下井和晚上下井，有什么区别？"林涛也小声说，"不开灯都是黑漆漆的。"

"对，我也正有此意。"我说，"另外，我们送检的理化实验结果，要第一时间通过对讲机告诉我们。"

此时已经是深夜，当我们赶到矿区的时候，矿区已经没什么人了。负责矿区安保的同志估计正在接受上级的调查，一脸疲惫和不安地给我们打开了矿区的大门。

我让程子砚和韩亮一起去矿区监控室，再次对周围的路口监控进行观察，即便是一公里外的路口监控，也要仔细观察，重点是寻找吕成功的身影。其他人则做好下井的准备。

林涛留在了矿井上面，对矿井的电梯间进行检查，而我们继续穿戴好下矿井的装备，再次乘坐那座看起来有些简陋的电梯，下到了矿井的底下。这一次我们来到矿井底下的时候，井下的照明没有打开，井下的"黑"是地面上不能比拟的，那可真是什么都看不见，直到大宝打开了头顶的矿灯才终于恢复光明。

我们走到了吕成功死亡的那个硐室，用各自头顶上的矿灯照射硐室的各个角落。

"奇了怪了，这里也没有可以钉钉子的锤子啊、砖头啊什么的。"大宝找来找去，说道，"钉子都是就地取材的，按理说钉钉子的工具也应该就地取材才对啊。"

"对，这个就是关键所在，也是我们复勘现场的意义所在。"我没有在硐室里到处乱找，而是把精力都放在了硐室的墙壁上。

很快，我就发现了问题。

硐室的墙壁上，也因为爆炸而覆盖了较厚的灰尘，但是在尸体倒伏的位置上方墙壁上，有一处墙面灰尘似乎没有那么厚。关键是，这一处墙面在大约有脸盆大小的范围内，有不少小小的凹陷。

硐室的墙壁都是钢筋混凝土浇筑的，很坚硬厚实，能在墙壁上形成凹陷，自然是需要工具以及一定程度的力量。

"来看这里。"我说，"虽然光线不太好，但是依旧能看得见这些小凹陷里，附着有蓝色的油漆，是不是？"

陈诗羽最先跑了过来，也不惧怕灰尘，就趴在墙壁上瞪着眼睛看。

我从勘查箱里拿出一卷卷尺，量了一下高度，说："吕成功尸长多少？"

"一米六。"大宝说，

"这些小凹陷的高度大约都在一米二、一米三的位置，很符合啊。"我说。

陈诗羽点点头，举起手中拿着的、刚刚从硐室地面上捡来的洋钉，说："确实，这里就是有淡淡的蓝色，和这个钉子上的颜色差不多。"

"做一下提取，回去进行微量物证，就知道了。"我说。

"原来，你擦拭尸体的手掌，说要做微量物证，也是这个目的。"大宝说。

"对。"我说，"其实我们当时提出的问题已经很清楚了，这种损伤，别人很难在死者清醒的时候那么顺利地实施，而不造成附加损伤。问题的答案就是，死者的损伤，不是别人形成的，而是他自己形成的。"

这个结果可能是刚才大家都想到了，所以在我说出答案的时候，大家没有表示异议。

我接着说："如果死者去意已决，或者是情绪激动，就可以做出这样的损伤。"

"自己从地面上捡起一根洋钉，尖端对着自己的顶部头皮，然后往墙壁上撞。"大宝说，"撞一下，也许钉子只是穿破头皮，但是多撞几下，钉子就会进入颅骨，然后直接插入颅内。钉子插入颅内后，因为伤及脑干，所以他就会迅速死亡。这也是老秦会在尸体原始的倒伏位置上方进行寻找的原因了。"

"这也是墙面上会有十几个小坑的原因了，他撞了十几下。"陈诗羽不忍心地说道，"可是……难道，他不疼吗？"

"当然疼。"我说，"但是，别忘记了，吕成功的头顶部还有皮下出血。我认为，是他因为惊恐，且有剧烈的头痛，为了抑制头痛，他先在墙上撞头，后面为了追求更'好'的抑制效果又想用钉子来解决。"

"为什么会惊恐和头痛？"陈诗羽问。

"当然是爆炸了。"大宝说。

"对。"我说，"尸体的头顶部灰尘和硐室里这一片墙壁的灰尘相对较少，就是因为头顶部和墙壁有接触、撞击，导致灰尘掉落。因为他头顶部创口较少，且有钉子封闭，所以流出来的血很少，都黏附在头发上。沾了血的头发还沾了空气中的灰尘，就看不出鲜红的颜色了。好在风干后，我解剖的时候，才摸出异样的手感。"

"所以，他也是自杀。"大宝说。

我点了点头，说："虽然听起来匪夷所思，但是事实真相就是如此。如果我没有猜错的话，我们的理化部门也可以在死者的手掌擦拭物上，做出洋钉上同样的油漆微量物质，因为死者是双手握着洋钉，对墙上撞的。只有这样，洋钉才不会滑脱，才不会在头皮上造成附加损伤。而这种方式，别人是无法形成的。也就是说，不可能别人拉着他把他的头往墙上撞，他还那么配合地握着洋钉。"

"这么小的孩子，为什么要在这么个地方自杀呢？"陈诗羽还是难以置信。

"也许等调查结果全部都出来之后，我们就可以想通了。也许，我们永远也想不通。"我说，"每个人的想法都不一样，用我们自己的想法去揣摩别人的想法，就是以己度人。记住，绝对不能以己度人，我们只能相信自己眼睛看到的客观证据。"

在对墙壁的小坑进行刮取物证，提取了现场散落在地面上的洋钉之后，我们重新回到了电梯井边。

此时的电梯正在轰隆隆地下降。等了好一会儿，电梯门终于打开，林涛居然一个人正蹲在电梯里，用头顶的矿灯照射着漆黑的电梯操纵台，用一把小刷子刷着按钮。

"我跟你们说，我好像找到凶手的指纹了。"林涛一边刷，一边说。

"哦？"我惊讶道。

"这一架电梯，因为矿井的停用而停用了，必须要重新扳动电梯总闸，才能让电梯重新通上电。"林涛说，"我记得，我们之前下来，和这次下来的时候，都是戴着手套扳动总闸的对吧？"

"对。"我斩钉截铁地说道，"之前那次，是管理员扳动关闭的，戴着粗纱手套，这次是我扳动开启的，戴着乳胶手套。"

"所以，我在总闸上，提取到的这两枚指纹，有一枚就是凶手的。"林涛神采奕奕地说道。可能是因为有重大的发现，让他忘记了自己怕黑这件事情，居然一个人在黑洞洞的电梯里待了这么久。

"两枚指纹？"我问，"难道不是一枚是万永福的，另一枚是吕成功的？"

"万永福的指纹，我已经在他家里搜寻了很多。"林涛说，"吕成功的指纹卡，在今晚开会前你就给我了。所以我很容易能判断，电闸上有万永福的新鲜指纹，另一枚不知道是谁的，反正不是吕成功的。"

"那就奇怪了。"我说，"我们假如啊，你所谓的凶手带着吕成功开动电闸到井下，这时候电梯就是通电状态啊。这时候万永福再来，不需要再动电梯总闸了呀。如果是万永福先来的，那同理，凶手也不需要再动电梯总闸了呀。会不会是，凶手或者万永福不知道总闸怎么是开着的，怎么是关着的，试了一下？"

"你前面说的这个问题，我还真是没想过。"林涛说，"不过，不可能需要测试，因为总闸推上去是通电状态，旁边就会亮灯。如果是断电状态，旁边的灯就不会亮。不管是谁晚来，看到灯亮，就没必要再动总闸了。"

"很简单。"陈诗羽的脑瓜子还是快，"有人带着吕成功下到井下，但是并没有杀死他，而是重新乘坐电梯回到了井上，关闭了电梯总闸。这时候万永福再来，见到灯灭，又重新开动了总闸。"

"聪明，这是唯一的解释办法了。"我说，"所以矿务局的人第一时间抵达电梯间，发现电梯是开启状态的。"

"所以,排查指纹,总能找出凶手。"林涛得意地说道。

"确实,可以找出这个人是谁。"我说,"而且还有监控的辅助。不过,找出来的,不是凶手,只是始作俑者。因为吕成功也是自杀的。"

在林涛惊讶的神色和不停地追问中,我在返回矿区大门的路上给他叙述了现场复勘的发现。等我们来到大门的时候,程子砚也有了最新的发现。

吕成功在事发当天中午放学后,确实和三个人一起向矿区的方向走来。而且,在此后不久,爆炸发生前,这三个人又分别从不同的路口离开了现场,唯独没有再看到吕成功的身影。重点是,和吕成功同行的这三个人,都背着书包。

"结了。"林涛拍了一下车门,说,"连夜排查吕成功所有同学的指纹,明天就能破案。"

林涛又熬了一夜,但是没有白熬,他还真的把那枚指纹的主人找了出来。

指纹的主人叫马强,青乡矿的矿区子弟,也是吕成功的同班同学。顺着马强这条线索,警方找到了视频里的所有人,互相印证了口供,还原了事实真相。

吕成功是个留守儿童,从小就内心孤独,渴望别人的认可,需要有更多的玩伴。事发当天,班上同学议论着矿井下面有多黑、多可怕,吕成功就走过来说,自己不怕。马强几个人就说吕成功只是吹牛罢了。吕成功就约这几个同学,一起下到废弃的矿井,看谁坚持的时间最长。

其实几个人的心里都很害怕,但是为了逞强,几个人还是一起下到了井底。

因为吕成功的逞强,其他几个同学商量着,就给他一点教训。因为在井底丝毫没有光线,所以马强他们趁着吕成功还在井下"大放厥词"的工夫,丢下吕成功,一起乘坐电梯回到地面,并且关闭了电梯的电闸。他们认为,把吕成功丢在井下几个小时,足可以把他吓得尿裤子了,那他就不会再逞强了。

几个同学本来是想好好吓唬吓唬吕成功后,就重新把他"救"上来的。可是就在这时,他们突然看见了从远处来的万永福。当时的万永福低着头、驼着背、迈着缓慢而诡异的步伐向矿井走来。本来偷偷下矿被人发现就会倒霉,更不用说来了这么一个看起来如此诡异的人。于是马强三人连商量都没商量,就一溜烟分头跑回了自己的家里。

后来听到了井下的爆炸,这三个人心里也打起了鼓,害怕自己惹了大祸。终于,这一天深夜,警察还是找上了门。

"在井下什么都看不见的吕成功虽然开始还在嘴硬，但是其实已经惊恐过度了，又随着电梯的轰鸣，下来了一个步伐诡异的人。"我说，"当时躲在硐室里的吕成功，怕是以为自己见鬼了，本来就已经神经绷紧到了极限，随后的剧烈爆炸声，更是摧毁了他的理智。再加上因为爆炸而产生的剧烈头痛，就是他选择用这种匪夷所思的方式自杀的原因了。"

"为了逞强，可惜啊，可叹啊。"大宝说。

"谁也不知道吕成功拼命杀死自己的时候，内心有多恐惧。"陈诗羽感叹说，"留守儿童的心理健康，真的值得全社会去关注。因为缺少了家人的陪伴，就会出现内心的空虚和寂寞，期待被别人认可甚至崇拜，而这种逞强，很容易造成悲剧。"

"是啊。不过这个案子也告诉我们，不要以己度人，不要先入为主。"我说，"刚看到钉子的时候，谁能想到是这样的真相呢？"

"看到这孩子逞强，我就想起小时候和玩伴们去古墓里探险的事儿了。"林涛说。

"那不一样。"我说，"你去的，不过就是个山洞嘛，咱们谁没钻过山洞啊？下矿井可就不一样了，是有生命危险的。"

"不，我是在想，其实我和好几个玩伴一起去的，大家也都看见白影了。"林涛说，"可是，他们似乎长大后并不怕鬼，甚至前不久我问过他们，他们都不记得有这回事了。而我，却一直有心理阴影，这是什么原因呢？"

"个体差异呗。"我眯着眼睛，准备在路上打个瞌睡。

"不。"林涛慢慢地摇摇头，不再说话了。

法医秦明

VOICE OF THE DEAD

第九案

四腿水怪

在路上行走的人，背地里一定也都有着见不得人的罪孽。

——

太宰治

1

"小羽毛，龙番市局那边的理化检验怎么样了？"坐在车上打瞌睡的我，不知道是梦见了什么，还是半梦半醒一直在思考，突然问道。

"常规毒物都没有检见，非常规毒物已经做了一百多种，也都没有检见。"陈诗羽显然没有睡着，回答道，"从目前情况看，邱以深被药物致晕或者致濒死的可能性不大了。"

我皱起眉头思考着。

"哦，对了，你上次不是说要搜索段萌萌的家的吗？"陈诗羽接着说，"段萌萌已经回老家森原去了，准备休学一年，明年直接在老家的学校学习，然后在老家参加中考了。因此，他们家最近是没有人的。"

"所以搜查证申请不到？"我问。

"那不是，毕竟不是犯罪嫌疑人嘛，只是证人，所以还是和家人沟通好了再搜查比较好。"陈诗羽说，"刚刚我接到消息，段世骁从老家回来了，主要是准备退租房子，说我们今天就可以去他家看看，看完了他再退租。"

"好，韩亮，那我们直接去段世骁家里。"我拍了拍韩亮的肩膀，说道，"从液化气那个案子开始，我就想去他家看看了。"

抵达龙番市后，韩亮驱车带着我们直接奔段萌萌家去了。到了她家的时候，段世骁正在家中等着。因为张玉兰死亡案发后，现场保护已经撤去，段世骁和段萌萌还在家里住过一段时间，所以此时已经没有穿戴勘查装备的必要了，林涛几人走进家里，东看看西看看，也不知道该搜查个什么。

"我没记错的话，事发当天，段萌萌写字台前的窗户，是开着的，对不对？"我没进家门，站在门口问段世骁。

段世骁皱着眉头想了良久，说："我记不清了。"

"有照片。"林涛从包里掏出笔记本，快速打开，说，"嗯，半开着。"

"哪半边开着？"我问。

"西侧窗户，推开一大半。"林涛说。

我点了点头，转头走出了单元门。

林涛见我走了出去，立即跟了上来。我们两个人绕过房屋，走到段萌萌房间的窗外。窗外，是一片灌木丛，这片灌木丛林涛之前勘查过，走进去的话，也留不下什么痕迹。

从楼房的外面看这个一楼的窗户，首先看见的是不锈钢的防盗窗，这让我不自觉地联想到了液化气案里那涂着红色油漆的防盗窗。不过，段萌萌家的防盗窗是银色的，并没有刷油漆。

我艰难地踏进了灌木丛里，在阳光下仔细观察着防盗窗的每一根栅栏。

"啊！"我突然喊了一声，把身边的林涛吓了一跳。

"别一惊一乍的行吗？"林涛说。

我把脸从栅栏边挪开，又费劲地踏出灌木丛，打开勘查箱，拿了手套、口罩和帽子戴上，然后又拿了一把止血钳和一个透明物证袋，重新回到防盗窗的栅栏前面，用止血钳把栅栏上黏附的一个东西撕了下来，装在物证袋里。

"你看看，这是什么？"我把物证袋递给林涛。

物证袋里的东西，只有芝麻大小，林涛皱着眉头看了半天，又从口袋里掏出放大镜看了一会儿，说："这，好像有纹线啊。"

"对！"我说，"这个东西是手上的角质层，也就是手皮。"

"皮？"林涛瞪大了眼睛。

"是的，而且还有烧灼的痕迹。"我说，"你想想，这是怎么回事？"

"谁的手皮啊？有人扒窗户？"林涛还是没想明白。

"你再想想，张玉兰是怎么死的？"我接着问。

林涛似乎意识到了什么，说："张玉兰是打扫房间的时候，手接触到写字台后面，碰到裸露电线的时候电击死的。你的意思是说，电击她的，不是写字台后的电线，而是这个不锈钢防盗窗？"

我点了点头，说："对！我们尸检的时候，发现张玉兰手上有电流斑，有皮肤缺损，所以我执意要市局对电线进行 DNA 检验，可是检验结果却是没有她的 DNA，这不正常！现在我想明白了，她根本就不是被裸露电线电死的，而是不锈钢防盗窗把她电死的！"

"她接触防盗窗的时候，被电击死亡。意识丧失后，她会因为身体重力，趴在写字台上，手向下自然下垂的时候，正好落进了写字台和窗户之间的缝隙里。那么巧的是，缝隙里的电线，恰恰就是老化的，有老化的一截！"林涛说，"世界上居然还真有这么巧合的事情？"

"对，我们之前对案件性质判断错误，就是因为这种极端巧合的存在。"我说，"因为谁也想不到，防盗窗会带电！"

"我们最常见的防盗窗电死人的案例，一般都是楼上有人往下拖电线给电动车充电，因为电线老化，导致楼下的防盗窗带电。"林涛说，"我们可以查查，有没有人这些天违规拖电线，给电动车充电。"

"不！这个地方是一片灌木，电动车推不进来，不可能从这里拖电线。"我说，"防盗窗带电，是因为有人故意给防盗窗通了电。"

林涛恍然大悟。

"你想想，只需要把电击器接在防盗窗上，然后敲一下窗户，里面的人自然会开窗查看，一碰到防盗窗就会被电击。"我说，"这是故意杀人的手段！"

"这是段萌萌的房间，段萌萌那天因为和张玉兰吵架，突然离开房间，是不可预料的事情。"林涛说，"所以凶手其实想杀的，是段萌萌？"

"这就是我对张玉兰案一直心存疑惑的原因，因为有太多不好解释的问题。"我说，"现在我们从防盗窗上发现灼烧后的手掌皮肤碎片，就能证实一切了。回去对这个碎片进行 DNA 检验，我相信结果一定是张玉兰的。"

"我想起来了，张玉兰死亡后，我和小羽毛不是来找过段萌萌一次嘛。"林涛说，"那天段萌萌说看见了一个鬼影，以为是母亲变鬼来找她了！"

"是！那是凶手再次过来，想用同样办法杀死段萌萌！"我说，"结果被提前发现了，只能逃之夭夭。之后，段萌萌就转学了，凶手就没有机会再杀她了。"

"电击。"林涛沉吟着，"这种杀人手段真不多见。"

我没接林涛的话，而是继续我的推测，说："凶手没机会杀段萌萌了，就只能用相同的办法，去杀邱以深了。"

"啊？"林涛一惊，"你是说……"

"不然呢？世界上怎么会有那么多巧合？"我说，"一切看起来是巧合的事情，实际上都有必然的联系。"

"可是你们说邱以深是被断头导致死亡的。"

"我们也说了，断头之前，邱以深已经濒死了。"我说，"我猜，这种联合死因，就是电击。"

"电击又不是检验不出来，为什么你们之前没有想到？"

"因为邱以深的双手都被剁烂了，之前以为是抵抗伤，后来认为是凶手泄愤。"我说，"现在想想，都不是，之所以剁烂双手，很有可能是为了隐藏他手上的电流斑！"

"我的天，高明啊！"林涛说。

"走，复勘邱以深被杀案的现场！"我说，"我信心满满，感觉就快要破案了。"

一路上，我和林涛把之前的发现和推断都告诉了大家，每个人都表示惊讶。

"如果邱以深和张玉兰都是被同样一种方式杀害的，那这凶手……"陈诗羽欲言又止。

我接着她的话说："这个没什么好怀疑的了，邱以深和段萌萌都和凌南有关，别忘了，凌南就是被电死的，而且被螺旋桨削掉了头颅。再想想邱以深，是不是有什么必然的联系？"

"可是凌南的死亡案件，没有问题啊。"大宝问。

"确实没有问题。"我说，"不过凌南的父母不这样认为。"

"是的，凌三全的嫌疑最大。"林涛说。

"不管是谁，我们都得找到有力的证据。"我说，"这才是破案的前提。"

说话间，韩亮驾车已经开到了邱以深家那一排二层小楼的前面了。

我们陆续跳下车，穿戴好勘查装备，钻进了还没有撤去的警戒带内。

这一次，现场复勘的重点很明确了，就是邱以深家一楼的卷闸门。

卷闸门的面积较大，不像防盗窗那么好勘查。虽然我们大致可以推断出凶手的行凶方法，但是无法推断出具体接通电击器的位置，以及邱以深被电击的过程。

我在卷闸门的内侧面和下边缘仔细看了看，毕竟是用了十几年的老卷闸门了，上面黏附的污物也很多，不像干净的防盗窗那么好找异常。

"卷闸门上这么多脏东西，这谁知道哪里才是电击的接触点啊？"大宝说。

"找不到了，载体所限，不可能像张玉兰案那样容易。"我放弃了，说，"林涛，现在的重点，就是看你能不能在卷闸门上找出凶手的指纹，那就是破案的关键。"

"你忘了吗？我们初次勘查的时候，就发现现场被翻乱的痕迹周围，有粗纱手套的痕迹啊。"林涛说，"凶手是戴着粗纱手套进来的，你让我怎么找指纹？"

"这里又没监控，现场又没足迹，没有证据，我们怎么破案？"我说，"还有没有其他能获取证据的可能性？"

林涛低头思忖了一下，说："我想想吧，尽力。"

"行，这里就交给你了。"我说，"现在邱以深是不是被电击致濒死，还没有依据可以证明，只有证明了这个观点，才能把嫌疑彻底锁定在凌三全身上。所以，我得去复检尸体。"

"去吧。"林涛朝我挥挥手，然后便在现场里蹚起步来。

"对了，既然现场附近没有监控，那么子砚你还得有个任务。"我对程子砚说，"寻找段萌萌家防盗窗和这个现场卷闸门上的可疑痕迹，尤其是有灼烧的痕迹，然后擦取回去进行微量物证检验。"

"你是想以后破案，找出电击器之后，和电击器的电极进行微量物证成分比对？"程子砚问。

我点了点头，说："是啊，这是后续可以补充证据链条的一个关键证据。卷闸门不太好找，但是防盗窗很好找，加油吧。"

说完，我带着大宝，一边给市局法医科打电话提出复检尸体的要求，一边上了韩亮的车。

市局法医科在接到我们电话后，就立即和殡仪馆联系了。一般殡仪馆和公安局法医部门都保持着良好的工作关系，所以在我们抵达解剖室的时候，虽然市局韩法医还没赶到，但是尸体已经被殡仪馆同志先一步抬到了解剖台上。

我用最快的速度穿好解剖服，拿起死者的双手观察着。

"这两只手都被剁烂了，只有手背的皮肤相连着，就是把附着的血迹彻底洗干净，也不一定能找到电流斑的位置吧？"大宝也凑过头来看。

"你去看那只手，好好找。"我说。

就这样，我和大宝站在解剖台的两边，一人拿着尸体的一只手，看了足足20分钟，在韩法医赶了过来，穿好解剖服后，我们依旧没有任何发现。

"这怎么办？电流斑显然是被创口破坏了。"大宝说，"难道要在每一处创口周围都提取皮肤去做病理？那得取多少检材啊？什么时候才能做完？"

"电流有入口，也有出口。"韩法医在一旁提示道。

"对啊！"我惊喜地说，"我们只想着找电流的入口了，怎么就忘记电流的出口了？"

"一般电流斑在入口处很明显，出口处不明显啊。"大宝说。

"电流可以从他一只手进入身体，再从另一只手出去。"韩法医说，"但也有可能是从手上进入，再从脚上出去。"

在韩法医叙述的时候，大宝已经去尸体旁边的大物证袋里翻找了，说："我记得，在现场的时候，他是穿着拖鞋的，喏，就是这双鞋子，鞋底的材质肯定是导电的。"

"我觉得，我们先仔细看看尸体的脚底，才是正道。"我一边笑着说道，一边走到了解剖台的尾端。

邱以深虽然年纪不大，但是可能和他喜欢运动、经常下地干活儿有关系，他的脚底有不少老茧和伤疤，一时间，我也找不到特征明显的电流斑。

电流斑一般都呈火山口状，表面微微凸出于皮面。现在既然靠肉眼观察无法找到，我就只能通过触觉来寻找了。

我用手指慢慢地摩挲着尸体的脚底板，不一会儿，我似乎感觉到了有一块摸起来像老茧一般的位置，实际上是火山口似的中央凹陷。我用手术刀把这块皮肤切了下来，对韩法医说："做组织病理检查需要固定、脱水、包埋、切片、染色，工序太复杂了，时间太长，咱们能不能把这块皮肤送到医院去，用冰冻切片机先切一下试试？"

组织病理学中，对组织进行固定、脱水，就会让组织不再继续腐败，然后把组织包埋在蜡块里，是为了方便切出最薄的切片。但是这个工序占时较长，有的时候医院在手术中就需要知道病理结果，因此就有了冰冻切片的诞生。冰冻切片省去了一系列的工序，因为需要立即知道病理结果的，并不需要防腐保存。冰冻切片就等于是把一块软的肉冻成硬肉块，就可以拿来切成很薄的切片了，这样在很短的时间内，就能得知病理结果。

"冰冻切片能用来做诊断，但是无法保留物证，所以只能切一半来诊断，另一半用来保存物证。检材量这么小，够用吗？"韩法医问。

"不够也得够，咱们需要医院派出一个制作切片的高手来进行。"我说。

一般情况下，法医都会和当地医院里的医生很熟悉，尤其是病理科的医生，因为工作上有较多的交集，所以最熟悉。我们和省立医院的病理科主任叙述了这一次冰冻切片的重要性后，主任亲自下场，在我提取的指甲盖大小的检材上，只取下来三分之一，做成了切片。

"嗯，基底细胞染色深，纵向伸长、排列紧密呈栅栏状，皮脂腺呈极性化，细胞核细长。"主任说，"毋庸置疑，确实是电击改变。"

我拍了一下手，道谢后，拉着韩法医直奔市局刑警支队。

此时林涛已经回来了，在支队长办公室里垂头丧气地坐着。董剑局长也来到了支队长办公室，正在说着话："'命案必破'已经实行十几年了，这一下子立了两起命案，都破不掉，我怎么向老百姓交代？怎么向领导交代？"

"可是现场确实没有提取到任何有价值的物证。"林涛说。

"现在即便我们怀疑凌三全作案，可是毫无证据，总不能直接把人抓回来问吧？他不交代怎么办？案子不就办成了'夹生饭'了？"

"没有证据？"我心头一沉，问道，"我在考虑，既然邱以深家的卷闸门面积太大，能不能把段萌萌家的防盗窗拆下来，一点一点地去检验，看能不能找到指纹、DNA之类的证据？如果还是找不到，就得慢慢检验卷闸门了。"

林涛沮丧地摇摇头，说："希望渺茫，但是工作得做，我已经安排过了，不过是个很漫长的工作过程。"

"两个现场，不留下任何证据，这个凶手可真是用心了。"董局长咬牙道。

"肯定是经过精心策划的。"我说，"因为两名被害人直接被电击，所以和凶手没有什么正面接触。凶手在进入邱以深家的时候，也都做好了防护，所以，确实是个难点。现在唯一可以作为关键证据的，就是看两个现场门窗上，能不能找到电击器电极的微量金属成分。"

"找到了也没用，同种成分的电极也很多。"董局长说。

"如果我们能找到电击器，在电击器的电极上能找到防盗窗和卷闸门的金属成分，这就是很好的证据了，因为可以相互印证。"我说，"电击瞬间产生高温，会熔化微量金属，所以既然电极和门窗接触，自然会互相留下痕迹。"

"那我们就申请搜查证，搜查凌三全所有可能藏匿电击器的地方。"董局长说。

我摇摇头，说："不行。他们家家大业大，仅工厂就有好几座，住宅也有好几所，我觉得能找到的概率太小了。而且，这样就打草惊蛇了。"

"你是说，我们盯住他？"

"对。"我说，"对他严防死守，因为我觉得他还会作案。还有，辛万凤也得盯住，难保她不知情。如果两个人有串谋，也可以从辛万凤这边获取一些信息。"

"啊？还会作案？他们还恨谁？"

"他们恨段萌萌可能是因为那一则桃色新闻，而且，上次我们和辛万凤谈话，她说有坏孩子教坏了凌南，教他画画，这个'坏孩子'会不会就是指段萌萌？他们恨邱以深是因为悲剧是从凌南在路上遇见邱以深而开始的。而且，邱以深就是带凌南和段萌萌一起补课的。"我说，"这里有个关键问题，就是凌南和段萌萌的桃色新闻其实是从一张照片引发的谣言来的。所以我觉得，他们很有可能还会对拍照的人下手。"

"可是，这个人是谁，连我们都不知道，段萌萌都不知道。"董局长说，"他们会知道？"

"这个可不好说。"我说，"之前我们的调查重点并没有往这个方向延伸，而对于凶手来说，这是个重要的信息。态度不一样，获知的可能性也就不一样了。"

"所以，我们一方面盯死这对夫妻，另一方面，要调查拍照者了。"陈诗羽说，"这个，我们尽力吧。"

2

接下来的一周时间，凌氏夫妇的行为没有任何反常的地方，甚至让盯梢的侦查员都开始怀疑我们的侦查方向了。不过，我坚信这个推断是绝对不会错的。

陈诗羽那边，则什么手段都用上了，可是对拍照者依旧连尾巴都抓不住。毕竟，只是一张比较平常的照片，而且是贴在学校公告板上的，最关键的，照片已经被段萌萌撕毁扔掉，已经不可能找到残片了，连找指纹都没希望了。

就在大家一直处于担忧、迷茫的状态的时候，我们接到了出勤指令。不管怎么说，出去换换脑子，也许就能给这起案件提供一些思路呢？

这一次的案件是发生在省城龙番市下辖的洋宫县。

因为洋宫县持续干旱，政府决定于今天早晨7点，对洋宫县境内的洋浦水库进行开闸放水，提高水库下游河道的水位。当水闸打开，水流奔流而下的时候，周围围观的群众突然看见水中似乎有异物正在被水花冲得浮浮沉沉。

就在大家议论纷纷的时候，只见水花像是有目的地把那团异物向岸边推来，越来越近、越来越近。终于，眼神好的人先识别了出来，那不是别的东西，而是人形的物体！

只是那东西越看越不对劲，随着水波翻滚，看起来，似乎有四条腿！

水里出了妖怪，岸上的人们"哇"的一声，四散逃开，也没人关注这个四条腿的"水怪"究竟是被水花冲上了岸边，还是冲到了下游。

逃离现场之后，人们终于还是反应了过来，遇见这种事情，得报警啊！

3分钟之内，洋宫县公安局110指挥中心接待了十几个报警电话，报警电话几乎都是一样的内容，洋浦水库里的"四腿水怪"被开闸放水冲到岸上来了。

正所谓三人成虎，110指挥中心的接警民警也着实被吓了一跳，居然没有第一时间通知辖区派出所，而是指派特警部门赶去了现场。

特警队倒是不相信这些鬼怪之说，派出了一辆面包车和一个警组的警力，荷枪实弹地赶到了现场。

远远地，民警就在河边浅滩上，看到了村民们描述的"四腿水怪"。

其实那只是两具紧紧搂抱在一起的人类尸体。

特警确定那是两具尸体之后，立即通知了辖区派出所，而辖区派出所在接完电话后，直接又打了县局刑警大队法医的电话。两拨人马迅速赶赴了现场。

其实只要是大的水面，"收人"①是很正常的。不管是什么湖、什么水库、什么水塘，经常都会有人不慎落水导致溺死，或者投水自杀。

而且，据现场的特警描述，这是两具紧紧拥抱的尸体，死者是一男一女，这很容易就让人联想到男女殉情的狗血剧情。这种剧情虽然狗血，但是各地也偶有发生，并不算什么特别稀罕的事情。

所以，出警的派出所民警和法医，都没有觉得自己是遇见了什么特别的案子。

法医抵达现场后，立即着手对尸体进行尸表检验。所谓两具尸体紧紧相拥，实际上就是男的紧紧搂住了女的。尸僵十分强硬，费了挺大的力气，这才破坏了死者的尸僵，把两具尸体分了开来。

男性尸体被仰卧放好之后，因为体位的变化，气管内的大量蕈状泡沫从口鼻腔内涌了出来，用纱布擦掉之后，依旧会有泡沫不断地涌出。这就是溺死的最典型特征了。

然而，女性的尸体被平放之后，没有任何泡沫从口鼻腔涌出。当然，这也不能

---

① 收人：俚语，收人命。

就这样断定女尸不是溺死的。毕竟，每个死者即便是死因相同，其表现出来的特征也是不一样的，这就是个体差异了。

法医此时依旧没当回事，从勘查箱里拿出了一支棉签，插进了女性尸体的鼻腔深部，想看看尸体的鼻腔深部有没有水中的泥沙。结果是阴性的，他们并没有发现任何泥沙。

此时，法医有了一些疑惑。他们掰开女性尸体的双手，想看看死者在死前有没有抓握水草、泥沙的自救动作，结果也是没有发现。甚至有法医认为，女性死者根本就没有任何窒息征象，完全不符合溺死的特征。

两具尸体的衣物被去除之后，法医又发现女性死者的胸前似乎有新鲜形成的皮下出血。而男性尸体表面的损伤更多，他的胸前有块状的皮下出血，右侧腰部也有圆形的皮下出血，左侧额头上甚至还有一个 3 厘米长的挫裂创。

多了这么多附加性损伤，而女性似乎又不符合溺死这一种死因，案件似乎就不是男女殉情自杀那么简单了。

好在法医从男死者的衣服里找到了他的皮夹，皮夹里有他的身份证。而女死者口袋里的没有被大水冲走的手机，也足以证明她的身份。

两人的身份都很容易被查清，给这个案件的调查带来了曙光。

在向县局领导汇报后，领导决定立即对两具尸体进行解剖，搞清楚两名死者的死因，也许对案件的前期侦查具有指导性作用。

依据多年的办案经验，洋宫县局的林法医隐隐觉得这起案件没有那么简单，于是在第一时间打电话向师父进行了汇报，希望我们省厅可以派员共同参与尸体解剖，确保解剖工作更加细致。

师父于是通知我们在上午 9 点的时候，立即赶往洋宫县殡仪馆和林法医他们会合，介入初次的尸体解剖工作。

洋宫县离省城很近，我们又没有什么着急的工作任务，于是立即驱车出发了。

"尸体搂抱在一起，很难分开，这种报道似乎在十几年前的大地震的时候听说过，用科学也可以解释得过去？"陈诗羽一上车就问道。

"人体死亡后，正常的过程是先肌肉松弛，再形成尸僵。这就是电视剧表现一个人死了，总是让这个人的手耷拉下来的原因。"我说，"所以，不管死者死亡之前是什么姿势，都会因为死亡后的肌肉松弛而结束这个姿势。肌肉松弛后，尸体的肢体会根据重力改变他的姿势，然后被尸僵固定下来。最后再因为尸僵的缓解而变得没有姿势。"

"对，很多水里打捞上来的尸体，都是双臂前举的，这可能就是僵尸传说模样的原型吧。"大宝说，"其实，那是因为水中尸体的肌肉松弛后，如果尸体呈俯卧位水平漂浮，而双手由于重力下垂，所以形成了躯体水平、上肢下垂的姿势。这个姿势被尸僵固定后，尸体被打捞上来，看起来就像僵尸一样平举着双手了。"

"哦，原来是这样。"林涛说。

"这是啥意思？你是说，肌肉松弛了，所以不可能搂在一起？"陈诗羽说。

"我这不是还没说完就被大宝打断了嘛。"我笑了笑，说，"还有一种特殊的尸体现象，叫作'尸体痉挛'。听起来挺吓人，但指的并不是尸体会痉挛发抖，而是指机体死亡后，尸体不经过肌肉松弛的阶段，直接进入尸僵的阶段，所以一旦尸体痉挛发生，就能把死者死亡之前的姿势直接固定下来。只是，这种现象比较少见罢了。尸体痉挛的发生，可能和人死亡前情绪过度激动、紧张有关吧，总之，科学上，还没有个定论。"

"情绪过度激动、紧张？"韩亮说，"所以，古战场上将军被断头后，尸体依旧屹立不倒，是真的了？"

"是不是真的，我不知道。"我说，"但是，尸体痉挛一般都是在尸体的局部发生，比如一条胳膊、一条腿，很少会有全身所有肌肉都发生尸体痉挛的。毕竟人站着需要动用很多肌肉，全身这么多肌肉能不能同时都痉挛，从而维持尸体不倒，这个没人做过研究。"

"所以，你是说，这两具尸体被发现的时候，依旧搂在一起，是因为死之前，男的就搂住了女的，他死的时候发生了尸体痉挛？"陈诗羽问道。

"是的，只能这样解释。"我说。

"多好的男人啊，他可能是想保护她，才搂紧的吧。"陈诗羽感叹道。

"你绕了这么一大圈，原来是想说这个。"林涛摇了摇头，说道。

说话间，我们已经到了洋宫县殡仪馆。

我、大宝和陈诗羽留了下来支持和指导县局的尸体检验工作，而林涛和程子砚则跟着韩亮的车，去现场附近，一个寻找相关的痕迹，一个寻找附近的监控。

不知道是不是地方的习俗，一般尸体火化都要在上午。所以，每天上午，都是殡仪馆最忙的时候，到了下午，则门可罗雀。

我们穿过好几拨送葬的人群，来到了殡仪馆告别厅后方的解剖室里，此时林法医已经准备开始干活儿了。

"现场没什么可看的，尸体是被开闸放水冲下来的，也不是第一现场。"林法医说，"所以，还是尽快解剖来得实在，毕竟，我们从尸表实在看不出女死者的死因是什么。"

"身份都搞清楚了？"我一边穿解剖服，一边问道。

身边一个拿着记录本的年轻法医点了点头，说："搞清楚了，男的叫罗孝文，38 岁，自己开了一个文化传媒公司，专门做几个通信运营商的推广生意，生意还不错，家境殷实。女的叫战灵，37 岁，以前是县青少年宫的游泳教练，后来和人合伙开了一家青少年培训机构，是小股东，但收入也不菲。"

"哦，夫妻两个是吧？"大宝问。

"不是。"年轻法医摇了摇头。

"不是？"大宝瞪大了眼睛。

"两个人都各自有家室，也各自有孩子。罗孝文的孩子今年上初中，战灵的孩子今年小学四年级。"年轻法医说。

"我的天，你是说，这两个人是姘头？十命九奸，这就有命案的可能性了。"大宝说。

"你总不能因为两人搂在一起，就给人家下了结论吧？"我说。

"大宝老师说得不错。"年轻法医接着说，"目前，侦查部门通过数据搜索，已经确定两个人确实关系不一般，因为他们从前年开始，每年都有多次一起开房的记录。哦，还有，这两个人二十几年前，是初中同学，同班的那种。"

"初中同学？初恋啊？"大宝说，"难不成还真是一个凄美的爱情故事？"

"得不到的，才是最好的，远香近臭喽。"林法医一边给男性尸体脱衣服，一边感叹道。

"那，这两个人有自杀的动机吗？"我说，"比如他们俩的关系，被各自的另一半发现了？"

"从目前的调查看，双方配偶应该都不知道他们的关系。"年轻法医说，"而且女的当过游泳教练，不会选择这种方式自杀吧？"

"也可能是假装不知道。"陈诗羽说。

"你也怀疑是因情杀人吧？"大宝看了一眼陈诗羽说，"最有可能的，就是这个战灵的丈夫。"

"怎么着，先入为主的老毛病又犯了？"我瞪了一眼大宝，开始了对罗孝文尸体的尸表检验。

尸表检验进行了很久，是因为罗孝文的尸表上，有很多损伤。除了在现场尸检中发现的胸部、腰部皮下出血和额部的挫裂口之外，他的躯体上还有不少轻微的损伤，比如双侧膝盖正面的出血、腋下的擦伤等。但是，这些损伤都非常轻微，用俗语说，都是一些皮外伤，并不能成为致死或者致晕的依据。

于是，我们只能继续进行解剖。

我们用手术刀联合切开死者的胸腹腔之后，发现死者胸腔皮下的出血比皮肤表面的范围更广，面积更大。不过这些出血也仅仅是软组织的损伤，没有伤及骨头，他的所有肋骨都没有发生肋骨骨折的迹象，胸骨也仅仅是表面有肌肉的出血，而没有骨折。

"还是轻微的损伤，就算是被打的，也是软物打的。"我说，"顶多是徒手伤。"

"可是死者身材这么健硕，手脚又没有约束伤，别人打他，他就忍着？不反抗？"大宝问。

"也许是自觉理亏呢？"我笑了笑，说。

"你看，你也是先入为主呢。"大宝反击道。

切断尸体的各根肋软骨，我们取下了死者的胸骨，暴露出了胸腔。最先映入眼帘的，就是尸体肺部前面的红斑。

我用放大镜看了看红斑，说："一般溺死的尸体，会在肺叶间出现出血点，叫作'巴尔托乌夫斑'，又叫'溺死斑'。"

"你们法医记这些名字真是厉害，我都听了多少'斑'了？"陈诗羽挠了挠脑袋。

"不多，就三个斑比较重要。"大宝如数家珍，"溺死的叫'巴尔托乌夫斑'，在肺叶间；机械性窒息死的叫'塔雕氏斑'，在心外膜和肺胸膜下；冻死的叫'维斯涅夫斯基斑'，在胃黏膜上。"

"记不住，记不住。"陈诗羽摇了摇头。

我没理会大宝的科普，接着说："可是，这个死者肺脏的红斑，不是溺死斑，而是挫伤，因为红斑周围有明显的挫伤出血的痕迹。"

"肺挫伤？"大宝说。

"是啊，是肺挫伤的表现。"我说，"我们一般见到的肺挫伤，都是高坠、撞击、挤压所致，都是钝性暴力所致。可是，尸体的体表损伤很轻微，而肺挫伤又这么明显，只能说钝性暴力是柔韧的物体所施加的。我感觉，连拳头都不能形成。"

"那是怎么回事？"陈诗羽好奇地问道。

"这种伤，我以前也见到过，容我想想再说。"我说，"不过，这些伤都是附加性损伤，不是致死的原因。这种程度的肺挫伤，连死者的活动能力都不能剥夺，更不用说生命了。死者的肺脏高度膨隆，肺脏表面有明显的肋骨压痕，肺叶间也可见溺死斑，结合尸体表面口唇、指甲青紫和蕈状泡沫这些征象，可以明确他就是死于溺死。"

"受伤后入水溺死，就得考虑是不是命案了。"大宝说，"毕竟我们还没有解释清楚女尸的死因是什么。"

"没错，关键是战灵的尸体，她没有溺死征象啊。"我说。

在做完罗孝文尸体解剖的收尾工作后，我们立即把战灵的尸体放到这唯一的解剖台上。

3

战灵虽然37岁了，但是保养得很好，看起来也就30岁出头的样子，皮肤细腻光滑，穿着也很时尚。

战灵尸表上的损伤比罗孝文的损伤少很多，除了胸前也有一块淡淡的、不容易被发现的皮下出血之外，就没有任何损伤痕迹了。但尸体没有窒息征象，也没有溺死征象，从尸表上，看不出死者的死因是什么。

"我猜是颅内损伤。"大宝一边说着，一边用手术刀刮去死者的长发，"如果致伤工具真的很柔软的话，也许造不成头皮的裂伤，而引起颅骨的骨折和颅内的损伤。那样的话，在头皮上，应该可以找到皮下或者皮内的出血。"

"尸斑暗红，我总觉得，她好像是心跳骤停死的。"我不以为然，先联合打开了尸体的胸腹腔。

和罗孝文的尸体差不多，战灵的胸部皮下也有轻微的出血，但是肋骨一样没有任何骨折的迹象。我用同样的办法，取下了战灵的胸骨，倒是没有见到类似的肺挫伤，而是被从肺脏下方突出的心包所吸引了。

我用手指戳了戳心包，一种很不正常的感觉顺着我的指尖传到了我的心里。

"嚯，我说的吧，一类案子都是一起发生的。"大宝显然也看出了问题所在。

我苦笑了一下，和林法医一起，用三把止血钳夹住了心包的三个角，"人"字形切开了心包。当我的刀尖一切破心包，立即就有暗红色的血液从切口处冒了出来。当我们打开心包完全暴露心脏之后，发现心脏被一团黑红色的凝血块所包裹着。

显然，血液不应该流出心脏，流到心包里。

"不出所料，心包填塞。"我说。

"什么叫一类案子都一起发生？"林法医问大宝。

大宝说："前不久，我们刚刚办了一起案件，是一个骑摩托的小孩，就是因为汽车碾轧，导致了心脏破裂、心包填塞。当时，当地的孙法医还说，交通事故里，这种心脏破裂挺常见的呢。"

"是吗？我们也经常处理交通事故，但我还真没见过。"

"不过，那一起案件是因为死者是个少年，而且心室壁本来就比较薄。"大宝说，"可是，这是一个成人啊。"

我没说话，等拍照和录像完毕，用剪刀剪断心脏顶端的诸根大血管，把心脏取了下来。我双手捧着心脏，到解剖台头端的水池，用水慢慢地冲着心脏。血液和凝血块慢慢地被水流冲刷掉，暴露出了心脏的本色。

"好大一个撕裂口！"我的手指似乎摸到了什么，于是把心脏翻转过来。

死者的左心室上，有一个3厘米长的撕裂口，从裂开的创口，可以看得见心脏内部的结构。

"感觉和那案子一模一样。"大宝说，"不过，那个案子毕竟死者是被汽车碾轧过的，胸壁上有损伤，是能解释的。这个死者，胸壁上没有损伤，显然没有被碾轧过。"

"是啊。"我说，"确实感觉她所受的外力作用不大，为什么会导致这么严重的心脏破裂？"

"她的心室壁也有点薄啊。"林法医用尺子量了量心室壁的厚度说。

"在胸部遭受到压迫的情况下，引起心脏破裂的可能性非常小。"我说，"一来，是外力施加的时候，有些寸了，才导致心腔内的压力陡然升高。二来，是死者的心脏本身比正常人要薄很多，更容易发生破裂。但是外力何在呢？"

"我想到你们之前说的那个强奸案子。这案子，会不会是这个男人突然压在这个女人的身上，导致了这个女人突然死亡？"陈诗羽说，"然后男人畏罪，搂着女人的尸体跳河自尽？"

"不，这样解释，也依旧是匪夷所思的。"我说，"一来这个男人身上也有很多伤，是怎么来的？没办法解释。二来，如果真的是这样，投河自尽，那说明女人死亡的地方距离水库要很近，不然怎么可能费那么多力气，把尸体运到水库边，再投河自尽？"

"第一个问题，还得你们法医去解释。"陈诗羽说，"但是第二个问题，会不会是把车直接停在水库边，两个人在车上……"

"车震啊？"大宝说，"车震那种姿势，不太可能陡然对女死者胸部施加足够大的钝性外力吧？"

大家齐刷刷地看向大宝。

大宝窘迫地说："没吃过猪肉还没见过猪跑吗？你们看我干啥？"

"现在明确了女子的死因，重点是得分析一下两个死者身上的损伤了。"我说，"损伤方式的分析，可能决定了本案的性质。"

"既然男的身上有伤，女的死了，我觉得还是得考虑一下战灵的老公。"林法医说，"也许是他施暴的，而罗孝文理亏不敢还手呢？"

"如果真的是战灵老公导致了战灵的死亡，罗孝文又为何要抱着尸体投河呢？"我说，"第一反应应该是报警吧！毕竟是人命关天的大事，比出轨导致的理亏要严重得多吧？"

"也是啊。"林法医摇摇头，说，"可是如果不关战灵老公的事，为什么罗孝文身上这么多伤呢？自伤吗？"

"自伤？"我灵光一闪，把自己从牛角尖里拽了出来，陷入了深深的思考当中。

两具尸体解剖完，已经是下午2点了。

侦查部门依旧在对两名死者的社会矛盾关系进行深入的调查，程子砚也一直没有动静，说明她可能在监控里发现了什么。林涛倒是先一步回到了公安局，和我们一起吃了午餐。

"现场啥也没有，因为找不到第一现场。"林涛说，"这个水库的面积可不小，我总不能靠自己徒步绕着水库走一遍，来寻找第一现场吧？"

"那你觉得得有多少技术员才能找到第一现场？"大宝问。

"50多平方千米的水库啊，大哥！你算算沿线有多长？"林涛说，"如果没有方向，就不可能找到痕迹。"

"也许会有方向吧，靠子砚。"我说。

"我问了，据说现场附近监控少，恐怕也不好追踪。"林涛说。

吃完饭，我和大宝回到了县公安局，陈诗羽说要去和侦查部门一起调查，而林涛则拽上了韩亮，开着车沿着水库边绕圈，想碰碰运气。我一直在电脑里看两名死者的损伤照片，脑子里不断地推测各种可能出现的损伤方式。

一直等到了天黑，也没有大家的消息，于是我和大宝回到了住宿的宾馆，继续看着尸检的照片。

我在笔记本电脑上，将尸检照片一张一张地翻动，不知道翻动过了多少轮了。突然一张照片的缩略图吸引了我的注意，我连忙把图片点击开，注视着屏幕。

"这是男死者右侧腰部的损伤，你看看像什么？"我指着照片，问大宝。

"皮下出血啊，能像什么？"大宝问。

"我说皮下出血的形状像什么。"

"像什么？像，像一个逗号？"大宝说。

说话间，我们的房门被敲响了。

我起身走过去打开门，见陈诗羽和林涛、韩亮一起走了进来。

"战灵的丈夫，熊天，有作案嫌疑。"陈诗羽一进门，就拿了玄关吧台上的一瓶矿泉水，咕咚咕咚地灌了几口，说道，"人已经抓了，但是不交代。"

"抓了？凭啥抓？"我问。

"我们调查，这个熊天，昨天一整天都不在公司。"陈诗羽说，"但是我们问他，他却坚持说自己一整天都在公司加班。"

"两名死者的死亡时间相近。"我沉吟道，"早上8点看尸体，尸僵强硬，应该是15个小时左右，所以是昨天下午5点钟左右死亡。从两名死者的胃内容物看，都是基本空虚的，考虑是中午饭吃过五六个小时，晚饭还没吃。"

"对啊，你们的死亡时间推断应该没问题，可是这个熊天，在昨天下午五六点钟的时候，没人知道他在哪里。"陈诗羽说，"自己又在不停地撒谎。所以，我觉得有理由先传唤他。"

"撒谎，并不一定就是作案凶犯啊。也有可能，他是去做见不得人的事情，比如和战灵一样，找情人。"我说。

"不是他？"陈诗羽说，"那还能有谁？"

"罗孝文。"我说，"他自己。"

所有的人都大吃了一惊。

我哈哈一笑，说："我们都钻了牛角尖，被损伤困住了思维罢了。因为两个死者身上都有伤，而且是非溺死的战灵伤少，而溺死的罗孝文伤多，所以大家都会认为有第三个人的出现。毕竟，罗孝文的这些伤，不像是故意的'自伤'，而如果不是自伤，又存在女死者少见的死因，所以大家都被'命案'的可能性限制住了思维。"

"又在卖关子。"大宝急得直跳脚。

我只能加快了语速，说："其实在解剖的时候，我们说到他们为什么会在水库旁边，咱们是怎么说的？"

"车震啊。"大宝说。

"对啊，这个男的经济条件不错，肯定有车，去哪里也都会开车。"我说，"为什么，我们没有关注他的车去哪里了呢？"

"说不定停在某个隐蔽的角落没有被发现呢？"大宝说。

陈诗羽接过话题说："子砚好像就是在稀少的摄像头中间，寻找男死者的车可能藏匿的范围。"

"所以啊，子砚没看到尸体，所以没有被先入为主的思维困住。"我苦笑了一声，说，"你们再看这张照片，是男死者的右腰部，皮下出血像什么？"

"蘑菇？"林涛说。

"其实我们遇见过类似的案件。"我说，"这个部位的这种损伤，我分析就是车辆挡杆形成的损伤。"

"哦，你是说车祸？"林涛说，"可是我还是想不通，发生了车祸，没人报警？只有男的抱着女的跳河？"

"你还是被困住了。"我说，"首先，车祸很容易造成驾驶员被挡杆所伤；其次，看不到车，或者没人报警，不代表就不是车祸，因为可以是单方车祸。"

"依据呢？就根据这个'蘑菇'？"陈诗羽说。

"对啊，男的如果是驾驶员，没有看到他身上有方向盘的损伤啊。"大宝说，"方向盘损伤应该是条形的、弧形的皮下出血加上肋骨骨折。"

"那是你被书上的理论困住了。"我说，"其实跳出'命案'可能性的思维，就很容易想到了，两个人胸口都遭受了柔软物体的撞击和挤压，导致皮下出血，男的肺挫伤，女的心脏破裂，都提示这个作用力不小，但是接触物很柔软，所以，这个致伤工具可能是安全气囊。我们要用与时俱进的思维看问题，书上说驾驶员有方向盘损伤，那是安全气囊不完善的年代。现在方向盘中央鼓出一个安全气囊，驾驶员还怎么碰得到方向盘？"

"哦，有道理！"大宝说，"这样，两个人的主要损伤都解释了！"

"可是，车呢？"林涛还是不甘心地问道。

"很简单，两具尸体都在水库里，所以车也在水库里。"我说，"如果是单方事故，车辆冲撞路边护栏，然后坠入水中，全程没有人看见，当然就没人报警了。"

"啊？"林涛还是想不通，"如果车辆直接入水了，人是没法从车里出来的，因为车门在水压的作用下，是打不开的。"

"如果窗户没关，或者玻璃碎了呢？"我问。

"哦。"大宝恍然大悟，说，"你是说，男的因为撞击只受了小伤，所以依旧存在行动能力。因为车窗碎了，所以车辆入水后，会迅速下沉。而此时，女的因为心脏破裂已经死亡了，但是男的不知道，还认为她只是晕过去了。男的从车窗钻出来后，并没有想着自己求生，而是从另一侧车窗把女的尸体也拽出来了，结果因为水库里的浪比较大，或者是体能耗尽，终究无法游走，而是溺亡了。可是，这男的又要给女的解安全带，又要把人拖出来，还是在水下，难度不小哦。"

"既然能和安全气囊发生那么严重的碰撞，说明这两个人都没有系安全带。"我叹了口气，说，"安全带太重要了，如果这女的不是没有系安全带，肯定不会心脏破裂。她以前是游泳教练，在水库里自救肯定没有任何问题。"

"你这么一说，两个人所有的损伤，也都好解释了。"大宝说。

"原来，这是一起车祸啊。"林涛说，"确实，我们是被命案的可能性困住了。"

"所以，既然是车祸，那问题就好解决了。"我说，"今天大家都辛苦，子砚还在工作，也把她叫回来休息，既然到现在还没找到车辆踪迹，就无须找了，因为落水点附近肯定没有摄像头。明天一早，我们只需要寻找挨着水库路或者横跨水库的桥，就一定能找到撞击点了。只要能找到撞击点，就可以在相应位置进行打捞，车辆很重，会沉在水库底下，不会被冲走。车辆打捞上来，就是证据确凿了。"

既然现在看起来不是命案，大家就兴趣索然地各自回去睡觉了。

4

第二天一早，林涛和韩亮就穿戴整齐，敲响了我的房门。也对，他们是想尽快找到出事车辆，从而结案。

昨晚程子砚回来后，听取了我的分析结论之后，就一拍大腿，说："我知道在哪里了！"

原来，程子砚一开始就在追踪罗孝文的车辆，追踪到洋宫县大桥路的时候，就因为后方缺乏监控而断掉了线索。这条大桥路的尽头连接着几十条可以通车的小路，所以程子砚不得不对所有的小路是否有监控来进行实地考察，并且调取监控，想寻找车辆究竟是从哪条路离开的。

听程子砚这么一说，陈诗羽也来了灵感。她在调查的时候，得知洋宫县洋合村因为地处水库旁边，自然景观很好，很多龙番市的市民会利用短假期来这里度假，所以村民们纷纷把自家房屋改成民宿，用民宿和土菜手艺赚起了旅游钱。慢慢地，洋合村就形成了"土菜一条街"，不仅仅在洋宫县内，就是在龙番市也挺有名气。陈诗羽说，既然两名死者都没有吃饭，出事的时间点又是晚饭时间点之前，那她分析，两个人很有可能是准备去吃土菜、住民宿的。因此，只需要寻找大桥路通向洋合村的一条路就好了。

按照大家的分析，我们不需要跑什么冤枉路了，从手机导航的地图上，找到了这条路线上唯一临近水库边的一段公路，驱车直奔那个方向。

这是一条修建得很好的柏油马路，路面质量是按照高速公路的标准建成的，中间也有植物构成的宽大隔离带，一般情况下，对面车辆不可能越过隔离带而逆行。虽然这条路的限速是 60km/h，但是我们开车到了实地才发现，因为车辆少、路宽平，而且监控、测速装置缺乏，所以很少有车开在 60km/h 之下。以我们在现场的观察，在这条路上行驶的车辆，少说都有 100km/h 的速度。

"如果开到一百码以上，速度是足够了，就看他是撞在哪里了。"我坐在车里，向窗外看去。

"在那儿，在那儿！"林涛喊道。

毕竟还是痕迹检验专业对车祸现场更加敏感。林涛首先是看到地面上的新鲜刹车痕迹，顺着刹车痕迹向路边看去，就看出了端倪。

这条路，之前两旁都是农田和农舍，直到我们发现刹车痕迹的地方，就开始是沿着水库边修建的了。也就是说，罗孝文沿着这条路，刚刚开到水库边，就出事了。如果早出事几十米，也顶多是冲到农田里，而不是掉下水库。走到路肩，下方就是一个陡坡，然后是水库里的水面。现在因为旱情，水库水位比较低。在涝年，这个水库的水位甚至可以和路面基本平齐。

大路沿着水库的一边，每几米就修建了一个水泥墩，算是路面的防护屏障。但是如果不注意看还真发现不了，这一排均匀分布的水泥墩中间，有两个水泥墩隔得特别远，足以让车辆从中坠落入水了。

"是从这两个水泥墩之间掉下去的？"韩亮问。

"不会，如果这样的话，没有撞击，为什么安全气囊会弹出来？"我一边下车，一边说，"如果只是车头撞击水面，不应该形成那么严重的撞击伤。"

我们一起下了车，跟着我们车的警车也停了下来，跳下来两名交警和两名派出所民警，在距离我们停车点一百米处，开始设置路障和变道指引。这都是县局局长安排的，是为了我们的现场勘查工作能够在安全的环境下进行。

跳下车后，我们没有直接去看那一截长长的刹车痕迹，而是走到了那两个水泥墩的旁边。这才发现，两个水泥墩的中间，其实还应该有一个水泥墩，但是这个水泥墩是豆腐渣工程，只是简单地用水泥堆砌的墩子，里面连钢筋都没有。此时那个消失的水泥墩下只有水泥的残渣，隐藏在灌木之中。

"知道了，车辆直接撞上了这个水泥墩，把水泥墩撞断了。"林涛说，"连车带墩一起掉进了水里。这种水泥墩，又能发挥出什么作用呢？"

"如果速度慢，可能撞不断。"我说。

林涛点点头，转头又去勘查刹车痕迹了。而我则请辖区派出所民警电话请示指挥中心，要求调打捞设备来现场，对应该沉在水库里的车辆进行打捞。

最先抵达的蛙人潜入了水底，不一会儿便重新浮到水面上，说："水底确实有一辆轿车。"

"车牌是不是目标车辆的车牌？"我站在水泥墩边，问道。

"是的，蓝色轿车。"蛙人喊道。

"那就行了，打捞吧，这就是一起交通事故。"我如释重负。

打捞的过程很漫长，我和韩亮、大宝就坐在水泥墩上，静静地观察着。而林涛一直趴在路面上，看那条并没有什么特殊之处的刹车痕。

"看什么呢？"我喊道，"这能看出来啥？"

林涛起身走到我身边，说："你看，这车在十几米之前，突然发生很大角度的转弯，然后撞上了水泥墩。会是在避让什么吗？如果有人或者有车，为什么没人报警？"

"哦，你是说，单方事故，不应该突然猛打方向盘对吧？"我说，"这好像是交警的事情了。"

"或者，你是说，罗孝文是故意往水库里开？毕竟刚刚看到水库，他就猛打方向了。"大宝问。

"不会。"我说，"如果是这样，他为什么要把战灵从车里拖出来？"

大家都陷入了思考。

随着地面上一个人的一声吆喝，庞大的起重机开始发出轰隆隆的轰鸣声，吊杆上的滑轮开始转动，缆绳也逐渐拉紧。

我们知道，很快就能看到出事车辆了。

大约半小时的工夫，蓝色的轿车被吊出了水面，大量的水从车的两侧往下流淌，和瀑布一样。

"你们看，果真两侧的窗户都没了，但是前挡风玻璃还在。"林涛指着车辆，说道。

又过了十几分钟，车头已经因为撞击而变形的轿车，被吊车放在了公路之上。林涛此时已经戴好了手套，走到了车辆的旁边，在车门的边缘观察着。

"是没关窗，还是窗户玻璃碎了？"我一边举着相机拍摄轿车被撞变形的车头牌照，一边问。

"没关窗。"林涛说，"开那么快，还不关窗，这是在兜风啊。"

"前挡风玻璃是撞碎了。"我说。

轿车的前挡风玻璃碎成了蜘蛛网状，但是因为有车窗膜的连接，所以并没有从车体上脱落。

林涛走到车头前，看了看前挡风玻璃，说："不对啊。"

"什么不对？"我顿时警觉。

"如果只是车头撞击水泥墩，不应该是这种放射状的碎裂啊。"林涛说，"这明明是以其中一个点为中心，向周围放射的碎裂方式。"

说完，林涛从车头走回来，走到倒车镜边，看车窗玻璃的碎裂细节。

"哎呀。"他突然惊呼了一声，连忙从勘查箱里拿出一个大镊子，探过身去，在玻璃碎裂的中心点处，夹住了一个什么东西。

"石子？"我问。

林涛点点头，费劲地把嵌在玻璃和车膜之间的一块不规则石子夹了出来，大约有枣子的大小。

"现在我是明白了，这是一块石子砸到了玻璃上，罗孝文被吓了一跳，下意识猛打方向，结果冲进了水库里。"林涛总算是解开了心头的谜团，如释重负。

"我说是单方事故吧。"我刚刚说完，却又转念一想，说，"不对啊，那这石子是哪里来的？"

"是啊，这么整洁的柏油路面，哪来的石子？"大宝问。

"会不会是前车上掉落下来的？"我问。

林涛摇摇头，说："也不像，一来如果是同向运行，即便坠落石子，也不至于那么大力量，都嵌到窗户里了。二来这地面上看不到第二块石子了，哪有只掉落一块石子就出事的？那么巧？三来如果事发当时有别的车，前车应该可以看到或者听到异常，至少会报个警吧。"

"那你说，石子是哪里来的？"我问。

林涛转过身，向刹车痕开始的地方看去。

刹车痕开始的地方，是在一座人行天桥。

"我们得去天桥上看看。"我对身边的派出所民警说。

"那里上不去。"民警说，"本来路东边是有庄稼地，西边有村庄，所以这里在修路的时候，架了一座天桥，方便村民安全地穿过这条大路。但是最近几年，村庄的村民都迁移到了镇子上，集中生活了，这也是县里的一个移民建镇的规划。而水库边的田地也应环保要求，都废弃了，所以根本就没人会走这座人行天桥。天桥两头都封起来了，人进不去，下一步准备拆除呢。"

"越是人进不去的地方，越是得去看看，走。"说完，我率先向天桥走去。

天桥的上台阶，果然是被隔离板挡住了，但是仔细观察就能发现，两块隔离板的中间，是有一个空隙的。虽然像我这样比较胖的人，钻进去很费劲，但是身材娇小的人是很容易钻进去的。

林涛很快就钻进了隔离板里，等他穿戴好勘查装备之后，我和大宝才依次钻了进来。

"我似乎已经意识到了是怎么回事了，现在就看有没有可能留下有力的物证了。"林涛小心翼翼地一边观察着台阶，一边向天桥上走去，说，"好在天气干旱，没有下雨，不然什么都找不到了。"

林涛一路走，一路用粉笔在地面上画着圈。我知道，圆圈里，都是林涛发现的可疑足迹，所以我们都有意避开圆圈，向天桥上走去。

上到了天桥，我们发现天桥上面的路面上，有很多和林涛发现的小石子形态相似的石子，很显然，这块石子就是从这里坠落下去，正好砸到了飞驰的轿车上。天桥的两侧，有一人高的水泥挡板，从天桥上，并不能看到桥下的情况。

"有人在这座桥上，用石子向下抛，结果正好砸到了轿车。"大宝说，"因为车速非常快，这种石子撞击玻璃的力度就很大了。"

"我们开过车的都知道，一只虫子撞在挡风玻璃上，都会发出很大的声响。"我说，"一块石子砸碎了玻璃，发出的声音更大，而且玻璃瞬间碎裂，也会给罗孝文造成巨大的惊恐感受，接下来的事情，也就不奇怪了。"

"你们说，会不会是凶手故意这样干的？"大宝问，"比如死者的老公？"

"不会。"我断然否认，说，"这种事情，只有极端巧合才能实现。在桥上，看不到桥下的情况，汽车的速度也是不断变化的，如果凶手是故意的，又怎么能精确计算出石子下坠过程正好撞上飞驰而来的汽车呢？"

"说得也是。"大宝点了点头。

"不是死者的丈夫干的。"林涛说，"从台阶到桥面，有很多灰尘减层足迹，但是只有一种足迹，是运动鞋的足迹，而且只有 35 码，不是女人，就是小孩。"

"哦？是吗？有足迹？"我顿时精神了起来，说，"也就是说，我们是可以找到这一起事故的主要责任人了？"

"鞋底花纹特征比较明显，可以找一下是哪个品牌的鞋子。"林涛说，"这鞋子也是旧鞋子了，很多磨损痕迹，只要能找到鞋子，就能做同一认定。"

毕竟是投掷石子造成了极其严重的后果，陈诗羽认为，行为人即便是无心之举，也涉嫌犯了"高空抛物罪"。既然是刑事案件，又导致了两人死亡，所以接下来的侦查工作，我们还是要继续的。

高空抛物罪，也是 2021 年 3 月 1 日刚刚开始颁布实施的规定。《中华人民共和国刑法》第二百九十一条之二规定，从建筑物或者其他高空抛掷物品，情节严重的，处一年以下有期徒刑、拘役或者管制，并处或者单处罚金。

好在有了这个王牌的足迹证据，而且我们分析行为人的住处应该距离现场附近很近，对天桥很了解，所以侦查工作并不难进行。林涛拿着鞋底花纹，跑了附近镇子上的几家鞋店。因为鞋底花纹非常特殊，所以一个鞋店老板很快就认出了这是他曾经卖过的一款鞋子。顺着这个鞋子品牌，陈诗羽又经过了一番查访，很快就锁定了一个嫌疑人。

嫌疑人是个 11 岁的男孩子，他曾经在这家鞋店买过这么一双鞋。而且在陈诗羽找到这个学生的时候，他还穿着那双已经旧了的运动鞋。

在林涛比对认定是这个孩子的鞋子之前，大家就已经知道了结果。因为警察一找上门，这个孩子表现得就极为不正常。在请这个孩子的奶奶带着孩子去派出所接受问话的时候，孩子"哇"的一声就哭了出来。

藏在孩子心中两天，时时刻刻折磨着这孩子的秘密终于还是被揭开了。

根据这孩子的交代，自己最近因为过度思念在外打工的父母，心情抑郁。所以在事发当天的放学之后，独自到天桥上去躲个清净。

在天桥上，他一边想着父母，一边抛掷石子玩。可是向空中抛出一块石子后，他意识到自己抛歪了。果然，这块石子落在了天桥的围栏上面，弹了一下，掉下了天桥。随着"啪"的一声巨响，紧接着，就有刺耳的刹车声传到了天桥之上，再接着，就是巨大的撞击声和落水声。

孩子当时就给吓傻了，他虽然看不见桥下发生了什么，但是这些动静足以让他猜出发生了什么。于是他连忙逃回了家里，两天都不敢出门。

一来是这孩子的抛物行为，并不是故意而为之；二来这孩子还不到被追究过失犯罪刑事责任的年龄。所以，这件事，只能由孩子的父母对两名死者亲属进行民事赔偿来解决。

当然，这样巨大的赔偿数字，给这个本不富裕的家庭压上了一座大山。

"真是个悲剧啊。"陈诗羽不无惋惜地叹道，"这件事，会给这个孩子造成一辈子的心理阴影。"

"是啊！"我说，"这就是所谓的'风险教育'啊。什么事能做，什么事不能做，什么事看似能做但是做了就会有风险，这些教育是不能缺失的。"

"唉，要我说，这一对男女，还真是运气不好。这么小概率的事情，都能遇上。"林涛说，"有人说，明天和意外不知道谁先来，还真是这样，真是天降横祸啊！"

"也是，要不是出轨、幽会，又怎么会恰巧遇上这种事？"大宝说，"人活着，还是单纯点比较好。初恋什么的，不一定是美好的爱情故事。"

"哦，对了。"我问，"给凌南和段萌萌拍照的人，找出来了吗？"

"他们说，暂时还没找出来。"程子砚细声说道，"但是我这次寻找罗孝文的车辆踪迹的时候，突然想到，我们可以根据监控来找视频，那么也可以通过已有的视频来发现监控在哪里，对吧？所以，如果我们知道凌南和段萌萌的那张照片是在哪里拍摄的，就可以分析有哪些人能到达拍摄点，从而推断是谁拍摄、造谣的。"

"是啊，这是一个好办法！"我说，"所以呢？"

"照片被段萌萌撕掉了，所以我请市局侦查部门的同志，专门去学校寻找那些看到过照片的同学，描述一下照片的场景。"程子砚说，"等他们描述清楚了，我就能找到拍摄的地点。"

"好！得赶紧找出拍照者，因为我觉得他就有可能是下一个受害者。"我叹了口气，担忧地说道。

法医秦明

VOICE OF THE DEAD

第十案

断肠密室

痛苦是有限度的，而恐惧是没有极限的。

——

小普林尼

1

算是妥善完成了任务，我们正准备连夜赶回龙番，却被洋宫县的法医给留住了。

出勘非正常死亡的现场，只是法医们工作的其中一部分，而法医们日常更多的工作量，其实是人体损伤程度鉴定工作。这项工作，不仅数量繁多，还涉及了大量的临床医学、医学影像等学科的知识。有的鉴定甚至还需要涉及伤病关系（伤者有伤又有病，导致最后结果究竟是伤占主要作用、还是病占主要作用）的分析，是非常疑难的。有些疑难的鉴定，因为结论不符合双方当事人某一方的利益，就会导致不满，法医也就很容易成为"被告"了。

我曾经也开玩笑说：在网上，几乎没有一个法医是"清白"的。

实际上，人体损伤程度鉴定，是有着完善的监督体制的，以致很难故意"作假"。比如，在一起伤害案件中，双方当事人都有提出"重新鉴定"的权利，以致某一次鉴定并不一定就是最终的结果。而重新鉴定，是上级公安机关或者是第三方鉴定机构作出，并不会受首次鉴定影响。而且，人体损伤程度鉴定，就像医生看病一样，每个鉴定人都会有自己的观点和看法，所以在有些鉴定中，因为观点不同，可能导致多次重新鉴定有不同的鉴定意见。这就和同一个病人去不同医院，可能被诊断为不同疾病的道理是一样的。

但不是所有群众都明白这个道理，一旦县级公安机关的鉴定结论和上级公安机关鉴定结论不同，就会有一方质疑原鉴定报告的准确性，另一方也会质疑法医重新出具的鉴定结果。

为了尽可能保持统一的观点，基层公安机关法医在遇见疑难的人体损伤程度鉴定的时候，通常会请教上级公安机关法医，多人在一起讨论、研究，从而尽可能统一观点。这也是把集思广益运用于人体损伤程度鉴定的一种方式，也是最大限度保证鉴定结果客观、公正、科学的方式。

鉴于此，我们省厅的法医去各地出差办理非正常死亡事件，通常不会仅仅只办那一起案件。办案的空闲时间，市县局的法医，通常会拿出最近受理的疑难鉴定，一起讨论一下。这是统一观点的过程，也是相互学习的过程。

这也是我们被留住的原因。

晚饭后，其他几位同志都回各自的房间休息去了，我和大宝则在县公安局的会议室里，和县局法医们研究着疑难伤情鉴定的事情。

不知不觉，就研究到了晚上 11 点，总算是解决了问题。在我们准备回宾馆的时候，值班的孙法医接到了指令电话。

基层法医都是需要值班的，根据单位法医人数，每几天就会值个 24 小时班，是为了随时准备出勘刚刚发生的非正常死亡现场。洋宫县只有三名法医，所以每三天就要轮值一次，这是基层公安机关法医的常态。

"恐怕不是简单的非正常死亡。"孙法医接完电话，说，"出警的民警接报警说是被杀的，到现场，也有很多血迹。"

"杀人案？"大宝瞪大了眼睛。

"也不一定。"孙法医笑了笑，说，"倒是经常有自杀的案件，会被当成杀人案来报警。"

我看了看手表，感觉很疲惫，说："那你就先去看看，如果有问题，我们就地留下办案。"

"你既然这么说了，那肯定是有问题了。"大宝说，"你这张著名的乌鸦嘴。要不，你留下，我和孙法医一起去吧。"

于是，超级敬业的大宝跟着孙法医去出现场了，而我一个人回到了宾馆。

因为对命案的重拳打击，现在的命案已经非常少了，和十五年前相比，也只有一两成的命案数量了，而且绝大多数还是激情引起的伤害致死。洋宫县这个小县城，现在一年不发一起命案也是有可能的。鉴于此，我不觉得会有那么巧，恰好在我来这里的时候，发生命案。

可是，在我回到宾馆后不久，我就不得不把已经睡下的大家都喊了起来。因为大宝来了电话，说这起案件十有八九就是命案。而且，还是那种经过策划、需要侦查的命案。

现场位于洋宫县县城的旁边，一个人口还比较多的村镇。村镇的一角，有一户农家，盖着二层小楼，高大的围墙围着一片宽敞的小院。可以看出，这是一户小康人家，比村里的大多数人家都要富足。

农家住着五口人，男女主人、男主人的老母亲，还有两个孩子。男女主人都是务农，但是因为勤快，在农闲时节会去镇子上的厂子里打工。男主人庄建文有一手好木工活儿，所以收入不低。两个孩子，大儿子庄鲲 17 岁，在县城里的中学读高二，平时寄宿在学校不回家；小儿子庄鹏 14 岁，在镇子上的中学里读初中，初中学校和他家只有 5 公里的路程，所以小儿子每天是早出晚归。

出事的，就是这个 14 岁的小儿子庄鹏。

报警人是男主人庄建文。今天晚上，一家人和往常一样，在晚上 6 点钟吃完饭、7 点钟洗完澡就各自回到自己房间里。庄建文和老婆乐屏在房间里看电视看到 10 点半，像往常一样准备睡觉了。睡觉前，庄建文去厕所小解，可是发现厕所的灯亮着，门是从里面闩住的。

庄建文知道有可能是儿子在用厕所，于是在门口喊了一声，让儿子快一点，可是里面没有回应。等了几分钟后，不耐烦的庄建文再次呼喊厕所里的儿子，还是没有得到回应。庄建文于是用力拽门，破坏了厕所门的插销。

这门一打开，把庄建文吓呆了。

儿子庄鹏此时正躺在厕所的地板上，身边有一大摊血迹。吓呆了的庄建文，立即报了警。

孙法医和大宝赶到现场之后，除了已经毫无生命体征的尸体和一地鲜血之外，最让他们注意的是死者的右下腹。

死者是穿着长袖睡衣和睡裤的，但是睡衣的右下腹位置有明显的血染，而且鼓出了一个包，就像是在衣服里兜住了什么东西。

大宝穿着勘查装备，从勘查踏板上走近了尸体，掀开了他的睡衣衣襟，这才发现，睡衣右下腹部位兜住的，是死者的肠子！是的，死者的肠子从腹壁膨出了，死者被剖腹了！

很明显，死者受到了锐器致伤，甚至导致了肠道外露。虽然现场是一个"封闭现场"，但是大宝还是认为死者有可能遭受了别人的袭击，于是通知了我们。

现场是一个坐北朝南的院落，院落的背侧是一栋二层小楼，小楼的一楼是一个客厅，加一个房间，二楼是三个房间。据调查，一楼是老太太住的房间，庄建文夫妇住在二楼最东侧，庄鹏住在最西侧，中间的房间是庄鲲的，目前是空着的。三个房间被一条走廊相连，走廊的中间是通往一楼客厅的楼梯。

院落的东侧是两间平房，分别是厨房和餐厅，并没有什么异常。院落的南侧是院门，院门的两侧分别是猪圈和鸡窝。事发的时候，院门是从里面上锁的，没有什么异常。

中心现场是院落西侧的平房里，这间平房是一个卫生间，面积有 20 多个平方米。卫生间的门一进去，就是一个洗漱台和一面镜子，往里走是一个用玻璃隔断的淋浴间，淋浴间再往里走，是一个台阶，台阶上是一个蹲便器。

庄鹏就躺在玻璃隔断的外面，头枕着蹲便器前的台阶，双脚指向卫生间的门。

现场地面是白色的瓷砖地面，上面有很多大滴大滴的血迹，还有一些血泊和被鞋子踏乱的血痕。死者的尸体旁边，也有一摊血泊。

血迹只有地面上才有，尸体旁边的玻璃隔断上，都没有喷溅状血迹，玻璃隔断内的淋浴间地面上，也没有血迹。

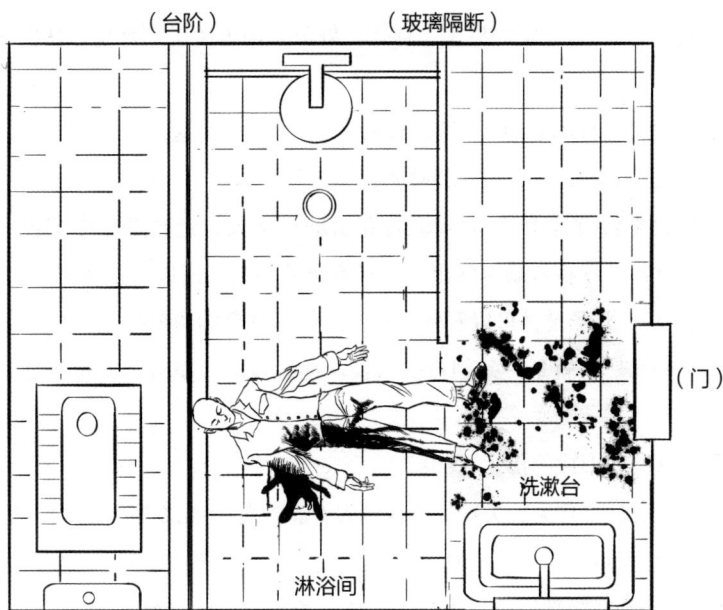

"断肠密室"案发现场示意图

我沿着勘查踏板巡视了一遍现场，重新走到门口，问大宝："你不是说是封闭现场吗？如果是封闭现场，为什么会是命案？"

"你看看这个。"大宝指了指卫生间门上挂着的挂钩，说道。

卫生间的门上，用螺丝钉固定着一个金属圆环，金属圆环上套着一个"7"字形的可以自由活动的挂钩。对应位置的门框上，也固定着一个金属圆环。当人们进入卫生间后，会拿起挂钩，挂在门框上的圆环里，门就锁闭了，从外面就拉不开了。这是一种老式的门闩，我们小时候倒是经常可以看到，现在已经很少有人用。人们至少会用封闭效果更好的插销来作为门闩。这种挂钩门闩虽然方便，但是牢固性不够，只需要用力拽门，门框上的金属圆环就会从门框上被拽出来，门也就开了。庄建文也正是用这种办法拉开了卫生间门。

"确实，据庄建文说，他来的时候，挂钩是从里面挂上的。"大宝说，"但是，这种挂钩，是很方便伪造成一个封闭现场的。"

说完，大宝把门上的挂钩立了起来，说："只需要把挂钩这样立起来，然后慢慢关门，关门过程中保持挂钩不倒下来。在门关上的那一刻，因为震动，立起来的挂钩会倒伏下去，有一定的概率，挂钩正好倒到门框上的圆环里，从而造成从里面闩门的假象。"

"嗯，我明白你的意思。"我点头认可道，"可是，这只是一种推断，你同样没有依据证明这是有人在伪造封闭现场啊。"

"那你再来看看这个。"大宝引着我从勘查踏板上走到了尸体旁边，撩起了死者的衣襟，说，"现在有肠道膨出，而且有血迹黏附，所以看不清创口的具体形态。但是，咱们扒拉开肠道，可以看到皮肤上的创口有锐利的创缘，对不对？"

所谓"创缘"，就是一条创口的边长。创缘锐利、整齐，就说明是有刃的锐器形成的创口。

"是，这是刀形成的伤。"我说。

"你再看看这个现场，去哪里能找到刀？就连剪刀也找不到啊！"大宝说。

我赞许地点点头，大宝想到了点子上。这是一个普通家庭的卫生间，并没有任何刀具。如果死者腹部的创口不是牙刷柄之类的无刃刺器形成的话，那么只有在现场发现刀具，才有可能是自己形成的。一个封闭现场里，找不到刀具，只能说明凶器被凶手带走了，那么就不可能是自杀或者意外的案件了。

"别说剪刀了，就连玻璃碎片这种锐利的东西都没有，凶器肯定被带走了。"大宝自信地说道，"这个凶手想伪造一个自杀的封闭现场，可是却忘记了最关键的问题。如果是自杀，死者是拿什么自杀的？"

我点点头，说："确实，这个解释不过去。不过，出入口在哪里呢？院门在警察来之前，都是锁好的。"

说完，我走出了卫生间，看了看有两米高的围墙。

"这里就是出入口。"林涛指了指卫生间后面的围墙，说道，"我们在这里发现了一个板凳。"

林涛拿起一个宽半米、高半米的木头板凳，接着说道："这个板凳，放在围墙根的，我分析凶手可能用它作为垫脚的工具，翻墙出去的。"

"上面有足迹？"我问。

"没有足迹。"林涛说，"也许凶手的鞋底干净，板凳也干净，就没留下足迹。也许是板凳表面的载体不好，所以没留下足迹。"

"那就是围墙上有攀爬痕迹？"我问。

"也没有。"林涛挠挠头，说，"这个围墙是硬青石砖砌成的，这种砖头可能不容易留下攀爬痕迹吧。"

"那你怎么知道这是凶手用来垫脚的？"我问。

林涛举起了板凳，说："你看看这板凳的四个脚。"

我凑过去，用警用手电筒照射板凳腿，发现四条板凳腿上都黏附了不少血迹，血迹甚至已经发黑了。

"我已经把这个血迹做了擦拭提取，送县局去做 DNA 了。"林涛说。

"哦，你是说，这个板凳原本是在卫生间里，凶手杀完人后，把它拿出来当翻墙的垫脚石了。"我说。

"对啊。"林涛说，"既然沾了血，说明板凳原来肯定在卫生间里，如果不是凶手拿出来的，那它又是怎么从卫生间出来的？如果是死者自己拿出来的，死者受了伤，在院子里走动，院子里肯定会留下血迹吧？"

林涛说得很有道理，院子里确实连一滴滴落状血迹都没有，甚至连擦蹭状血迹都没有。

"你这样说，我突然想起来，如果凶手行凶后，必然会踩到血迹上，为什么他从院子里走，都没有在院子里的地面上留下擦蹭血迹呢？板凳上也没有留下擦蹭血迹呢？"

"你忘记邱以深被杀案的现场了吗？"林涛说，"邱以深被杀后，现场也有很多血，凶手可以绕开血迹，所以就不会踩上啊。"

"可是，邱以深是在没有意识的情况下，形成创伤然后流血的，凶手有办法绕开。"我说，"如果这个死者是有意识的，凶手很难绕开啊。"

"你怎么知道他就一定有意识？"林涛说。

"也是。"我点了点头，说，"中心现场没有打斗的痕迹，确实有可能是死者先失去了意识，凶手才动手剖腹。"

"当然，也有可能是凶手在卫生间里等着死者彻底死亡。"林涛说，"在这个过程中，如果鞋子上的血迹不多，也已经干涸了，干涸的血迹也不会擦蹭在院子地面或者板凳上了。"

"嗯，这个想法很好。"我说，"时间也应该是足够的。如果7点钟天黑了，凶手就动手了，等庄建文发现，已经10点半了，3个多小时，足够少量血迹干涸了。可是，这毕竟是在死者家里，究竟是什么人，才能有这么好的心理素质呢？"

大宝看了看我，又看了看卫生间外面，他是意识到我心里怀疑谁了。

"不会吧，如果是他爹，没必要还制造一个封闭现场吧？"大宝说。

"那都是听他自己说的。"我说，"其实只需要把门框上的圆环拔下来，套在挂钩上，就可以和警方说是一个封闭现场了。我在想，如果真是庄建文干的，那就没必要出院子了，不在板凳上留下足迹、不在院墙上留下攀爬痕迹也就说得通了。不过，他为什么要把原本在卫生间里的板凳拿到外面去呢？"

"说不定，板凳就是突破案件真相的关键了。"林涛说。

"把板凳送到县局去，细细勘查，看能找出来什么。"我说，"林涛，你继续在中心现场好好勘查，看能不能找出血足迹、血指纹，如果真的是自己家人干的，那普通的灰尘足迹和汗液指纹就失去了意义，因为本身就应该有。小羽毛，你去和侦查部门调查一下死者的社会关系，尤其是家庭关系。子砚，你看看附近有没有哪家有家庭监控，能看到院墙的，看看究竟有没有人翻墙进出。我和大宝去殡仪馆，先尸检，看看死者究竟和邱以深是不是一样，在遭受创伤前，先失去了意识。还有，他的死因究竟是什么，目前从尸表上，还看不出来。"

"是啊，看现场的出血量也就千把毫升，不足以致死啊。"大宝说，"对了，还有死亡时间，也得看看。如果死者死亡时间比较早，难道这么几个小时，这对父母都完全不理会自己的孩子在干啥吗？"

2

洋宫县殡仪馆内的解剖室里，尸体已经赤条条地躺在了解剖台上，年轻的身体刚刚呈现出发育的状态，生命就戛然而止，让大家不约而同地感受到惋惜。

死者的睡衣睡裤和穿在脚上的一双板鞋被脱了下来，并排放在解剖台一侧的操作台上。

我站在操作台的旁边，仔细看着死者的衣着。一件蓝色的长袖上衣，右腹部被血液浸染了，内侧还黏附着小肠表面的黏液，把衣服的皱褶都粘在了一起。一条蓝色的棉质睡裤，从腰部的松紧带前面开始，往下都已经完全被血液浸染了。棉质的布料吸满了血液，用手一拧就能拧出血滴。死者的那一双白色板鞋，左侧鞋子还比较干净，但右侧鞋子表面上也有殷红的血痕，血迹主要集中在右鞋的鞋垫。右鞋内侧的鞋垫也像棉质睡裤一样，吸饱了血液，成了暗红的颜色。

这样的血迹状况，让我不由得有了疑虑。

"肛温测了，31.5 摄氏度。"大宝说，"这个天气，不冷不热，用'死亡后 10 小时内每小时下降 1 摄氏度，之后每小时下降 0.5 摄氏度'的方法是可以计算的。初始体温是 36.5 摄氏度，这就是下降了 5 摄氏度，现在是凌晨 2 点，说明死者的死亡时间应该是晚上 9 点左右。"

"他们说晚饭和洗澡是 7 点钟完成的，对吧？"我说，"9 点钟就死了，10 点半才发现，中间足足有一个半小时，孩子进了厕所这么久没动静，这家长不是有问题，就是真不长心啊。"

大宝抬头看看我，说："肠子胀气，被创口紧紧箍住了，塞不回去，没办法看创口形态。"

"按规程把尸表上的检材提取好，解剖之后，从里面可以把肠子从创口拽回来，再看皮肤上的创口形态。"我说完，移步到尸体的下半身旁边，观察着尸体腿上已经干涸的血迹。

尸体大腿和小腿上，都有从上往下流淌的流注状血迹，这和衣着血迹形态是吻合的，更是加重了我的疑虑。

"我来开颅，你来开胸腹腔吧。"完成了取材任务的大宝，拿着手术刀开始刮死者短短的头发。

"头皮一定要认真检查，一寸也不能放过。"我说，"等回到专案组，他们肯定会提出头上有没有损伤的问题的。"

"你怎么知道？"大宝一边说，一边刮着头皮。手术刀和毛根摩擦发出"沙沙"的声音，在幽静的解剖室里回荡着。

我笑了笑，没说话，用手术刀联合切开了尸体的胸腹腔皮肤。

死者的胸腔里，没有任何异常，皮下软组织里没有任何损伤的迹象，感受不到死者在死亡前有被攻击的可能性。

腹腔一被划开，小肠就膨隆了出来，死者的小肠胀气情况比较严重。不过小肠胀气的症状并不能确凿证明什么，对于法医的判断没有什么意义。也正是因为小肠的严重胀气，导致部分肠管从腹壁裂口膨出，紧紧地被箍到了创口之中。

切开腹腔之后，我小心翼翼地把从创口膨出的肠管一点点地拽回腹腔，腹部皮肤上的创口就清晰可见了。同时，我也发现肠道被挤出创口的形态是非常不规则的。人体的肠道是按照规律整齐排列并由肠系膜连接和固定的，而死者的肠道里本不该挤出来的肠子却被挤出来了，给人感觉，像是一部分肠子出来了，又被塞了回去，另一部分肠子因为压力又挤了出来。反复几次，导致腹腔内的肠道排列规则已经被完全破坏了。

创口很细很窄，而且是由多条创口共同组成的。五六条窄细的创伤交叉在一起，其中两条创伤穿破了腹壁，又穿破了腹膜，导致肠管从本身就比较狭窄的创口里挤了出来。

以我的经验看，这些创口并不是我之前认为的刺创，而是切割创。

"多条切割创汇聚在一起，创口密集且交叉。"我沉吟着。

"邱以深不也是这样吗？只不过他那个是割颈，这个是割腹。"大宝一边切开头皮，一边说，"头皮下是任何损伤都没有的。"

我找来一块纱布，用水浸湿后，把尸体腹壁上的创口仔细擦拭清楚。血迹清除后，皮肤显得惨白惨白，细条状的创口更加清晰了。

"不对啊，你看这创口旁边，还有不少细细的疤痕呢。"我说。

大宝刚刚掰下头盖骨，凑过来看了看，说："这种疤痕，顶多是浅表损伤的划痕，谁身上都可能有。"

"可是，这些疤痕和这次形成的创口，位置都在右下腹。"我说，"哪有这么巧的事情？"

"那可不好说。"大宝继续摘取尸体的脑组织，说，"你啥意思啊？你是想说，有人以前就在他右下腹部切割过？这次切割割狠了？伤了大血管？"

"虐待？"孙法医问。

我摇了摇头，又观察了一会儿腹壁的创口后，就继续检查尸体的其他部位组织脏器。

尸体腹部的创口不深，只是刚刚切破了腹膜而已。腹壁和腹膜上的血管被切断，导致流出了不少血。不过，这些出血量，远远不足以致死。

"死者头部没有损伤的话，那么死因就只有可能是休克了。"我说，"损伤不足以致死，尸体上又没有窒息征象，内脏器官形态正常，加上他还是个孩子，不至于也不符合疾病猝死的征象，更是没有和邱以深那案子一样的电击伤，所以，只有可能是疼痛性休克死亡了。"

腹壁上形成破口，这种疼痛不足以致死，但是因为人体的内脏一般对直接刺激的疼痛不敏感，却对牵拉动作形成的刺激非常敏感，所以牵拉肠道，就会引起非常严重的疼痛。刚才我已经分析过，尸体的肠道排列是乱的，应该有多次牵拉肠道的动作。这样的动作是会引起极其强烈的疼痛的。疼痛性休克是神经源性休克的一种，剧烈疼痛加上失血，足以让死者死亡了。

"你忘了，要排除理化检验呢。"大宝说，"心血刚刚送过去，估计天亮了才能出结果。"

"我觉得他没有中毒致晕、致死的可能性。"我低声说道。

"为什么？"大宝好奇地问。

我没有回答大宝，继续对尸体进行检验。

打开死者的胃，胃内有一些糊状的东西。虽然已经进食 3 小时才死亡，但是胃内的白米饭粒依稀可见，可以判断死者晚上应该只是喝了一些粥。按照正常情况，这样年纪的小伙子，晚饭应该会让胃充盈，但是死者的胃内只有 50 毫升的食糜，即便是饭后 3 小时死亡有部分食糜已经进入了肠道，但也足以分析死者晚饭吃得非常少。顶多是一小碗白粥，连蔬菜、肉类的纤维都找不到丝毫。

突然，我想起了什么，于是把尸体的肠道扒拉到左侧，暴露出右侧腹腰部的腹腔。这个位置的肠道似乎有一些粘连，需要撕扯才能把肠道彼此分离开来。我撕开粘连的肠道，就暴露出了回肠末端的一小截淡紫色的如同老鼠尾巴的器官。

这是死者的阑尾。他的阑尾似乎比常人要粗大一些，呈现出淡紫色的样子，表面泛着光芒，这是轻度的水肿迹象。

我的心里似乎已经有数了。

"胃内容物消化程度符合晚上9点的死亡时间推断不？"大宝问道。

"符合。"我心不在焉地说道。

"那解剖就结束了。"大宝说。

"不，还有一项工作没有做。"我指了指尸体腹壁的创口，说，"致伤工具的推断。"

"刺创可以分析锐器的宽窄、长短、厚薄，但是切割创不行啊。"大宝说，"我们只能说是锐器。"

"不，这个案子是可以的。"我说，"一般无论是匕首、菜刀还是砍刀对人体进行切割的时候，因为其刀刃有一定的厚度，会导致创口两侧的皮肤向两侧哆开。但是，这具尸体的切割创，并没有让创口哆开，说明什么。"

"说明刀刃比较窄。"大宝说，"手术刀？"

"手术刀确实可以。"我说，"但并不是只有手术刀才可以。"

"老式刮胡刀的刀片也很薄。"孙法医插话道。

我竖了竖大拇指，说："对！别忘了，现场是卫生间，卫生间里很可能是有这个工具的。"

"就地取材？"大宝瞪大了眼睛，说，"那岂不是更得怀疑他爸了？"

"我的意思并不是就地取材。"我说，"一开始我们认为死者死于刺器，所以在现场没有发现匕首就没有细找了。如果凶器只是一个很薄的刀片，很有可能此时还在现场。"

"那又怎样？"大宝问。

"我们分析这是一起命案的主要依据，目前就是凶器不在现场啊。"我说，"如果凶器仍在现场，你还敢说这是一起命案吗？"

"敢啊，为什么不敢？卫生间内的板凳还在外面呢。不都说了，如果是死者自己拿出来的，因为板凳腿上有血，说明他是受伤后拿出来。而受伤后出卫生间门，必然在院子里留下血迹啊，但不是没有血迹嘛！"大宝说，"怎么？难不成你怀疑这是自杀？如果有自杀动机，小羽毛这个点儿肯定已经调查出来了。"

"说不定是意外呢？"我说。

"别说笑了。"大宝哈哈一笑。

"不管怎么说，咱们现在得重新回去现场，看看刀片是不是仍在现场。"我说，

"这决定了我下一步推断的方向。"

我们合力把尸体缝合完成，就重新乘车回到了现场。

此时已经是凌晨 3 点了，各组暂时都完成了工作，回到了县局等候碰头。只有林涛在现场等着我。

我穿戴好勘查装备，走进了卫生间，先是拉开洗脸池镜子后面的柜门，里面果真放着一把老式剃须刀。我打开剃须刀的金属盖，发现原本应该在金属盖下的双面刀片果真是不见了。我心中一喜。

"真的是这个刀片哦。"大宝说。

"这个现场所有的角落，你都看了吗？"我问门外的林涛。

"除了淋浴间里面没有看，其他都看了。"林涛说，"淋浴间里面没有进去人的迹象。"

我于是趴到了地面上，用手电筒照射着，看淋浴间玻璃隔断的底部。玻璃隔断的底部是一个不锈钢的底座，我这么一看，就发现不锈钢底座和地面之间的空隙里，有寒光一闪。我连忙从勘查箱里拿出一个镊子，从底座下方伸进去，一夹，就夹出了一枚寒光闪闪且黏附血迹的老式双面剃须刀片。

"啊！真的在这里！"大宝惊叫道，"你是怎么猜到的？"

"当你大概猜到了结果，就可以从结果反推过程了。"我神秘一笑，把刀片装进了物证袋里，说，"指纹和 DNA 都要做。"

"知道了。"林涛接过物证袋，放在自己的物证箱内。

"板凳做的结果怎么样了？"我见林涛把板凳也装在透明物证袋里，于是问道。

"做出来了，是死者庄鹏的血。"林涛说，"我把板凳提取回去，看能不能找到其他人的 DNA。既然凶手把板凳拿了出去，就有可能在板凳上留下 DNA。"

我笑了笑，说："行吧，那我们回县局，一边对刀片检验，一边和他们碰头。"

回到县局的时候，天边已经泛起了鱼肚白。

会议室里的大家伙都姿态各异地打着瞌睡。

"不好意思，来晚了。"我说。

大家这时候纷纷坐直了身子，伸着懒腰。

最着急的，是洋宫县公安局新上任没两天的分管刑侦的副局长刘局长。刘局长这新官上任三把火，还着实是厉害。

"怎么样？有线索吗？"刘局长急着问我。

"法医一般都最后说，各部门先说说吧。"我坦然自若地坐了下来，喝了口水，说道。

"那我先说吧。"程子砚说，"现场附近只有一百米外有一家农户装了监控。可是，晚上根本看不到那么远，不过晚上八九点钟的时候很多农户家灯是亮的，如果有人翻墙进入现场，还是能看到影子的。我们做了现场实验，在有灯光的情况下，如果有人翻墙，可以看到身影。不过，通过对监控的审阅，我们没有发现有身影进入现场院墙。"

"能确定吗？"刘局长有些兴奋。

毕竟排除了外人进来作案，嫌疑人范围就很小了。

"不能完全确定。"程子砚说，"毕竟灯光情况很难还原到事发当时的情况。但是，我倾向于认为是没有人进入的。"

说完，程子砚见大家没有问题了，就又像我们刚刚进来时候那样，在一张白纸上画着什么了。

陈诗羽接着说："侦查这边，也没有发现什么线索。庄鹏是镇子上中学的初二学生，平时性格非常内向，不太喜欢说话，学习成绩也一般。据了解，他父亲和他关系正常，并没有什么吵嘴打架的经历。据说庄建文平时工作挺忙的，有的时候还会直播自己的手艺活儿，有几千粉丝，也会通过直播来获取一些打赏补贴家用。庄建文平时有点刁钻刻薄，得理不饶人的那种，所以工友、邻居都和他保持距离。庄建文的妻子乐屏，性格挺懦弱的，内向话不多，平时就是务农，夫妻关系还好，没有发现什么异常。"

"我想知道，庄鹏最近有什么就医的情况吗？"我问。

"这个我还真是查了。"陈诗羽说，"我们调查的时候，有一个同学说，大约一个月前的一天，他们下体育课回来，发现庄鹏不知道哪里受伤了，一手的血，正在用卫生纸擦。他们关心地问他要不要去校医院，当时庄鹏就一脸极为惊恐的表情说自己不去。后来我们去校医院和镇医院都调查了，从能查到的病历资料看，没有庄鹏的任何就诊记录。"

大家都面无表情，我却欢欣鼓舞地说："你解答了一个我一直想不通的问题。"

"什么问题？"刘局长问。

我笑了笑，没回答，示意林涛接着说。林涛说："现场勘查也是没有发现任何外来人员侵入的迹象。现场卫生间里，只有他们家人的指纹和足迹。血足迹，却只有死者庄鹏自己的。这个现场和我们在龙番勘查的邱以深的现场非常相似，不知道是凶手留心了，还是巧合，凶手没有踩到足够多的血迹上，所以没有留下可以鉴定的血足迹。"

"所以，我们目前分析是他家人作案的可能性大，但是没有任何证据对吗？"刘局长问。

我转头盯着被林涛带回来的板凳，说："现在，我只剩下最后一个问题了，那就是这个板凳上，是怎么黏附了死者的血迹的。"

3

就在大家都在疑惑地看着我的时候，县局的技术员走进了会议室，说："两个结果，一个是死者体内没有发现常见毒物或毒品。另一个是现场发现的双面刀片上，检出死者庄鹏的指纹和死者庄鹏的血迹。"

"凶手戴手套了？"林涛失望地问道。

我倒是灵光一闪，对林涛说："你擦取的板凳上的DNA，是直接送去进行DNA分型鉴定的对吧？是不是没有做确证实验和种属实验？"

林涛摇了摇头。大家也是听得一头雾水。

"走。"

我走到会议室的一角，拿起装了板凳的物证袋，二话不说往门外走去。刘局长不知道我卖的是什么关子，破案心切的他也忍不住跟了上来。一行人浩浩荡荡地跟着我直接到了县局技术室的法医学实验室。

"按照公安部的规范，实验室里有抗人Hb金标试纸条吧？"我问。

"现在DNA都完全普及了，谁还做血迹的种属实验啊。"孙法医一边翻动着器材柜，一边说，"不过，应该有以前剩下来的。"

好在孙法医还真的在尘封的器材柜里，找出了一盒不知道哪一年生产的抗人Hb金标试纸条。

我把一小块纱布用生理盐水浸湿后，在板凳腿的血迹上擦拭了一会儿，又将纱布浸泡在一试管的生理盐水中，过了一会儿，将试纸条伸进试管里。

一条红线，阴性！

"明白了，我全明白了！"我笑着说完，拉着林涛和刘局长就往回走。

刘局长又是着急又是迷惑，只好跟着我一起回到专案组的会议室。

"我可以断定，这一起案件，是一起意外案件。"我说，"死者腹部的创口，是自己形成的，不慎割破了腹膜，导致肠道外露。他反复几次把膨出的肠道塞回腹腔，终因剧烈疼痛和失血的综合作用而休克死亡。"

所有人都瞪大了眼睛，不可置信地看着我。

"别急，你们听我说。"我说，"首先，死者身上的创口，因为过于密集，所以我分析必然是处于一个很稳定的体位形成的。如果是外人形成的，他不可能站在那里不动，给别人割。"

"也许是躺下了呢？"林涛说，"我分析，凶手应该是用板凳砸晕了死者，然后下手的。这才是凶手要把板凳拿出去的原因。不是为了垫脚，而是为了让警察注意不到这个除了锐器之外的凶器。"

我扭头看看大宝，说："我说有人要质问死者是不是头部有伤了吧？"

大宝恍然地点点头，说："这个我仔细检查过了，我可以肯定，他头部没受到任何打击。"

"不仅仅是死者没有被致晕的因素，更是有血迹分析可以佐证。"我说，"死者的裤子上黏附了大量的血迹，鞋底里也有大量的血迹，大腿小腿上血迹的流向方向都是从上往下。结合死者唯一的开放性创口是右腹部，这说明死者受伤流血的时候，是处于站立位的，血液才会从上往下流。没有人会在昏迷的时候保持站立位，因此我从一开始就觉得，死者是在很清醒的状态下，被切割腹部的。那么，一个清醒的人，怎么会保持不动，被切割腹部呢？如果只是轻微的切割，倒是有可能在逼迫或者控制下进行。但是这种切割完了，反复塞回肠道的动作，就解释不过去了。遭受着能导致死亡的剧烈疼痛，却依旧不敢动？这我是不信的。所以我觉得，这样的损伤，应该是死者自己形成的，这样才最合理。"

我顿了顿，在刘局长和大家惊讶的表情中，接着说："当然，我们刚开始认为是命案有两个最重要的依据，一是现场没有凶器，二是板凳被挪出了室外，但室外没有血迹。现在，我们在现场找到了恰好被踢入玻璃隔断底部的刀片，而且做出了死者自己的指纹和血迹，这个反而变成了证实死者自伤的依据。"

"可是，第二点，你依然没法解释啊。"刘局长说。

"刚才我做的种属实验，就是为了解释第二点。"我说，"小羽毛，你是不是调查过，最近死者家里杀猪了，还是杀鸡了？"

陈诗羽露出意外的神色，说道："确实调查了。因为死者家的猪圈里没有猪，所以我们顺道问了一下。半个月前，他们家在院子里杀猪了。"

"那就对了。"我笑笑说，"板凳腿上的血迹，是猪血。"

"那不可能！"林涛叫道，"DNA做了，是死者庄鹏的血，这还能搞错吗？"

"过分依靠DNA，是我们现在工作中的一个隐患。"我说，"DNA不是证据之王啊！"

"怎么说？"林涛说，"DNA可以看基因分型，甚至可以看出性别，准确率那么高，这个不会错的。"

"DNA结果，并不是直接的'是'或者'否'，而是一个图谱。"我说，"对图谱的分析，就是在图谱中，找出人类的'峰值'，从而得出结论。因为动物血的图谱和人类血的图谱完全不一样，所以在结果做出来后，首先就会把这些不是人类血的图谱给过滤、筛除掉。如果这个板凳上，只有猪血，那么DNA就啥也做不出来，得出的结论是未检出人的DNA分型。但是如果这个板凳上黏附了并不是血迹的其他人体组织细胞。比如说，庄鹏经常拿这个板凳腿蹭脚，脚上脱落的皮屑就会黏附在板凳腿上。当你提取板凳腿上的血迹的时候，也提取到了那些脱落的皮屑。DNA做完之后，把猪血的结果直接过滤掉，得出了人皮屑的数据，而你却认为，那些数据是你提取的血痕的DNA数据。这就是我们说的DNA的'误判'。后来，我补充做了血痕种属实验，确定这些血不是人的血。那么之前的DNA结论就没有意义了。"

大宝一拍大腿，点头说道："是啊！以前我们看到疑似血迹，是有一系列工作程序的：第一，我们要进行预试验，确定那可疑斑迹是血。第二，再进行种属实验，确定那是人血。只有确定了这两点之后，那可疑斑迹才有证据价值。唉，有了DNA检验，我们就把这套老一辈留给我们的检验方法给放弃了。"

我接着说："大宝说得对，因为从理论上讲，DNA检验既可以分辨是不是血，又可以分辨是不是人血，所以我们习惯性地省略了预试验和种属实验，直接进行DNA检验。可是，现在DNA检验的灵敏度很高，反而容易出现污染和错误，比如这起案子就是，猪血里面有人的脱落细胞，就误导侦查和判断，认为那就是人血。问题就出在这里。"

"我懂了。"林涛恍然大悟,"这条板凳和现场无关,本身就在院墙下面。是上面的猪血,以及庄鹏曾经遗留的 DNA,给了我们误导。"

"因此,这两条证明是命案的依据都不成立了。"我说,"加上子砚的监控侦查实验,加上林涛现场勘查没有发现其他人的血足迹,加上调查没有杀人的动机,我们完全可以排除他杀。对了,我还得补充一下。龙番市邱以深被害案中,现场是个客厅,很宽阔,死者是濒死被割颈,喷溅血很少,所以凶手躲过血迹不去踩踏是可以实现的。但是这个案子,现场是一个狭小的卫生间,死者流血后多有走动,滴落状血迹到处都是,这样的情况下,要是有凶手,想不踩踏血迹是不可能的。"

"所以解剖的时候,你一直在说创口太密集,不管是为了杀人还是虐待,在同一个部位反复切割,确实不太合理。"大宝说。

"自杀,那自杀的动机呢?"刘局长也跟上了我们的思路,紧接着问道。

"不,我一直没说是自杀,我说是意外。"我说。

"意外?难道是性窒息那种意外?"林涛思索着,也有些疑惑,"但我没见过用切割自己来获取快感的啊。"

"不太一样。"我说,"是小羽毛给我释疑了。如果我没有猜错,这个孩子是有严重心理问题的。什么心理问题呢?讳疾忌医!也可能是从小被吓唬惯了,所以一说就医,就非常惊恐。但是,如果身体不适,需要就医而不敢就医怎么办呢?就只有自己想办法了。"

"什么意思?"刘局长一脸蒙。

我接着说:"根据尸体检验,死者阑尾位置肠道粘连,阑尾的大小和颜色都不正常,还有肠道胀气很严重,所以我分析,他患有慢性阑尾炎。慢性阑尾炎发作的时候,会很疼。在这种疼痛下,庄鹏不敢和别人说,不敢去医院就诊,就用刀片切划自己的腹部,用皮肤的疼痛来缓解内脏的疼痛,无异于饮鸩止渴。昨天晚上,已经不是他第一次这样干了。我们解剖的时候,发现他的右腹部皮肤有浅表疤痕,结合小羽毛的调查,可能在一个月前,他就这样干了。而那次,炎症暂时消退,疼痛缓解,他就认为是自己割肚皮治好的。所以这一次,他用了同样的办法,站立位置,自行切割腹部。也许上次他是在学校,用的是文具,不锐利,而这次用的是剃须刀片,很锐利,所以这一次,失手割破了腹膜,导致肠道外露。看到肠子,他肯定更加惊恐了,反复把肠道塞进去,最后因为过度疼痛刺激神经,导致神经源性休克死亡。"

"他吃饭的时候，肚子应该就疼了。"大宝说，"所以他晚上吃得很少，就喝了一点粥。"

我看着大宝点了点头。

"简直匪夷所思。"刘局长感叹道。

"下一步，应该先对他的父母和哥哥进行问话，固定下来从小他被吓唬从而害怕医生的可能性的证词，固定下来他从小到大没有去过医院的证据。"我说，"然后根据现在的现场情况，就可以答复死者家属，排除他杀了。"

在清晨的鸟叫声中，我们回到了各自的房间，美美地睡了一觉。直到中午吃饭的时间，我们才陆续醒了过来。

刘局长已经等候在了自己的办公室里，一脸愁容。

"怎么样？解决了吗？"我一走进办公室，就问道。

"我们调查了，和你推断的一致，这孩子确实有心理问题。"刘局长说，"他的同学、老师们都说，这孩子特别怕医生，就连学校每年的例行体检，他每次都托词不参加。我们也调查了附近所有的卫生院、医院，都没有他的就诊记录。庄建文夫妇对此缄默不言，但庄鹏的哥哥庄鲲供述说，庄鹏幼儿园的时候，就经常说自己身体这不好、那不好，但是到医院检查什么毛病也没有。所以他们认为是这孩子为了获取更多的关注，故意这样说的。于是乎，从此之后，只要孩子说身体不舒服，庄建文就会说医院有多恐怖多恐怖，要动手术割肠子什么的。从那时起，就不能在他面前提到去医院什么的了，他哪怕是高烧到 40 摄氏度，都不敢和父母说。"

"讳疾忌医的推断是正确的。"我说。

"在获取了这些印证的材料之后，我们就答复了庄建文，把所有能证明真相的证据都出示给他了。"刘局长说，"但是，因为之前我们问过他是不是在孩子小时候用去医院来吓唬孩子的问题，所以庄建文知道这件事情的背后原因其实是他们夫妻造成的。一件事情发生后，很少有人会认为责任在自己。于是，他们拒不接受警方的答复。"

"没关系，我们给他不予立案通知书，我们有充分的调查依据。"林涛说，"他如果不服，可以申请检察机关启动立案监督程序。"

"我们已经告知他有这个权利了。"刘局长说，"但是他们似乎并不相信司法机关。"

"我觉得吧，虽然他们可能会意识到背后的原因，但毕竟这是一种非常罕见的自残方式，如果不能够去冷静思考，是很难接受的。而刚刚承受丧子之痛的家属，让他们去冷静思考实在是有些强人所难了。"我说，"我们还是要满怀诚意，把真相给家属解释清楚，这才是重要的，且是必要的。"

"你说得对。"刘局长说，"之前我们做了大量的解释工作，死者的母亲和哥哥都已经信服了。"

"只有庄建文不服？"大宝心寒地说，"要不是我们搞清楚了真相，他是唯一的嫌疑人。"

"我搞侦查也不少年了，识人还是没问题的，庄建文可能并不是不信。"刘局长说，"只是想获取某些利益吧。"

"真的有人吃自己孩子的人血馒头啊？这种人不怕遭天谴吗？"大宝怒气冲冲。

"行了，别说了。"我说，"不管庄建文是真的不信还是故意装作不信，我们都得做好自己的工作，为生者权，为逝者言，问心无愧，这就足够了。其他的，我们没能力去管。"

不知道第多少次，我们即便是查清了真相，依旧闷闷不乐。

"我现在发现了，"坐在车上的林涛说道，"从小养成孩子对健康的正视，'如有不适，及时就医'的态度很重要。绝对不能因为孩子喜欢装病，就把医院妖魔化。"

"是啊，不能让孩子害怕就医。"大宝说，"有病不治，那才是最可怕的。"

"被妖魔化的绝对不仅仅是医生这一职业。"我说，"在教育孩子的过程中，家长容易实施'懒政'。比如孩子闹脾气、哭闹的时候，有些家长并不想找到根本原因，也不想去引导孩子如何处理情绪。因为那样太麻烦了。最简单的办法，就是跟孩子说'别哭了，警察来了''别哭了，再哭去医院打针'。表面上看，这个办法很容易奏效，但是对孩子的心理造成的影响却是不可估量的。"

"说得是。"陈诗羽说，"不过，不仅仅是教育引导问题。你们说，这孩子为什么小时候总要装病引起父母的关注？"

"从案发当时的情况，就可见一斑了。"大宝咬牙切齿地说，"7点钟就吃完饭洗完澡了，孩子9点钟死亡，从自己割自己肚子到死亡至少还有1个小时的时间。8点钟开始，到庄建文自己上厕所时已经10点半，他才发现庄鹏死亡，这中间两个半小时，父母二人都没去看自己孩子一眼。你说，他们关心这孩子吗？"

"和凌南、段萌萌这种被严格管束的孩子们相比，庄鹏倒是自由得很。"林涛说，"可是过度苛刻的管束，对孩子不好，而对孩子漠不关心，则更不好。"

"就是这个问题。"陈诗羽说，"给予孩子恰如其分的关注，和孩子有畅通无阻的沟通，真的是非常重要的。如果他们一直关注庄鹏，庄鹏就不会装病；如果不装病，就不会有拿医院吓唬孩子的行为，孩子也就不会讳疾忌医了。这就是老秦刚才说的，要找到孩子出问题的根本原因。"

"小羽毛说得好。"我说，"我现在越来越觉得，教育孩子真的是一个非常深奥的课题。不说别的，就说如何把控父母和孩子之间的距离，就很不容易。简单来说，把孩子的人生当成自己的人生，强迫孩子走自己喜欢走的路，这就是距离过近了。不知道孩子在做什么，也不想知道孩子在做什么，是放任和漠视，这就是距离过远了。我觉得最好的亲子关系，就是父母时刻关注孩子的动向，对孩子的选择给予支持和帮助吧。"

"纸上谈兵。"林涛说，"不干涉孩子的选择，很多家长都很难做到啊。"

"所以，做父母不容易啊。"我伸了个懒腰。

"做孩子也不容易啊。你说这个庄鹏，一个慢性阑尾炎，也许吊吊水就治好了。"大宝说，"可惜了，一条年轻的生命啊。"

"哎，最近我认真思考了一下，为什么我总是对古墓里白影的事情念念不忘。"林涛突然转了话题，"那次，我心里认定是见鬼了，之后，我回家就很怕黑。正好要上小学了，我爸妈让我一个人去小房间睡。可是一关灯，我总觉得我又会看到那两个白影。所以我就把那次经历告诉了爸妈，想再和爸妈一起睡一段时间。"

"你好像说过，你和你爸妈一起睡到10岁。"大宝说。

林涛点点头，说："当时我说这件事的时候，我爸妈的眼神就告诉我，他们完全不信我说的话。我爸还告诉我，以后有要求可以提，但是绝对不能撒谎。我知道，他们是以为我不想一个人睡，才编造出谎言。"

"哦，你这样说，我就明白了！你的意思是，你爸随口的一句话，不小心伤害了你。其实你的心里不是真的怕黑、怕鬼，对你来说，被父母不信任其实是一件很受伤的事情，于是恐惧和伤心共同促成了你的童年阴影，成了你往后余生一听到'鬼'就会害怕的梦魇。"陈诗羽分析道。

"有道理。"我说，"如果当年你的父母选择相信你，安慰你，去感受你的恐惧，而不是质疑，甚至给你一个怀抱，告诉你，没事的。也许这些事情你到现在早就忘记了，也不会留下什么心理阴影。"

我们说中了林涛的心思，他重重地点了几下头。

"别人帮不了你，但是假如你真的能够解开心结，自然也就不会怕鬼了。"我说，"恐惧，会蒙住你的双眼，而我们是最需要敏锐双眼的职业啊！"

"你以前说克服心结，我没有信心。"林涛抬起头来环视了我们一圈说，"但是现在，我有一点信心了。"

我回头准备和林涛击个掌，却看见程子砚一直写写画画、低头不语，于是问道："我发现这两天你一直在画画。你在画什么呢？给我们看看？"

4

程子砚一直在发呆，被我这么一问，顿时红了脸，连忙说："没什么，就是乱画。之前你让他们市局去调查，那张造谣凌南和段萌萌的照片是什么样子的。市局同志调查了好几个同学，把供词发给我了，我就按照他们的供词，想把照片画出来。"

"然后通过画出来的照片，寻找拍摄人的位置，从而获知拍摄者，也就是造谣者会是谁。"我竖了竖大拇指，说，"所以，你画出来了吗？"

程子砚"嗯"了一声，从自己的笔记本里拿出一张 A4 纸，然后递给了我。

我一边接过白纸，一边问林涛："防盗窗和卷闸门上的证据搜索，有发现吗？对凌三全、辛万凤的调查和跟踪工作呢？"

"证据？难。"林涛摇了摇头，说，"首先可以肯定的是，防盗窗和卷闸门上都没有发现有效的指纹，说明凶手是戴着手套的。但是毕竟身体其他位置有可能和金属发生接触，提取 DNA 的工作还在持续进行，说不定能有突破。"

"一直有人在对这两口子进行监控，男人目前好像在跑保险的事情，女人依旧是卧床，偶尔出门也是去做中医理疗。"陈诗羽说。

"凌三全急于获取保险金，是为了救他的公司。"林涛说道，"辛万凤目前签没签字，也可以去保险公司调查一下。"

"嗯，回去之后，我们就分头行动。"我指着程子砚的画作说，"子砚，你画的这个，怎么感觉视角是从二楼拍下来的？"

"是，我也感觉应该是这样。"程子砚说，"所以，我想去凌南、段萌萌补课的那个宾馆附近去看看。"

"那就这样分工……"我还没说完，就被林涛打断了。

"我和小羽毛去保险公司。"林涛说。

"那也行。"我笑了笑，说，"抵达龙番后，我、大宝和程子砚去补课的那个宾馆，林涛、小羽毛和韩亮去保险公司。"

因为有一上午的睡眠，此时大家的精神头都很好，也没有人提出要回家休息。车开回省厅后，我、大宝和程子砚就又找师父要了一辆警车，由我开着，向龙番市东面的那个邱以深开房补课的宾馆驶去。

我们还没有抵达，陈诗羽就打来了电话，说："侦查那边的跟踪人员发现问题了。凌三全昨天向工商管理部门提交了申请，申请对公司法人代表进行变更，变更成辛万凤。他今天又把保险申请表交到了保险公司，说辛万凤自己来签完字，就可以打钱了。我们刚才到了保险公司，公司说已经派出了一个姓方的核保员和一个姓梁的驾驶员驾车去找辛万凤签字了，说是上门服务。"

"反常行为啊！那凌三全现在人呢？"我看了看手表，时间指向下午3点半。

"凌三全去了一栋居民楼。"陈诗羽说，"根据社区的资料看，这间房是一个出租屋，可能是凌三全自己租下来的小房子。市局侦查部门派出了无人机，通过无人机侦查，发现凌三全在房子里摆弄一个仪器之类的东西，上面好像还有电线。"

"电击器！"我的头发都竖起来了，心情十分激动。困扰我们很久的案件，看来终于有眉目了。只要能找到电击器，就有可能通过接触电极上的理化检验，找到现场防盗窗和卷闸门上的金属颗粒，经过比对就能确定是不是凶器了。

"市局已经抽调精干警力赶赴现场了，估计很快就有抓获凌三全的好消息了。"陈诗羽说。

"辛万凤呢？"我说，"不能把人都抽走了，辛万凤那头也得留人。"

"这是当然，有人跟着的，说她又去中医理疗了。"陈诗羽说，"就是她之前去过好几次的中医理疗店，小荷带着她打车去的。理疗店在一栋写字楼里面，有一名民警跟到了理疗店外面守着。"

"那就行。"我顿时放下心来，"别做得太明显，被发现又该掀起波澜了。"

"那我们还需要去宾馆附近看吗？"大宝问道，"这不都快破案了吗？"

"都开到这儿了，不如去看看。"我没有减缓车速，径直向宾馆开去。

等我们的车开到宾馆门口的时候，陈诗羽又发过来一条短信：凌三全被捕，被捕后立即承认了之前两起杀人的犯罪行为，电击器已送检。

"真就这么破了？"大宝看了看我的手机，有些兴趣索然。

事情还没做完，我没打算就这样回去。我站在宾馆门口，左右看看，指了指东边远处的一座二层小楼，对程子砚说："如果你画得不错，就是那里了。"

二层小楼的一楼，挂着"龙东土菜馆"的招牌，是一个饭店。

我们三个人走到饭店楼下，出示了人民警察证，然后被老板引着，上到了饭店二楼。

"这一间是洗碗房，脏盘子脏碗都放在这里洗。"老板说。

我走进了洗碗间，见里面有三四个洗碗工正在洗碗，我看了一眼窗外，不错，这个角度和程子砚画的角度基本是吻合的。如果程子砚能高度还原出那张造谣照片的画面，那么拍摄者就一定是在这里拍摄的了，但如果拍摄者是学校里的孩子，他们又怎么会出现在洗碗间呢？

我胸有成竹地回头对老板说："雇用 16 至 18 岁的未成年工人，是需要向劳动部门登记的，你登记了吗？"

饭店老板顿时慌了神，说："这，这，我们这儿顶多只有学生来帮帮忙，当小时工啊，我们没有长期雇用童工啊。"

"别慌，16 岁以上就不是童工了。"我笑着拍了拍老板的肩膀，说，"你说的小时工，有几个人啊？"

"就一两个吧。"老板擦了擦额头上的冷汗说道。

"有没有一个孩子，是龙番市二十一中的？"我问。

"这，这，哪个学校的，我真不知道啊。"

"来打小时工的小孩子，不就陆肖肖和梁婕两个吗？"一名洗碗工插嘴说道。

"梁婕？"我的注意力立即被吸引了，转头走出了饭店。

"梁婕，是不是那个母亲开裁缝店的学霸？她也是段萌萌的同桌？"程子砚说。她的记性不错。

既然有了这层关系，就可以猜到，梁婕打工的时候，无意中看到了凌南和段萌萌进出宾馆，那拍摄照片的人是她的可能性就极大了。

我走出饭店，就拨通了陈诗羽的电话，说："你联系一下凌南和段萌萌班上的梁婕，今天是周末，不上学，看看她在哪里，找个女民警去保护一下。在电击器做出结果之前，不要放松对她的保护。要是联系不上她，就联系她的父母。"

刚挂了电话，饭店老板就跑出了饭店，说："警官，警官，忘了告诉你们，前不久，有一个中年女人也来过我们饭店，拿着梁婕的照片问我们是不是有这么个女孩子在这里打工。"

"中年女人？"我心里一惊。

"是啊，听店里的人说，这个女人沿街问过好几家了，有人说在我们店见过梁婕，她就找过来了。她一问我，我也没多想，就告诉她了。"老板说，"还有，今天是周末，梁婕应该来打小时工的，但是这时间已经过了，她到现在还没来。她……她不会出事吧？我可跟这件事没关系啊！"

这一个信息，实在是非同小可。

我忍住双手的颤抖，打开了警务通，找出了辛万凤的户籍照片，给老板看，说："来打听梁婕的，是不是这个女人？"

老板伸头看了看，说："是，就是她！看起来特别弱不禁风的样子。她还问是不是周末傍晚梁婕都会来上班……我真不知道她是什么人，这要是出事了我真的是无辜的啊……"

"糟糕！"我暗叫一声，打断了滔滔不绝的老板，立即又拨通了陈诗羽的电话，"快，让跟踪辛万凤的民警，立即找到辛万凤本人！要见到人！"

"她在做理疗……"

"冲进去找，快！"我说。

大宝显然也意识到了怎么回事，说："怎么办？去哪里找？"

"快，子砚，联系视频侦查支队，在辛万凤做理疗的写字楼附近找。"我说，"她要到这里来，肯定要打车。"

话音刚落，林涛打来了电话，说："我也知道怎么回事了，凌三全这是调虎离山啊！防盗窗上做出了女性的DNA，和凌南有亲缘关系，十有八九，这就是辛万凤的DNA啊！你说我粗心不粗心？你们记得段萌萌在家里看到窗帘上的鬼影那事情吧？她描述的鬼影，其实就是一个女人的影子啊！我们最早就应该怀疑辛万凤啊！"

"你们通知我所在的这一片区域的辖区派出所，让他们组织警力先行搜索。我估计他们不会太远。"我说。

时间在焦急的等待中一分一秒地过去。我知道，林涛说得对，我们从一开始就应该怀疑辛万凤。但是，我们见了辛万凤，却被她伪装的病体所欺骗。邱以深被杀案，我们一开始认为至少是个身强力壮的人才能作案，但是后来其实我们已经发现了他是被电击击晕后再被动手割颈的，那就不需要身强力壮的人来做了。但这个时候，我们还是被先入为主的印象欺骗，没有去怀疑辛万凤。

又是先入为主！我自以为经历了这么多案子，早就不会犯这么低级的错误了，结果还是被舆论中所展现出的那个病弱母亲的形象给误导了！

我捏紧了拳头，坐在车里焦急万分地等待着电话的响起。

煎熬之中，我看到了陈诗羽的来电显示，铃声几乎还没响起，我就已经接通了。

陈诗羽带来的正是坏消息。

负责跟踪辛万凤的民警冲进了理疗店之后，才发现出事了。跟来的保姆小荷，此时已经在理疗店的接待室里的按摩椅上睡着了。而理疗店的每个隔间都没有辛万凤的身影。经过询问，理疗师说辛万凤声称自己肚子不舒服，让理疗师先给别的客人做，而她自己则从后门离开了。这个理疗店有个后门，可以去卫生间，也可以直达写字楼的货梯。辛万凤说肚子不舒服，从后门走，也没有引起理疗师的注意。

因为不了解理疗店的空间结构，负责跟踪的民警一直在理疗店外等着。可没想到，这一切都已经在辛万凤的算计当中了。

好在现在的视频侦查技术已经十分成熟，程子砚很快从视频侦查部门获知，辛万凤从写字楼垂直货梯下来后，直接上了一辆出租车。根据出租车的牌照追踪，发现出租车来到了我们现在所在的宾馆附近后，就返回了市区。这说明辛万凤确实在这里下车了，可能拦截了前来上班的梁婕，坐其他出租车走了。

目前，视频侦查工作仍在进行。

在我们更加焦急的时候，陈诗羽打来了第二个电话，说市局110指挥中心获取了消息，有人报警在二土坡附近，有人持刀伤人，目前派出所民警正在全力赶赴二土坡。

"二土坡！凌南被发现的地方！我们怎么没有想到？"我跳上车，踩上油门向二土坡的位置风驰电掣驶去。

到了二土坡附近的公路上，我们先是看见了一辆警车停在一辆保险公司出险车辆的前面，透过路边的灌木丛，看到了几个人影。

我们停好车，越过灌木丛，这里距离二土坡发现凌南尸体的河边，只有几十米了。从地面上的殷红血迹看得出，这里刚发生过一场惊心动魄的打斗。

灌木丛的后方平地上，两名民警正摁住地面上不断挣扎、歇斯底里叫喊的辛万凤，另一名民警正在持枪戒备。疯狂的辛万凤完全没有了我们上次见她时的那种颓废和柔弱。

一旁的大树下，一个女孩正抱着一个浑身是血的瘦弱男人，哭泣着，他们的身边站着另一个男人，正在哆哆嗦嗦地用纸巾擦着沾满了血迹的手。

"120 叫了吗？"我喊道。

"叫了，马上到。"持枪的民警说道。

我走到大树旁，蹲下来看瘦弱男人的伤势。他的肩膀、上臂和双手都有创口，血糊糊的，但是出血量不是很大，应该暂时没有生命危险。

"你还行吗？"我急切地问。

"没事，皮外伤，没事。"男人擦了擦眼睛。

"怎么回事？"我看他的气息也还比较平稳，顿时放下心来，问向旁边还在擦血的男人。他的衣服上还别着名牌，正是那个姓方的核保员。刚刚经历了这样的事情，他喘息未定，好不容易才跟我们介绍道：

"这个疯女人本来是我们的客户……今天我和梁师傅出车，就是为了找她签一个保险单，一开始到她家，没人，到隔壁邻居那一打听，说可能是去做中医理疗了。打她手机，又关机了，我们本来是商量着明天再找她的。但公司说这一单，投保人很着急，让我们去她经常去的中医理疗店找找看。所以，我们就驾车去了那个写字楼。

"还没停下车，我们就看见辛万凤——就是这个女人——从写字楼急匆匆走出来了，直接坐上了一辆出租车。喊她也没听见，于是，我们就驾车跟着出租车。可是周末路太堵了，我们被甩了好大一截，等辛万凤从出租车下来，拦住了一个小女孩，又重新上了一辆出租车的时候，我们刚追上，离他们的车距离也就只有几十米，但怎么按喇叭都引不起她的注意。我也纳闷儿了，也不知道是不是还要追。

"可这时候，梁师傅眼尖，一下子看到那个被辛万凤拦住的小女孩，居然是他闺女！他闺女叫梁婕，成绩很好的！按说今天应该在家里写作业的，居然会出现在街上，还被辛万凤带上车了，当时梁师傅就有不祥的预兆，连忙加速跟着出租车。

"开到了这里，路边都是灌木丛，也不知道辛万凤带梁婕干吗去了，我都觉得害怕，梁师傅想都不想就直接跟着冲进去了。我跟上去之后，就看见辛万凤正拿着刀，梁婕在躲闪。还好，梁婕这孩子运气比较好，砍了一两下都没有被伤到要害。我还没反应过来，梁师傅就扑上去了，他一把把梁婕推给我，自己就和辛万凤打斗起来。我们梁师傅体格虽然瘦弱了点，但他真的好勇敢啊！我看那个辛万凤跟发疯似的，一刀刀胡乱挥，吓得我腿都软了！后来幸好你们警察来了，他没被那个疯女人刺到要害部位，真是万幸万幸！"

"爸爸，我错了……对不起，是我连累你了……"

劫后余生的梁婕，双手按在父亲身上的创口处，哭着说道。

"傻孩子……"梁师傅忍着痛，用手轻轻安抚着女儿。梁婕却哭得更厉害了。

此时的辛万凤自知不可能挣脱警察的束缚，已经平静了下来。

她被两名警察反剪双臂，俯卧在地上，头发里夹杂着灌木和杂草，凌乱地遮盖了脸庞。她似乎在那一瞬间，又恢复成了那个卧病在床的失独母亲，面色蜡黄，双眼无光。

警察见她已经不再挣扎，于是把她的双手反铐之后，像拎小鸡一样把她拎了起来。可是在警察一松手之后，她又立即瘫软在了地上，一动不动。

这个疯狂之后过度疲惫的母亲，此时已经失去了灵魂，她连站起来的力气都没有了。

我的心口一阵刺痛，问道："你用的电击器在哪里？"

她对我的问题置若罔闻，只是喃喃自语道："就差一点，就差一点，都是你们坏事。"

"说，电击器在哪里？"民警再追问了一句。

辛万凤抬眼看了看那个为她上手铐的民警，却好像只是看着空气，继续喃喃自语："南南，妈妈一直都很努力，妈妈没有自己的业余时间，不逛街、不打麻将，都是为了你啊，妈妈这一辈子吃了没学历的亏，所以才会对你要求严格……这十几年，妈妈全部的心思都在你身上，你说这世上还有做得比我更好的妈妈吗？可是你为什么就是不听妈妈的话呢？我让你不要和那些坏孩子玩，不要和他们学画画，你就是不听。如果你早听妈妈的话，怎么会有这样的结果呢？"

"你一意孤行，让凌南按照你的喜好去生活，这真的是为他好吗？"我想用言语刺激她，让她恢复理智。

可是并没有作用。

辛万凤继续说道："南南，那天你交了白卷，是想回来和妈妈说什么呢？是说有人造你谣对吗？是希望妈妈帮你辟谣对吗？要不是你那个该死的教你画画的同学，和那个纵容你和坏孩子打交道的老师，你哪有今天啊？你那天是后悔学画画了，要回来和妈妈认错，对吗？"

听着辛万凤的喃喃自语，我胸口就像是被压了一块大石头，透不过气来。

大宝咬着牙说："你真的一点责任都没有吗？责任都是老师和同学的吗？"

辛万凤就像没有听见大宝的话一样，依旧双眼无神地盯着远方的水面，喃喃道："你要是一直都听妈妈的话，该多好，该多好？"

一周后，案件真相彻底查明了。

经过对辛万凤家进行搜查，我们发现辛万凤别墅地下室内有一个暗门。从暗门里搜出的电击器，小巧灵便，但威力十足。这个电击器出自辛万凤父亲的一个老跟班之手，他也因为涉嫌参与故意杀人，被刑事拘留了。电击器的两个电极上，发现了与电极金属片成分不符的金属颗粒，经过检验，和张玉兰被害案现场的防盗窗、邱以深被害案现场的卷闸门上的金属成分相符。防盗窗上提取到的接触DNA也确定就是辛万凤的。

因此，即便凌三全在供词中说自己是杀死邱以深和张玉兰的主犯，警方也并不相信他的证词了。他不过是想把罪责全部揽到自己身上而已。因为，他的出租屋内的那个电击器，还没有制作完成。

辛万凤在冷静下来之后，承认了自己杀死两人的犯罪行为，她在供述完之后，提出的唯一要求就是和凌三全再见最后一面。

法医秦明
VOICE OF THE DEAD

尾 声

白卷

我们希望留给孩子两份遗产：一份是根，一份是翅膀。

———

小霍丁·卡特

1

辛万凤穿着黄色的马甲，瘦弱的身体拖动着脚上沉重的镣铐，走在龙番市第一女子看守所的长廊里，镣铐和地面沉重的摩擦声，有规律地回响在走廊里。

会见室里，凌三全已经在等着了。

"万凤……"凌三全一见到走进来的辛万凤，猛地站了起来，声音都哽咽了，"你怎么……瘦成这样了。"

"瘦不瘦的，有什么关系呢？"辛万凤声若蚊蝇，"要死的人了。"

"你们聊吧，但是你们会见的全部过程将被录音录像，告知你们一下。"管教说完，离开了会见室。房间里陷入了短暂的沉默。

"对不起，我最后还是没帮上忙……"凌三全低头揩着眼泪。

"没什么可道歉的，你只是不够爱南南而已，我早就知道。"辛万凤的声音里带着一丝冷意。

"我不够爱他？"凌三全痛苦地反驳道，"我还不够爱他吗？他出事了，我和你一样生不如死。他也是我唯一的孩子……"

"你爱他？你跟外面的女人鬼混，也是因为爱他？你做那些丑事的时候，知不知道自己还有个孩子？"辛万凤抬起头来，盯着凌三全的眼睛。

凌三全的眼神有些闪烁，痛苦地说道："那是很久之前的事情了。我知道错了，我也在努力弥补我的过错，可是你从来都不愿意给我机会……"

"够了，南南死了，现在什么都不重要了。"辛万凤无情地打断道，"我给过你机会，问你要不要报仇，你那时候说的什么？哼，你只想着要那笔保险金。"

"我……"凌三全说。

"是啊，所以我只能靠自己想办法，要不是我父亲的那个老电工对我忠心耿耿，二话没问帮我做了电击器，我怎么完得成复仇的计划……可惜，还差最后一个。"

辛万凤叹了口气，开始喃喃地说道，"现在想想，我这辈子什么事情都不顺。别人不知道，你应该是知道的吧？"

凌三全沉思了许久，说："老电工，我知道……"

"我从小就吃尽了苦头。"辛万凤没有接凌三全的话茬，自顾自地说，"小时候，我家里还很穷，我爸一天到晚在外面跑生意，也没空管我。别的小孩都可以把心思放在学习上，而我呢？我妈身体不好，家里这么多家务，还要照顾弟弟，所有事情都落在我一个人的肩上。我已经拼命了，最后还是只有一个职高的学历，我牺牲这么多，又换来什么呢？后来，我妈去世后的那几年，弟弟还小，都是我一个人带大的，我爸几乎从来没有管过我们。等到弟弟长大了些，我爸的公司总算做起来了，条件也好了起来。可是我呢，耽误了这么多年，学历又不高，别人说的很多东西我都听不懂，我知道自己已经不可能做成什么事了。我爸对我心里有愧，才给我在公司里安排工作，今天在这个岗位，明天去那个岗位，调来调去，没有一个有用的岗位。"

"我们都认为，不让你工作，才是对你的照顾……"

"我不需要你们居高临下的照顾。我知道你们骨子里还是看不起我，只有高学历的人才会说学历不重要，因为你们压根不知道没有学历的痛苦。学历是一个人一辈子最重要的东西。"辛万凤说，"这话我和南南说了一百遍，可是他为什么就听不进我的话呢？"

"他没有不听话，他很努力，他也尽力了。"说到儿子，凌三全的眼睛又红了，"南南是个乖孩子，他还不够听你的话吗？你觉得你的人生痛苦是因为学历不如人，所以你认为南南不能再输在学历上。可是他也痛苦啊！那么小的一个孩子，我很少看到他的笑容，天天被逼着写作业，一点休息的时间都没有，他不痛苦吗？我看到他，都觉得他真的不快乐！……当然，我也知道，他的不快乐很大一部分是因为我。我犯了错，我没有做到一个父亲该做的。我看到他痛苦，我就想逃避。每次想到这里，我都会生不如死。"

"哼，说什么生不如死，你不觉得你的愧疚太晚了吗？"

"是的，晚了，毫无意义了。"凌三全说，"什么学历，什么事业，都毫无意义。我现在和你一样，觉得人生毫无意义了。"

辛万凤眼睛里闪着泪光，说："所以说，老天对我太不公平了。小时候就没了妈妈，有个爸爸也和没有一样，相依为命的弟弟也英年早逝。你又背叛了我，现在就是我最爱的南南，也就这样离开了我。我付出了这么多，最后却一无所有，你说，我上辈子是造了什么孽？"

凌三全沉默了一会儿，说："都是我的错，我的错。"

辛万凤猛地抬起头，眼神里全是愤懑："可我们刚结婚的时候，你不是这样的……所以，都是那个画画的女人勾引你，都是画画的错！这么恶心、虚伪又恶毒的事情，那些可恶的警察却还为它辩解，如果不是被画画勾走了魂，我会失去我的老公、我的儿子吗？国家就应该禁止所有人画画！把恶魔关在笼子里！"

凌三全的喉头耸动了一下。

"万凤……我知道，当时你弟弟车祸死亡，警方没有找到肇事司机，所以你一直把警察当成仇人，连南南失踪的时候也没想过要第一时间报警。这些，我都认了……可是，警察说的也没错啊，你硬要把南南的死和画画联系在一起，是不是有点偏激了？南南他是有画画的天赋的，如果我们能包容他的这一点爱好，说不定……"

"你是在嫌弃我不够包容？包容不了你和那个贱人的一夜情？"

"不，我是说你不能包容南南的爱好。"凌三全说，"南南喜欢画画没有错。错在我，不在画画，更不在南南。"

"你还是不懂我。"辛万凤说，"即便不是因为你，所有影响南南学习的东西，都不可以存在。"

"所以，你杀死那些人，是因为他们影响了南南的学习吗？"凌三全说，"我后来也想了很多……你真的觉得，南南的死和他们有关系吗？"

"怎么没有关系？我不觉得他们是无辜的。"辛万凤打断了凌三全，说，"南南以前是不画画的，自从寒假补课之后，就被我发现总是在画画。我是让他去补习语文的，不是让他去学画画的！本来我还没有多想，在南南出事后，我就去找那个和他一起补课的段萌萌，想问问究竟补习班里出了什么事情。可是我走到她家窗外，她的窗帘正好拉开着，我就发现她一个人坐在卧室里画画。我顿时就明白了，原来是她！是她带坏了我的南南……"

"可是，你从南南床垫下面搜出来一百多张画。如果他是寒假才学的，他不可能这么短时间画这么多啊。"凌三全叹了口气，说，"你从来没有觉得他们其实也是无辜的吗？"

"无辜？"辛万凤说，"要不是张玉兰上赶着求小荷带着她女儿一起补课，如果和南南一起补课的是别的同学，是个男生，哪有后面那么多事？哪有造谣？哪有南南为了自证清白不得已而去举报？还有那个老师，我们在他身上花了多少补课费？

结果南南在公交车站看见他，那么害怕！他平时究竟是怎么对待我家南南的？南南的悲剧，都是从他开始的，他就是始作俑者，他们这些人该死，一点也不冤枉！"

"你当时为什么没有……算了，我知道你也不会来找我的。我第一次听说张玉兰触电的事情，就隐约猜到可能和你有关了。然后我就注意了一下你的行踪，发现你和你父亲的那个老电工那段时间走得很近。我知道，他一直对你忠心耿耿，你的诉求他一定会无条件答应。开始，我以为你是让他去杀人，我还跟踪了老电工，希望可以劝回他。可是邱老师死了之后，我就知道，杀人的根本就不是老电工，而是你。我去找了老电工，他告诉了我你让他教你制作电击器的事情。你知道吗？我当时整个人都震惊了！我完全没有想到你会去亲自动手！"

"是啊，在复仇这件事情上，你还没有他做得多。"辛万凤顿了顿，忽然热情地说，"哦，不过我听说，你被捕的时候，正在做电击器？你是什么意思？你也找老电工教你了？你是在帮我吸引警察的注意，给我争取时间吗？"

"不，我只是想帮你顶罪，也是希望赎我的罪。我了解你，我不可能劝回你，就只能这样做了。"凌三全看着妻子的眼睛，痛楚地说，"我知道被警察抓到就活不了了，我希望活不了的那个人是我。"

"不需要你顶罪。"辛万凤的神情瞬间又冷却了下来，说，"因为没有了南南，我活着本身就是一种痛苦，我早就只求一死了。"

"为什么……为什么会变成这样呢……"凌三全用力揉着自己的头发，"我感觉我们真的迷失了……有时候，我真觉得分不清什么是我们的人生，什么是孩子的人生了。"

"南南的人生就是我的人生！"辛万凤说，"不多说了，我叫你来，就是想告诉你，把南南的骨灰和我的骨灰放在一个骨灰盒里。就这样吧，我不想再见到你了。"

2

春天的北湖边，风景如画。

翠绿色的小草被修剪得整整齐齐，就像是一张一眼看不到边际的绿色地毯，平铺在北湖的周围。

湖边，柳树成荫，和盛开的桃花交相辉映，呈现出一幅桃红柳绿的美丽画卷。

随着那轻柔的微风，湖面泛起层层涟漪。几只不知名的鸟儿，掠过湖面，又高高飞起。

草坪上，数十名穿着同样校服的初中生正三三两两地围坐在一起，有的在聊天，有的在打闹，有的在一起玩手机。

段萌萌沿着湖边慢慢地走着，她不知道自己该加入哪一拨同学。已经转学一年了，可是这些同学，看似熟悉，又那么陌生。学校组织这样的春游，可真是无聊透顶了，还不如不来，像往常那样，自己独自打一天篮球。

这帮小孩，叽叽喳喳地吵个不停，还当自己是小学生呢？哪有那么多话好说？真是让人心烦。

不远处的柳树下，有一个孤独的背影，段萌萌定睛辨认了一下，哦，是凌南。

做了一年的同学，段萌萌对凌南是有印象的。他是一个话不多，也同样不会和同学们打闹嬉戏的男孩子。同学们都说凌南太孤傲，就因为家里有几个臭钱，所以不愿意和大家一起玩。但是段萌萌一直没有这样认为，因为和凌南不多的几次对话中，她能看出凌南眼中的真诚和怯懦——或许，他只是有些"社恐"吧。

段萌萌蹑着步走到了凌南的背后，他丝毫没有察觉。段萌萌瞥了一眼，眼光从凌南的肩膀投射下去，才发现凌南这么聚精会神的，原来是在画画。

画面中，绿色的草坪、碧蓝的湖水、掠水的小鸟，活灵活现，果真和眼前这美妙的景色一模一样。

"哇，真美！"段萌萌忍不住说道，"你画画好厉害啊！"

专心致志的凌南显然是被背后的声音吓了一跳，回过头去看了段萌萌一眼，腼腆地笑着回答道："嗯……你打篮球也很厉害。"

"你看过我打篮球？"段萌萌很是惊讶，毕竟她一般情况下都是独自打篮球。

段萌萌跳到凌南的身边，和他并排坐下，说："你是怎么做到，把自己看到的东西画得这么像的？"

"我觉得最难的，还是把自己脑子里面想到的画面画下来。画看见的，不算什么。"凌南还是那么腼腆地说，"你要是感兴趣，我可以教你。"

"好啊，好啊，你必须得教我。"段萌萌说，"作为回报，我可以教你打篮球。我们隔壁小区就有篮球场，你哪天晚上出来打篮球，叫我。"

凌南的画笔颤抖了一下，说："啊，我晚上出不来，我妈不让我出去玩。"

"啊，同是天涯沦落人啊！"段萌萌拍了拍凌南的肩膀，导致他的画笔又颤抖了一下，笔下的一只小鸟变了形。

凌南也不生气，对着段萌萌嘿嘿笑了笑。

"不过啊，你得抗争，知道吗？"段萌萌说，"我呢，倒不是烦我妈，因为她就是个传话筒。我老头比较狠，每次放狠话，都恶狠狠的，和老虎要吃人一样。不过呢，我该出去打球，依旧出去打球，这就是抗争。"

"我妈不狠，但是，我怕她伤心。"凌南说，"从小，我做对了，她就会奖赏我，做错了就会惩罚我，她说，这叫赏罚分明。可是对我来说，我做的一切，都是为了迎合她的喜好。"

"是啊，家长们都是这样吧。"段萌萌像个大人似的说，"我们做对了，如果得不到赏赐，似乎做的一切都毫无意义。做错了，如果得不到惩罚，似乎也就无所谓了。"

"所以，我们每天这么累，真的是为了我们自己好吗？"

"别说那些糟心事了。我啊，觉得你有超能力！后面同学那么吵，你居然就像听不见一样，还能安安心心画画！"段萌萌说，"我妈这个传声筒要是站在我身后，我一个字都学不下去了。"

"我也是，我妈唠叨的时候，我也写不下去作业。"凌南说，"不过，画画是可以让人内心平静的。"

"是真的吗？"段萌萌说，"那我可当真要学了！不过，我比较笨，估计学不会。"

"画画其实很简单。"凌南的眼睛里都泛着光，说，"我全是自学的。你只要记住，拿起画笔的时候，什么也不用管，也不用担心画得好不好看，按照自己的想法去做就是了。"

"那我试试？"段萌萌说。

凌南慷慨地把自己的画板递给段萌萌，说："我教你。"

…………

"你画的是一头猪？"

"什么啊！这是我的二呆，是头熊！"

"可是，这明明是猪啊。"

"你才是猪，哈哈哈！"

…………

往昔的记忆，像电影胶片一样，在段萌萌的脑海里一帧帧翻过，这些思绪顺着段萌萌手上的画笔流淌到了画纸上。虽然画得并不好看，但这些都是段萌萌最宝贵的东西。

段萌萌抽出一张纸巾，在被泪水浸湿的画纸上蘸了蘸，想要吸去那两滴刚刚滴落上去的泪水。她小心翼翼地把几张画纸整理齐，夹在了那一块凌南送给她的画板里。又从身边拿出一沓厚厚的信纸，轻轻地抚摸着。

像是鼓起勇气一般，她翻到了这封长信的最后一页。

"每个人生来不同，不一定都要成为玫瑰，你可以成长为你自己喜欢的那种美好、善良的小花，又有什么不好呢？爱你的，爸爸。"段萌萌轻声念着。

泪水又一次夺眶而出。

3

梁婕同学：

你好！

思来想去，我觉得我还是应该给你写下这封信。虽然我已经不是你的老师了，但是我觉得我有义务把这段时间我的思考分享给你，说不定会对你未来的学习和生活有所裨益。

当然，自私地说，我也是为了我自己心灵的平静吧。

在和你们告别的那天上午，说老实话，我本人都是蒙的。看到同学们惊诧、不解和不舍的眼神，我的心很痛。但是我不恨任何人，我只是比较惋惜，不能再给你们这些好孩子当班主任了。

之后，你悄悄地找了我，告诉我，我被开除，有可能是因为你发现了我在带课，并且告诉了其他人。你说你很愧疚，希望我原谅你。你说你揭发这一切，不是为了害我，而是想让所有人知道，有些同学在补课，即便赢了你，也是胜之不武。

我当时只说了一句："我不怪你，我谁也不怪。"我是真的没有怪过任何人。

后来就发生了凌南的事情。

这件事情，将是我这一生永远的痛。

我意识到，是凌南举报了我，他在躲避我。我特别后悔，如果那天在公交站台，我能注意到凌南，又能及时叫住他，和他聊聊，他根本就不会死。

他的死，是因为我。

白卷

　　我猜，你在得知凌南的事情后，也会和我一样愧疚吧？我这么推测，是因为你太像我了。你说有些同学偷偷补课、胜之不武时，我就觉得你太像我了。在我们班这么多同学中，我最喜欢你、欣赏你，也是因为你太像我了。

　　可是，无论我们俩怎么愧疚，又能改变什么呢？什么都改变不了。痛定思痛，这段时间，我认真反省了自己，我想，既然我们这么相似，说不定我的这些思考，也对你有用呢？

　　这就是我给你写这封信的原因。我要把我这些天思考得来的东西，分享给你，希望你以后能过得比我好。

　　先来说说我的故事吧。

　　我出身农村，家里条件不好，从小缺衣少食，但是父母对我的照顾无微不至。对我的父母来说，我能竞争过镇子里的同学，考去大城市，有一份稳定的职业，就算是给我这个家族打了一个翻身仗。

　　我们那个时候，别说什么补课了，就连正经上课的时间都远远不及城里的孩子。因为，学校得为孩子们留出足够的课余时间，帮大人做农活儿啊。我父母不让我做农活儿，我的时间就全部留在了刷题上。

　　我们买不起太多的复习资料，就自己抄题，然后回家去做。有的时候吧，抄下来的题目，比那些铅印的题目更珍贵，做起来也更有意思。这也就是我经常会建议你们抄题目的原因了。

　　日积月累，别人做农活儿的时间，我都用在了刷题上，所以到了中考的时候，几乎没有我没做过的题目。没错，我就是网络上说的那种"卷王"。

　　以前我从来没有想过一个问题，就是这股子坚持答题的劲儿，是从哪里来的呢？

　　这段时间，我好像想明白了。

　　在班上，我经常和你们说"竞争意识"。让你们具备"竞争意识"，原来是我从小就根深蒂固的一种意识。我要争第一，谁学习好，我就要超越谁，谁做出来一道难题，我也要做出来，还要比他更快。

　　所以，我把这种意识带给了你们。

　　这些天，我想了很多，这个我一直引以为傲的意识，真的是正确的吗？

　　小时候，我做题没人超越我，我就是人生赢家了吗？长大后，我为了让我们班超越其他班，不择手段，包括国家明令禁止的节假日补习，我也敢违规操作。很多人议论说我是为了钱，其实真的不是，我是为了尽可能把落后的孩子往上提一提，这样我们班的平均水平就可以往高提一提了。

这样一来，从小到大，从同学到同事，在我的眼里，都像是"敌人"。因为抱着竞争意识，我不知不觉地把身边乃至整个世界都看成是"敌人"，认为人人都是随时会愚弄、嘲讽、攻击甚至陷害自己、绝不可掉以轻心的敌人，而世界则是一个优胜劣汰、成王败寇的恐怖地方。我甚至把别人的幸福，都看成是自己的失败。

可想而知，我这三十年的人生，并不快乐。

你那天的一番话，加上凌南的事情，就像是一记闷锤，彻彻底底地把我锤醒了。

我发现，原来我身边的人们，根本就不该是我的对手。我的对手只有一个，那就是我自己啊！永远和比自己强的人去比，这样的人生是不快乐的。但是，如果我只把自己作为"对手"，每当我自己进步了一点点，我都会感到满足、都会感到欣慰，那才是真正的快乐！人生这么短，如果我们把目光永远都放在他人身上，在不断地和他人比较中失去了自己，那人生不就变成为他人而活了吗？只有为自己而活，才是有意义的人生。

原来困扰我三十年的所谓"出人头地"，本身就是一个错误的命题。

我现在想明白了，我为什么不能踏踏实实做一个快乐、幸福的平凡人呢？不因过去而自卑，不因未来而焦虑，不活在别人的评价中，不做竞争意识的奴隶，遵从自己的本心，这可能才是人生的真谛吧。我希望我余下来的人生，一定要记住今天的感悟，甘于平凡，忠于自己。

凌南交了白卷，我痛心疾首，也醍醐灌顶。你呢？我希望你可以在读完这封信后，率真地、洒脱地、快乐地走上你自己的人生之路。

老师会在远方永远支持着你。

祝安！

邱以深

（全书完，敬请期待法医秦明系列下一本新书）

白卷

是一道空白的谜题

每个人都会有自己的答案

我想听听你读完的感受

无论你是发布在微博、豆瓣

还是小红书或其他你喜欢的平台

我都会去尽力翻阅你们的每一条评论

《白卷》

只是一个开始

我希望它能成为

我们讨论家庭话题的契机

去抚平每扇家门背后的不安与伤痛

让每个曾是孩子的人得到治愈

让每个想成为大人的人

勇敢走上自己的路

谢谢你

翻完了这本书

接下去

该由你来书写

属于自己的人生了

法医秦明所有作品

法医秦明系列 | 根据真实案件改编
任选一本读，案案都精彩！

第一卷：万象卷 死亡不是结束，而是另一种开始

第一季《尸语者》（上、下册）　　　第四季《清道夫》

第二季《无声的证词》　　　　　　　第五季《幸存者》

第三季《第十一根手指》　　　　　　第六季《偷窥者》

万象卷典藏版纪念礼盒已上线，包含 7 本全新修订的典藏版小说，77 个改编自真实凶案的经典案件，35 份限量珍藏的精美赠品！

第二卷：众生卷 众生皆有面具，一念之间，人即是兽

第一季《天谴者》　　　　　　　　　第三季《玩偶》

第二季《遗忘者》　　　　　　　　　第四季《白卷》

正在创作：第五季《蝼蚁之塔》

守夜者系列 | 脑洞大开的破案故事
无论黑暗中有什么，我都是你的守夜者

第一季《守夜者：罪案终结者的觉醒》　第三季《守夜者 3：生死盲点》

第二季《守夜者 2：黑暗潜能》　　　　第四季《守夜者 4：天演》

正在创作：守夜者系列剧场版

蜂鸟系列 | 复古悬疑的平凡往事
黑夜掩不住炽热，蜂鸟从不惧远方

第一季《燃烧的蜂鸟》

正在创作：第二季

科普书系列 | 法医的专业领域
不留心死亡，便看不见生活

《逝者之书》　　　　　　　　　　《法医之书》即将上市，敬请期待